이단자^{異端者}Heretic

조성연 저

새미

이단자^{異端者}Heretic

조성연 저

이 세상에 죄 없는 자는 없다. 사마리아 여인을 돌로 치지
못하는 것처럼 우리의 죄에 대해서, 그 누구도 난죄하지
못한다. 하지만 남을 먼저 생각하지 못하는 개인주의가
팽배하고 있다. 모든 것을 남의 탓으로 돌리고, 자기 탓은
아니라고 한다.

■ 차례

우연성

1.

　모든 사고는 우연성에 의해서 일어난다. 성직자라고 해도 늘 긴장하고 살지 않으면 같은 실수를 한다. 김 목사는 성직자로서 충실한 삶을 살았지만 망신살이 뻗쳐서 죽었다.

　"내가 너희에게 고하노니 이 세상에 죄 없는 자가 있으면 먼저 돌로 치라, 그들이 스스로 물러나자, 사마리아 여인에게 나도 너를 정죄하지 아니하노니 가서 다시 죄를 범하지 말라. 예수께서 말씀하셨습니다. 저는 더 사악한 여자입니다. 누구든지 지를 돌로 치소서…"

　김 목사를 죽음으로 몰았다. 박인숙은 그 죄업에 대해 눈물을 흘리며 탄식한다.

2.

　김 목사가 도와주었던 친구로부터 선물을 받았다. 니제르에 있는 그가 무슨 이유인지 모르지만, 성 발기부전 치료제 한 병을 보내 왔다. 그것이 그를 불행으로 몰고 갔다. 매스컴에서 그 약에 대한 효능을 떠들어댔어도,

성직자로서 별 관심이 없었다. 하지만 약을 받고 보니 호기심이 생겼다. 그게 사람의 마음이다.

약병에 있는 설명서를 읽었다. 약을 먹고 몇 시간이 지나야 약의 효능이 있다. 그것을 저녁에 먹었다. 약을 먹고 나서 약 20분쯤 지나자 머리가 띵했다. 왼쪽 머리의 혈압이 조금 오르더니 두통이 났다. 아찔한 현기증까지 나기 시작했다.

그는 겁이 났다. 성 발기부전 치료제에 대한 부작용을 매스컴에서 들은 적이 있어서 몹시 불안했다. 목사의 신분이다. 그런 부작용 때문에 병원에 가야 하는 일이 생기면 문제가 된다. 하지만 곧 두통과 현기증이 없어졌다. 약 40분쯤 지나자 정신이 맑아지며 평시의 상태로 돌아왔다. 그렇게 체험이 끝나는 줄 알았지만 그게 아니었다. 지난밤에 먹었지만 그 약 효과가 다음날 아침에 나타났다.

인간의 몸은 균형을 요구한다. 균형이 깨지면 어딘가 아픈 곳이 나타난다. 성직자라고 해서 그런 원칙이 무시되지 않는다. 식욕과 물욕도 그런 현상이고, 성욕 역시 마찬가지다. 그는 약물에 의해서 일어나는 욕구를 억제하지 못한다. 간단한 이치를 몰랐다. 그것을 실험해 본 것이 실수다. 무더위 때문에 몸을 움직이는 것이 싫었지만 가만히 있을 수가 없다. 그는 할 수없이 늘 하던 대로 천천히 일어나 성경책을 집어 들었다.

"이제 그만 쉬세요. 사람들이 당신을 성직자로 알지 않아요."

"그러니까 더 열심히 해야지요. 내가 지금까지 누구 눈치보고 일하지 않았어요. 남이 뭐라고 하든지 나는 내 갈 길을 가면 됩니다."

그가 집밖으로 나오는데 아내가 근심어린 말을 했다. 동네 길을 천천히 걸었다. 사람들에게 눈인사를 하거나, 공손히 예를 올리며 인사를 했다. 하지만 모두가 싸늘하게 느껴지는 표정들이다.

3.

아파트의 벨을 눌렀다. 인숙이 문을 열었다. 김 목사가 안으로 들어섰다. 그녀는 기다렸다는 듯이 그를 껴안았다. 그녀 역시 약물에 취해 있었다. 그는 완강히 뿌리쳤지만 힘이 부쳐서 체념한 상태가 되었다. 그녀는 거침없이 그의 옷을 벗기기 시작했다.

김 목사의 마음은 흔들린다. 성직자로서의 도리를 지키려고 하지만 행동은 그 반대이다. 몸은 이미 그녀를 받아 들인다. 약물효과 때문에 열기가 오르며 격정 속으로 빠져들어 갔다. 점점 깊은 애무를 했다. 황홀경으로 빠져들었다. 하지만 누가 갑자기 현관문을 두드렸다. 그들의 행동이 일시에 중단되며 매우 놀란다.

"누구지! 올 사람이 없는데, 옆집 이집사가 목사님 온 것을 알고 찾아왔나, 예배 같이 보려고…"

"아닐 것 같아요, 문을 너무 세차게 치는 것으로 보아서는,"

그들은 약물에 취해 몽롱한 상태다. 이성을 잃었다. 판단이 흐려질 수밖에 없었다. 그들은 몹시 당황하며 어쩔 줄을 모른다. 문을 세차게 치는 소리는 여전했다. 인숙은 허겁지겁 알몸에 가운을 걸치며 허둥댔다. 하지만 더욱 놀랜 것은 김 목사다. 자기가 하고 있는 짓이 탄로 나면 모든 것이 끝장이다.

"빨리 어디로 숨어 봐요."

"허 이거 참, 무슨 망신이냐, 잘 살펴보고 문이나 열어요,"

김 목사는 숨을 곳을 찾았지만 마땅히 숨을 곳이 없다. 어쩔 수없이 거실 문을 열고 베란다로 나왔다. 얼결에 나왔지만 몸을 은신할 장소가 없다. 할 수 없이 베란다 창문을 열었다. 황급히 난간을 잡고 창문 바깥쪽에 매달렸다. 최악의 행동이다. 어처구니없는 처신이었지만 어쩔 수 없는 선택이었다. 더욱 난감한 것은 팬티 하나만을 입은 상태로 매달리게 된 것이다. 목사 가운을 입는 것보다는 더 낫다는 판단을 해서다. 정말로 미친 행

동이다. 그녀 역시 몹시 당황하였지만 아무 일이 없다는 듯이 문을 열었
다. 이형사가 문 앞에 서 있다.

"신고가 들어왔어요. 이 집에서 무슨 냄새가 난다고 하는군요."

"무어요? 누가 그런 소리를…"

인숙은 당황하는 눈빛을 보였다. 이형사가 집안으로 성큼 들어섰다. 그
는 상황 판단을 하다가 거실의 열기를 느낀다. 조금 전까지 사랑을 나누었
던 흔적들이 보인다. 목사의 가운과 속옷들이 널려 있다.

이형사가 그것을 간과하지 않는다. 이곳저곳을 살피다가 이상한 직감
을 느낀다. 거실에서 베란다 쪽으로 다가갔다. 작은 신음 소리가 나는 것
을 감지했다. 김 목사가 베란다에 매달려 있으면서 힘이 들어서 끙끙거리
는 소리를 냈다. 이 형사가 그 소리를 듣고서, 베란다 쪽으로 한 발자국 더
다가서자, 철책 난간에 양 손등이 보였다.

"저게 뭡니까, 사람의 손등이 아닙니까?"

"예!"

인숙이 더 놀라며 큰소리로 반문한다. 그 소리와 함께 양손이 사라졌다.
김 목사가 아파트 아래로 떨어졌다.

"어머나! 저걸 어떻게 해…"

인숙은 그 자리에 주저앉았다. 김 목사가 떨어져 죽은 것보다 그 뒤에
몰고 올 일들이 더 걱정이 되었다.

4.

아파트 경비원이 수위실에서 무료하게 텔레비전을 보고 있었다. 그는
갑자기 쿵 소리를 듣고서 깜짝 놀라서 밖으로 뛰어 나왔다. 아파트의 작은
공간에 정원이 있다. 수목들이 군락을 이루고 있다. 김 목사는 그곳에 떨
어져 죽었다. 아파트 경비원은 그 광경을 보고 어쩔 줄을 모른다. 그 후에
지나가던 사람들이 모여들었다. 그 상황을 위에서 내려다보고 있던 이형

사가 황급히 아래로 내려갔다. 그리고 죽은 시체를 꼼꼼히 살펴본다.

"누구지, 팬티 차림에, 남편이라면 이런 짓을 하지 않았을 테고,"

"목사님이에요,"

아파트 경비원이 이 형사에게 그가 목사라고 했다. 그때서야 이 형사는 감을 잡고 상황을 판단하기 시작했다. 그는 현장에서 필요한 조치를 재빠르게 취했다.

5.

김 목사의 죽음을 애도하기 위해서 신도들이 교회 예배당에 모였다. 비탄하는 기도 소리로 열기가 가득 찼다. 누가 지시한 것도 아니지만 자연스럽게 찬송가를 부르기 시작한다.

"지금까지 지나온 것 주의 크신 뜻이라, 한이 없는 주의 사랑 어찌 이루 말하랴, 자나 깨나 주의 손이 항상 살펴 주시고…"

모든 일을 주안에서 형통하게 하신다는 신도들의 찬송가 소리가 우렁찼다. 그의 죽음에 대한 애도의 기도소리가 더욱 구성지고 애달프게 들렸다. 모두들 비탄에 빠져있다. 그는 하나님의 사역자로서 최선을 다한 종이다. 하지만 장로들은 교회의 작은 회의실에 모여서 장례 대책을 논의하고 있다.

"사실대로 발표해야 합니다."

"아닙니다. 그걸 밝히면 우리 교회는 물론이고 교단 전체에 먹칠을 합니다."

"숨길 수가 있다고 봅니까? 언젠가는 탄로가 날 것을,"

"나중 일은 그때 가서 생각하고, 우선 장례를 치르는 것이 도리인 것 같습니다."

"그럼 무슨 좋은 방법이 있습니까?"

"신문에 과로로 순직했다고, 장례 광고를 내고, 장례를 치르면 됩니다."

장로 회의에서 모두들 어떻게 할지를 몰라서 우왕좌왕했다. 박 장로의 제안에 모두들 동의한다. 김 목사를 한편으로는 증오했다. 하지만 장로들은 그가 죽었기 때문에 불문에 부친다. 모두들 그를 감싸주려고 한다. 그것이 전체를 위해서도 옳은 일이라고 생각해서다.

6.

인숙은 김 목사가 떨어져 죽은 후에 어떻게 하는 것이 좋은지 몰라서 몹시 불안에 떨고 있다. 이형사가 다시 그녀의 집으로 되돌아 왔을 때는 모든 것을 체념한 상태가 되었다.

"무슨 일들을 했었는지는 알겠고, 냄새가 지독하군요. 말해보세요?"

"아무 일이 없었습니다."

"사람이 죽었는데 아무 일이 없다고 하면 됩니까, 무슨 일입니까?"

그녀는 질문에 대답하지 않고 다시 더 큰 소리로 울기 시작한다. 이 형사는 집안 구석구석에서 이상한 냄새 때문에 머리가 아팠다. 집에 처음 들어섰을 때보다 더 많은 냄새가 났다. 나프탈렌 냄새와 천리향을 피우는 냄새가 나는 것 같았다.

"저건 무슨 상자입니까?"

"팔 물건입니다. 방안이 가득 차서 문밖까지 쌓아 놓았습니다."

이 형사는 한쪽 방문 입구를 막고 쌓여 있는 상자를 손으로 가리키며 물었다. 인숙은 계속 훌쩍이며 대답했다. 이 형사는 미심쩍은 눈빛으로 그녀를 응시했다. 그녀가 몹시 당황하는 것을 감지한다. 이 형사는 자기가 직접 상자를 치우기 시작했다. 몇 개의 상자는 몹시 무거웠다. 하지만 그것을 몇 개 치우고 나자 빈 상자들이었다.

이 형사는 침묵하면서 이내 상자를 다 치우고 방문을 열었다. 그는 순간적으로 자기의 손으로 입을 막았다. 다 썩어가는 남자의 시체가 방안에 있었다. 냄새를 막기 위해서 천리향을 피우고 있었다. 현장을 들킨 인숙은 그 자리에 주저앉으며 울부짖었다. 이 형사는 당황했다. 김 목사의 죽음 후에, 또 다시 썩은 시체를 발견하였다. 노련한 형사지만 매우 혼란스러워하다가 이내 정신을 차리고 신속하게 행동했다.

"말해 봐요, 이 자가 누구입니까?"

"저는 모릅니다."

"모르다니, 왜 죽었습니까?"

"굶어서 스스로 죽었습니다. 근사 체험을 시도하다가…"

"근사 체험, 그게 무엇인데 사람을 죽입니까?"

"저승에 천당이 있다는 것을 확인하려고 했습니다."

"무어요. 그걸 어떻게 확인 합니까, 정신병자들이 하는 짓이군요. 그렇다면 그것을 누가 주도했습니까?"

이형사가 그녀를 다그쳤다. 인숙은 머뭇거리면서 말을 하지 못하다가, 그 자리에 주저앉더니, 더욱 큰 소리로 울부짖기 시작했다. 그리고 얼마 후에 제 모습을 찾아간다. 이 형사는 그녀를 경찰서로 연행한다.

7.

이형사가 사체실에서 김 목사의 사체를 검안하고 있다. 무슨 약을 먹었는지를 조사했다. 성직자가 맨 정신으로는 그런 짓을 하기가 어렵다. 왜 팬티를 입고 베란다에 매달렸는지도 의문이다. 이성을 가진 사람은 그런 행동을 하지 못한다. 누구든지 죽음을 자초하고 그렇게 매달려 있지 못한다. 이유 여하를 막론하고 이해가 되지 않았다. 그렇다면 무슨 사연이 있다.

이 형사는 수사의 방향을 잡았다. 그가 술을 먹었거나 마약을 복용하지 않았다면 그런 불륜 행각을 하지 못한다. 마약에 취했었기 때문에 그런 행동을 했을 것이다.

그는 마약에 대하여 전문가 수준이다. 누구든지 환각제를 사용하면 시간과 공간의 피안에 머물면서 모든 지상의 사물을 내려다보고 있다는 느낌이 든다. 그래서 무슨 행동이든지 한다. 그 점을 생각해 보면 분명 약을 먹었을 것이다. 마약을 하면 절대적이고 황홀한 행복감으로 충만해진다. 심지어는 자기가 신이라는 착각에 빠진다. 그가 그런 상태가 아니라면 베란다에 매달려 있지 못한다. 죽는다는 것을 알기 때문에 그렇게 하지 못한다.

이 형사는 분명히 그가 마약을 복용했다고 생각한다. 마약을 복용하지 않은 정상적인 사람들은 아무리 극한 상황에 몰려도 죽음을 스스로 자초하는 행동을 하기가 어렵다. 그는 그 점을 깊이 생각했다. 명예 때문은 아니다. 이미 타락한 것으로 소문이 난 목사가 명예 때문에 목숨을 버리지는 않는다. 명예가 무엇인지에 따라 다르기는 하지만 이번 사건은 마약과 관련이 있다고 판단한다.

이 형사는 사체실에서 자기 방으로 돌아왔다. 책상에서 자기의 생각들을 정리했다. 그리고 동료 직원들과 대책 회의를 한다.

"자네는 시체와 관련한 자료들을 과학 수사 연구소로 보내서, 무엇을 먹었는지 알아보도록 해, 그리고 다른 사람들은 부지런히 움직여, 할 일은 모두 알고 있겠지, 이번 사건은 보통 일이 아니야, 잘못하다가는 우리 목이 달아나게 되어…"

"그게 무슨 소리입니까?"

"정말 몰라서 묻는 거야, 그런 일이 관내에 있었는데, 주민의 신고를 듣고서, 겨우 그것을 알아냈잖아, 그래 가지고서야 우리가 일을 제대로 했다고 말할 수가 있어? 더욱이 기자들 조심하고, 부지런히 움직여, 마약과 관련되었다면 다른 사건과 관련이 있을 거야,"

이 형사는 한꺼번에 많은 말을 쏟아 냈다. 그리고 이번에는 인숙을 만나러 유치장으로 갔다.

"말해 봐요, 공범자가 누구입니까?"

"저는 모릅니다."

"근사체험, 그게 구체적으로 무엇입니까?"

"말씀드린 대로 저승에 천당이 있다는 것을 확인하려고 했습니다."

"그것을 확인할 수가 있다고 믿습니까? 죽은 사람이나 알 수 있지, 그건 그렇고, 그것을 누가 주도했습니까?"

"제가 모든 것을 했습니다."

"변 박사가 가담한 일이라는 것을 압니다. 김 목사를 도우려고 해서,"

"아닙니다. 모든 것을 제가 한 일입니다."

인숙은 자기 때문에 김 목사가 죽었다고 생각한다. 그래서 모든 것을 자기가 책임지려고 한다. 이 형사는 상황 판단이 되지 않았다. 사람을 죽이면서까지 천당이 있다는 것을 규명하려고 했었다. 도대체 이해가 되지 않았다.

"저는 이단자입니다. 제가 잘못을…"

이 형사는 그녀의 말을 듣고 허탈한 웃음을 웃었다.

"긴음을 한 어인입니다. 그것도 성직자와…"

이 형사는 할 말이 없어서 그녀를 쳐다보고 있다. 하지만 인숙은 참았던 울음을 쏟아내며 다시 말을 계속한다.

"목사님은 아무 죄가 없습니다. 제 잘못으로 모든 일이 일어났습니다."

"모든 것을 알게 됩니다. 거짓말을 해도…"

"목사님은 저의 피해자입니다. 저의 죄업을 대신했습니다. 그는 훌륭한 성직자였습니다. 어느 누구도 그를 욕하지 못합니다."

"이해가 가지 않는군요. 성직자는 우리와 다르지 않습니까? 그는 이미 성직자가 아닙니다."

"모두가 죄를 짓고 삽니다. 경중의 차이가 있을 뿐이지요."

"사람을 죽여 놓고서, 엉뚱한 말하지 말아요."

인숙은 그의 말에 대답하지 않는다. 유치장의 작은 창 밖에는 세찬 소낙비가 내린다. 아담과 하와가 선악과를 따먹은 후에 인간의 원죄 문제는 시작되었다. 그녀는 인간의 모든 사고는 우연적으로 일어나고 원초적인 문제에서 발단됨을 성직자처럼 말한다.

그녀는 김 목사의 결백을 주지시키려는 의지를 보인다. 자기가 모든 죄의 인자이며 자기 잘못임을 강조한다. 하지만 이 형사는 이미 사건의 전말을 알고 있다. 또 다른 죄를 진 자가 있다. 인숙은 성경의 말을 실천하려고 한다. 하나님처럼 모든 죄가 자기에게 있음을 다시 강조한다. 그녀는 하늘을 바라다본다. 자기가 살아온 삶의 편린들을 회상하며…

타락의 늪

1.

　인숙은 매우 아름다운 여자다. 계란형의 얼굴에 오뚝한 코와 큰 눈, 그리고 빨간 입술을 가지고 있는 미인이다. 시선을 집중시킬 만한 아름다움을 가지고 있다. 남자들은 누구든지 그녀를 보면 정신을 잃고, 한번 사귀어 보았으면 하는 생각을 하게 한다.

　미인은 박복하다는 말이 있다. 그녀는 늘 돈이 부족하다. 남편이 실직한지 몇 달이 되었다. 남편과 늘 부족한 돈 때문에 다투기가 일쑤다. 남편 역시 그녀의 낭비벽을 늘 걱정하고 산다. 그녀는 자고 일어나면 화장부터 한다. 얼굴에 분을 바르는 일로 하루를 시작한다. 틈만 나면 화장을 지우거나 고친다. 그래서 화장품 값이 많이 들어간다. 몇 백만 원짜리 외제 화장품도 서슴없이 산다. 예쁜 옷을 사는 일도 그렇다. 옷가게 앞을 지나가다 마음에 드는 옷이 있으면 어떻게든지 사야 한다. 돈이 있으면 저축을 해야 하지만 낭비벽 때문에 저축 같은 것은 아예 꿈도 못 꾼다. 그래서 늘 남편 영호와 돈 때문에 다툰다.

　"집에만 있지 말고, 일자리를 빨리 구해 봐요, 돈이 없어서 죽겠어,"

　"알았어, 나도 답답해, 누가 나이 먹은 사람을 채용해 주어야지, 이제 무엇이든지 해봐야 하겠어, 조금만 더 기다려.”

그녀는 화장을 하다가 신문을 뒤적이고 있는 남편에게 투정을 부렸다. 남편이 돈을 잘 벌었을 때, 저축을 했으면 문제가 없었을 것이다. 그녀의 낭비벽은 그렇게 하지 못해서, 지금은 아주 어려운 삶을 살고 있다. 그녀의 눈치를 보던 남편은 신문을 덮고 자기 방으로 건너갔다. 그녀는 못마땅한 표정을 짓다가 화장을 다시 시작한다.

남편이 변변치 못하다는 생각을 한지 오래 되었다. 인숙은 자기라도 돈을 벌어야 한다는 생각을 하고 있다. 그래서 밖으로 일자리를 찾아 나섰다. 그녀 역시 일자리를 구하기가 어려운 것은 마찬가지다. 하지만 미모라는 무기를 가지고 있다. 백화점이나 식당에서 아르바이트를 구하기는 쉬웠다. 하지만 그녀는 그런 허드렛 일에 만족하지 못한다. 낭비벽 때문에 왕창 돈을 버는 일을 찾아내려고 한다. 그런 일자리가 있을 턱이 없다. 돈을 한꺼번에 버는 일은 이 세상에 없다. 그러나 그녀는 그런 생각을 하고 있다.

“왜 일자리 구하기가 이렇게 어렵지, 애 학비도 주어야 하는데, 가진 돈은 없고…”

그녀는 화장을 마치고 나서 혼잣말로 투덜거리며 신문의 광고란을 뒤졌다. 신통한 것이 없다. 거의가 여자들을 유혹하는 광고들이다. 매춘과 관련한 것이 많다. 술집, 노래방 도우미, 외판원 같은 일자리 광고들뿐이다. 그런 광고는 아주 솔깃한 광고 문구로 장식되어 있다. ‘미모 여성 구함’ 미모만 있으면 돈을 많이 벌 수 있다. 여성의 재능과 기술을 요구하는 것보다는, 아름다움을 통한 서비스나 허드렛 일을 하는 일에 관한 광고들이다.

“무엇을 하는 곳인가요?”

“노래방 도우미입니다.”

“그걸 하면 얼마나 돈을 벌 수가 있나요?”

“능력에 따라 다릅니다. 많이 버는 사람은 한 달에 5백만 원도 벌어요.”

“노래방에서 무엇을 해서, 그렇게 벌어요?”

“한번 나와 보시면 알아요. 주로 노래방에 온 손님들에게 서비스를 하는 것이지요.”

“서비스요, 무슨 서비스…”

노래를 부르고 술을 같이 마셔 주면 된다. 고객의 만족도에 따라서 수입이 달라진다. 얼마나 질 높은 서비스를 하느냐에 달렸다. 그녀는 가정주부로만 살았다. 구체적으로 서비스가 무엇인지 모른다. 여자의 미모를 말했다. 몸을 던져서 서비스를 해야 한다. 노래방의 탈선행위를 신문에서 본 적이 있다. 인숙은 여러 정황으로 도우미가 무엇을 해야 하는지에 대해서 어렴풋이 알게 되었다. 전화 통화로 쉽지 않은 일이라는 것을 알았지만 돈이 필요하다.

“알았습니다. 언제 찾아가면 되나요?”

“지금이라도 오면 좋아요,”

“아직 아침인데 문을 열지 않았잖아요?”

“제가 늘 상주하고 있습니다. 오시면 됩니다.”

노래방 주인은 전화 통화지만 아주 상냥하게 말했다. 그녀는 여러 가지를 생각했다. 술시중을 늘어도 자기가 할 나름이다. 한번 가 보기로 마음을 먹는다.

그녀는 신앙심이 깊다. 평상시에도 기도를 습관적으로 자주 한다. 그런 일을 하기 위해서도 기도를 해야 한다. 하나님에게 매달려 그 답을 구하는 것이 먼저다. 교회에 가기 위해서 서둘러서 예쁜 옷으로 갈아입었다. 거울 앞에서 자기의 모습을 바라다보았다. 어느 누구보다 아름답다는 생각을 한다. 고등학교에 다니는 아이가 있는 가정주부라고 보기에는 너무 젊고 예쁘다. 보기에 따라서는 아주 젊은 처녀처럼 보인다. 구인 광고에서 미모가 무엇 때문에 필요한지는 모르지만 미모라면 자기는 자신이 있다. 여자

의 미모로 일자리를 구할 수 있는 곳이 많다는 생각이 들자 자신이 생겼
다. 그녀는 손가방과 성경책을 손에 들었다. 그리고 안방 문을 열었다. 남
편이 그냥 멀거니 누워서 천장을 보고 있다.

"내가 못살아, 그렇게 누워만 있으면 어떻게 해, 무엇이든지 해봐야지,"
남편이 자리에서 벌떡 일어나며 억지로 웃음을 짓는다.

"알았어, 지금 생각 중이야, 뭐든지 해봐야지, 오후에 약속이 있어서 나
갈거야,"

"약속, 무슨 약속?"

"누가 한번 와 보라고 하는데 가 보려고,"

"그래, 빨리 아무거나 해봐, 애 학비도 주고 생활비도 써야 하는데, 이제
돈이 바닥이 났어,"

그녀는 돈타령을 하지만 영호는 대꾸를 하지 않는다. 돈을 잘 벌어다 줄
때도 늘 돈이 부족했다. 아껴 써야 한다. 지금 같은 일이 올 것을 예상하고,
돈을 저축해야 했었다. 하지만 그녀의 낭비벽이 지금 더 쪼들리게 만들고
있다고 생각한다.

"그런데 어딜 가려고?"

"교회에 갔다가 일자리를 구해 보려고,"

"일자리? 어디 일자리 구하기가 쉽겠어, 한 번도 직장에 안 다녀 보고
살림만 하다가…"

"그럼, 어떻게 해, 무엇이든지 해야지, 노래방에서 도우미를 한번 해보
려고 해,"

"도우미, 당신이 그런 일을 어떻게 해, 노래방에서 무엇을 하는지 알아?
때로는 술 따르는 일도 해,"

"노래방에서 노래만 하지, 무슨 술 따르는 일은…"

"저렇게 모른다니까,"

"술 따르면 안 되어, 먹고 살려면 그보다 더 험한 일도 해야 해, 할 수 있

다면 할 거야,"

영호는 그녀의 말을 듣고 매우 불안했다. 자기 책임이지만 말리지도 못한다. 그녀의 얼굴을 쳐다보면서 걱정만 한다.

"나 먼저 나갈게,"

인숙은 남편의 말은 듣지 않는다. 방문을 큰소리가 나게 닫고 집을 나갔다. 하지만 영호는 몹시 불안한 생각뿐이다. 노래방이란 곳이 무슨 일을 하는지 알고 있다. 남자들이 단순히 노래만 부르려고 그곳에 가지 않는다. 영호는 아내를 걱정한다.

2.

인숙은 서둘러서 교회로 갔다. 그녀가 적을 둔 교회는 큰 교회다. 신도들이 많고 좋은 일도 많이 한다. 그녀는 예배당 문을 열고 안으로 들어갔다. 평일이어서 사람이 없다. 천천히 안으로 들어가 한가운데 자리를 잡고 앉았다. 한동안 좋은 일자리를 달라는 기도에 열중한다. 교회에 대해서두 기도한다. 오랜 역사를 가지고 있지만 변환기를 맞고 있다. 교세가 둔화되고 있다. 앞으로 나가지 못하고 여러 가지 문제로 충돌하고 있다. 그녀는 힘을 실어달라고 염원한다.

김 목사는 아주 좋은 사람이고 교단에서 알아주는 목사다. 하지만 일부의 신자들은 그를 헐뜯는다. 그들은 늘 사소한 일에도 시비를 건다. 목사가 첩을 두었다. 교회 돈을 유용했다. 설교가 늘 그 타령이다. 인숙은 나쁜 말이 나돌지만 그를 존경한다. 어떻게든지 가깝게 지내려고 노력한다. 틈만 나면 찾아뵙고 어려운 문제를 상담한다.

목사와 신도의 관계는 양육관계다. 하지만 인숙은 그 이상으로 목사를 생각하고 존경한다. 못난 자기 남편에 비교하면 하늘이다. 그는 훤칠한 키에 약간의 살이 쪘지만 전형적인 미남이다. 학식도 매우 높다. 흠이 있다면 자기가 짝사랑하기에는 나이 차가 많이 나는 것이다.

그는 미국에서 신학을 공부했다. 교단에 많은 업적을 가지고 있다. 신도들도 존경하며 많이 따른다. 하지만 지체가 높아지면 적이 많다. 신자들이라고 성인군자만 있는 것도 아니다. 그를 시기하는 자들은 늘 사소한 일에도 시비를 건다. 그에게 흠이 있다면 약간의 물욕이 있다. 남을 돕기 위해서 가지는 욕심이다. 크게 탈이 될 일이 아니지만 믿음이 약한 사람들이 물고 늘어진다. 하지만 언제나 불리한 것은 목회자다. 그녀는 폐가 되지 않을지를 걱정하며 그를 존경한다.

그녀가 기도를 시작한지 많은 시간이 지났다. 기도를 통해서 마음의 평온을 찾았다. 기도할 때가 그녀는 가장 행복하다. 누구든지 의지할 곳이 있는 사람은 행복하다. 어려움에 처해 있을 때도 그렇다. 그녀는 믿음에 대한 집착이 큰 여자다. 많은 시간을 기도하면서 문제에 대한 답을 구하고자 했다. 그녀는 눈물까지 글썽이면서 기도를 열심히 한다.

김 목사가 예배당을 둘러보려고 들어왔다가 그녀를 보았다. 그는 빙긋이 미소를 진다. 하지만 인숙은 기도에 열중하고 있다. 김 목사는 조용히 지켜보고 있다. 한참 후에 그녀에게로 가까이 갔다.

"나오셨군요. 집사님은 아주 충실한 우리 교회의 제일가는 신자이십니다. 늘 예배당에 나오시고, 아주 훌륭하십니다."

"어머! 목사님, 언제 여기 계셨어요?"

"지금 방금 집사님을 보고 이곳으로 왔지요."

"그럼, 저에게 신호를 주시지 않고서…"

"무슨 소리, 하나님을 찾는 어린양을 목자가 어떻게 함부로 멈추게 합니까, 하하하…"

김 목사는 유쾌하게 웃었다. 그녀 역시 따라 웃자, 넓은 예배당은 웃음바다로 가득 찼다.

"자, 일어나시지요. 제 방에 가서 차나 한 잔 하시지요."

"아닙니다. 바쁘실 텐데,"

"바빠도 내가 하는 일이잖아요."

인숙은 미안한 척 하는 말을 했지만 밝은 표정으로 목사님의 뒤를 따라서 당회장실로 갔다. 김 목사는 늘 하던 대로 손수 커피를 끓여서 그녀의 앞에 내 놓았다. 그들이 차를 마시고 있는데 사모가 문을 열고 들어왔다. 인숙은 자리에서 일어나 인사를 했다

"오셨군요."

"예, 또 바쁘신 목사님을 붙들고 있어요."

사모는 그냥 웃기만 하다가 이내 남편에게 말을 한다.

"밖에 손님이 오셨어요."

"누구지요?"

"박 장로님이에요."

"그분 또 시비하러 온 모양이군, 알았어요. 조금 기다리시라고 해요."

사모가 말을 마치고 인숙에게 눈웃음을 한번 주더니 방을 나갔다. 김 목사는 별일 아니라는 듯이 대화를 한다. 하지만 인숙은 무슨 일인지 궁금해하는 표정을 짓는다.

"실은 목사님께 상의 할 것이 있어서…"

"상의요, 집사님이 상의할게 있다. 그게 무엇입니까, 제가 다른 일 제쳐놓고 그 일을 해야지요, 무잇입니까?"

김 목사는 시간이 많으니 걱정 말고 이야기하라는 뜻으로 되물었다.

"저의 남편이 실직한지 오래 되었어요,"

"그래요, 그걸 몰랐습니다. 그런데도 십일조는 매달 같은 금액으로 내던데, 그래서 저는 문제가 없는 것으로 알고 있었습니다."

"그건 하나님과의 약속이기 때문에 내놓은 것이지요,"

"그래도 수입이 없는데, 그것을 지켰단 말이지요, 대단하십니다."

"저라도 일을 하려고 합니다. 하지만 마땅한 일자리가 없어서요."

"집사님이 일을 하려고, 무슨 일을 하시려고…"

"아무거나 해야 되는데, 그게 마땅치 않아요, 생활비와 아들 학비까지 걱정을 해야 합니다."

"저런, 그럼 아주 심각하네요, 알겠습니다. 제가 뭐 일자리가 있는지 좀 알아보지요."

인숙은 그의 말을 듣고서 안도의 숨을 쉬었다. 늘 부탁만 하고 사는 처지다. 원래 신도와 목사의 관계는 상부상조하는 관계다. 하지만 너무 고마워서 어쩔 줄을 모른다.

"목사님은 늘 저를 도와주시는 천사입니다."

"목사가 신도들의 일을 돕는 것이 천사라, 하하하, 내가 할 일입니다. 걱정 마십시오. 어디 일자리를 찾아봅시다."

그녀는 금방 일자리를 얻은 것처럼 기뻤다. 김 목사에게 예를 갖추고 자리에서 일어났다. 더 이야기하고 싶었지만 손님이 있다는 것을 알았다. 김 목사는 기다리고 있는 박 장로를 만나기 위해서 그녀에게 가벼운 인사를 했다.

3.

인숙이 노래방에 도착한 것은 정오를 조금 넘은 시간이다. 번화한 곳에 있는 노래방은 예상보다 규모가 컸다. 그녀는 너무 더워서 가쁜 숨을 내쉬었지만 노래방 안은 시원했다. 카운터로 갔다. 누구와 이야기해야 하는지 몰라서 머뭇거렸다. 젊은 처녀가 혼자서 바쁘게 일을 하고 있어서다.

"저, 사장님을 만나려고 하는데요."

"무슨 일 때문에 그러시죠?"

곱상하게 생긴 아가씨가 일손을 멈추더니, 눈을 아래로 깔고 쳐다봤다. 아주 건방지다. 마치 인숙이가 무엇 때문에 그곳에 왔는지를 이미 안다는 태도다.

"약속이 되어 있습니다."

카운터의 아가씨는 다시 경멸하는 표정으로 쳐다보다가 아무 대답 없이 전화기를 든다.

"사장님이세요? 누가 찾아왔어요."

그녀는 무슨 말을 알아들었는지 간단하게 통화를 마쳤다. 그러고 나서 그녀에게 복도를 따라서 안으로 쭉 들어가라고 한다.

"쭉 이라니요. 어디를 말하는지…"

노래방에 방이 여러 개 있다. 인숙은 어디로 가라는 것인지를 몰라서 반문했다. 하지만 그녀는 종전처럼 새침한 표정을 짓고 마지못해서 하는 말처럼 대답한다.

"끝 방이에요."

인숙은 기분이 몹시 나빴다. 하지만 할 수 없이 그녀가 일러준 대로 복도 끝에 있는 맨 마지막 방으로 갔다. 방문을 노크하고 안으로 들어갔다. 비대한 몸집의 주인 남자는 이글거리는 눈으로 그녀의 아래위를 훑어보다가 말을 한다.

"자리에 앉으시지요."

인숙이 자리에 앉자마자 주인 남자는 빙긋이 웃으며 질문을 한다.

"이런 곳에서 일해 본 적이 있나요?"

"없습니다."

"그럼 무엇을 구체적으로 하는지 모르겠군요."

"그렇습니다."

"그야말로 남자들이 원하는 모든 것을 서비스하는 곳입니다."

"원하는 것 전부를 요? 노래방에서 술도 파나요?"

"그럼요, 안되지만 몰래 팝니다. 그걸 하지 않으면 수입이 됩니까, 그것 뿐만이 아니라 은밀한 장사도 합니다."

"은밀한 장사라니요?"

"무어 다 알고 계시면서 그것을 순진하게 묻습니까, 몸 서비스도…"

인숙은 태연한 척했지만 얼굴이 확 달아올랐다. 광고문에서 예쁜 여인을 구한다는 것이 무슨 이유인지를 알았다. 그녀가 거기까지 생각이 미치자, 어떻게 행동하는 것이 좋은지를 잠시 생각했다. 하지만 이왕 찾아온 김에 구체적으로 물어 보자는 생각을 한다.

"몸을 팔면 얼마를 받나요?"

"자기가 하기 나름입니다. 한 번에 몇 십만 원을 받기도 해요."

"그렇게 많이…"

인숙은 남자들이 섹스에 돈을 물 쓰듯이 한다는 말이 무슨 말인지 이해가 갔다. 남자들은 예쁜 여자에게 마음이 쏠리면 돈을 마구 쓴다. 물불가리지 않고 애정 행각에 열중한다는 것을 알고 있다.

"어떻게 하시겠습니까? 미모도 갖추고 계시고, 일을 하시면 단골손님이 많을 것 같습니다."

"생각을 좀 해보겠습니다."

"그래요. 결정을 하십시오. 그리고 우리 노래방은 삼교대 근무입니다. 필요한 시간을 정하고 그 시간에 나와서 서비스하면 됩니다. 결정을 하고 연락을 주십시오."

노래방이 삼교대를 한다는 것을 이해하지 못했다. 심야 영업을 할 수 없다. 무슨 말인지 이해가 가지 않았다. 하지만 단순히 노래를 부르는 것 외에, 다른 일들이 벌어지고 있다는 생각이 들었다. 그녀는 이글거리는 눈빛으로 쳐다보고 있는 주인 남자에게 인사를 하고 밖으로 나왔다.

4.

김 목사는 자기 방에서 박 장로와 마주 앉아 있다. 박 장로는 기회만 있으면 늘 입바른 소리를 하는 장로다. 또 무슨 이야기로 자기를 놀라게 할지 몰라서 긴장한다. 그래서 침묵하며 그를 바라다보고 있다. 그는 커피 잔을 입에서 떼면서 무거운 목소리로 말한다.

"교인들이 말이 많습니다."

"아하, 또 무슨 이야기를 하려고 하십니까, 원래 교회는 말이 많은 곳이 아닙니까?"

"장로 회의에서 여러 가지 말이 나왔습니다. 목사님의 말씀을 듣고 결론을 내자는 이야기들을 했습니다."

"늘 하는 이야기 아닙니까, 목사가 돈을 많이 쓴다. 설교가 좋지 않다. 관내 구제 사업에 소홀하다. 늘 그런 이야기 아닙니까?"

"우리가 하는 일들을 더 잘 해보자고 하는 말들입니다. 목사님이 그렇게 말씀하시면 그건 너무 곤란합니다."

"누가 잘 하지 말라고 했습니까, 너무 하는 것 아닙니까, 어디 이래 가지고서는 목사가 숨이나 쉬겠어요, 서로 협력해야 교회가 바로 서는 것 아닙니까, 장로들과 목사가 서로 다른 이야기를 하면 곤란합니다. 다른 말하지 말고 입을 다물게 다독거리세요."

"아무튼 교회에 말이 많습니다. 신도들이 갈라져 있습니다. 장로들도 갈라져 있어서 서로 화합이 필요하지만 그게 안 되고 있습니다. 목사님도 그것을 해결하지 못해서 더 문제입니다."

"물론 제 책임이 큽니다. 하지만 모두가 합심을 하도록 해야 합니다. 그래야 교회가 잘 됩니다. 박 장로님이 선두에 서서 살 이해시켜 주세요, 나를 몰아 부치지 말고,"

"저야, 목사님을 위해서 늘 기도하지요. 하지만 나를 내세우고, 목사님에게 의사를 전달하라고 하는데, 전들 무슨 수가 있습니까. 목사님이 저희들 이야기에 귀를 기울려 주세요."

"그럼 어떻게 하면 됩니까?"

"날을 정하고 한번 모여서 의논을 해보자는 것이지요."

"모아 놓으면 성토나 하는데 모여서 무엇 합니까?"

"그래도 다른 방법이 없으니까, 모여서 해결하도록 하는 것이…"

"알겠습니다. 한번 별도로 모여서 이야기 해봅시다. 장로님이 날을 정하고 알려 주세요."

김 목사는 화가 치밀어 올랐지만 잘 참았다. 장로라는 사람들이 교회를 바르게 끌고 가야 하는데, 목사에게 시비나 걸고 있다고 생각한다. 장로들의 생각은 그 반대다. 목사님의 교회 운영 방침과 행실에 문제가 있다는 생각을 하고 있다. 원래 모든 일은 자기 탓이 아니라 남의 탓으로 보는 것이 요즘 세태다.

교회 역시 신자들이 남의 탓을 하면 말썽이 생긴다. 큰 교회에서 생기는 말썽은 주로 믿음과 관계없이 물질적인 것으로 인해서 생기는 경우가 많다. 김 목사는 그 점을 주지 시켰다. 하지만 박 장로는 시큰둥한 표정을 짓다가 자리에서 일어나 밖으로 나갔다.

5.

인숙은 노래방에서 자기 집으로 돌아왔다. 남편이 집에 없다. 어디를 갔는지 몰라서 걱정이 되었다. 아들 녀석도 학교에서 돌아오지 않아서 집안에는 거칠 것이 없다.

"왜 이렇게 날씨가 더워,"

인숙은 너무 더워서 속옷 차림으로 거실에서 선풍기 바람을 쏘이고 있다가 텔레비전을 틀었다. 뉴스 앵커는 무더위가 기승을 부린다는 것을 보도하고 있다. 세계 곳곳에서 살인적인 더위가 일어나고 있다. 마실 물조차 없어서 수백 명이 죽었다. 그녀는 이상 기후가 지속되고 있다는 보도를 들으면서 걱정이 되었다. 목사님의 종말론에 대한 설교가 떠올랐다. 두려운 생각이 문득 들었다.

하지만 텔레비전에서는 이상 기후에 대한 뉴스를 계속한다. 금년의 세계 평균 기온이 과거 30년간 평균기온보다 높아졌다. 80년대 이래 최고다. 몇 년 전부터 올해까지의 매년 평년 차가 과거 어느 때보다 높아서 세계적

고온 현상이 계속되고 있다. 지중해 연안에 닥친 더위로 이탈리아에서는 수십 명이 사망했다. 포르투갈과 알제리 등은 최악의 가뭄이다. 식수 부족과 농작물 고사로 고통을 받고 있다. 인도 동북부, 파키스탄, 방글라데시는 최고 기온이 50도나 된다. 월 평균 기온이 무려 30도를 넘는 폭염으로 수백 명 이상이 숨졌다. 그녀는 뉴스를 들으면서 하나님의 심판이 시작되었다는 생각을 한다.

미주 지역을 강타한 허리케인도 마찬가지 맥락이다. 뉴올리언스와 아리조나주 피닉스에선 몇 백 명이 숨졌다. 파키스탄의 지진은 학교에서 공부하고 있는 어린이들을 그대로 매몰시켜서 많은 인명 피해가 생겼다. 뉴스 앵커는 계속해서 자연재해와 살인 더위에 관한 것을 보도한다.

"세상이 이제 말세인 모양이야, 하나님은 한 방울의 수증기와 물방울로도 우리를 죽일 수 있는데, 그것을 모르고 있으니…"

인숙은 세상이 끝나는 것이 아닌가 하여 겁이 났다. 하지만 이상 기후에 대한 뉴스가 계속된다. 노여움으로 찬 예수의 얼굴이 보였다. 두려움이 점점 더 생겨서 무섭다. 텔레비전을 보기가 싫어서 껐다. 그리고 그녀는 오랫동안 구원의 기도를 한다. 눈에 촉촉한 눈물이 맺혀있다. 온몸이 땀으로 젖었다. 자리에서 일어나 욕실로 갔다. 옷을 훌훌 벗었다. 시원한 물로 몸을 적시자 성신이 밝아셨다. 제 정신으로 놀아온 그녀는 오랫동안 욕조에 몸을 담그고 있다. 세상사가 별 것이 아니다. 자기 처지를 생각하면서 혼란스러워 한다.

6.

영호는 일자리를 찾아서 나섰지만 신통한 것이 없다. 화를 내는 아내의 얼굴이 떠오른다. 또 핀잔을 맞지 않으려면 어떻게든지 일자리를 구해야 한다. 마음이 몹시 무거웠다. 신문에 난 광고지를 주머니에서 꺼냈다. 줄을 친 주소가 여러 곳이다. 거의 다 돌아다녀 보았지만 모두 허탕을 쳤다.

나이가 먹은 탓에 좀처럼 일자리를 구하기가 어렵다.

"거기를 찾아가려면 어디로 가야 합니까?"

"강남역 3번 출구로 나오셔서, 조금 걷다 보면 저의 건물이 있습니다."

영호는 배도 고프고 지쳤다. 하지만 일자리를 한 번 더 찾아보자는 생각으로 전화를 걸었다. 의외로 젊은 여자가 상냥하게 대답했다. 찜통 같은 버스와 전차를 여러 번 갈아타고서 그곳에 도착했다. 회사는 아주 깨끗했다.

"무엇을 할 수 있습니까?"

영호는 그녀의 물음에 확실한 대답을 하지 못하고 우물거렸다. 여직원은 다 알고 있다는 것처럼 빙긋이 웃었다. 하지만 영호는 어색한 얼굴로 그녀를 바라다보았다. 잠시 후에 그녀는 앵무새처럼 자기 회사에서 대하여 간단하면서도 명료하게 설명했다. 외판원 일이다. 자기만 잘하면 한 달에 수백만 원을 벌 수 있다. 일주일 정도 교육을 받고 자기들이 제공하는 상품을 팔면 된다. 판 금액의 30프로를 성과급으로 준다. 그녀의 말을 듣고 나서야 사무실의 구조물들과 사람들이 분주하게 움직이는 이유를 알게 되었다. 다단계 판매 회사였다.

"어떤 물건을 팝니까?"

"그걸 알려 주기 전에 교육을 받아야 합니다."

"무슨 교육을…"

"해보시겠다면 이곳에 자필 서명을 하고 약간의 돈을 내면 됩니다."

영호는 그녀가 주는 서류를 받아서 훑어보았다. 일반적으로 회사에서 체결하는 계약 서류와 다름이 없어 보였다. 몇 군데 보증 금액을 적어 넣는 난이 있었다.

"그 일을 하면서 왜 돈이 필요합니까?"

"돈 안 들고 되는 일은 없습니다. 보증금이 필요합니다."

"얼마나 필요하지요?"

"일주일 연수에 따른 교육비, 숙식비가 필요하고 상품에 대한 보증금을 내야 그 일을 할 수가 있습니다."

영호가 더 이상 말을 하지 않자, 그녀는 다시 말했다.

"교육비로 30만원과 판매 보증금으로 5백만 원이 필요합니다."

영호는 기가 찼다. 그렇게 많은 돈을 구할 수도 없다. 외판원을 하면서까지 그런 돈을 내고서 해야 하는지를 생각하자, 난감해서 머뭇거렸다. 하지만 여직원은 웃음을 띤 얼굴로 아주 상냥하게 다시 말했다.

"구멍가게를 내려고 해도 돈이 들어갑니다. 우리 상품은 없어서 못 파는 물건입니다."

"그게 무엇입니까?"

"남성들에게 필요한 것입니다."

영호는 남성들에게 필요하다는 말을 듣고서 정력제나 건강 보조 식품이라는 것을 감지했다.

"워낙 인기가 있는 상품이라 파는 것은 문제가 안 됩니다. 많이 팔면 수입이 좋고, 한번 해 보시면 압니다."

영호는 다소 솔깃하기는 했다. 하지만 지금 형편으로는 그렇게 많은 돈을 구하기가 어렵다. 포기하고 밖으로 나오려고 하자, 직원은 다시 말했다.

"한번 해보시면 절대로 후회를 하지 않을 것입니다. 돈이 마련되면 다시 오십시오."

영호는 이상할 정도로 사람을 끌어들이는 마력을 가진 여직원의 말을 듣고서, 다시 오겠다는 말을 하고, 그 사무실을 나왔다. 밖은 무섭게 더웠다. 하지만 어떻게든지 일자리를 구해야 한다는 생각이 다시 고개를 들었다. 광고지를 훑어보고 몇 군데를 더 돌아다녔다. 하지만 일자리를 찾지 못했다. 그는 터덜거리며 걸었다. 몸이 온통 땀으로 젖었다. 한심한 생각이 머리를 떠나지 않는다. 아직 집에 가기에는 이른 시간이다. 집에 가봤자 신통한 것이 없다. 아내에게 야단을 맞는 일뿐이다. 마냥 걸을 수만은 없어서 전철을 탔다. 집으로 갈 생각이 없다. 많은 사람들이 어디로인지 분주하게 가고 있다. 하지만 자기만이 갈 곳이 없다. 방황하다가 집 가까이 있는 포장마차 집으로 갔다.

7.

박 장로가 다녀 간 후에 김 목사는 오랫동안 기도를 했다. 신도들이 자기를 시험에 들게 하는 것이 너무 안타깝다. 그 해답을 찾으려고 깊은 기도로 하나님에게 매달렸다. 교회를 어렵게 하는 일들이 무엇인지, 스스로 반성하는 시간을 가졌다.

교회가 대형화되는 것이 문제라고 말하는 것에 대해 생각해 봤다. 너무 권위적이다. 불우한 이웃을 돕는 일에 소홀히 한다. 그렇다면 그런 일이 우리 교회에만 한정되는 일인가를 자문해 보았다. 우리 교회뿐만이 아니다. 등록 교인만 수만 명이나 되는 대형 교회도 있다. 그렇게 성장한 것은 많은 노력의 결과다. 그런데 그것을 탓하는 이유를 모르겠다.

박 장로가 전한 말도 모두가 억지다. 큰 교회는 작은 교회의 희생으로 성장한다. 교회는 열린 공간이 되어야 한다. 하지만 큰 교회가 자기들끼리만 안주하면서 아주 폐쇄적이다. 대형 교회가 문을 활짝 열어야 하지만 제한된 사람들에게만 개방이 된다. 대형 교회는 집회가 없는 주중에는 빈 공간으로 둬서는 안 된다. 지역사회를 위한 공간으로 활용해야 한다. 젊은이들의 열기를 토해 낼 수가 있는 문화 공간이 되어야 한다. 어려운 이웃이 쉴 수 있는 공간으로 열려져 있어야 진정한 하나님의 일을 하는 것이다.

하지만 제한된 신도들만이 그곳을 이용하고 있다. 대형교회는 열려 있는 것 같지만 닫혀 있다는 것이다. 김 목사는 거기까지 생각이 미치자, 과연 우리 교회도 그렇게 폐쇄적이었나를 깊이 생각했다. 하지만 자기 스스로 판단해도 그렇지 않다는 생각이 더 지배적이다.

"그거 참! 어떻게 해야 하는지, 대형 교회를 시기하는 일이 있어서는 안 되는데…"

김 목사는 아무리 생각해도 잘못된 것이 없다는 생각이 들었다. 그래서 더 깊은 기도를 했다. 하지만 답이 없어 보인다. 그런 말들은 교회를 부정적으로 보는 것으로, 교회의 추락을 유도하려는 쪽의 행동으로 밖에 볼 수가 없었다.

"작은 교회가 대형 교회를 위해서 존재한다니, 그건 정말로 억지야, 어떻게 해서 그런 생각을 하지,"

김 목사는 작은 교회의 피와 땀과 눈물로 대형 교회가 이루어진다는 역설에 대해서 매우 불쾌했다. 어떻게 그런 발상이 생기는지 이해가 가지 않았다. 교회에도 범위의 경제와 규모의 경제 이론이 있어야 한다고 보는 것이 김 목사의 생각이다.

자립하지 못하는 교회는 결국 성공할 수가 없다. 따라서 교회가 자립하려면 어느 정도의 경제 이론이 병행되어야 하고, 목사도 CEO 정신이 있어야 한다. 구제 사업을 하거나 선교 활동을 하려고 해도 돈이 있어야 그것을 할 수가 있다. 그렇다면 목사가 CEO 정신으로 교회를 운영한다고 문제가 될 것이 없다는 입장이다. 그렇게 보면 작은 교회가 좋은 일을 더 많이 한다는 것은 억지다.

작은 교회가 성장하기 위해서는 신도들에게 충실해야 한다. 하지만 대형 교회는 어느 정도 성장했기 때문에, 신도들에게 작은 교회보다 덜 충실하다는 억지 주장은, 근거가 없는 이야기다. 심지어 대형 교회가 신도 위에서 군림한다는 것도 그렇다.

기가 찼다. 이 교회를 어떻게 세운 것인가, 정말로 피와 땀으로 이룩한 교회다. 그런데 지금에 와서 그것이 문제가 된다고 하니 답답해졌다. 아무리 생각해도 잘못된 것이 없어 보인다. 그렇다면 장로들이 문제로 지적하는 것이 대형 교회라는 것을 명분으로 삼지만 다른 것에 있다는 생각이 들었다.

김 목사는 기도 속에서 거기까지 생각이 미치자, 어떻게 해야 하는지 매우 답답해졌다. 교회를 작은 규모로 축소해야 한다는 이론이 성립되지만 그것은 말이 안 되는 일이다. 큰 교회로 성장하면 교회가 신도 위에서 군림하는 현상으로 비춰지는 점도 있을 것 같기는 하지만 그것은 기우이다.

작은 교회가 좋은 일을 더 많이 하고 아름답다는 말은 일반론이다. 성직자가 그것을 모르는 사람은 없다. 어떻게 모든 면에서 부족한 작은 교회가 더 좋은 일을 많이 하겠는가, 물론 이론적으로 작은 교회가 아름다운 교회일수는 있다.

하지만 작은 교회가 대형 교회를 능가한다는 것은 사실이 아니다. 중소 도시의 몇 백 명되지 않는 신도를 가지고 있는 교회들은 성장하지 못하고 그 자리에서 머물고 있다. 그 이유는 범위의 경제와 규모의 경제 이론에 부합되지 못하는 점에서도 같은 맥락이다. 김 목사는 많은 시간 동안 깊은 기도를 했지만 명쾌한 해답을 구하지 못했다. 그래서 다시 해답을 얻기 위해서 깊은 기도를 한다.

8.

인숙은 목욕을 오랫동안 하다가 잠이 들었다. 거실에서 전화벨이 울리는 것을 알아듣지 못했다. 몇 번의 전화가 온 뒤에 다시 온 전화 벨소리를 들었다. 허겁지겁 타월로 몸을 가린 채 거실로 나와서 전화를 받았다.

"누구십니까? 예, 선생님이시군요? 어쩐 일로,"

인숙이가 받은 전화는 영철이의 학교 선생님이었다.

"학교에 한번 나오셔야 하겠습니다."

"왜! 저희 아이가 무슨 문제가 있습니까?"

"예, 좀 문제라고 하기보다는…"

선생님이 전화로 말하기가 거북하였는지 말을 삼가 하는 것이 분명했다. 인숙은 아들이 무슨 문제를 일으켰다는 생각이 들어서 더욱 불안해졌다.

"알겠습니다. 언제 가면 되겠습니까?"

"빠를수록 좋습니다."

"그럼 지금이라도 가면 되겠습니까?"

"그렇게 하여 주시면 고맙겠습니다. 오늘 여러 번 전화를 했는데, 이제서야 통화가 되었습니다."

선생님은 무엇인지 허둥대는 말을 했다. 인숙은 점점 더 불안해져서, 이내 학교로 가겠다는 말을 하고 전화를 끊었다.

9.

영호는 포장마차 집에서 술을 마셨다. 빈속에 술국으로 배를 채우며 소주 몇 병을 마셨다. 취기가 거나해졌다. 취기가 돌자, 왜 자기가 이런 신세가 되었는지를 잠시 생각해 보았지만, 자기보다는 아내 때문에 더 문제가 되었다는 생각을 한다.

영호가 잘 나갈 때 저축을 하고 대비를 해야 했었지만 아내는 낭비벽이 심했다. 돈이 생기면 물 쓰듯이 돈을 썼다. 아내는 일하지 않고 돈 쓰는 일에만 열중했다. 카드 사용 범위를 초과하면서까지 백화점에서 물건을 사들였다. 주로 자기 옷과 화장품이다. 그러면서 늘 돈이 부족하다는 말을 입에 담고 살았다.

"어떻게 된 여편네가 돈 귀한 줄을 모르니, 난 정말 용돈도 아끼면서 최선을 다했는데,"

영호는 거기까지 생각이 미치자, 화가 치밀어 올랐다. 교회에 열심인 것도 원망스러웠다. 믿음을 가지고 사는 것은 좋지만, 목사님과 자주 어울리며 돌아다니는 것도 싫었다. 더욱 싫은 것은 반반한 미모를 더 예쁘게 하려고 하는 것도 문제였다. 자기를 과시하려고 늘 짙은 화장을 한다. 그래

서 화장품 값이 만만치 않다. 외국산 화장품만 사들이는데 그 값이 엄청나
다. 무슨 화장품인지 한 병에 몇 백 만원씩이나 하는 것도 서슴없이 사서
얼굴에 발랐다. 매일 입을 옷이 없다고 하면서 사들인 옷이 옷장 안에 가
득하다.

영호는 단지 철 따라 양복 한두 벌을 가지고 살았지만 아내는 아니다.
교회에 각종 헌금을 내는 일도 분수껏 하지 않았다. 너무 과한 면이 많았
다. 교회에 열심인 것은 좋지만 허세가 섞인 헌금을 하려는 것에 문제가
있었다.

"이번에 건축 헌금을 조금 많이 내야 하겠어요."

"얼마나 내야 하는데?"

"교육관과 주차장을 마련한다고 해요."

"글쎄, 얼마를 내려고 하는데?"

"5천만 원이에요."

"당신 미쳤어. 그 많은 돈이 무슨 애들 이름이냐? 내 봉급에서 그런 부
담을 어떻게 해, 내가 사업을 하는 것도 아니고, 그렇게 못해."

"목사님하고 약속을 했어요, 그리고 하나님에게 드리는 것을 그렇게 아
까워하면 벌을 받아요. 베푼 것만큼 돌려주셔요, 걱정하지 말아요. 하나님
이 그 곱절로 우리를 보살펴 줄 것이에요."

"정말 미쳤어, 어디서 그런 돈을 구해, 지금 내 봉급으로는 살기도 빠듯
한데."

"정말로 몰라서 자꾸 그래요. 그게 그냥 주는 게 아니잖아요. 하나님이
분명히 더 많은 것을 돌려주어요, 잔말 말고 돈을 구해 와요."

영호는 그날 이후로 아내와 교회 이야기만 나오면 다툼을 벌였다. 결국
은 회사에서 돈을 빌리고 은행에서 차입까지 했다. 건축 헌금을 냈지만 빚
더미에 올랐다. 하지만 아내는 더욱 신바람이 났다. 목에 힘을 주고 교회
에 자주 나갔다. 조용히 하나님을 믿는 것이 아니라 여러 가지 교회 일에

간섭을 하려고 했다. 무슨 일이든지 좋은 일은 남이 모르게 해야 한다. 자기 분수에 넘치는 건축 헌금을 내고서 생색을 냈다.

영호는 아내의 그런 행동들이 불안했다. 무슨 일을 저지를지 모른다는 생각에 빠졌었다. 그래서 마음이 편하지 않았다. 같이 사는 동안 마음을 졸이고 살았다. 결국 실직을 하고 나자 문제가 되었다. 수입은 없는데 씀씀이는 헤프다. 그것을 고치려는 생각도 없다. 영호는 마시던 술잔을 단숨에 마시고 깊은 한숨을 내쉬었다.

"이제, 어떻게 하지, 단돈 몇 백만 원이 없어서 외판원도 못하는 처지가 되었으니,"

영호는 술을 마시면서도 가슴이 답답해졌다. 그래서 자포자기 심정으로 더욱 술을 마셨다. 술은 격한 마음을 다스리지 못한다. 마실수록 더 불안한 생각으로 치닫는다. 하지만 영호는 자기의 심정을 술로 달래려고 술 마시기에 열중한다.

종교의 자유

1.

인숙은 오랫동안 공을 들여서 화장을 했다. 옷을 고르는데도 많은 시간을 허비했다. 아들의 문제를 상의하러 가면서 자기 몸치장에 열중했다. 시간이 많이 지체되어서 학교에 도착한 것은 늦은 오후였다.

학교에는 선생님들이 퇴근을 하지 않고 있었다. 그녀는 교무실의 상황을 보고서야 무슨 이유인지 초조해졌다. 모든 선생님들이 무슨 일인지 자리를 지키고 그대로 있는 듯 했다.

"죄송합니다. 이렇게 오시게 해서."

"아닙니다."

인숙이 들어서자 임 선생은 인사를 공손하게 했다. 그를 따라서 교무실 옆에 있는 방으로 갔다. 작지만 아담한 방에는 작은 책상이 놓여 있다. 그 위에 성경책과 소품들이 놓여 있다. 우측 벽에는 '네 시작은 미약하였으나 나중은 심히 창대하리라'는 성경의 말씀을 적은 큰 액자가 걸려 있었다. 그녀가 그 성경 구절을 깊게 생각하며 바라보고 있는 사이에 담임선생은 종이컵에 든 커피를 갖다 주면서 말을 시작했다.

"대한민국은 종교의 자유가 있는 나라입니다."

　인숙은 갑자기 뚱딴지같은 그의 말에 대답을 하지 못했다. 하지만 그는 다소 어색한 표정으로 말을 계속했다.

　"아드님이 주장한 말입니다."

　"왜 그런 말을 했지요. 무슨 문제가 있었습니까?"

　"문제라기보다 학교의 방침에 거부를 한 것입니다. 예배 시간에 참여하지 않겠다고 합니다. 그래서 어떻게 해야 하는지에 대해서 고심하고 있습니다."

　인숙은 그때서야 담임선생의 말을 이해하였다. 교무실에 선생님들이 왜 무거운 얼굴들을 하고 있었는지도 파악이 되었다. 침묵하던 담임선생은 다시 말을 계속했다.

　"저희 학교에서 개인에 대한 종교의 자유를 침해하고 있다고 생각하십니까?"

　"그렇게 생각하지 않습니다. 저희 아들이 못나서입니다."

　그가 침묵하며 인숙을 물끄러미 쳐다보자, 그녀는 더욱 당황해 하며 어떻게 처신하는 것이 좋은지를 몰라서 쩔쩔 매고 있다.

　"아드님에게 어떻게 하는 것이 올바른 것인지 몰라서 고심을 하고 있습니다."

　"저는 지금 무슨 말씀을 하시려는지 이해가 잘 안 갑니다. 상황을 조금 더 설명해 주시지요."

　영철의 담임선생은 다시 말을 하기 시작했다.

　"아드님이 종교의 자유에 대한 주장을 합니다. 학교에서는 있을 수 없는 일이라고 처벌을 하려고 합니다. 그 중간에 있는 저로서는 어떻게 하는 것이 좋은지 몰라서 이렇게 어머님을 불렀습니다."

　"그렇군요. 학교의 학칙에 따라 결정하면 되지만, 우리 아들의 주장도 조금 일리가 있는 것 같습니다. 좋은 대학에 가려면 열심히 공부를 해야 하는데…"

"물론 촌음이라도 아껴야 한다는 이유로 그런 말을 하는 것이기도 하지만, 그보다는 무신론을 주장합니다."

"예? 우리 아들이요? 우리 집안은 기독교 집안입니다. 그리고 어릴 적부터 교회에 데리고 다녔고……"

"알고 있습니다. 지금 아드님과 저는 줄다리기를 하고 있습니다. 평평한 줄다리기를, 누가 양보하고 이해하지 않으면 문제 해결이 안 됩니다. 그래서 고심하고 있습니다. 아드님은 눈을 똑바로 뜨고 쳐다보며 저를 힐난합니다. 살기가 등등한 눈입니다. 제자와 스승 간에 일어나는 일이라고는 도저히 볼 수가 없습니다. 이미 아드님은 저의 제자이기를 포기하고 있습니다. 아드님이 옳다고 생각하는 일에 제가 동의를 하지 않는 한, 저는 그로부터 존경 따위를 받는다는 것은 이미 물 건너간 이야기입니다. 우리는 전쟁을 하고 있습니다."

"그렇게 완강하게 주장합니까?"

"그렇습니다. 어머니께서 무슨 해결 방법이 없는지를 알고 싶습니다."

"알겠습니다. 제가 아들로부터 상황 파악을 하고 잘 타이르겠습니다. 학교의 방침에 따르도록 적극적으로 협조하겠습니다."

"고맙습니다. 교장 선생님을 만나고 가시지요."

담임선생은 대답을 듣지도 않고 자리에서 일어났다. 그리고 앞장을 서서 교장실로 간다. 인숙은 할 수없이 그를 따라서 교장실로 갔다. 굵은 테의 안경을 쓴 교장은 그녀를 보자 정중한 인사를 했다.

"무슨 일이죠? 임 선생님."

인숙은 자기 아들 때문에 굽실거리는 담임선생에게 미안해서 어쩔 줄을 모른다. 임 선생은 인숙에 대한 소개를 했다.

"잘 오셨습니다. 아드님을 설득해 주셔야 합니다."

"알겠습니다. 걱정하지 마십시오."

"이미 알고 계시겠지만 아드님이 종교의 자유를 주장합니다. 미션 스쿨이라고 해서 학생의 의사를 물어 보지도 않고 일방적으로 예배 참여를 강요하는 것이 잘못이라고 주장합니다. 하지만 학교에는 교칙이 있습니다. 가정에서 어떤 규율이 있는 것처럼 말입니다. 그것을 지키지 않으면 가정이 무너지는 것처럼 학교도 무너집니다. 다시 말해서 공동 질서가 파괴되고 모든 것이 무질서해 집니다. 학생들이 학칙을 지키지 않으면 학교가 망가지게 됩니다. 저희는 그것을 우려하고 있습니다."

"이해합니다. 하지만 우리 아들의 이야기에도 다소 긍정이 가기는 합니다."

"아닙니다. 어떤 조직이든지 질서를 찾기 위해서 기준을 만들어 놓고 있습니다. 학생은 교칙에 따라야 학생의 신분을 유지하게 됩니다. 그것을 거부하면 문제가 됩니다. 다른 학생들까지 동조하면 학교는 문을 닫아야 합니다."

인숙은 상황판단을 하자, 무조건 아들을 나쁜 쪽으로만 보기도 어려워서, 자기 아들을 두둔하고 나왔다.

"하지만 헌법에 종교의 자유가 보장되어 있습니다. 무조건 처벌만 해서는 안 됩니다. 제가 잘 타이르도록 하겠습니다."

인숙은 학교의 방침에 대해 이해를 하면서도, 교장에게 다소 불쾌감을 느끼며, 이들과 같은 맥락의 말을 했다.

"어머니께서도 같은 말을 하시면 안 됩니다. 중이 절 싫으면 떠나라는 말이 있습니다. 학교 방침에 따라야 합니다."

그녀는 교장이 그런 말까지 하자 화가 치밀었다. 한참 동안 고개를 숙이고 생각하다가 아들을 위해서 참았다. 그리고 더 이상 할 말이 없어서 학교를 나왔다.

2.

영철이 독서실에서 공부를 하다가 심란하여 집으로 돌아왔다. 하지만 집에는 아무도 없었다. 배가 고파서 라면을 끓여서 먹고 있었다.

"미안하다. 먹을 것을 준비 못해 놓아서,"

인숙이 자기 집으로 돌아와서, 그 모습을 보고 측은한 생각이 들어서 아들을 위로한다. 자기가 미처 먹을 것을 준비해 놓고 가지 못한 책임도 있지만, 그런 일도 도와주지 못하는 남편이 미웠다. 아이가 공부를 하고 집에 돌아 왔는데도, 누구 하나 반갑게 맞아 주는 사람이 없었던 것이 더욱 미안했다. 그래서 학교 일을 물어 보지도 못하고 눈치를 본다.

"엄마는 이 시각에 어디 갔다 오는 거야, 또 교회에서 오는 거냐?"

아들은 힐난하는 눈으로 인숙에게 말했다. 하지만 불필요한 언쟁이 될까봐 조심스럽게 아들의 눈치만 살피다가 입을 연다.

"너의 학교에…"

"학교는 왜? 선생님이 불러서지, 그 자식들 아주 이제 본격적으로 나오네,"

"너 무슨 말버릇이 그래, 그 자식이 무어냐, 어떻게 된 거냐?"

"뭐 내가 틀린 말하는 것 아니잖아, 엄마도 학교에서 이야기 들었을 것 아니냐?"

"그래 들었어, 그냥 예배에 참석해, 그리고 학교에 다녀, 좋은 대학에 가려면 선생님들의 눈에 벗어나면 안 되잖아,"

"알아, 하지만 이건 인권에 관한 문제냐, 학교가 개인의 인권을 존중하지 않으면 누가 존중을 해, 난 그렇게 못해,"

인숙은 아들의 표독스러운 얼굴 모습을 보고 보통 일이 아니라는 것을 느꼈다.

"그럼, 네 이야길 해봐, 난 상황 파악이 잘 안되니까, 선생님들의 이야기만을 듣고는……"

아들은 자기의 뜻을 이야기했다. 하지만 학교에서 들은 대로의 주장이다. 인숙은 무엇인지 밀린다는 생각이 들어서 어떻게든지 결말을 내려고 했다. 하지만 아들은 조금의 기회도 주지 않았다. 그래서 서로 침묵하고 있었다. 그 시간이 마치 싸움닭들이 싸움을 할 때처럼 서로에게 공격할 기회를 찾고 있는 모습으로 보였다.

　모자간에 이상한 일이 벌어지고 있었지만, 어떻게 하는 것이 좋은 방법인지 전혀 해결 방법이 생각나지 않았다. 더욱이 학교에서는 알아서 하겠다고 말했었는데, 아들의 행동으로 보아서는 쉽사리 해결될 기미가 없다.

　"너는 학생이야, 학생은 학교의 교칙에 따라야 해, 그렇지 않으면 퇴학당할 수밖에 없어,"

　"그렇게 한다면 할 수가 없지, 하지만 나는 법에 호소할 거야, 내가 이길 수가 있어, 엄마는 걱정 마,"

　"이긴다고 하자, 무얼 얻는데? 넌 좋은 대학에 가는 것이 네 문제야, 그냥 참고 학교에 다녀, 예배에 그냥 참여해,"

　"시간이 아까워, 공부할 시간에 쓸데없는 일에 시간을 뺏기잖아,"

　"그게 왜 쓸데없는 일이야, 하나님을 믿는 일인데,"

　"나는 하나님이 싫어, 엄마가 교회에 미쳐서 다니는 것도 싫고,"

　"너 이제 보니까 아주 못되었구나, 엄마가 미쳐서 교회에 다녔으면 좋겠니?"

　"그건 아니지만 너무 교회 일에만 매달려 있는 것이 싫어,"

　인숙은 눈물을 글썽이며 한숨을 내쉰다. 믿는 집안의 아들이라고는 말하기가 어려울 정도로 놀라운 말을 하는 것에 분개했다.

　"먹는 거나 다 먹어,"

　"됐어, 그만 먹을래, 왜 학교가 잘못하고 있는데 엄마까지 내편이 되어주지 못하는 거야, 내가 말하는 것이 틀린 말이 아니잖아,"

　인숙은 이제 담임선생을 이해하기 시작했다. 큰 문제라는 생각이 들어서 답답해지기 시작했다. 자칫하면 아들이 학교를 그만두어야 한다는 생각이 들자 더욱 난감해졌다. 하지만 아들은 식탁에서 일어나 자기 방으로 들어갔다. 그녀는 너무 답답해서 식탁에 엎드려 울고 있다.

3.

영호는 술을 너무 많이 마셔서 몸을 가누지 못했다. 포장마차 주인은 기다리다가 할 수없이 그에게 말한다.

"이제 돌아가세요. 이미 밤중이에요. 우리도 문을 닫아야 합니다."

하지만 술에 몹시 취한 그는 돌아갈 생각을 하지 않고 엉뚱한 푸념만을 하자, 주인아주머니는 이제 그만 돌아가 달라고 애원을 한다.

"내 돈 내고 내가 술 먹는데, 왜 가라마라 시비야, 술 더 가져와,"

"취하셨어요. 이제 그만 마시고 가세요. 저희도 쉬어야 합니다."

그는 주인과 시비를 하다가 억지로 떠밀려서 밖으로 나왔다. 한 낮의 무더운 공기가 밤중까지 이어지고 있다. 영호는 술을 너무 많이 마신 탓에 갈피를 잡지 못해서 비척거리며 걸었다. 한동안 걷다가 방황 감각을 잃어서 헤매기 시작했다. 그리고 정신을 잃고 길거리에 쓰러졌다.

"이곳에 누워 있으면 어떻게 해요,"

지나가던 야간 순찰대원이 그를 발견한 것은 새벽이 가까워지고 있는 시간이다.

"여보세요, 정신 차려요, 멀쩡하게 생긴 양반이 여기서 잠을 자면 어떻게 해, 일어나요,"

순찰대원들은 그를 흔들어 깨웠다. 하지만 정신을 차리지 못한다. 그들은 할 수없이 주머니를 뒤졌다. 그의 지갑에서 집 전화번호를 알아냈다. 순찰 대원중 한 명이 전화를 걸었을 때, 인숙은 식탁에 엎드려 자고 있었다. 그녀는 전화벨 소리에 놀라며, 잠에서 깨어나 전화를 황급히 받았다.

"김영호씨 댁 맞는가요?"

"예. 그렇습니다."

"지금 길거리에 쓰러져 있는데 데려 가세요."

“무슨 사고가 났는가요?”

“아닙니다. 술에 취한 것 같아요.”

“그곳이 어디입니까?”

인숙은 전화를 끊고서 허겁지겁 옷을 챙겨 입었다. 그리고 밖으로 나와서 택시를 잡아탔다. 남편이 누워 있는 곳으로 찾아갔다.

“내가 못살아, 왜 식구들이 하나같이 이 모양들이야,”

인숙은 정말로 짜증이 났다. 아들과 남편 모두가 귀찮다는 생각이 들었다. 남편을 흔들어 깨웠지만 미동도 하지 않자, 그녀는 자리에 주저앉았다. 그리고 한참을 목 놓아 울었다. 가끔 지나가는 사람들이 이상한 눈으로 쳐다보았다. 하지만 남편이 정신을 차려야 어떻게든지 집으로 데리고 가겠지만 어쩔 수가 없었다. 오랜 시간이 지나자, 날이 훤해졌다.

그녀는 창피한 생각도 들고 해서 그냥 서럽게 울었다. 한동안 그렇게 기다리다가 남편을 겨우 깨워서 택시를 타고 집으로 왔다. 집에 들어오자 아들이 집에 없었다. 공부를 하러 간 모양이다.

그녀는 밥도 못해 주고 나가게 한 것이 무척 미안해서 어쩔 줄을 모른다. 하지만 남편은 그것도 모르고 깊은 잠을 자고 있다. 미워 죽겠지만 할 수없이 침실로 업고 가서 눕히고 한숨을 돌렸다. 눈물이 나오면서 세상이 모두 귀찮아 졌다. 그녀는 사는 것이 무엇인지, 왜 이렇게 고달픈지, 너무 힘들어했다.

4.

김 목사는 자기 방에서 깊은 기도를 하고 있다. 너무 오랫동안 기도를 하고 있어서 그의 아내가 근심이 되어서 조용히 들어왔다.

“무슨 일이 있었습니까?”

“무슨 일은요. 맨날 같은 일이죠,”

박 장로님이 다녀가고 나서 자기 방에만 있는 남편이 걱정이 되어서 한

마디 했다. 하지만 김 목사는 별다른 말을 하지 않았다. 잠시의 침묵이 흐르는데 전화가 왔다. 김 목사가 전화기를 들자 아내는 조용히 방을 빠져나갔다.

세계 최빈국 니제르에 선교 사업을 나간 친구로부터 전화가 왔다. 친구는 다짜고짜 도움을 요청했다. 비가 내리지 않아서 흙탕물을 아이들이 마시고 있다. 먹을 것이 부족해서 굶어 죽는 아이들이 속출하고 있다. 무조건 도와 달라는 말을 했다.

김 목사는 그곳의 어려움을 느끼면서도, 자기가 지금 장로들과 다소 껄끄러운 관계 때문에, 이내 대답을 주지 못한다. 하지만 다시 큰 소리로 도움을 요청한다.

"씨앗을 여러 번 뿌렸어, 그런데 싹이 나다가도 가뭄 때문에 이내 죽어 버려,"

사하라 사막 남쪽에 있는 가난한 나라 니제르의 내륙은 비가 내리지 않아서 모든 것이 말라붙고 있다. 물기가 메말라 버린 황토 바닥에선 발을 옮길 때마다 흙먼지가 풀풀 일어나고 먹을 식수조차 없다. 굶어 죽은 아이들의 숫자가 20만 명에 육박한다. 수년째 가뭄이 계속되어서 땅과 곡식, 풀이 말라 버렸다. 이제 가축과 사람의 생명까지 위협하고 있다. 사막에는 굶어 죽은 짐승들의 시체가 널려 있다. 앞으로 며칠 내에 비가 오지 않으면 올 가을 추수 때에도 아무 것도 얻을 것이 없다. 다 죽을 것이다. 구급약도 필요하다. 입을 것과 먹을 것, 무엇이든지 필요하다. 아이들이 영양실조와 강한 햇볕 등 자연 환경 때문에 후천적으로 시력을 잃고 있다. 무엇이든지 도와주지 않으면 당신을 원망할 것이라고 소리를 질렀다.

김 목사는 난감했다. 친구의 말을 듣고서 어떻게든지 도와주어야 하겠다는 생각이 들었지만, 그 결정을 하지 못하다가 시간을 조금 달라고 말했다. 하지만 친구는 막무가내로 무조건 도움을 요청했다. 그는 할 수 없이 알았다는 대답을 하고 전화를 끊었다. 목사로서 죽어 가는 생명들을 보호

할 의무가 있다. 그것을 도와주지 못한다는 생각이 들자 화가 치밀었다.

"도대체 내가 왜 이렇게 약하게 된 거냐,"

교회법이라는 것이 있고 목사가 할 수 있는 것이 있다. 무슨 이유로 미적거려야 하는지 자기도 이해가 가지 않았다. 북한을 돕고 한국의 가난한 사람들을 도와주는 것이 문제가 될 수가 없는 것처럼, 니제르의 불쌍한 아이들을 돕는 일도 문제가 될 것이 없다. 하지만 장로들의 동의를 구해야 하는 어려움 때문에 그 결정을 내리지 못하고 있다.

5.

영호가 잠을 깬 것은 정오가 거의 다 되어 가는 시간이었다. 머리가 몹시 아프면서 어제 있었던 일들이 머리에 떠올랐다. 하지만 자리에서 일어나 옷을 챙겨 입고 자기 방을 나오자, 아내가 읽던 성경책을 놓고 쳐다 본다.

"이세 정신이 들었나 보군, 내가 못 살아,"

아내는 그를 보자마자 시비를 걸 태세다. 영호는 대꾸를 하지 않고 화장실로 들어갔다. 일부러 오랫동안 샤워를 했다. 정신이 맑아졌다. 가벼운 마음으로 거실로 나왔다. 아내는 또다시 잡아먹을 듯이 그를 쳐다본다.

"어제는 무슨 일이냐? 돈도 못 벌면서 무슨 술을 그렇게 많이 마셨어?"

"그렇게 되었어,"

"그렇게 되긴, 당신이 정신을 차리지 않으니까 애들도 문제가 되잖아, 집안이 어떻게 돌아가는지도 모르고…"

"무슨 문제? 아들에게 무슨 문제가 생겼어,"

"그래, 학교에서 퇴학을 시키겠대,"

"왜 그렇게 한다고 해?"

"아버지라는 사람이 저렇게 자식에게 무관심하니, 아이까지 그렇지,"

인숙은 화풀이를 남편에게 하기 시작했다. 영호는 무슨 영문인지도 모르고 한참을 당하다가 화가 치밀어서 한마디 했다.

"당신이야말로 왜 그래, 무슨 일인지 이야기를 해야 내가 알게 아냐?"

"직접 물어 봐, 나는 이야기하기도 싫어, 그건 그렇고 당신은 무슨 일로 밤중까지 술을 마시고 다니는 거냐? 지금 우리 집이 그렇게 여유가 있어, 말 좀 해봐,"

인숙은 계속 물고 늘어졌다. 하지만 영호는 자기 처지를 말하지 못하다가 아내에게 도움을 요청한다.

"돈 좀 구해 봐,"

"무슨 돈?"

"취직을 하려면 돈이 필요해,"

"취직하는데 무슨 돈이 들어가, 그런 곳에는 다니지도 말아, 나 취직하면서 돈 들어가는 곳이 뭐 잘되는 거 못 봤다. 돈 안 들어가는데 일자리를 구해야지, 무슨 돈을 내면서 일자리를 구해,"

"보증금이 필요해,"

"보증금? 얼마나,"

"5백만 원이 필요해,"

인숙은 적지 않은 돈에 깜짝 놀라며 더욱 악을 썼다.

"그런 돈이 누구 이름이야, 당장 생활비도 없는 데, 십일조도 내야하고,"

"십일조, 수입이 없는데 무슨 십일조야,"

"연초에 작정했는데 내야지, 당신이 놀고 있다는 것을 표시 내는 것도 싫어, 당신 취직하는데 돈도 필요하지만 하나님과 약속한 십일조를 내는 것도 중요해,"

"흥! 십일조는 착취야, 교회가 우리 같은 사람들에게서 착취하는 것이지,"

"믿는다는 사람이 어떻게 그런 말을 해,"

인숙은 길길이 뛰었다. 하지만 영호는 양보할 수가 없다고 생각해서 억지의 반론을 폈다.

"교회가 운영 자금이 필요하면, 어려움을 설명하고 협조를 구하는 것이 더 좋은데, 다른 소리로 강요를 하지,"

영호는 내침 김에 불만을 토해 냈다. 대부분의 교회들이 재정 부족으로 어려움에 처해 있는 것은 알고 있다. 하지만 우리 교회는 대형 교회여서 자금이 풍부하다. 그런데 실직까지 한 내가 그런 돈을 내야 하느냐, 그것은 착취라고 말했다.

인숙은 그 소리를 듣고 울기 시작했다. 지금까지 남편을 믿고 살아온 것이 분했다.

"십일조를 내야, 어려운 사람들을 돕고 좋은 일에 쓰게 된다는 것을 모르는 거냐?"

"그래 모른다. 다 엉터리야,"

남편이 엉뚱한 소리로 속을 뒤집어 놓자 인숙은 화가 치밀었다.

"교회에 십일조를 내면 그것을 목사님이 다 쓰는 거야, 좋은 일에 쓰는 거지, 없는 사람들을 돌보는 일에 쓰는 거잖아, 그것을 알면서 어떻게 그런 말을 해, 당신은 이단자야,"

인숙은 화가 치밀어서 다시 소리를 질렀다. 하지만 영호도 지지 않겠다는 말투로 반박을 했다.

"교회를 운영하는데 필요한 돈이기 때문에 십시일반으로 얼마씩 내라는 것이 더 타당해, 어떻게 자기 소득에 대해 무조건 10프로를 내놓으라고 해, 그것은 착취야, 아무리 헌금을 좋은 곳에 쓴다고 해도 그래, 교회에 다니는 신도에게 헌금이라는 것은 자유스럽게 모금되어야 해, 없다고 해서 교회에 오는데 주저하게 되고, 있는 자들만이 대우받고 다니는 곳이라면 교회는 필요가 없는 곳이야,"

영호는 믿음이 없는 자들이 말하는 것처럼 그대로 말했다. 말로는 모두에게 하나님은 공평하다고 하면서, 십일조를 내지 못하는 사람들이 교회에서 버림받는다면, 그것은 더 큰 문제가 된다고 말했다.

"그래, 지금까지 당신은 그런 마음으로 교회에 다녔어, 잘났다."

인숙은 악을 쓰며 남편에게 대들었다. 하지만 그들은 평행선을 달리고 있다.

"난 굶어 죽는 일이 있어도 십일조는 내야 해,"

"당신 말을 인정해도 돈이 있어야 내지, 아무튼 내가 돈을 벌어야 헌금을 하고, 그러기 위해서는 보증금을 낼 돈이 필요해,"

인숙은 남편의 반복되는 말에 어느 정도 수긍이 갔지만 지기가 싫어서 다시 말했다.

"십일조를 먼저 내면 그만큼 하나님이 도와주셔, 그러니 보증금 낼 돈이 있다면 먼저 십일조를 내고, 당신은 다른 일자리를 구해 봐,"

영호는 난감했다. 하지만 밀리기 싫어서 다시 말을 계속했다.

"교회가 헌금을 더 많이 내는 자가 대접을 받는 곳이라면 다니지 마, 하나님의 세상조차도 없는 자들을 외면하면 그게 어디 교회냐?"

"교회가 강제적으로 십일조를 내라고 강요한 적이 있어, 우리 스스로 결정하고 낸 것이잖아,"

"스스로 결정? 난 당신의 결정에 따랐을 뿐이냐, 그 때는 매월 월급을 받기도 했고, 하지만 지금은 아무 수입이 없는데, 빚을 내서 그것을 내겠다고 하니까 말하는 것이지,"

인숙은 더욱 크게 울기 시작한다. 화가 나면 그녀는 우는 일에 열중한다. 영호는 다소 기분이 누그러들었지만, 십일조 문제를 해결하고 넘어가려고 다시 말했다.

"내가 돈을 벌면 다시 내면 되잖아,"

"그럼, 당신이 언제 돈을 버는 건데, 막연한 말이잖아, 교회도 돈이 있어야 운영이 되어,"

“알고 있어, 십일조를 모르는 사람은 없어, 하지만 솔직하게 말하는 것이 더 떳떳하고, 이해하기 수월하잖아, 그런데 김 목사는 하나님의 것을 훔치는 일이라고 말하기까지 했잖아.”

“언제 목사님이 그런 말을 했어, 십일조를 내지 않으면 되지, 왜 엉뚱하게 목사님까지 물고 늘어져?”

평소에 김 목사님을 존경하는 인숙은 눈에 쌍심지를 돋우며 악을 썼다.

“나처럼 십일조에 대해 의외로 고심하는 신도들이 많아.”

영호는 십일조를 내지 못해서 전전긍긍하는 신자가 있다는 것을 말했다. 그들이 다투는 것을 보면서, 교회의 역할이 무엇인지를 생각해 보면, 정말로 하나님의 말씀이 그런 것인지 헷갈린다.

“교인이 교회를 위해서 존재하는 것이 아니라, 교회가 교인을 위해서 존재한다는 것을 깨우쳐야 해.”

“그래 잘났다. 당신이 교회에 대해서 무얼 안다고 그런 말을 해?”

영호가 교회에 대해 무차별적으로 공격을 하자, 그녀는 더욱 서러워서 울기를 계속한다. 하지만 영호는 아주 끝장을 보려는지 말을 계속한다.

“장사꾼이 내는 세금보다 더 무거운 과징금이 되어서는 안 되어, 우리 교회가 대형화되는 것도 문제이고.”

영호는 거기까지 말하면서 이상한 반론을 폈다. 작은 교회들이 긴축 헌금이나 십일조를 더 내라는 말을 하게 되는 것은 대형 교회 때문이라는 것이다. 그래서 신도들은 작은 교회를 회피하게 되고 대형 교회로 몰리게 된다. 그것은 모순이다. 대형 교회는 그것이 장점이 되어서 더 성장한다. 반대로 작은 교회는 성장하지 못하고 그 자리에 머문다. 경제 이론이 교회에도 성립하는 것은 모순이라고 말했다.

그가 규모와 범위의 경제이론이 교회에까지 존재해서는 안 된다고 말했지만 김 목사의 말과 상치된다. 대형 교회 때문에 작은 교회가 살아남기가 어렵다고 했다. 울기만 하던 인숙이 참지 못하고 악을 썼다.

“교회가 무슨 장사를 하는 곳이냐, 규모의 경제를 말하게?”

“그렇지, 그런데 김 목사도 CEO 이론을 주장했잖아, 이제 내 말을 알아 듣네,”

“엉뚱하게 남을 모략하지 말어, 목사님이 그런 뜻으로 말한 것이 아니 야, 괜히 알지도 못하면서,”

영호는 대형 교회의 좋지 않다는 단점만을 더 강하게 말했다. 그가 그렇 게 말한 것은 어떻게든지 십일조를 내지 않도록 아내를 설득하기 위해서 다. 하지만 인숙은 그 반대의 생각을 가지고 있어서 결론을 내지 못한다.

6.

학교의 담임선생은 영철이를 자기 방으로 불렀다. 영철은 올 것이 왔다 는 생각을 하고 그의 방으로 갔다.

“어머니에게서 무슨 말씀이 없었나?”

“퇴학을 시킨다면 그것을 받아들이겠습니다.”

영철이 갑자기 내뱉는 말에 임 선생은 현기증을 느끼는 듯했다. 그의 물 음에 영철이 기가 죽으며 꼬리를 내릴 것으로 기대했다. 하지만 전혀 아닌 반응에 오히려 임 선생이 당황한다.

“퇴학 처분을 시킨다는 말에도 겁이 안나니?”

“할 수 없지 않습니까, 그렇게 하면 받아들여야지, 하지만 가만히 있지 않겠습니다.”

임 선생은 할 말을 찾지 못해서 그냥 침묵하고 있다. 이제 사제지간에서 지켜야 할 범위를 넘어서고 있다. 이미 도덕적으로도 아무런 명분을 찾아 내지 못하고 있다. 이제 영철의 말에 대한 대답을 하지 않을 수가 없다.

“학교는 학생들을 바르게 가르치는 곳이라는 것을 알지,”

“그걸 모르는 학생이 어디 있습니까?”

“그래 잘 알고 있겠지, 그렇다면 내가 어떻게 행동하면 되는지도 알고 있겠지?”

영철은 그의 말에 대답을 하지 않았다. 그러자 임 선생 역시 냉정해지고 있었지만 올바른 대답을 하지 못하고 있다.

“네 말처럼 종교의 자유가 있어, 그것을 인정하면 되는 일이지, 하지만 간단한 일이 아니야,”

“뭐가 간단하지 않습니까, 저와 줄다리기를 하려고 하십니까?”

“학생들에 대한 종교교육을 책임지는 선생으로서 네 말에 동조할 수가 없어, 내가 네 말에 동조를 한다면 옷을 벗어야 하지,”

“결국 선생님은 용기가 없다는 말이군요.”

“그럴지도 모르지, 하지만 용기로 세상일이 다 되는 것은 아니야,”

그들은 잠시 동안 침묵하고 있었지만 서로 다른 생각을 하고 있었다. 일자리를 잃으면 큰일이라는 생각과, 학교를 그만 두어도 자기의 주장을 굽히지 않겠다는 상반된 생각을 하고 있다.

“힘이 들지, 하지만 열심히 공부해라, 세상일이 다 그래, 어디 만만한 것이 있니?”

영철의 어머니는 현관문 앞에서 그냥 참고 공부하라는 말을 했었다. 하지만 그는 어머니의 말을 잊었는지 강하게 대들었다.

임 선생은 옛말이 딱 맞는다는 생각이 들었다. 목구멍이 포도청이다. 그까짓 일자리라는 것 때문에, 선생으로서 정당한 말을 하는 학생의 말에 따르지 못하는 것이, 너무나 양심의 가책을 느꼈다. 하지만 그 역시 아침에 있었던 어머니의 말씀이 생각났다.

“네가 지금 어려운 것을 안다. 하지만 참아,”

“그럼요. 잘하고 있어요. 하지만 힘이 드는군요.”

“그래 힘이 들겠지, 하지만 너의 손에 우리 식구들의 밥줄이 걸려 있으니 어떻게 하니, 참고 견디다 보면 무슨 좋은 일이 있을 거야, 기도나 열심히 해라,”

임 선생은 걱정스러워 하는 노모의 얼굴을 쳐다보다가 눈물이 핑 돌아서, 황급히 현관문을 열고 밖으로 나왔었다. 그런 어머니의 얼굴이 떠오르자 영철의 말에 대한 대답을 하지 못하고 있다. 무엇인지 마음속에 있는 응어리를 토해 내고 싶었지만 어쩔 수가 없었다. 지금 상황에서는 그의 말에 동조를 하는 것이 가장 옳은 답이지만 그런 대답을 못하고 있다.

"결정을 해주세요. 저는 이제 나가도 되겠습니까?"

임 선생은 어쩔 줄을 몰라 했다. 제자 앞에서 양심을 속이고 있다. 부끄러움에 얼굴이 붉어졌다.

"저는 더 이상 참지 못하겠습니다. 반복해서 말하지만 종교의 자유가 있는 나라입니다. 미션 스쿨이라고 해서 학생의 의사를 존중하지 않고 일방적으로 예배 참여를 강요하는 것은 잘못입니다."

"같은 말을 반복하지 마라, 학교 교칙이 너의 말보다 우선해, 어떤 조직이든지 질서를 찾기 위해서 기준을 만들어 놓고 있어,"

"저를 퇴학시킨다고 문제가 해결되지 않습니다. 제 생각과 같은 학생들이 많을 테니까요."

임 선생은 그 말에 대답하지 않았다.

"저는 선생님이 우리 학교에서 가장 양심이 있는 선생님으로 생각했습니다. 사실이 그렇기도 하고요. 내가 하는 말이 전혀 부당하지 않다는 것을 알면서 왜 결정하지 못하십니까?"

"원칙을 바꾸는 일은 간단한 일이 아니야, 나도 너처럼 원칙을 중요시해, 그리고 그 범위 안에서 행동하고 있고,"

임 선생은 학교의 교칙이 그렇다는 것 외에는 다른 말로 설명할 것이 없었다. 그래서 그는 더욱 세차게 몰아 붙였다. 하지만 이미 자기 양심을 저버리고 있었다. 교칙이라는 것을 내세우지만 그것은 명분에 불과하다. 학교 교칙이라는 것도 사람들의 상식 범위 안에서 존재하여야 한다.

영철의 말처럼 종교의 자유가 존중되지 않는 교칙이다. 무조건 일방적으로 예배를 강요하는 것은 옳지 않다. 임 선생은 그것을 알고 있다. 단지 결정을 못하고 있을 뿐이다. 대답을 올바르게 하는 것 보다는 자기가 어떻게 이 일을 감당해야 하는지에 대해서만 생각했다.

"좋은 대학에 가기 위해서는 촌음을 아껴야 합니다. 그런 일로 내가 시간을 낭비하는 것은 저에게 큰 손실입니다."

"그런 일이라니, 대학에 가기 위해서 시간을 아끼고 열심히 공부를 해야 한다는 것은 알지만 대학이 전부는 아니야,"

"물론입니다. 그것을 모르는 학생은 없습니다."

"그런데 왜 그래, 대학보다 인간이 먼저 되어야 해, 학생이 그 본분을 잃고 선생님에게 대드는 것도 못된 짓이야,"

"올바른 행동을 하지 않는 선생님은 이미 스승이 되기를 포기 한 것입니다."

"뭐냐! 네가 나를 가르치려고 하는 거냐?"

임 선생은 화가 치밀어 올랐다. 하지만 다시 참아야 한다는 어머니의 말씀이 머리에 떠오르면서 쥐었던 주먹을 풀었다. 역자사지로 생각하면 제자의 말이 옳다. 최소한도로 학생들 전체에 대한 설득력도 필요하다. 생각이 거기까지 미치자 더욱 난감해졌다. 학생들의 말을 존중하는 것이 더 옳다는 생각이 들었지만 용기가 나지 않았다.

"사회는 범용성의 인간을 요구하지, 설령 네가 기도 시간에 공부를 좀 더 하고 좋은 대학에 간다고 해도 문제가 돼, 전인교육을 하는 것이 대학에 가는 것보다 더 중요해,"

그는 어설픈 설교로 달랬다. 영철은 그의 말에 동조하지 않았다. 그리고 더 이상 양보할 수가 없다고 했다. 그들은 그래서 아무 소득 없이 헤어졌다. 영철은 이제 학생이기를 포기하고 있다. 임 선생 역시 어떻게 하는 것이 올바른 판단인지를 심각하게 생각한다. 영철은 그의 방을 나오면서 다시 못을 박았다. 학교의 결정에 따르겠다는 말을 다시 했다.

7.

김 목사는 장로들과 회의를 하고 있다. 니제르의 친구 이야기를 꺼냈다. 어떻게든지 도와주었으면 좋겠다는 말을 했다.

"도와주는 일은 좋은 일입니다. 하지만 그보다 먼저 북한을 돕는 일이고, 한국에도 밥을 못 먹는 사람들이 많습니다."

"그래서 못 도와준다는 말인가요?"

박 장로가 반대를 하고 나섰다. 김 목사는 화가 치밀었지만 예상했던 일이라 참고 있다.

"그보다 먼저 교회의 일을 정리하고 넘어가야 하겠습니다. 장로들끼리 모인 회의에서 목사님이 이제 연로하셔서 쉬는 것이 좋겠다는 의견들입니다."

교회 헌법을 근거로 정년이 넘은 김 목사를 이제 쉬라고 했다. 예상하고 있었지만 이렇게 노골적으로 나올지 몰랐다. 그 말을 듣고서 그는 어쩔 줄을 모른다.

"저는 이 교회를 위해서 평생을 바쳤습니다. 나의 분신이지요, 저에게 시간을 좀 주세요, 어떤 방법이든지 결정을 하겠습니다."

"그렇게 말씀하신 것이 한두 번이 아니에요. 이제 좀 쉬시는 것이 좋겠습니다."

박 장로의 말은 아주 단정적이었다. 하지만 김 목사는 여러 가지 생각을 하고 있다. 자기는 아직 젊어서 일할 수가 있다. 마땅히 물려줄 목사도 없다. 하지만 장로들의 생각은 다르다. 김 목사가 그 자리에 안주하려고 한다. 다른 목사를 배척하고 있다. 그래서 데려올 목사가 없다고 생각하고 있다.

"목사는 교회가 원하면 75세까지 시무할 수 있습니다.

"어디 그런 교회법이 있습니까? 이제 그만 쉬세요."

박 장로가 단호한 말로 싸울 듯이 말한다. 하지만 김 목사는 신도들이 긍정적인 평가를 하면 더 할 수가 있다고 보고 있다. 그는 CEO 정신의 목사로서, 교회의 대형화와 선교 사업에 많은 업적을 남겼다. 좋은 일도 많이 하고 선교 활동도 활발하게 했다. 그런 와중에 이단 시비도 있었다. 하지만 교회 성장을 위해 필요 불가결한 내용들이다.

유언비어들이 그를 곤란하게 만들기도 했었다. 조상숭배는 우상 숭배가 아니라고 가르쳤다. 하늘나라에 갔다 왔다고 했다. 안수기도 대가로 금전을 요구했다. 여신도와 놀아났다. 그를 비방하는 말들이 무성했었다. 하지만 김 목사는 전형적인 목사의 길을 지켜온 사람이다. 그럼에도 불구하고 그에 대한 평가는 찬반이 존재한다.

"목사님의 평가는 좋은 편입니다. 하지만 이제 물러나는 것이 더 좋습니다. 물러날 때를 아는 것이 선각자의 지혜입니다. 그것을 지키십시오."

김 목사는 침묵하다가 다시 니제르의 지원에 관한 말을 꺼냈다. 하지만 그런 상태에서 답이 나올 수가 없다. 장로들은 양분되어 설왕설래를 했다. 그들이 할 수 있는 이야기들을 모두 끄집어내면서 김 목사를 공격했다. 아무 소득이 없는 논쟁이 계속되었다. 김 목사는 눈을 감은 채 침묵했다.

8.

인숙은 남편과 말싸움을 하다가 자리에 누웠다. 깊이 잠이 들었다. 그녀가 잠에서 깨어났을 때는 오후 세시 경이었다. 자리에서 일어나 남편 방으로 갔다. 남편은 집에서 나가고 없었다. 두통이 또다시 왔다. 그녀는 가슴을 펴고 심호흡을 하다가 욕실로 갔다. 오랫동안 몸을 씻고 머리를 손질했다.

그녀는 며칠 사이에 얼굴이 많이 상했다. 주름살을 들여다 보며 속이 상했다. 가운을 걸쳐 입고 안방으로 갔다. 얼굴에 영양제를 발랐다. 마사지를 하고 천천히 화장을 했다. 주름이 감추어졌다. 거울에 비친 자기의 모습은 누가 보아도 아름다움이 있다. 미모에는 아직도 자신이 있다. 그녀는 노래방에 취직을 하기로 결심을 하고 집을 나섰다.

노래방은 며칠 전에 왔을 때보다 사람들이 더 북적거리는 것 같았다. 노래방의 원래 기능은 시민들의 건전한 오락실 기능이다. 하지만 별별 사람들이 다 모여든다. 직장이 없는 젊은 사람들이 있다. 그들은 일하지 않고, 대낮부터 노래방에서, 술에 취해 고성을 지르고 있다. 그들의 노랫소리가 밖에까지 들렸다. 카운터에 있는 여자아이가 인숙을 알아보았다. 하지만 그녀는 고개를 약간 숙이고 눈인사만을 했다.

"사장님은 어디 계시지요?"

"맨 끝 방에 있어요."

인숙은 무슨 말인지 알아들었다. 먼저 왔을 때 그 방이다. 그녀에게 가벼운 미소를 보냈다. 그리고 천천히 그의 방으로 갔다. 문을 살며시 열었다. 사장이 유들유들한 눈빛으로 그녀를 쳐다 보았다.

"아, 오셨네요, 결정을 하셨습니까?"

"예."

"그럼, 언제부터 일을 하시겠습니까, 당장 시작하는 것이 어떨까요?"

"당장은, 준비를 하고 나오지 않아서, 그리고…"

"뭐. 하실 말씀이 있습니까?"

"돈이 좀 필요합니다. 돈을 조금 차용해 주시면 안 됩니까?"

인숙이 일도 안하고 돈을 꾸어 달라고 하는 말에, 주인 남자는 어안이 벙벙했는지 입을 다물고, 이내 대답을 하지 않았다.

"교회에 헌금을 하려고요."

"무어요! 돈을 꾸어서 헌금을 한다고요?"

주인 남자는 처음에 이상한 생각을 하다가 교회에 헌금을 한다는 말에 흥미를 느꼈는지 다시 물었다.

"얼마가 필요합니까?"

"조금 많아요. 5백만 원이요."

"그렇게 많이 헌금을 합니까?"

"많기는요. 돈이 없어서 못하지요,"

주인 남자는 그녀의 마음을 읽었는지 다시 말했다.

"처음 보는데 그런 돈을 꿔주려면 반드시 무슨 담보물이 필요합니다. 그런 것이 있습니까?"

인숙은 담보물이라는 말에 난감해 졌다. 자기 집도 이미 담보로 잡혀서 그런 담보물을 구하기 어렵다. 그래서 대답을 하지 못하자, 주인 남자는 음흉한 웃음을 웃었다.

"좋습니다. 주민등록증을 저에게 맡기시고 현금 보관증을 쓰십시오."

"현금 보관증이요?"

인숙은 할 수 없이 그것을 쓰고 돈을 빌렸다. 하지만 그녀는 그 일로 어려움을 처하게 될 것이 뻔하다. 주인 남자는 그 돈을 꿔주면서 또 다른 것을 얻어 낼 것이 분명하기 때문이다.

9.

영철에게서 해결 기미를 발견하지 못한 임 선생은 깊은 고민에 빠졌다. 수업을 하면서도 일이 손에 잡히지 않았다. 학생들의 수업 태도가 어딘지 불안해 보였다. 열심히 기도를 해야 할 학생들이 술렁거리는 것이 역력했다. 그럴 때는 더욱 큰 소리로 기도를 하는 것이 그 답이다.

"모두들 기도합시다. 하나님에게 우리의 잘못을 사하고, 하는 일마다 좋은 일이 있게 해 달라는, 염원의 기도를 합시다."

"기도를 거부합니다."

그의 말이 떨어지기가 무섭게 학생들 몇몇이 기도를 거부한다는 말을 했다. 그리고 한 학생이 일어나서 항의를 했다. 제2의 김영철이 나온 것이다.

"종교의 자유를 보장받기 원합니다."

"물론이다. 보장한다."

"그런데 왜 기도를 강요합니까?"

임 선생은 다시 할 말이 없어졌다. 잠시 무슨 말을 할지 생각하고 있다. 그 사이에 갑자기 교실안의 스피커에서 음악이 흘러 나왔다. 수업시간에 그런 일이 벌어진 것에 당황한다. 하지만 음악이 멈추더니 스피커에서 영철의 목소리가 들렸다. 그는 학교 방송실에서 기도를 거부한다는 것에 대한 말을 했다. 임 선생은 이제 올 것이 왔다는 생각이 들자 앞이 캄캄해졌다.

"학교는 비신자에게 부당한 기도를 하도록 강요를 하고 있다. 나는 그것을 거부한다."

교내 방송에서 그런 요지의 말들이 계속해서 흘러 나왔다. 수업을 하던 선생님은 물론이고, 교무실에 있던 선생님들과 모든 학생들이 그 방송을 들었다. 통쾌하다고 비죽거리는 학생들이 생겼다.

임 선생은 할 수없이 교탁에 머리를 숙이고 기도를 했다. 하지만 학생들의 웅성거림으로 가득 찼다. 그는 하나님의 일을 거부하는 학생들을 어떻게 해야 할지를 고민했다. 학생들의 손을 들기로 마음을 먹었지만, 이내 결정을 못 내리고 머뭇거렸다.

"나는 용기가 없는 자였어, 아주 어린 시절에,"

임 선생은 스피커 소리보다 더 큰 소리로 말했다. 교실 안의 학생들은 갑자기 뚱딴지같은 그의 말에 귀를 기울이면서 침묵한다. 그의 어린 시절은 아주 겁 많은 소년이었다. 컴컴한 한 밤중에 마당 끝에 있는 재래식 화장실을 가지 못했다. 늘 무서움에 떨었고 아버지보다 키가 더 자랐을 때도 그 두려움은 여전했다.

안채는 야산 자락을 등에 두고 앉은 채 서쪽으로 시선을 두었다. 안채 마루 밑에는 닭 집이 있다. 안채에서 마당을 지나면 안채를 마주 보고 작은 집 한 채가 서 있다. 그것이 그의 집 측간이었다. 측간 앞에는 퇴비 더미가 쌓여 있다. 아버지가 들판이나 논두렁에서 베어다 싸 놓은 풀 더미다. 그가 어린 시절에 살던 집의 화장실 정경을 말했다.

"그게 지금 상황과 무슨 관련이 있습니까?"

"관련이 있어, 내가 용기가 없는 비겁한 자라는 것을 말하고 있는 것이야,"

임 선생은 말 도중에 껴드는 학생의 말을 면박하고 다시 말을 했다. 그런 화장실을 어린 소년이 밤중에 간다는 것은 두려움과 무서움이 크다. 뒷간의 내부 공간과 위치가 주는 무서움은 지금 생각해도 등골이 오싹한다. 볼일 보는 곳의 허물어진 틈으로 여러 가지 밤 풍경을 보여주어서 더 무서웠다. 나무 그림자와 풀 더미, 장작더미와 작고 큰 물건들의 이상한 그림자들이 무섭게 보였다.

조금 멀리 보이는 우물가에 걸려 있는 두레박의 모습이 큰 황소의 x알처럼 보였다. 그뿐만이 아니다. 등 뒤에서 밀려오는 공포가 앞쪽에서 보이는 것보다 더 무섭다. 금방 귀신이 등을 타고 앉아 잡아먹을 것 같은 생각에 소름이 끼친다. 오직 볼일을 보는 일 말고는, 달리 주위를 환기시킬 만한 것이 없는 것도 더 섬뜩하게 했다. 그런 상황에서 떠오르는 것은 정체도 알 수 없는 귀신들의 상상뿐이다.

그래서 밤중에 뒤를 보기 위해 측간에 가려면 엄마를 깨우곤 했다. 그러나 때로는 엄마를 내세우는 것이 여의치 않으면, 마당에 쌓아 둔 두엄더미 가장자리에서 볼 일을 보곤 했다. 무섭기는 마찬가지만 측간보다 앞에 보이는 안채가, 더 마음의 안정감을 주기 때문이다.

"나는 뒷간에 가는 것을 두려워할 정도로 용기가 없는 자야, 나약하기 그지없지, 그런 내가 학생들의 편에 서서 교단에 칼을 빼 들어야 한다는 생각에 겁이 나, 어디론지 이 자리를 피해서 그냥 도망치고 싶어,"

"선생님이 어떻게 그런 무책임한 말을 하십니까? 비겁하게,"

"그래 나는 비겁자야, 너희들 앞에서 어떻게 행동해야 하는지를 잘 알고 있으면서 결정을 하지 못하는,"

임 선생은 어느 쪽이든지 결정을 해야 했지만 그런 말을 하고 있다. 바른 소리를 외치는 제자를 외면하여야 하는가, 아니면 학교 측이 제자에게 취한 부당한 조치들에 그냥 동조해야 하는지, 아니면 수수방관해야 하는지에 대해 고민한다.

"종교의 자유를 달라! 제가 왜 예배에 참여해야 합니까, 기독교 신자가 아닙니다. 미션 학교에 들어온 이상 학교의 교칙에 따라야 한다지만 그건 말도 안 됩니다. 학생들에게 종교의 자유를 주어야 합니다."

그가 결정을 하지 못하고 있는 시간에 영철은 제지당하지 않은 채, 스피커에서 같은 말을 반복하고 있다.

"그래 종교의 자유, 내가 그것을 인정한다. 하지만 내가 인정한다고 되는 것은 아니야."

"물론입니다. 기도 시간을 줄이고 비신자는 기도에 참여하지 않게 하는 것은 교단과 상관이 없습니다."

"아니다. 미션 학교에서 정해진 예배 시간을 없애는 일이 쉬운 일이 아니야, 하지만 이제부터 참여하고 싶지 않은 학생들은 참여하지 않아도 된다."

그의 말을 기다렸다는 듯이, 교실에 있던 학생들 몇 명이 와하는 소리를 내며 자리에서 일어나 밖으로 나갔다. 예배에 싫증을 느꼈던 몇몇의 학생들이 덩달아서 자리에서 일어났다. 그러자 믿음을 가졌던 학생들까지도 참여하면서 모든 학생들이 교실을 빠져나갔다.

임 선생은 자기가 한 말에 대해서 후회가 되었다. 엎질러진 물이다. 어디서 그런 용기가 나왔는지는 모른다. 그의 어린 시절과는 아주 다른 면모를 보여 주었다. 그는 밤중에 무서워서 간이식 화장실에 가지 못하고, 어머니를 깨우고서야 화장실에 다니던 나약한 심성을 가졌다. 그런데 무슨 용기로 교단의 결정도 없이, 그런 결정을 임의적으로 내렸는지 모르겠다.

하지만 이제는 어쩔 수가 없다. 그는 투사로 변해야 한다. 머리가 무거워 졌다. 학생들이 빠져나간 교실에 혼자 남아서 깊은 기도를 했다.

10.

인숙은 노래방 주인으로부터 꾸어 온 돈에서, 일부를 십일조 봉투에 넣 었다. 그리고 기분이 좋아서 콧노래까지 부르며 교회로 갔다. 평상시에 해 온 것처럼, 그녀는 교회에 헌금하는 것에서 즐거움을 느낀다.

돈을 어렵게 꾸어서 헌금을 하게 되었지만 매우 즐거운 표정이다. 교회 입구에 있는 헌금함에 십일조를 넣고 예배당으로 들어갔다. 평일이어서 예배당에는 사람들이 없었다. 성경책을 펴놓고 오랫동안 혼자 앉아서 기 도를 했다. 그리고 아들의 문제를 해결하기 위해서 김 목사의 방으로 갔 다. 그 역시 자기의 문제를 위해서 기도에 열중하고 있었다.

"무슨 좋은 일이라도 있는지요, 오늘은 표정이 아주 밝습니다."

"저는 늘 즐겁습니다. 목사님도 오늘 즐거워 보이십니다."

"제가요? 요새 저는 골머리를 많이 앓고 있습니다."

"목사님도 그런 일이 있으세요. 무슨 일이지요?"

인숙은 김 목사님이 어려움에 처해 있다는 것을 알면서 반문했다.

"늘 있는 일입니다. 그런데 무슨 일이 있는지요? 저번에 부탁한 것은 제 가 알아보고 있지만 적당한 일자리가 없어서요,"

"금방 일자리가 나오겠어요. 오늘 제가 상의하려고 하는 것은 저의 아 들 문제입니다."

"아드님이 무슨 문제가 있나요?"

"학교의 예배 시간에 기도를 거부한다는 말을 해서 퇴학을 시키겠다고 합니다."

"그 문제입니까? 저도 그 이야기는 들었습니다."

김 목사는 영철에 대한 것을 이미 알고 있다고 하자, 그녀는 부끄러워서 고개를 숙였다. 교회도 그렇지만 학교에서 성서를 가르치면서 문자주의에 사로잡혀서, 하나님의 뜻을 왜곡하고 있는 것이 문제라고 했다. 종교의 자유를 인정하는 것과 하나님을 믿는 일은 다른 것이다. 기도는 하나님을 믿기 위한 대전제이다. 따라서 그것을 문자적으로 해석하고, 종교의 자유를 운운하는 것은 잘못된 것으로, 학교의 책임이 크다고 말했다. 더욱이 그것을 책임지는 선생님들이, 그들의 편을 들었다는 것은 경솔한 짓이라고 말했다. 그녀는 도무지 판단이 서지 않아서, 어떻게 할지를 생각하다가 다시 물었다.

"어떻게 해야 합니까? 아이가 말을 듣지 않습니다."

"제가 한번 만나 보겠습니다. 하지만 집사님께서도 바르게 잘 훈육해야 합니다."

"물론입니다. 하지만 요즘 아이들이 어디 말을 들어야지요."

김 목사는 여러 가지 말을 했다. 문자적 해석의 어리석음은 흔히 저지르는 오류임을 강조했다.

"요즘 이혼을 많이 하지요."

"그게 제 아들과 무슨 상관이지요?"

"사람들의 이기주의를 말하려고 해서입니다."

인숙이 무슨 말을 하려는지 몰라서 그냥 침묵하자, 김 목사는 성경에 있는 모세에 관한 말을 한다.

"모세가 너희 마음의 완악함으로 인하여 아내 내어버림을 허락하였거니와 본래는 그렇지 아니 하니라는 말을 했습니다. 그런데 그것을 문자적으로 해석하면 엉뚱한 이론이 생깁니다. 마치 이혼을 해도 좋다는 것으로, 이 말은 하나님이 허락한 가정에 대해 숭고한 마음으로 아내와 남편의 책임을 다하고 화목한 가정을 이루어야 한다는 뜻입니다. 하지만 이 말씀을 지키지 않습니다. 다시 말해서 부부간에도 달면 삼키고 쓰면 뱉는 일이 생겨서 이혼을 하지요."

인숙은 그 말을 듣고 자기에게 하는 말로 알고 부끄러워한다. 김 목사는 그녀의 그런 마음과는 다르게 성경의 문자적 해석에 대한 잘못을 지적하고 있다.

"이혼하지 마라는 말도 이것을 문자 그대로 받아 들여서 이혼만은 절대로 안 된다는 해석을 혹자들은 하고 있습니다. 그러나 지금 세상은 이혼하는 사람들이 많습니다. 성경을 이렇게 문자적으로 해석하면 많은 오류가 생기고, 성직자들 역시 믿음이 약한 학생들에게 그것을 바르게 가르치지 못하면, 더 큰 오류를 범하는 것이지요."

김 목사가 성경의 문자적 해석의 문제점을 이혼 문제와 관련해서 예시를 들자, 그때서야 인숙은 그가 무엇을 말하려고 하는지를 알아들었다.

"아드님의 문제도 그러한 맥락입니다. 그러기 때문에 더욱 기도에 열중해야 합니다. 모든 일에는 긍정과 부정이 있습니다. 긍정이 더 행복하게 만듭니다. 기도를 하지 않는 것보다는 기도를 하는 것이 더 행복하게 만듭니다."

"그럼요. 저 역시 어려울 때 기도를 하게 됩니다. 하지만 내 남편과 아들은 그것을 부정합니다. 사탄이 들었나 봅니다. 잘 믿던 남편 역시 속을 썩여서 이혼을 하고 싶습니다."

"이혼이요? 큰일이네요, 제가 이혼 문세를 아까 언급했습니다. 집사님이 바로 잡아야 합니다. 우리나라가 세계에서 가장 많은 이혼을 하고 있다고 합니다. 어떻게 한국의 기독교 신자가 절반을 넘고 있는데 그런 현상이 일어납니까. 잘못된 것이지요."

"목사님, 찬밥도 싫으면 먹지 못하는데 하물며 싫은 사람과 평생을 같이 하는 일이 쉽겠습니까? 그래서 문제입니다. 이혼율이 많은 것도 그래서 그렇고,"

"성경의 말씀을 따르고 참고 살아야 하는 것이지요. 사람들이 그런 경향으로 흘러가는 것은 모두 기도의 부족입니다. 빈말이라도 그런 말씀을 절대로 하시면 안 됩니다. 성경에 있는 말을 문자적으로만 보고 해석을 하면, 세상사가 전부 옳아 보이고 성경에 틀린 말씀이 있는 것처럼 보입니다. 현실에 부합한 양심 있는 행동이 중요하지만 더 중요한 것은 성경의 말씀을 실천하는 일입니다. 그래야 세상이 바로 섭니다."

성경을 자의적으로 해석하고, 현재 일어나는 일들과 견주어서 그것에 배타성이 있다고 보고, 성경의 말씀을 배반하는 것은 아주 어리석은 일이다.

"아드님이 아주 잘못하고 있는 것입니다. 십계명은 도덕적 이론일 수도 있다는 주장을 하는 사람들이 있습니다. 아드님의 문제도 그런 맥락입니다."

문자적으로 보면 모든 종교에서 그런 말들을 수용하고 있기는 하지만, 그런 말들의 뜻은 신의 계율을 말하는 것이지, 세상의 눈으로 보는 도덕률을 말하는 것이 아니다. 그것을 착각하면 모든 것에 오류가 생긴다. 김 목사는 다소 장황하게 설명했다. 인숙은 고개를 들지 못했다. 자기 아들이 못나서 일어나는 일이라는 생각이 들자 더욱 아무 말을 할 수가 없었다.

11.

영호는 아내에게서 4백만 원을 받았다. 부족한 돈이지만 그것을 들고 다단계 판매회사를 찾아갔다. 그 돈으로는 교육비와 숙식비를 내고 보증금을 내는 데는 다소 부족한 금액이었다. 하지만 사정을 이야기하고 교육을 받았다. 교육 내용은 아주 광범위한 것에서부터 시작되어서 혼란스러웠다.

우리의 몸은 균형을 갖추려고 끊임없이 그 결핍에 대해 투정을 부린다. 우리가 욕망이라고 부르는 것 가운데, 식욕 문제가 곧 몸이 부리는 투정의 일종이다. 배가 고프면 당연히 위가 요구하는 음식을 채워 줘야 한다. 성욕 역시 일종에 몸의 균형을 갖추기 위한 욕구의 하나다. 채우고 내뿜는 것, 응축하고 팽창하는 것들이 모두 생존 원리인 물리법칙에 해당된다.

살아 있는 몸에 영양이 보충되지 않을 때 반드시 생기는 것이, 몸의 균형 감각이기 때문에, 누구든지 그런 작용이 있게 마련이다. 그것을 돕고 즐겁게 해주는 약을 파는 일이, 욕될 것이 없다는 것을 가르쳤다.

영호는 그들의 말을 들으면서, 모든 것이 해석하기 나름이라는 것을 생각했다. 믿음을 가진 자로서 그런 약을 판다는 것, 자체가 부끄러운 일이라고 생각했었지만, 그들의 말은 아주 다른 해석을 하고 있었다.

그들은 한술 더 떠서 이상한 비유를 했다. 성직자들이 더 자기들의 약을 찾는다는 것이었다. 설마 하는 생각이 들었지만, 그들의 이론은 아주 일관성이 있었다. 성직자도 다른 사람과 같은 맥락으로, 식욕과 성욕이 나타난다.

그것을 종교학적인 인식으로 보고 부정하는 것은 모순이다. 몸은 적절한 배설을 통해서 균형을 유지한다는 것을 인정하고 보면, 성욕을 느끼는 성직자들을 매도하는 일은 그릇된 것이다. 따라서 그들에게 약을 파는 것이 부끄러운 일이 아니며, 더 팔기가 쉽다는 점을 말했다. 그 이유는 그들이 약국에서 그런 약을 살수가 없는 입장이라는 것을 부각해서 설명했다.

정말로 놀라운 판매 화술이다. 물건을 파는 일이 이처럼 난처한 자들이 대상이 된다는 것을 영호는 새롭게 알았다.

몸은 받는 것과 내는 것, 먹는 것과 배설하는 균형이 맞아야 제대로 지탱한다. 이 균형이 깨지면 몸이 병든다. 일정한 집단의 모든 몸도 이 균형에 따라 흥망 한다. 현대의 학문, 예술, 철학, 종교가 이 같은 균형을 잃으면 병이 걸리게 된다. 그렇게 보면 성적 충동은 누구에게나 있는 것이고, 아주 당연한 현상이다.

"성적 충동은 아주 자연스러운 하나님의 섭리라고 설명하면 됩니다. 그러면 그들은 부끄러움 없이 이 약을 사지요."

교육을 시키는 자의 설명이다. 상대가 약을 사는 것이 부끄러운 일로 생각하게 만들면, 판매가 안 된다는 것이다. 따라서 누구든지 아주 편하게 대하면, 사게 되어서 판매가 쉽다는 것이다. 영호는 아주 많은 것을 배웠다.

교육을 담당한 자의 말은 계속되었다. 그런 섭리를 성직자라고 해서 받아들이지 못하는 것은 억지다. 억지는 모순을 낳고 그 모순은 새로운 것을 부정하고 파괴한다. 어려운 말 같지만 단순한 이론이다. 누구에게든지 설명만 잘하면 많은 약을 팔 수 있다.

성서에 '여자를 보고 음욕을 품는 자마다 이미 그 마음으로 간음죄를 지었다.'는 구절이 있다. 하지만 젊은 청년이 매력적인 여성을 보고 느끼는 본능적인 차원의 성적 충동은 죄가 아니다. 어디서 그런 것을 주워들었는지, 교육 담당자는 청산유수와 같이 말했다. 그리고 간음하다가 죽은 성직자가 있다는 것을 예로도 들었다.

성은 종속 이론의 모체이고 생명의 원천이다. 종의 이론으로 보아도 성은 만물의 생사 사멸과 관련이 있다. 즉 교배를 통해서 새 생명이 태어나고 생로병사 하는 순환 고리를 만든다. 그 가운데 성이라는 것이 존재한다. 그렇게 보면 성행위가 죄악이 아니다. 그것을 도와주는 약을 파는 것, 역시 나쁜 일이 아니라는 것을 강조했다. 다시 말해서 인간은 성욕을 느끼며 사는 것이 당연한 것이고, 그것이 죄악이 된다는 것이 억지라는 점을 여러 가지로 설명했다.

영호는 그들의 말을 들으면서, 다소 성인용품을 파는 일이 부끄러운 일이 아니며, 그 약을 파는 일에 자신감이 생겨서 안도가 되었다. 그들은 또 다른 말로 영호를 교육시켰다. 모든 것이 변한다는 것은 만고의 진리이지만, 한 편으로는 슬프고 즐거운 일이라는 양면성을 갖는다. 고정관념을 버린다고 모든 것을 잃는 것은 아니다. 단지 새로운 것을 창조하기 위한 출발이 될 뿐이다.

숲을 거닐다 보면 꽃과 나비를 만나게 된다. 홍점일락 나비는 아주 예민한 나비다. 그런 나비가 손등에 날아와서 앉기도 한다. 죽음을 두려워하지 않는 용기다. 나비와도 인간은 마음을 나누고 의사를 소통할 수가 있다. 그러한 것은 용기가 있는 일로, 배타성을 초월하는 일에서부터 시작된다.

사물에 관심을 기울이면, 그 대상 안에서 나를 발견하고, 대상과 내가 동일하게 된다. 그러한 점은 종족을 보존하려는 성욕의 욕구로부터 출발한다는 점을 그들은 강조했다. 따라서 섭생과 배설은 인간의 기본욕구이고, 그것에 필요한 것을 파는 것은 상업의 기본 원리라는 점을 강조했다.

영호는 교육을 마치고서야 구체적으로 무엇을 파는 회사인지를 알게 되었다. 남녀의 성욕에 대한 필요한 회음치료제, 성 발기 부전증에 대한 약, 성을 즐겁게 하는 도구들을 파는 일이었다. 그는 처음부터 그런 것을 파는 일이라면 하지 않았겠지만, 교육까지 받고 보증금을 내어서 어쩔 수 없이 그런 일을 하게 되었다.

그들의 교육은 다시 계속되었다. 누구든지 성의 욕구 실현은 질서 속에서 이루어지는 것을 전제로 한다. 따라서 성직자를 포함한 누구든지 성에 대해서 금기나 터부시하는 것은 옳지 않다.

인간에게 식욕과 성욕은 늘 상존 한다. 음식을 잘못 먹으면 배탈이 나고 몸이 상하는 것처럼, 성욕도 잘못 표출하면 같은 일이 초래된다. 그들은 해박한 성지식을 줄줄이 뽑아 냈다. 과식해서 몸이 망가지면 약을 먹어야 치유가 된다. 약을 구하기 위해서는 의사에게 가야 한다. 인간사의 일로 죄를 저지르면 그 잘못을 치유하기 위해서는, 하나님을 찾는 일이나 성직자를 찾아가는 것은 당연하다. 이처럼 성욕을 채우는 일에도 부족함이 있으면 그것을 도와주는 일이 필요하다. 따라서 성욕과 관련한 약과 도구들을 판매하는 것은, 죄가 아니라 오히려 그들을 성직자처럼 도와주는 일이다.

교육을 시키는 자 중에 아주 특이한 체험을 경험했다는 말을 했다. 세계 각국의 여성들과 일하면서 가톨릭 여성들과 함께 일한 적이 있다고 했다.

그들은 교황이 하지 말라는 혼전성교, 피임, 낙태를 하면서 가톨릭 신자로 남았고, 지금도 열심히 교회를 사랑하고 공동체에 봉사하고 있다는 것을, 예로 들면서 성이란 것이 그런 것이라고 설명했다. 그러한 융통성은 생존과 건강을 위한 자기 분열성이 오늘날까지 가톨릭 교회를 건재하게 만들었다. 그렇다면 그들에게 피임 도구나 회음치료제, 성 발기부전 치료제를 판매한다고 해서, 문제가 되지 않는다는 설명이다. 그래서 그들은 아주 떳떳하게 판매할 것을 영호에게 교육시켰다.

12.

영철의 담임선생은 자기 방에서 꼼짝하지 않고 기도만 했다. 교내 방송 이후에 파급된 문제 때문에 어떻게 해야 하는지를 고심하고 있다. 교내 홈페이지에는 많은 말들이 난무했다. 그것이 밖으로 퍼지면서 문제가 커지고 있다. 찬반의 양립이 생겼다. 모든 문제에는 정답이 없는 것이 오늘의 문제이다. 반대에는 찬성이 있고 그것을 오. 엑스로 답을 내지 못한다.

젊은 세대와 기성세대가 있고, 급진파와 보수파가 양립하는 이론이다. 모든 일에 대한 해답도 늘 통계를 내보면 반반이다. 다소 차이는 있지만 그러한 통계로 어느 누구도 한 쪽의 손을 들기가 어렵다. 따라서 학생들의 말을 존중하는 것도 양립이 존재된다. 그래서 그 선택은 확실성을 전제로 하지만, 그러한 점을 찾아내기가 어렵다.

교단과 학교 측은 하나님의 믿음을 전제로 한 선택을 바랐겠지만 학생들의 입장에서 보면 그 반대가 된다. 어느 것이 정답인가, 그것은 양심과 결부되고 정의적인 선택이 되어야 한다. 그렇다면 올바른 선택을 한 것이 되지만, 그것에 반하는 일이 벌어지고 있다. 하지만 정말로 올바른 선택이었는가, 아니면 나만의 주장이었는지를 생각하자, 혼란에 빠졌다.

언제나 신사고에 대한 거부는 역사적으로 많았지만, 결국은 그릇된 거부였다는 것이 많다. 과학기술에 대한 거부 반응도 그렇다. 지구가 태양을 돈다고 한 갈릴레오의 지동설에 대해, 천주교는 아주 오랫동안 강력하게 반대하였다. 자전거가 발명되었을 때도, 여자들은 윤리적인 문제로 자전거를 탈수가 없었다.

생산 공장의 자동화 시설이 도입될 때에도, 기계에 종속되는 것을 우려해서 과격한 자동화 반대를 했다. 석유가 널리 이용되기 시작했을 때에는, 석유의 강력한 폭발 특성이 있다는 이유로 거부 운동이 있었다. 원자력이 가지는 파괴성을 이유로, 원자력 기술에 대한 거부 운동은 지금도 계속되고 있다.

유전자와 관련한 연구에 대해서도, 종교적인 이유와 윤리적인 이유로 거부 반응을 보인다. 그러나 현세는 특정 종교의 오해나 보수적인 견지에 의해서, 과학기술을 계속 거부할 수 없는 환경에 놓여 있고, 그 속에서 인간은 존재하고 산다. 그렇게 보면 모든 것에 종교관이 먼저라는 선입관도 금물이다.

인간 사회에서 어떻게 인간답게 살고, 죽을지를 고려하고 보면, 선후를 가리기가 쉽지 않다. 신사고라는 것은 그런 것이다. 그렇게 생각하고 보면 임 선생이 결정한 일은 분명히 신사고가 되지만, 그것이 성서적으로 옳은 선택이었는지를 생각하면 헷갈리게 된다.

교육의 기본 철학은 크게 보아서 세 가지다. 교육 본연의 복적을 강조하는 근본주의, 시장 원리와 경쟁력을 앞세우는 경제주의, 사회적 형평과 통합을 강조하는 평등주의다. 이 중에 근본주의는 인격 도야를 목표로 삼고 지덕체의 고른 발전을 강조한다.

인간과 인간의 바른 상호작용과 인간의 가치 있는 변화에 주안점을 둔다. 한마디로 사람을 만드는 노력이다. 그렇다면 그 역시 그러한 것에 충실했다고 보는가에 대해, 답을 내리기가 쉽지 않다.

교육의 본질을 강조하는 이러한 주의는, 지적 능력이나 학력의 신장도 중하지만, 그에 못지않게 인성의 함양이 전제되어야 한다. 이에 반해 경제주의는, 시장 주의와 엘리트주의를 전폭적으로 수용하며, 능력 신장과 경쟁력 강화라는 집약된 목표를 지향한다. 따라서 이들은 교육에 대해 국가의 개입을 최소화하여, 경쟁을 통해 우수한 인재를 가능한 조기에 선발해, 세계 경쟁에서 우위를 차지해야 한다는 것이다.

대체로 이념 주의자들은 사회의 보수적 지도층, 특히 경제 엘리트들이 많다. 그런가 하면 평등주의는 대중적 관점에서, 교육 기회의 평등과 뒤처진 자들에 대한 교육적 관심을 강조하며, 공동체 주의와 교육을 통한 사회 통합을 지향한다. 진보적 사회 세력과 민중, 그리고 과도한 시장 주의의 발휘를 우려하는 진보적 지식인들의 지지를 받게 된다.

따라서 교육의 근본주의, 경제주의, 평등주의는 모두 중요한 사회가치들이다. 저마다 장점과 단점을 가지고 있다. 그 중에 어느 것을 택하느냐로, 하나를 완전히 취하고, 다른 것을 통제로 버릴 수 없는 것처럼, 종교의 자유 역시 그러하다.

그가 선택한 것도, 그러한 맥락에서 보면 이해되어야 하고, 존중되어야 한다. 하지만 그렇지 못하다. 누구의 책임인가, 거기까지 생각이 미치자 혼란이 더욱 가중되었다. 그렇게 보면 학생들의 요구가 부당한 것이 아니다. 종교라는 믿음보다 경제주의를 택한다고 해서, 그것을 교사가 막을 수는 없다. 더욱이 고등교육의 정책 근간은 경제주의에 바탕을 둔 것이어야 한다. 대학은 선택과 집중, 경쟁과 자율의 기초 위에서 지식 강국으로 이끌어 갈 인재 양성에 진력하도록 해야 한다.

고등학교 교육이 보편화 단계로 접어들어 대량 공급이 이루어졌으나, 고급 인력을 만들어내는 데는 실패했다. 그래서 전공과 관련 없는 일자리를 구하러 나서고, 대학에 진학하면서도 자기가 좋아하는 학문을 하지 못하며, 어쩔 수없이 경쟁을 하다가, 자기 뜻과 관계없이 선택된 대학의 학과에 들어간다.

미션 학교에 들어온 비신자 학생들도 같은 맥락이다. 그렇다면 우리가 그들의 주장을 일축하고 일방적으로, 신자가 될 것을 강요하는 행위를 교사가 할 수 없다. 열린 교육을 지향하려면 서로가 신뢰하는 것이 중요하다. 학생과 교사가 신뢰하지 못하면서 무슨 교육이 바로 되겠는가 말이다. 모두가 변화하고 낡은 이데올로기에서 벗어나야 한다. 거기까지 생각이 미치자 임 선생은 자기가 한 일이 아주 잘한 선택이라는 안위에 빠졌다.

물욕

1.

인숙은 교회에서 나오자마자 노래방으로 일을 하러 갔다. 하는 일은 그리 어렵지 않았다. 노래방 도우미 일은 술을 나르거나 노래를 같이 부르는 일이다. 노래방에서는 음주를 할 수가 없지만 그것을 은밀히 하고 있다. 노래방에서 단순히 노래만 하면 장사가 안 된다. 그래서 탈선행위들이 일어나고 있다.

전부가 다 그런 것은 아니지만 인숙이 나가는 노래방에서는 탈선을 하고 있다. 술을 몰래 파는 것은 물론이려니와 거기에 드나드는 사람들이 몰래 마약을 판매하기도 한다. 성매매도 은밀히 하고 있다. 하지만 잘 드러나지 않아서, 행정당국의 단속이 못 미치고 있다.

그녀가 나가는 노래방의 규모는 엄청나게 크다. 동네에 있는 작은 노래방이 아니라, 기업형의 노래방이라고 할 정도로 규모가 크다. 종업원도 많다. 그녀처럼 술시중을 들거나 노래를 같이 불러 주는, 소위 도우미 여성들이 엄청나게 많다.

주인이 가지고 있는 두터운 노트를 다 채우고 있는 것으로 보아도, 그 수가 얼마나 많은지를 알 수 있다. 필요에 따라서 전화로 연락하면, 즉시 나오기도 하고, 시간제로 근무를 하기도 한다. 그래서 도우미끼리 은연중에 경쟁이 생긴다. 서로가 인기 관리를 하려고 치열한 다툼을 한다. 그렇게 하지 않으면 열심히 일하고도 수입이 없어서다.

인숙이 주방 안에서 손님이 주문한 마른안주와 맥주를 쟁반에 담고 있다. 잔일을 하면서 투덜댄다. 먼저 시작한 도우미들은 편하게 술을 마시면서, 손님들과 노래를 즐기고 수입을 챙긴다. 하지만 그녀는 잔심부름만 하고 있어서 화가 나 있다.

거기다가 나이가 조금 많은 탓에 그런 일까지 해야 하는 것에 자격지심이 생기고, 젊은 애들보다 발랄함이 부족한 것도 기분이 나빴다. 하지만 미모에는 자신이 있다. 노래 솜씨도 좋다. 그런 점들이 그녀를 위안시키고, 그나마 일자리를 얻게 된 것을 고맙게 생각하며, 열심히 일했다.

그녀는 술 쟁반을 들고 룸으로 들어갔다. 늙은 남자 손님이 유심히 바라보다가, 맥주 캔을 따더니 단숨에 마신다. 또 다른 젊은 남자는 그녀의 다리를 감탄하는 눈으로 훔쳐보았다.

"야, 예쁘다. 몇 살이니?"

"먹을 만치 먹었어요."

아직 새파란 녀석이 반말로 나이를 물어서 황당했지만 그냥 웃어 넘겼다. 그녀는 나이가 먹은 것을 은폐하려는 행동을 한다. 그래서 그것을 장점으로 만들기 위해서, 오히려 상대를 은근히 위압하는 면모를 보여준다. 아울러 그녀에게는 중년 여성의 신비스러운 매력이 있다.

일한지 얼마 되지 않아서 열심히 일하지만 술시중만 들어서는 수입이 없다는 것을 알았다. 그래서 하나씩 요령을 터득해 나갔다.

그녀가 결국 터득한 것은 보다 많은 팁을 받아 내기 위해서는, 남자들과 몸으로 부딪쳐야 한다는 것을 알았다. 그녀는 그것을 실천하기 시작했다. 그래서 그녀는 술 쟁반을 들고, 룸마다 드나들며 마주치는 손님들에게 꼬리를 치고, 눈웃음을 보내거나 아양을 떨기도 했다. 효과가 나타나기 시작했다. 늙은 남자가 그녀에게 관심을 보이기 시작했다.

그가 하는 행동으로 짐작해보면 직업이 공무원인 것 같았다.

그의 일행들은 노래방에서 술을 파는 것이 불법행위임을 알고 있지만, 오히려 그것을 묵인하며 술을 마시고 있다. 그녀는 여러 가지 추측을 하며, 오늘 수입을 얻어낼 대상으로 그 늙은 남자를 찍었다. 그래서 그에게 관심을 보이는 척 했다.

그녀의 예측대로 그는 전형적인 공무원이었다. 일반적으로 관료들이 가지는 습성은 쉽사리 마음을 주지 않는 것이다. 그는 짠돌이처럼 행동하고 있다. 그에게서 팁을 기대하기가 매우 희박해 보였다. 하지만 그녀는 자기의 능력을 시험해 보기 위해서, 더욱 그에게 아양을 떤다. 다른 여자들도 마찬가지로 자기 짝에게서 팁을 받아 내려고 안간힘을 쓰고 있다.

도우미들의 경쟁이 그래서 치열하다. 쉬운 일이 없다. 대개의 도우미들은 수입이 신통치 않고, 몸만 내맡기는 꼴이 되기도 한다. 인숙 역시 수입이 없는 날이 많다. 그냥 술집에 나가는 것이 오히려 돈을 벌기가 쉽겠다는 생각까지 들었다.

"예쁘기는 한데 나이가 많아 보여,"

"아니, 오늘은 만나는 사람마다 같은 소리야,"

그녀가 토라지는 소리로 응수하자, 또 다른 남자가 한마디 한다.

"오늘 신문 봤어, 노래방에서 주부들이 탈선을 한다고 해…"

"조심해야 되어, 이런데서 여인들을 즐기려고 하면 문제가 돼, 노래나 불러, 성매매 처벌법도 특별법으로 강화되었고…"

인숙은 그런 소리를 듣자 얼굴이 붉어졌다. 모두 매춘녀로 보고하는 말 같아서 화가 치밀었다. 하지만 참고 있다. 그녀는 한술 더 떠서 살짝 웃으며 비아냥거리는 말을 했다.

"그럼 집에 가시지요."

"그렇군, 명답이야, 집에 가면 되지 무엇 하러 왔느냐? 그래 맞아, 그럼 너희들이 굶어 죽어,"

늙은 남자는 능글맞게 응수하면서 술잔을 그녀에게 내밀었다. 그녀는 기분이 조금 나빴지만, 이내 밝은 표정으로 바꾸며, 그가 주는 술을 단숨에 마시고 다시 한마디 했다.

"무엇 하러 노래방에서 술을 먹어요. 술집이 더 편할 텐데,"

"너 보러 왔지, 술 마시고, 노래 부르고, 색시도 보고,"

"흥! 처음 보면서, 무슨 나를 보러 와,"

인숙은 그들이 떠드는 소리에 같이 웃으며 동화되고 있었지만 수입이 없어서 짜증이 났다. 그래서 팁이 나올 때까지 눈치껏 쌀쌀하게 행동했다. 남자를 유혹하는 방법은 일정 거리를 두고 새침해 지는 것이다. 그래야 팁이 나온다는 것을 알고 있다. 인숙은 그런 요령을 실천하고 있다. 하지만 팁을 받지 못하고 있어서 안달이 났다. 주인이 주는 도우미 알바 임금으로는 화장품 값도 안 된다.

인숙의 생각과는 다르게 홀 안은 사람들의 노랫소리로 점점 열기가 찼다. 신이 나는 것은 주인 남자나. 비대한 몸집으로 이곳저곳을 살핀다. 매상을 올리려고 도우미들을 늘 감시한다. 시시 텔레비전으로 홀 구석구석을 살펴보고 있다. 탈법행위를 은밀히 하기 위한 대비책도 치밀하게 마련되어 있다.

갑자기 단속반원들이 들이닥칠 때를 대비한 행동 요령을, 도우미들에게도 주지시키고 교육도 시켰다. 그러한 조치들이 때로는 악의적으로 이용된다. 여러 가지 방법으로 도우미 초보자들의 행동을 수시로 감시한다.

그는 지금 인숙에게 관심이 있어서, 그녀의 행동을 예의 주시하고 있다. 하지만 수시로 이곳저곳을 실제로 감시하고 있다. 작은 창을 통해서 룸 내부를 들여다 보여서 무슨 일이 일어나는지를 주의 깊게 체크한다. 하지만 작고 큰 사고들이 일어나는 것을 근본적으로 막지는 못한다.

"돈이 많으면 무엇해, 도덕적으로 썩은 놈들은 망하는 거지?"

“야, 그 따위 소리 집어 치워, 노래 부르러 와서 무슨 재수 없는 소리냐?”

젊은 친구가 신나게 노래를 부르고 나서 내뱉은 말에, 늙은 남자가 핀잔을 주었다. 그들은 신문에 난 기사 이야기를 화제로 삼았다. 그때 인숙이 술 쟁반을 들고 또다시 룸 안으로 들어갔다.

“사회악은 언제나 존재했어, 술맛 떨어져 그만두고, 노래나 불러,”

인숙은 그들이 떠드는 소리에 재미있다는 표정을 지었다. 그러자 늙은 남자가 그녀를 자리에 붙들어 앉혔다. 그리고 술잔을 내밀었다. 인숙은 반가운 몸짓으로 아양을 떨고 술을 마셨다. 팁을 받기 위한 행동이다. 하지만 늙은 남자는 팁 줄 생각은 하지 않는다. 그녀의 몸만 떡 주무르듯 해서 짜증이 났다. 하지만 무슨 일이든지 처음에는 자기 홍보가 필요하다.

자기 몸을 아끼지 않는 후덕함이 있다는 것을 보여 주어야 단골이 생긴다. 그녀는 그 점을 생각하며 참는다. 그가 아무데나 만지고 더듬었지만 몸을 내맡긴 채, 그냥 마시고 농담을 하면서 즐거운 척했다.

돈을 벌기 위해서는 몸뚱이 정도는 내놓아도 된다는 생각을 실천하기 시작했다. 그녀에게 매우 놀라운 변화가 일어났다. 돈이라는 것의 위력이 크다는 것을 새삼 느낀다. 가정주부로만 살아온 그녀가 노래방에 나온지 얼마 되지 않았지만 자기 몸을 마구 내돌리고 있다.

“돈이 있으면 무엇이든지 할 수 있는데,”

“다 할 수가 있다고? 그래 오늘 저녁은 네가 내 마누라가 되어 봐,”

늙은 남자는 다시 그녀의 몸을 더듬었다. 한쪽 편에서 노래를 부르는 사람은 고성을 지른다. 그러한 분위기가 더욱 그들을 즐겁게 하고 있지만 그녀는 짜증이 났다. 또 다른 쪽에서는 다른 이야기를 화제로 삼고 입씨름을 한다.

“오늘 아침 뉴스 못 봤어? 꾸어 준 돈을 안 갚는다고 살인한 것을,”

“야, 그딴 소리 집어 치워, 우리는 이렇게 몸이나 비비면 돼,”

늙은 남자는 이를 닦지 않았는지, 더러운 냄새를 그녀의 얼굴에 풍기면서, 몸 구석구석을 떡 주무르듯 하고, 팁 줄 생각은 안 한다.

"사람 죽이고 돈 받으면 무엇해, 몸 파는 것이 더 쉽지, 안 그래?"

"그럼, 그렇고말고, 사랑하면 돈이 생기지,"

한 남자가 다시 그녀의 몸을 경쟁하듯이 더듬었다. 인숙은 비속한 막말이 나오자, 더 이상 앉아 있기가 싫어서 자리에서 일어났다. 한자리에 오래 있을 수 없다는 표정을 짓고, 쟁반을 들고 룸 밖으로 나왔다. 하지만 그들은 그녀를 자리에 앉히려고 애를 쓴다. 이미 그들은 인숙의 매력에 빠져들고 있다. 젊은 여자들과 다르게 몸을 내맡기면서도 품위를 유지하려는 모습에 반해서 그랬다.

하지만 규정상 그녀는 그 자리에 오래 있을 수가 없다. 초보자이기도 하지만 아직 성숙한 단계까지 가지 못했기 때문이다. 성숙이란 말은 노련하다는 것을 말하고, 노련해지려면 좀 더 시간이 필요하다. 그것을 그녀는 알고 있다. 돈도 벌고 매상도 올리는 방법이 있지만, 아직 그것을 몰라서 몸만 내돌리고 있다. 그래서 현재는 수입이 없지만 일하는 방법을 배우고 있다. 무슨 일이든지 학습 기간이 필요하다는 생각을 하며 그 일에 매달리고 있다.

2.

김 목사는 혼란에 빠졌다. 이 세상이 전부 위험한 수준까지 가고 있다는 생각이 들었다. 무엇이 옳고 그른지 요즘 와서 판단이 안서는 일이 많다. 그래서 자기가 하는 일에 대해서 다시 생각한다. 세상의 빛과 소금의 역할을 하는 교회가 대부분 주중에는 쓸 수가 없는 구조로 만들어졌다. 그것을 고쳐 보고 싶지만 마음만 앞선다. 장로들의 반대도 많다.

교회가 지역의 공동체 역할을 할 수 있는 공간으로 자리 잡으려면 개방되어야 한다. 그렇게 하려면 교회 건물의 구조를 바꾸어야 한다. 무조건 크게만 지어 놓아서 제대로 활용이 되지 못하고 있다.

"교회에 건축 헌금이 필요합니다."

"또 돈타령을 하시렵니까. 안됩니다. 우리 교회가 얼마나 큰 교회인데 또 건축을 하겠다고 돈을 거둡니까? 안됩니다."

박 장로는 교회 개축에 대해서 반대를 하고 나왔다. 요즘 들어서 그는 김 목사의 말에 사사건건 반대를 하고 나왔다. 하지만 그가 장로 회의를 대표하고 있어서 무시할 수도 없다. 교회 건물은 번듯하지만 예배를 드리는 장소로는 불편하게 지어졌다. 어려운 이웃에게 도움을 줄 수가 없는 구조다. 신도들이 친교하고, 삶의 현장으로 더욱 친숙하게 활용되도록 하기에는, 아주 부족한 건물로 지어졌다. 그것을 고치고 싶다.

대부분의 교회들이 건물을 크게 짓는 일에 열중한다. 그래서 기형의 건물이 세워진다. 신도들의 의견을 존중하다 보면 그런 건물을 짓게 된다. 그렇다고 목사의 주장대로 지으면 불평을 한다. 김 목사는 자기 교회의 건물이 그런 건물 중에 하나라고 생각한다.

왜 그런 건물을 지었는지 한심한 생각까지 든다. 천국으로 가자는 의미를 담은 건물을 짓다가 보니, 아주 쓸모가 없는 건물이 되었다. 어떤 건축가의 기발한 착상이었지만, 교회 건물을 볼 때마다 웃음이 나온다. 건물이 담고 있는 의미가 죄로 물든 이 세상은 잠시 머물다 가는 곳이고, 우리의 본향은 천국이라는 것을 표현하고 있지만, 지금 생각해 보면 쓸모가 적은 건물을 지었다.

김 목사는 완전한 건물을 지어서 다음 세대들에게 넘겨주고 싶다. 하지만 반대에 부딪쳐서 전전긍긍하고 있다. 미래에 대한 희망을 품는 것은 바람직하지만, 그것이 현실을 도외시한 무책임으로 나타나면 문제가 된다. 그래서 김 목사는 혼란에 빠졌다. 아름다운 교회로 다시 태어나고 싶다. 교회의 독선과 배타성을 극복하고 싶다. 우리가 사는 세상을 아름답게 꾸미는 일에 열중하고 싶다. 그는 그런 소망들을 실천하려고 한다.

교회가 행복을 노래하고 희망을 노래하는 곳이 되어야 한다. 그렇게 하기 위해서 교회가 열린 공간이 되어야 한다. 거기에 걸맞은 건물을 지어야 한다는 생각을 하고 있다. 또한 자기의 신앙관과 중심 사상에 관해서도 다시 생각해 보았다. 지금까지 신도들에게는 올바르게 살 것을 강조했다. 하지만 자기 자신도 올바른 행동을 하고 있는지 헷갈렸다.

교회는 잘못하지 않은 세상을 만들자는 것이다. 사람은 누구나 잘못을 저지를 수가 있다. 하지만 잘못을 하고 나서 어떻게 처신해야 하는지가 중요하다. 솔직히 잘못을 시인하는 것이 필요하다. 그런데 그렇게 행동했는가, 바르게 행동하였다면 그들은 왜 지금 나를 불신하고 성토하는가, 나의 문제인가, 아니면 신도들의 문제인가를 곰곰이 생각했다. 아무리 생각해 봐도 자기는 잘못한 것이 없어 보였다.

"성직자의 잘못에 대해서는 신도가 처벌하는 것이 아니라, 하나님이 벌을 내린다고 얼버무리는 것이 문제입니다. 구렁이 담 넘어 가듯이 슬그머니 없던 일로 하는 것이 더 문제입니다."

"언제 제가 잘못하고, 그런 말을 하던가요?"

"목사님이 그랬다는 것보다는 그런 말로 목사의 권위를 세우는 것이 더 문제라는 것입니다."

"있지도 않은 말을 지어내서 말하는, 장로님 같은 분들이 문제입니다. 왜 그렇게 남의 말을 듣지 않고, 나쁜 쪽으로만 모든 것을 보십니까?"

김 목사는 참다가 화가 치밀어서 다시 한마디 했다. 하지만 박 장로는 장로회의에서 더욱 거세게 비난했다.

"목사도 사람이기 때문에 잘못을 저지를 수가 있습니다. 잘못을 저지르면 그것을 회개하고 용서를 받아야 함이 일반 신도와 다르지 않아요. 하지만 목사라는 직업이 우상화되고 있습니다. 누구든지 죄를 짓지 않고 살 수가 없고, 성경에 있는 것을 모두 실천하고 사는 사람도 없습니다. 하지만 교회에서 목사는 자기주장을 강하게 합니다. 도적질을 하지 마라, 간음을 하지 말라, 그것을 모르는 사람이 어디 있습니까, 초등학교 학생들도 알고 있는 일이지요.”

“그럼 어떻게 해야 합니까?”

“교인들에게 사랑과 행복, 희망을 주는 설교를 해야 합니다. 누구든지 뻔히 알고 있는 것에 덧칠을 해서 신도들을 불안하게 하는 것은 좋은 설교가 아닙니다.”

“사랑과 행복을 주는 말을 들려주어야 한다. 구체적으로 어떻게 하는 것입니까?”

“다시 말해서 포지티브 설교를 해야 합니다. 신도들이 교회에서 즐거움을 느껴야 하는데, 무거운 말로 겁을 주고, 불안에 떨게 하면 좋은 설교가 아닙니다.”

“인정한다고 해도 어떻게 늘 행복을 주는 말만 할 수가 있겠습니까?”

“그래도 중언부언하는 말을 삼가고, 전체적인 말 중에서 행복을 주는 말이 많아야 합니다. 돈 이야기나 하고 세상 이야기로 가득 차 있습니다. 그래서 우리 교회는 젊은 목사가 필요합니다.”

“결론이 젊은 목사만이 그런 설교를 할 수가 있다는 것입니까?”

“그렇습니다. 세상이 변하는데 우리 교회만 변하지 않고 있습니다. 목사님이 일 년에 약 백번 정도의 주일 설교를 합니다. 몇 년을 같은 교회에 다녀 보면 같은 말만 계속하고 있다는 것을 알게 됩니다.”

“어떻게 그럼 매번 다른 설교로 충족합니까? 하나님의 말씀은 같은 것입니다. 누가 설교를 해도 늘 다른 설교를 하지는 못합니다.”

“책을 읽지 않아서 그렇습니다. 따라서 교회가 젊어져야 합니다. 그런 말이 안 나오려면…”

김 목사는 할 말을 잃었다. 장로님들이 모인 회의에서 자기를 몰아내려는 말들을 하고 있다는 것을 실감했다. 김 목사는 자기 신세가 처량하게 되어 가고 있다는 생각이 들어서 매우 초조해졌다. 그래서 김 목사는 다른

장로들 생각이 전부 그런지를 물었다. 하지만 다른 장로들 역시 박 장로의
생각과 같다는 점을 분명히 했다.

3.

　인숙은 돈벌이를 한다는 구실로 교회에 자주 나가지 못한다. 노래방에
서 심부름을 하다가, 권하는 술을 마시다가 보니, 거의 매일 취하게 되었
다. 그녀가 믿음 속에 살다가 남편의 실직으로 일자리를 구하고, 노래방에
다닌다고 하지만 파멸의 길을 걷고 있다.

　남편 영호 역시 성인용품을 들고 이곳저곳을 돌아다니지만, 수입은 별
로 없고 회사만 살찌우는 일에 매달린다. 더욱이 바람직한 일을 하고 있지
못한 것도 문제다.

　다단계 판매회사에서 교육을 시킨 자들의 말을 믿고, 심지어 성직자들
을 찾아다니며 그것을 팔려고 했지만, 그것은 이론일 뿐이었다. 가장 좋은
계획은 가장 좋은 실천이라는 이론이 있지만, 물건을 파는 일은 그런 것이
일치하지 않는다.

　그의 아들 영철이 역시 학교를 그만 두고 학원에서 공부를 하고 있다.
그들 가족 모두가 원칙에서 벗어난 행동들을 하고 있어서 큰 시련을 겪고
있다. 그들은 바쁘게 살고 있지만 올바른 직업 선택이 되지 못해서 헛수고
를 하는 일에 매달리고 있다.

　인숙은 노래방에서 도우미 일을 열심히 하면서, 수입을 올리려고 안간
힘을 썼지만, 노력에 비해 그 수입은 아주 미미했다. 손님들이 팁을 주려
고 하지 않으며, 자기 욕심만 내어서, 그녀는 자기 몸만 내돌리는 일이 되
었다. 그래서 그녀는 매사가 짜증이 났다. 손님들에게 부드럽게 대해봐야
얻는 것이 없다. 그녀는 그때그때 상황에 따라서 약게 대처하는 요령을 터
득해 나갔다.

　"왜 그래, 어디 아프세요?"

“아니에요.”

“그런데 왜 얼굴을 찡그리고 다녀요?”

주인 남자가 시시 텔레비전으로 인숙의 표정을 살피다가 한마디 한다. 인숙은 자기를 감시하는 시설이 있다는 것을 잠깐 잊었다. 그녀는 할 수없이 빙긋이 웃으며 말했다.

“피곤해서 그런가 봐요,”

“그래요, 처음이라 그런가 보군요. 돈은 첫술에 배부르지 않아요. 무엇이든지 베테랑이 되어야 합니다. 수입을 많이 올리기 위해서는 허드렛 일들을 잘하고 성숙되면, 돈이 생기고, 또 더 잘하다 보면 베테랑이 됩니다.”

처음 입사할 때의 말하고는 아주 다른 말을 했다. 한 달에 5백만 원은 번다고 말한 것은 거짓이었다. 하지만 인숙은 내색을 하지 않고 인정한다는 눈빛을 주인 남자에게 보냈다. 그러자 그는 이글거리는 눈빛으로 그녀를 쳐다본다. 마침 다른 주문이 있어서 얼른 주방으로 피했다. 왜 그 자에게서 돈을 꾸었는지 후회가 되었다. 그것을 갚기까지는 좋든 싫든 간에 이일을 해야 한다는 생각이 들자 기가 막혔다.

그녀는 손님들이 주는 술을 얻어 마시다가 술이 취해 오르자 일하기가 힘들어졌다. 그래서 그냥 적당히 일을 하다가 늙은 남자가 있는 방으로 다시 들어갔다.

“어서 와요, 여기서 우리 시중을 들라니까,”

“그럼, 저희들은 어떻게 하고요?”

다른 여자들이 그자의 말을 가로막으며 안 된다고 했다. 인숙은 그 말을 듣고서 서글퍼지기까지 했다. 도대체 이런 일을 하고 얼마나 번다고 이 짓을 하는지 눈물이 났다. 그래서 엉거주춤한 상태가 되었는데, 갑자기 마이크를 손에 쥐어 주며 한 곡조를 부르라고 한다. 인숙은 동백 아가씨를 잘 부른다. 술이 취한 김에 마이크를 잡고 구성지게 불렀다. 예상외의 반응이 나타났다. 앙코르를 외치고 박수가 요란하게 울렸다.

“자 팁, 이거 받아.”

여기저기서 너도나도 만 원짜리 지폐 한 장씩을 그녀의 가슴에 꽂아 넣었다. 그녀는 눈물이 나려고 했다. 이렇게 돈을 버는 것이구나, 그런 생각이 들자, 정말로 돈을 벌기 위해서는 여러 가지 요령이 필요하다는 것을 알았다. 그녀는 신나게 아는 노래들을 불러 댔다.

그녀가 목적을 위해서 손님 앞에서 아양을 떨며 노래를 부르자 팁이 점점 늘어났다. 한참을 그렇게 노래하며 팁을 받고 즐거워했다. 하지만 그 때부터 문제가 생겼다. 주인 남자가 그녀를 불렀다.

“왜 그 방에 가서 그래요.”

“뭐가 잘못되었습니까?”

“거기는 다른 여자가 도우미를 하고 있잖아요. 남의 일자리를 빼앗고 침범하면 안 됩니다.”

그러고 보니 한 여자가 화를 내며 밖으로 나가는 것을 보았다. 그 여자가 주인 남자에게 항의를 한 모양이었다. 기가 막혔다. 그것이 남의 일자리를 빼앗는 일이라는 것을, 듣고 보니 그렇기도 하겠다는 생각이 들었다.

그렇다면 자기는 지금까지 일자리를 얻지 못하고 있다는 생각이 들었다. 결국 심부름을 하는 일이 자기 일이라는 것을 알았다. 그녀는 할 수 없이 우울한 마음으로 잔일을 했다. 하시만 늙은 남자 방에서 다시 그녀를 찾았다. 주인 남자는 다른 곳에서 일한다는 이유를 들어서 그 방에 가지 못하게 했다. 얼마 후에 팁을 많이 주었던 젊은 남자가 밖으로 나와서 그녀를 찾았다. 할 수없이 그와 마주친 인숙은 새침한 표정으로 그를 맞이했다. 그런데 그 남자는 자기 주머니 속에서 과자를 꺼내 그녀에게 주었다.

“이게 뭐지요?”

“팔아 봐, 과자야, 먹으면 기분이 좋아지지.”

자기 남편 영호와 같은 것을 팔러 다니는 남자다.

“인터넷에서 못 보았어, 마약 과자지, 팔면 수입이 좋아,”

인숙이가 술이 취한 데다 약간의 호기심이 생겨서 조금 먹어 보려고 하자, 그것을 말리며 한마디 한다.

"지금 먹지 말고 잠자리에서 먹어 봐, 아주 기분이 좋아져, 특히 남자하고 있을 때…"

인숙은 그 말이 무엇을 의미하는지를 알고 있었지만 엉뚱한 말로 반문했다.

"남편이 있어야지?"

"그럼 과부냐? 하지만 남자 없는 여자가 어디 있어,"

인숙이 대답을 하지 않자 다시 말한다.

"그럼, 오늘 여기 온 손님 중에 하나를 골라서 시험을 해봐,"

"어떻게 그런 일을……"

인숙은 얼굴이 붉어지며 반문한다.

"시험해 보아야 팔 수가 있어,"

그자는 아주 노골적인 말을 했다. 그녀는 남자들이 먹는 성 발기부전치료제는 보았어도 마약 과자는 처음 보았다. 그래서 호기심으로 가득 찼다. 그런 말이 오고 가는데 어느새 주인 남자가 나타났다. 시시 텔레비전의 위력이다.

"왜 일하지 않고 있어요. 지금 바빠서 모두들 야단인데,"

"알았어요,"

"3호실에 가 봐요."

그녀는 귀가 번뜩했다. 술 쟁반을 나르라는 것이 아니고 손님방에 가서, 도우미를 하라는 말에 재빠르게 그 방으로 갔다. 늙은 남자가 자기 동료들 몰래 빠져 나와서, 방 하나를 단독으로 차지한 후에 기다리고 있었다.

"내가 불렀어, 같이 노래를 부르고 싶어서,"

인숙은 그 말에 눈물이 핑 돌았다. 처음으로 자기를 찾는 손님이 생긴 것이다. 그녀가 감격해 하고 있자, 그는 주머니에서 팁을 주고 나더니, 명함 한 장을 같이 주었다.

"내 이름하고 전화번호야, 잘 지내보자고,"

그녀는 그가 이천상이라는 것을 알았다. 노래방에 나온지 얼마 되지 않은 상태에서 처음으로 단골손님이 생겼다. 그자가 주는 술을 마시고 그가 불러 달라는 동백 아가씨를 또다시 구성지게 불렀다.

이천상 때문에 오늘은 수입이 쾌 많았다. 그 이유를 생각해 보니, 여러 사람들이 노래 부르는 방에서 수입이 나오고, 노래를 잘해야 하며, 몸을 아끼지 않고 서비스를 해야 수입이 많다는 것을 알았다. 그녀는 교대 시간이 되어서 노래방을 빠져 나왔다. 집으로 가기 위해서 택시를 기다렸다. 택시를 막 타려고 하는데 이천상이 언제 따라왔는지 올라탔다.

"왜 그래요. 다른 차를 타요."

"아까, 그 과자, 같이 시험해 보자고,"

이천상이 그것을 어떻게 알았는지 참 엉뚱했다. 그녀는 매몰차게 안면을 바꾸었다.

"무슨 소리를 하는 거요. 혼나고 싶어요. 어서 내려요."

그녀가 강하게 말하자, 그는 주머니에서 돈지갑을 꺼내드니 수표 한 장을 건넸다. 그녀는 그것을 엉겁결에 받아 들고 보니, 거금의 수표였다.

"나는 당신 같이 지성적인 여자기 좋아, 오늘 싫다면 언제든지 전화를 해, 아까 명함 주었지?"

그자는 택시에서 이내 내리며 신사처럼 행동했다.

"그거 그냥 넣어 두어요. 그까짓 팁으로 얼마나 벌겠어요."

인숙은 손에 들고 있던 수표를 그에게 다시 건네주자, 그냥 넣어 두라고 한다. 고맙기는 했지만 거지가 아니라는 생각이 들면서, 자존심이 상했다. 하지만 그녀는 돈의 유혹을 뿌리치지 못하고 그것을 그냥 받았다. 남자들이 여자에게 돈을 주는 것은 다른 이유가 있지 않다. 성 욕구를 취하기 위한 전 단계로 이루어지는 것이 일반적이다. 무엇 때문에 잘 모르는 여자에게 큰돈을 주겠는지를 생각해 보면 그 대답은 자명해진다.

4.

김 목사가 자기 방에서 성경을 읽고 있는데, 박 장로가 다시 찾아왔다. 주일이 아닌 월요일에 그가 찾아 온 것을 보면 무엇인지 결심을 한 듯하다.

"다른 종교도 마찬가지입니다. 사람이 사는 사회는 일부의 잘못이 있게 마련입니다."

"그것을 인정합니다."

"잘못이 없는 세상을 만들기가 어렵지요. 하지만 잘못을 하지 않으려는 노력이 필요하다는 것입니다."

박 장로는 처음부터 시비조로 나온다. 일반적인 이야기를 하는 것이 아니라 목사도 죄를 짓는다는 점을 말한다. 그것을 모르는 사람이 없다. 하지만 그런 말을 하는 것은 솔직함이 김 목사에게 없다는 것을 말하기 위해서다.

"배가 고파서 빵을 훔쳐 먹었으면 하는 마음이 있다고 해서, 그가 죄인이라고 하면 이 세상을 살아갈 수가 없습니다. 훔치지 않았는데 어떻게 죄인이 되겠습니까. 하지만 성서에서 물욕 자체를 죄로 보는 것은 처음부터 죄의 근원을 싹부터 없애자는 것이 그 목적입니다. 그러한 것을 이해하지 못하면 많은 오류가 생깁니다."

"비유의 비유는 진실의 오류를 가져옵니다. 비유는 확실성을 전제로 하지만 절대적이 아니라는 것입니다."

"제가 말한 것이 비유인가요. 성경에 있는 것을 말하고 있습니다."

"목사님은 말씀마다 성경을 들먹이는데, 모두 그런 식으로 말하면 안 됩니다."

"그럼 목사가 할 일이 무엇인가요? 성경의 말씀 말고,"

“건축 헌금은 모두 못 낸다고 합니다. 심지어 십일조까지 못 내겠다고 시비를 붙는 신자가 있습니다.”

“어디 그런 신자가 있습니까? 나를 위해서 헌금을 합니까, 괜히 말을 만들지 마십시오,”

“약정한 십일조를 수입이 없는데 내게 해서야 되겠습니까?”

“누가 그것을 강요했습니까?”

박 장로는 어떻게 알았는지 인숙이 꾸어다 낸 십일조를 문제로 말하고 있다. 그녀의 남편과 그 일에 관해 상의를 했었다고 말했지만, 제대로 알고 하는 말이 아니었다. 김 목사는 그런 일이 있었는지 조차 모른다. 다만 그녀가 실직 상태의 남편과 함께 살고, 일자리를 부탁한 정도를 알고 있을 뿐이다. 다시 말해서 억지다. 김 목사는 화가 났지만 참았다.

“누가 그런 사람이 있나요?”

“있으니까 말하지요.”

박 장로는 실명을 거론하기가 거북해지자, 이내 그 이야기를 얼버무리고 화제를 돌린다.

“신도들도 양분되어 있습니다.”

“그건 또 무슨 소리입니까?”

“음욕이 죄가 된다는 것을 바르게 가르쳐야 합니다.”

“제가 다르게 가르쳤습니까?”

박 장로는 그것 역시 인숙의 남편이 자기 아내를 걱정하고 있는 것을 언급하고 있다. 하지만 성직자가 관내 신도들에게 일어나는 일들을 어떻게 모두 알고, 그것에 맞게 대처하겠는가를 생각하면 억지 주장이다. 그래서 김 목사는 강하게 설교에 문제가 없었음을 말했다.

“신도들 중에 성범죄가 일어나지 않게 해야 합니다.”

“물론입니다. 어디 누가 그런 짓을 하고 있나요?”

박 장로의 말뜻은 영호가 성인용품을 팔러 다니고, 그의 아내가 매춘을 하고 있다는 소문 때문에, 그들이 교회에 나오지 못하게 몰아내는 일이 필요하다는 것이다.

"선도가 필요하면 그렇게 하면 됩니다. 하지만 그것을 어떻게 알겠습니까, 목사라고 관내 신자의 모든 것을 다 알고 있지 못합니다. 괜히 트집 잡지 마세요."

"그럼 우리 신자들 중에 그런 사람이 없다고 봅니까?"

"있으면 말해 보세요. 누구입니까? 있다고 해도 하나님은 그들을 처벌하지 않습니다. 하물며 우리가 어떻게 죄를 알아내고 처벌하겠습니까, 양심이라는 것을 말하지만 양심이 늘 옳은 것은 아닙니다. 올바른 행동을 할 때 선한 일을 한 것이 되고, 옳음과 그름의 판별이 됩니다. 무엇 때문에 그런 말들을 하는지 모르지만…"

김 목사는 억지를 부리는 박 장로와 말싸움을 하면서, 도대체 저런 사람이 어떻게 장로가 되었는지 이해가 되지 않았지만, 참고 그를 웃으며 훈육하고 있다. 하지만 박 장로는 자기가 말한 것들이 장로 회의에서 거론되었다는 말로 정당함을 주장한다.

"목사님 처우도 개선할 문제입니다."

"왜 그래요. 내가 받는 것이 많다는 것입니까? 설령 많다고 해도 쓸 곳이 많습니다."

"물론입니다. 다다익선이지요. 하지만 문제가 있습니다. 영수증 없이 쓸 수 있는 판공비가 너무 많습니다."

"글세, 그걸 목사가 개인적인 것에 씁니까?"

"물론입니다. 하지만…"

"집과 자동차세, 전화요금, 난방비, 보험료, 자녀 학비, 살아가는데 필요한 비용을 교회가 부담하는데 개인적으로 쓸 돈이 무엇이 있나요, 그런데 왜 제가 돈이 더 필요한지 정말 모르십니까?"

"그것은 저도 압니다. 그렇지만…"

"무엇입니까? 말씀해 보세요."

"작은 교회와 형평성을 말하는 것입니다. 그들을 도와야 합니다. 절약해서…"

"그렇게 하고 있지 않습니까?"

"더 하자는 것이지요."

"그걸 목사라고 해서 내 마음대로 합니까? 예산을 세우고 집행한다는 것을 누구보다 잘 알고 있으면서 왜 그러세요. 더욱이 제 판공비가 많다는 말까지 하면서…"

"목사가 돈을 벌기 위해서 존재하는 것처럼 비추어지는 것에 문제가 있습니다."

"나 기가 차서, 시비하지 마세요. 어디 그런 목사가 있습니까? 성직자도 사람이기 때문에, 가족이 있어서 생계를 꾸려 나가야 하기 때문에, 돈이 필요하다고 하지만, 어디 그런 목사가 있어요?"

"인정합니다. 하지만 돈벌이로 목사를 하려면 장사를 해야지, 왜 목사를 합니까? 목사의 봉급이 많다는 이야기 자체가 문제입니다."

김 목사는 기가 막혔다. 목사가 얼마나 많은 일을 하고 힘이 드는지를 그는 잘 알고 있다. 거의 잠자고 먹는 시간을 빼고는 일에 매달려 산다. 그리고 받는 돈이 일반적인 회사 직원 정도에 불과하다. 억대를 넘는다고 시비를 붙지만, 그 돈은 관내 불우이웃을 돕거나 필요한 곳에 쓰는 것을 합친 금액이다. 그것을 알고 있는 박 장로가 그런 말을 하는 것은 다른데 목적이 있다. 다시 말해서 그는 김 목사를 몰아내기 위해서 말을 만들어 내고 있다.

"좋은 차를 타고 신도들 위에 군림하고 있습니다."

"군림이요. 목사가 어떻게 신도 위에 군림을 합니까? 어디 그런 교회가 있어요. 군주 시대의 교회도 아닌데,"

"올해에도 외국을 몇 번이나 갔다 왔습니까?"

"그건 왜요? 견문을 넓히고 선교를 위해서 하는 일이잖아요."

"교회 돈을 물 쓰듯 쓴다는 이야기를 합니다."

"어허 참! 듣고 보니 할말, 안할 말 모두 하시네, 물 쓰듯 할 돈이나 있습니까?"

"교회에서 목사님 자녀의 유학비용과 생활비를 다 대주고 있으면서. 교회의 헌금이 부족하다는 것을 내세우는 것을 말하는 신자가 있습니다."

"이제 못하는 말이 없습니다. 그럼 목사는 장사를 해서 돈을 버는 것이 아닌데, 무슨 돈으로 아이들을 공부시킵니까, 그것은 당연한 것입니다. 누가 그런 시비를 하는지 모르지만 목사의 아들이 공부를 하는 것까지 시비를 하면 어떻게 합니까?"

"그게 우리 교회의 현실입니다. 목사님은 그것을 인정해야 합니다. 건축 헌금을 더 모금하는 일은 이제 그만 두어야 합니다."

"무슨 소리를 합니까? 그래 가지고서야 목사가 어디 무슨 일을 하겠습니까, 너무 기막힌 공격입니다. 명예훼손으로 고소를 하고 싶어도 성직자라서 참고 있습니다. 괜히 말을 만들어 내지 마세요."

"어디 그것뿐인가요. 목사가 목에 너무 힘을 주고 삽니다. 자기가 제일이라는 권위에 젖어 있는 것이 문제입니다. 그래서 직분을 가진 자와 일반 신도들조차 갈라져 있습니다."

"저에게 그런 면이 있다고요? 기가 막힙니다. 이제 별 모함을 다하는군요. 한마디로 꼴 보기가 싫다는 이야기군요."

김 목사는 참는데 한계가 있다는 것을 느끼기 시작한다. 하지만 박 장로는 끝장을 내려는지 말을 계속한다.

"목사와 장로, 집사의 구분은 직제의 구분일뿐, 신분의 차별은 아닙니다. 목사는 교회에서 목회나 교육의 전문가로서 그 전문성이나 연륜을 이어받은 것이지, 신도 위에 군림하고 그들을 다스리고 지배할 권한을 부여받은 것은 아닙니다."

"물론입니다. 그런데 그런 말을 또 왜 하십니까?"

"그런데 얼마 전에 이런 말을 했습니다. 목사는 하나님이 세우셨으니 잘못이 있어도, 하나님이 알아서 한다는 말씀을 했는데, 정말로 웃기는 이야기입니다. 그 말은 자기 방어 수단의 말입니다."

"잘도 기억하고 말하는군요. 모든 것을 그렇게 임의적으로 해석합니까? 내가 설령 그런 말을 했다고 해도, 그것은 목사가 권위를 잃으면 신도들을 양육할 수가 없는 점 때문입니다. 목사가 권위와 신뢰를 잃고서 어떻게 신도들을 양육하겠습니까? 그런 면에서 이해되어야 하는 일입니다."

박 장로는 이제 노골적으로 그를 공격했다. 하지만 김 목사는 이성적으로 대처하고 있다. 또다시 다른 문제를 일으키지 않으려고 안간힘을 쓴다. 지금 상태라고 하면 무슨 말꼬리를 잡아서, 또다시 자기를 공격할 것이 분명하기 때문에, 될 수 있는 한 말을 참고 있다.

5.

인숙이가 호텔 방에서 이천상을 더 적극적으로 자극하지만, 반응이 없어서 초조해지기 시작한다. 돈을 울궈 내려는 목적도 있지만, 훔친 돈을 알고 있는지를 확인하고 싶었다. 그래서 그녀는 최선을 다해 남자를 자극한다. 알몸을 비벼대며 그를 유혹하지만 이천상은 그 능력이 아주 제한적인 듯하다. 그녀가 별 짓을 다해도 좀처럼 반응이 없다. 그녀는 할 수 없이 다시 마약 과자 하나를 준다. 하지만 그는 먹기를 사양한다.

"왜 나를 자꾸 자극해, 한번 시험해 보았으면 되지,"

"한번만 더 황홀감에 취해 보려고,"

그는 자신의 능력을 넘어섰다는 말에 도취되어서, 그녀가 주는 마약 과자를 못이기는 체 하고 받아먹는다. 하지만 그 반응이 별로 없어서 그녀는 점점 초조해 진다. 자기가 그런 남자에게 알몸으로 서비스를 하고 있다는 것에 화가 치밀었다.

돈이 무엇인지, 그것을 위해서 위선적인 행동을 하고 있다. 하지만 목적을 이루기 위해서 참고 최선을 다한다. 만약 훔친 돈이 탄로나도 서비스를 잘해야만, 어느 정도 커버가 될 수 있다는 생각을 가지고 있다.

"마약이 만병통치약은 아니냐?"

"물론이지요. 하지만 처음 느껴 봤어요."

"마약을 사용한 초기의 유래는 매우 단순해, 인간은 늙어서 허약해질 수밖에 없기 때문이지, 그것을 은폐하려는 모험심에서 마약을 사용했어, 처음에는 허기와 덥고 추운 고통을 견디기 위해서 술로 견디었지만, 그것으로 만족하지 못하자, 점차 독성이 강한 물질을 찾게 되어 마약을 사용했지,"

"결국 허약한 것을 보충하기 위해서인가요? 그런데 왜 그게 안 되지, 자기는,"

그녀는 의외로 그가 마약에 대해서 많이 알고 있는 것에 관심을 가진다. 마약 장사를 하려면 알아두는 것도 괜찮겠다는 생각을 한다.

"마약에 중독성이 없는 것은 없나요?"

"그런 거 없어, 그래서 마약이지,"

"그럼 굵고 짧게 살지 뭐,"

"원래 인간은 태초에 신이 부족하게 만들었어, 그걸 약으로 보충하지 못해,"

"그래도 당장은 기분이 좋네요,"

"그래서 먹지, 마약을 처음 먹는 사람들은 아무 일도 일어나지 않는 것에 당황한다는 거야, 오히려 그 효과가 천천히 일어나는 것을 불만스럽게 여기고, 초보자들이 굉장하다고 들었던 마약이 별 것 아니라고 생각해서, 점차 양과 횟수를 늘리게 되고, 자기도 모르는 사이에 더 많이 사용하게 되는데, 그 증상이 즉각적으로 오면 이미 중독 증세라고 해,"

"그럼 내가 그런 것인가?"

"그래, 반응이 없는 것은 우리들이 문제가 아니라, 그런 이유이지,"

인숙은 그때서야 그가 반응이 없는 것을 이해하고 다시 그를 애무하기 시작한다. 하지만 이천상은 별로 반응을 보이지 않으며 마약 이야기를 계속한다. 그녀는 그를 자극하면서 듣고 있다.

"조심해, 중독되면 곤란하니까,"

"중독까지냐?"

"중독은 무서워, 몸이 차갑게 식는다는 느낌과 함께 시작하고, 사지가 이완되는 느낌을 가지게 되어, 머리가 텅 비는 느낌이 든다. 공동이 커진다. 얼굴이 백지처럼 변한다. 갈증이 가라앉지 않으며, 감각이 예민해져서 오감이 모두 살아 있는 것 같아지지,"

"자기는 그럼 중독되어 봤어, 어떻게 그런 것을 알아?"

"책에서 읽었어,"

"그런 정도로 그치는 거냐? 중독이,"

"아니야, 목숨을 빼앗아 가지, 몸과 정신의 변형과 환각을 느끼고, 서로 다른 감각적 지각과 뒤섞인다. 시간과 공간의 피안에 머물면서 모든 지상의 사물을 내려다보고 있다는 느낌이 든다고 해,"

마약 중독자들은 절대적이고, 황홀한 행복감으로 충만해져서, 심지어는 자기가 신이라는 착각에 빠져들게 된다. 그러다가 깨어나면 변함없이 일상이 시작되는 것에, 비참함을 너무 느끼게 되어 다시 마약을 찾는다.

"중독이 심해지면 죽게 되지,"

"듣고 보니 무섭네요,"

인숙은 그의 말을 듣고서야 부끄러움이 생겼다. 하지만 그런 내색을 하지 않는다. 그러자 그는 빙긋이 웃으며 그녀의 속뜻을 알았는지 말을 계속한다.

"어제 술에 취해서 내가 쉽게 도취되었나 봐, 그래서 깊은 잠에 빠진 것 같아,"

"서로 좋았으면 되지, 왜 그것은 따져요,"

"학교는 다녔지?"

"그건 왜 갑자기 물어요, 기분 나쁘게,"

"아무한테나 마약 과자를 주지 마, 그것을 팔다가 잘못되면 그 자리에
서 감옥으로 가게 되어, 그걸 모르고 함부로 그 장사를 하니까, 한심해 보
여,"

"아무한테나 팔기는, 처음이라는 것을 알면서,"

"앞으로는 마약 장사를 하지 마, 괜히 돈 몇 푼 벌려다가 큰일 나,"

"하지만 돈벌이로는 최고 같아,"

인숙은 부끄러운 생각이 들면서 얼굴이 붉어졌다. 그것을 은폐하려고
그의 품으로 파고들었다. 그리고 모든 것을 잊으려는 듯이 그를 애무했다.

6.

김 목사는 박 장로가 돌아간 후에 자기 방에서 깊은 기도를 한다. 무엇
이 문제인가를 깊이 생각했지만, 자기 자신의 문제라고 보기보다는 신도
들에게서 신임을 잃은 탓이라는 생각을 한다. 하지만 그것은 어느 교회에
서나 겪는 일이다.

신도들이 성직자를 아끼지 않는 일은 자주 일어나는 일이고, 그것은 시
간이 지나면 자연적으로 치유되는 문제이기도 하다. 거기까지 생각을 정
리한 김 목사는 다시 깊은 기도를 한다. 가난한 자를 돕고 싶어도 그런 일
을 하지 못한다면, 성직자로서의 기능을 상실한 것이다.

"좀 도와주어야 하겠습니다."

"저도 알고 있지만 교회도 무척 어려워요. 성금이 많이 들어오지 않아
서요."

"그렇지만 좀 도와주세요, 가스 값 1만원을 못 내서 밥을 못해 먹습니
다. 그런 가정이 우리 관내에 여러 가구가 있습니다. 그들이 밥을 해 먹어

야 하지 않겠습니까, 도와주십시오.”

“물론입니다. 정부가 지원을 하겠지요. 우리 교회가 책임을 전부 질 수도 없고,”

관내에 있는 불우 이웃 돕기 지원 단체의 회원 몇 명이 김 목사를 찾아와서 지원을 요청했다. 하지만 김 목사는 어떻게 하지 못하고 있다. 그런 일에 앞장서야 할 자기가 아무 일도 못하고 있다는 생각에 가슴이 저려왔다.

김 목사도 얼마 전에 있었던 뉴스를 들어서 그런 일들을 알고 있다. 전기료를 석 달이나 넘게 못 내서 단전을 당할 처지에 있는 가구가 전국에 수만 가구나 된다. 매달 내야 하는 수도료 오천 원이 없어서 빗물을 받아 밥을 짓고 빨래하는 독거노인 가구가 있다. 김 목사는 그런 가정들이 자기 관내에도 있다는 것에 대해 가슴이 아팠다.

“생존의 최저 조건인 불과 물, 전기마저 끊긴 가정을 교회가 도와주지 않으면 누가 도와주겠습니까? 정부에서 지원을 받으려면 시간이 좀 걸립니다. 그러니 좀 도와주십시오.”

김 목사는 그들에게 어떻게든지 도와주겠다는 말을 하고 돌려보냈다. 그런데 막상 박 장로까지 반대를 해서 벽에 부딪쳐 있다.

“그들을 우리가 구제해야 힙니다.”

“그래서 신도들이 목사님의 사적인 판공비를 줄이라고 말하고 있지 않습니까, 이제 저희들 말을 이해하십니까?”

“원래 구제 사업은 끝이 없습니다. 제가 사적 경비를 많이 쓴다고 운운하는데, 그 돈들이 전부 구제 사업에 쓴 것이 많습니다. 그것을 더 어려운 데 쓰자는 것은 이해가 가지만, 내가 그것을 유용하고 있다고 생각하는 것은 잘못입니다.”

김 목사는 화가 났지만 참으며 박 장로의 말을 반박했다.

“최저 생계비도 벌지 못하는 가정이 너무 많습니다. 그래서 우리 교회가 더 헌금을 거두자는 말을 하는 것이지요, 그런데 박 장로께서 그것을 막고 있습니다.”

“제가 말한 취지는 그런 취지가 아닙니다. 교회를 더 증축하겠다는 것에 대해 신도들이 반대한다는 것을 말한 것이지요.”

“너나없이 사는 데 쫓겨서 이웃을 돌아보지 못하고 살아가는 게 요즘 우리 세상입니다. 그것을 교회가 바로잡기 위해서라도 헌금을 좀 더 거두어야 합니다.”

“구제할 사람들이 한 두 사람이 아닌데, 우리 교회가 어떻게 모든 것을 책임지려고 합니까? 4인 가족 기준으로 월 최저 생계비도 못 벌고, 이런저런 이유로 기초 생활 보호 대상에서 제외된 사람이 몇 백만 명이나 된다고 합니다. 우리 교회 주변에도 열 집 가운데 한 집이 그런 집입니다. 그걸 어떻게 우리가 책임집니까, 지금 여건에서는 매월 들어오는 헌금을 더 아끼고, 그런 곳에 지원하는 일들이 필요합니다. 돈을 더 거두는 것보다는,”

“그래서 제 봉급이 많다는 이야기고, 판공비와 아이들 학비 지원 문제까지 들고 나오는 것입니까?”

김 목사가 질문한 말에 박 장로가 대답을 하지 않자, 결국 자기의 문제로 귀착된다는 점을 깨닫고 입을 다물었다. 박 장로 역시 기도를 하면서 말없이 그의 대답을 기다리고 있다. 박 장로는 자꾸 같은 이야기를 하고 싶지 않았지만, 기왕에 꺼낸 말들을 이제 마무리 지으려고 한다. 다른 장로들과 입 다툼을 하기도 지쳤다. 그래서 박 장로는 또 다른 이야기를 꺼낸다.

“성직자가 술 문제로 인한 것도 문제입니다.”

김 목사가 기도를 끝내자, 박 장로는 갑자기 술 이야기를 꺼냈다. 무슨 이유인지 모르지만 다른 공격을 하기 위한 준비 단계로 보였다. 그래서 김 목사는 이내 대답을 하지 못하고 그의 얼굴을 살피고 나서 입을 열었다.

“저는 술을 마시지 않습니다. 기독교에서 술 마시는 것 자체를 죄악으로 보고 있습니다. 하지만 성직자도 사람이기 때문에 술을 마실 수 있습니다. 그게 문제가 될 것은 없습니다."

"그래서 장로들이 술 마시는 것을 그냥 두십니까?"

김 목사는 기가 막혔다. 아무리 목사라고 해도 장로들이 마시는 술까지 간섭하고 나올 수는 없다. 자기의 믿음에 따라서 행동할 일이다. 박 장로가 공격하는 이유는 다른 장로가 술에 취해서, 자기를 모함한 것에 대한 앙갚음을 해달라는 것이다.

하지만 목사가 그런 일을 판별하는 혜안을 가지고 있지도 못하거니와, 설령 그런 능력을 가지고 있다고 해도, 그것을 심판하기가 어렵다. 술은 술 자체이기 때문에 그 자체가 악한 것은 아니다. 돈이 돈인 것처럼 술이 나쁜 것이 아니다. 그것을 마시고 취해서 해악한 일을 하는 것이 문제이다.

술로 인한 다툼 때문에 그것을 삼가는 것이 필요하다. 그렇게 보면 성직자나 신도가 술을 마시는 것이 문제가 아니라, 술을 마시고 난 후에 처신하는 행동이 문제가 된다. 그렇다고 성직자가 술을 마셔도 된다는 이야기는 아니다. 하지만 어쩔 수 없이 마시는 술이라 하더라도, 다른 행각을 가져오면 문제가 크게 유발되기 때문에 억제해야 한다. 특히 성직자들은 더욱 그리하다.

김 목사는 이제 모든 책임을 자기에게 돌리고 있다는 생각을 한다. 지금까지 성직자로서 일한 것이 후회가 되기까지 했다. 이런 사람들과 하나님의 사역을 감내하였다는 것도 서글펐다. 김 목사는 어리석은 일을 한 것 같은 생각에 빠지며 매우 혼란스러워한다.

7.

인숙은 이제 노래방의 도우미로서 완숙의 단계로 들어가고 있다. 이천상이라는 단골손님도 생겼다. 매일 그에게서 고정 수입이 생겼다. 오늘도 그가 불러내서 술을 마시고 있다.

그와 같이 온 다른 동료들은 고성으로 노래를 부르며 열기를 뿜어내고 있다. 하지만 그녀는 그들에게는 관심이 없다. 단지 이천상에게만 관심을 둔다. 그래야 돈을 뜯어낼 수가 있기 때문이다. 이제 그녀는 남자들로부터 돈을 뜯어내는데 베테랑이 되었다. 술을 마시고 취하면 남자들을 즐겁게 하기 위해서 풍월을 읊는다.

"술이 없으면 못 살아, 술은 신이 준 최고의 선물이야,"

그녀는 술파는 일을 하면서 하는 말치고는 가관인 말을 하면서, 이제 본격적으로 타락해 가고 있다. 성경의 뜻대로 살지 못하는 여자로 변했다. 교회에 안 간지도 오래 되었다. 한번쯤 교회에 나가서, 김 목사를 만나고 상의를 했어도, 그렇게 타락의 길을 걷지는 않았을 것이다. 이천상은 그녀가 지갑에서 돈을 빼낸 것을 알고 있다. 하지만 그녀를 더 가지고 놀려는 생각으로 모르는 척한다. 그녀의 육체에만 눈독을 들인다. 어떻게든지 그녀를 밖으로 데리고 나갈 생각뿐이다.

"당신은 너무 늙었어, 나는 당신보다는 젊고, 우리가 어울리는 것은 돈이지,"

그녀는 술이 취해서 그를 부둥켜 안고 농담을 한다. 그 역시 그런 말을 들었지만 싫어하지 않는다. 욕구를 채우기 위해서 참는다. 또 다른 이유는 그녀와 함께 하는 것이 편하기 때문이다. 젊은 여자들과 어울리는 것 보다 완숙미가 있다. 반대로 인숙은 돈을 얻어 쓰는 재미가 있다. 그래서 특별한 고객으로 대한다. 그를 존경하는 것이 아니라, 돈이 많은 것에 관심이 있다. 그들은 동상이몽을 하면서 각자의 욕심을 채운다.

"영웅호걸이 따로 있나, 팁 많이 주면 영웅호걸이지,"

"넌 언제부터 돈만 알았어? 그래 먹어라"

그는 어느 때처럼 지갑에서 돈을 꺼내서, 그녀의 가슴에 찔러 넣는다. 그녀는 더욱 신이 났다. 그래서 유쾌하게 떠든다.

"그래 돈 많이 주는 놈이 최고지"

나이가 많은 그에게 장난기 섞인 욕을 한다. 그는 웃기만 한다. 그 이유는 그런 말을 하면서도, 가슴을 자기의 몸에 비벼대기 때문이다. 그녀는 평소보다 좀 더 취했다. 이천상은 그녀를 탐할 기회가 왔다고 생각한다. 그래서 다시 그녀의 가슴에 돈을 찔러 넣었다. 그녀는 댓가성으로 그를 와락 끌어안았다.

"오늘 저녁도 같이 나가야 하겠어?"

"요즘 단속이 심한 거 알지, 오늘 단속한다고 조심하래,"

"어떻게 그걸 알아, 늘 하는 소리지,"

"다 그런 게 있어, 아무튼 오늘 조심해야 되어, 하지만 그 반대일 수도 있어,"

그녀는 주인 남자의 말을 믿지 않는다. 하지만 일장 연설로 단속 반원들이 온다는 말을 했었다. 암행 단속반에 걸리면 그야말로 황천길이다. 하지만 그녀는 이천상에게 손을 내민다.

"듬뿍 주면,"

"알았어, 돈밖에 몰라,"

이천상이 오히려 불안해한다. 하지만 서로 약속을 한다. 늘 그렇듯이 단속을 하는 날에 손님이 더 많다. 그 이유는 단속반들도 손님이 많은 날을 사전에 알고 있기 때문이다. 탐욕은 인간을 병들게 한다. 부유한 자는 많이 가지고 있지만 더 많은 것을 가지려고 한다. 없는 자들로부터 탈취하여, 자기의 항아리를 채운다. 그러한 현상은 물욕에만 국한되는 것이 아니다. 모든 탐욕에 존재한다. 불나비들은 음지에서, 자기의 욕구를 채우기 위해서, 더 많은 탐욕을 한다. 이천상이 역시 성욕을 위해서 그것을 실천하고 있다.

인숙은 취했다. 하지만 여성의 본능이 살아난다. 시계를 들여다본다. 집으로 돌아갈 시간이다. 자리에서 일어선다. 이천상이 허겁지겁 그녀를 붙

잡아 앉힌다. 주머니에서 돈을 꺼내, 핸드백에 또다시 넣어 준다. 그녀는 술 취한 목소리로 선약이 있다고 한다.

이천상은 그녀를 다른 남자에게 빼앗기기 싫다. 안달을 하면서 약속을 취소하도록 요구한다. 그는 애원한다. 이제 그녀를 보지 않으면 못살 정도로 흠뻑 빠졌다. 인숙은 그의 심리를 읽고 있다. 그를 길들이기 위한 심리전을 펴고 있다. 단골손님으로 만들어야 한다. 돈줄을 잡아야 한다. 그녀의 목적이다. 그래서 그들은 서로를 탐욕 하는 공생 관계로 가고 있다.

"미안해요, 오늘은 안 되겠어요,"

그녀가 팁을 받고도 이내 결정을 하지 않는다. 그 이유는 다른데 있다. 주가를 올리려는 계산이다. 그녀가 대답을 하지 않자, 이천상은 돈이 적어서라고 생각한다. 수표 한 장을 또 건네준다. 그녀는 환한 얼굴로 변하며 이내 아양을 떤다.

이천상은 그녀를 독차지하는 일에 성공했다. 그는 집에서 나올 때 아내에게 출장을 간다고 말했다. 잘못하면 망치게 될 뻔한 것에 대해서 안도한다. 그래서 그녀에게 준 돈이 아깝지가 않다. 왠지 있는 돈을 다 주고서라도, 그녀와 잠자리를 하면, 아까울 것이 없다는 생각을 한다.

"이제 가자, 그만 주절대고,"

"너무 이른 시간이야, 장사를 망치게 하면 나오지 말라고 해"

인숙은 술에 취해 있으면서도 자기 관리에 신경을 쓴다.

"난 당신이 좋아서 죽겠어,"

"집에 마누라는 어떻게 하고, 탐욕은 하나님의 금기 사항이야,"

"왜 그래, 정 떨어지게,"

그녀는 화장실에 가겠다고 말했다. 하지만 다른 목적으로 그렇게 말했다. 매상을 올려야 한다. 주인 남자의 신임을 사야 한다. 그렇게 하기 위해서는 이천상을 더 기다리게 해야 한다. 그녀가 그것을 실천하기 위해서 자리에서 일어난다. 하지만 이천상은 그녀를 주저 앉혔다.

"내가 해결할게,"

그는 눈치가 빠르게 행동했다. 자리에서 일어나 밖으로 나갔다. 그리고 비척거리며 카운터까지 갔다. 지갑에서 돈을 꺼냈다. 뜬금없이 여자 직원에게 준다. 그리고 다시 인숙이 있는 방으로 왔다.

"됐지?"

무엇이 되었다는 것인지 인숙은 알지 못했다. 하지만 그들은 눈빛을 마주치고, 이미 약속한 일들을 실천한다. 노래방 밖은 더위 때문에 생긴 열기가 아직도 가시지 않았다. 그들은 손을 잡고 단골 여관으로 들어갔다. 세상에는 수많은 사람들이 있다. 그들 중에 일부는 향락에 빠지기 위해서 술을 마신다. 하지만 술은 독약과 같아서 해악을 준다. 재산과 명예를 잃게 한다. 남녀가 타락하게 만든다. 생명을 빼앗기도 한다. 하지만 사람들은 그것을 잘 알지 못한다. 그래서 많은 사람들이 술로부터 자유스럽지 못하다. 이들 역시 그런 오류를 범하고 있다. 인숙은 이제 사악함에 빠져서 세상을 바르게 살지 못하고 있다.

카오스

1.

임 선생은 자기 방에 박혀있는 시간이 많아졌다. 꼼짝하지 않고 기도만 했다. 교내 방송 이후에 파급된 문제 때문이다. 어떻게 해야 하는지 노심초사하고 있다. 그가 발표한 성명서가 매스컴에 보도되었다. 교내 홈페이지에는 찬반의 양립 의견이 생겼다. 그것이 밖으로 퍼지면서 일파만파가 되었다. 성명서라고 해야 학생의 말을 존중한 것이다. 하지만 그것이 그렇게 이슈가 될지는 전혀 몰랐다.

그가 쓴 성명서는 시각차에 따라서 임의적으로 해석되었다. 그를 영웅심과 용기가 있는 자로 몰고 갔다. 하지만 재단 측에서는 그를 이단자로 몰았다. 그는 자기의 뜻과 다르게 휘말리기 시작했다. 인터넷이 가져오는 해악이다. 그는 하나의 거센 물살 속으로 유유히 끌려들어 가고 있다.

사람의 사고라는 것은 별것이 아니다. 늘 고정관념에 사로 잡혀 있다. 그래서 더 많은 깨달음을 찾지 못한다. 선각자와 우매한 자의 차이가 그래서 난다. 고정관념은 한 발자국도 앞으로 나가지 못하게 한다. 하지만 그런 점을 탈피하면 잘못된 것이 보인다.

가재는 인간에 미치지 못하는 미물이다. 하지만 배울 점이 많다. 위험을

104 이단자

무릎쓰고 오랫동안 입었던 허물을 벗는다. 두렵지만 껍질을 벗지 않으면 새 옷을 입을 수가 없다. 새 껍데기가 단단해질 때까지 적에게 잡혀 먹힐지 모른다는 두려움에 떤다. 하지만 허물을 벗어 던짐으로서 새롭게 변모하고, 새로운 출발을 시도한다. 그래서 낡은 계명과 금기 사항에서 벗어나려는 사람을 가재에 비유한다.

변화란 그런 것이다. 위험이 도사리고 있지만 기득권을 포기하는 일이다. 현재까지의 행복도 불행도 포기하는 것이 변화다. 그래서 용기가 필요하다. 새로운 옷을 입기 위해서는 고정관념을 버리는 슬기가 필요하다.

임 선생은 그것을 실천하기 위한 행동을 보여 주었다. 하지만 많은 벽에 부딪친다. 많은 사람들이 요즘 우리 사회에서 일어나는 현상을 걱정한다. 우리의 전통이 허물어지는 점을 개탄한다. 수직적 수평적 관계가 무너졌다. 위아래가 없는 사회가 되었다. 이기주의가 팽배하여 자기밖에 모른다. 어른들은 고정관념을 못 버린다. 아이들은 신사고 때문에 그것을 수용하지 못한다. 혹자들은 전통이 존중되는 사회가 되어야 한다고 주장한다. 세상이 말세라고 말하기도 한다. 그래서 문화적 충돌이 생긴다.

언제나 신사고는 필요하다. 오래된 계명과 금기 사항에서 다소 자유스러워지려는 현상이 나타나야 한다. 고정관념을 버려야 한다. 다만 도덕적, 윤리적, 범주 안에서 그것이 이루어져야 한다. 사람들의 행복 추구 역시 그렇다. 하지만 현대를 살아가는 사람들은 대부분 낡은 껍데기를 벗어 던지는 것에 주저한다. 그래서 불행해지는 경우가 많다. 새로운 것에 눈을 뜨고, 어떤 사안에 대해 창의적으로 실천하며, 행동하는 일이 어렵기 때문이다.

어떤 문제를 새롭게 혁신적으로 해결해야 하지만, 살아오는 동안에 당연시되었던, 기정사실을 버리기가 쉽지 않다. 그래서 개혁은 늘 그 자리에 머물게 된다. 어떻게 하는 것이 더 옳은 방법인지도 모른다.

하지만 선각자들은 변화를 두려워하지 않는다. 새로운 변화가 곧 기회라는 점을 알고 행동한다. 자기의 모든 기득권을 항상 버린다. 초심의 마음으로 돌아간다. 그들은 새로운 것에서부터 시작하려는 혜안을 가지고 있다. 선각자들은 새로움을 추구하는데 주저하지 않는다. 그리고 거기에서 무엇인가, 새로운 것을 창출해 낸다.

반대로 기득권자들은 변화에 대해 거부한다. 낡고 오래된 안전장치 속에 안주하려고 한다. 더 많은 기득권을 인정받으려고 한다. 그 속에 자기 주장을 강하게 어필한다. 자신이 모르는 것에 대해서는 좀처럼 귀를 열지 않는다. 새로운 것을 맛보거나 냄새 맡기를 싫어한다. 그들은 항상 새롭고 낯선 것을 거부한다.

종교적, 윤리적인 이유로 거부 반응을 보이는 것도 그러한 맥락이다. 하지만 개선할 것들이 있다. 현세는 특정 종교의 오해나 보수적인 견지에 의해서 과학기술을 계속 거부할 수 없는 환경에 놓여 있다. 그리고 그 속에서 존재하고 산다.

신사고 역시 그러한 맥락으로 보면, 그것을 받아들이는 것이 더 좋은 결과를 얻게 된다. 그렇게 보면 모든 것에 종교관이 먼저라는 선입관도 금물이다. 인간답게 사는 일이 무엇인지를 생각해 보면 선후를 가리기가 쉽지 않다.

임 선생은 깊은 기도를 하면서 많은 생각을 한다. 성경을 문자적으로 해석하였다. 현세의 일들과 괴리감이 생길 수밖에 없다. 그런 오류들을 누가 책임져야 하는지가 헷갈린다. 그렇다면 자기가 결정한 일이 잘못된 것이 아니다. 그는 자기가 취한 행동에 대해서 안위에 빠진다.

바른 교육을 실천하는 일도 매우 어렵다. 그것을 먼저 실천해야 할 미션 학교들이, 고전적 가치에 매달려서, 일방적으로 학생들을 신앙인으로 만들려고 하는 것도 문제가 있다. 그것을 바로 잡으려고 했다. 그것을 실천하기 위해서 재단과 맞서 싸운다는 것은 계란으로 돌을 치는 행위다.

임 선생은 이제 교단을 떠날 수밖에 없다는 생각을 한다. 그 동안 많은 것을 참아 온 것이 후회가 되었다. 무엇을 위해 그런 용기를 부렸는지, 스스로를 자책한다. 남들처럼 그냥 수수방관했으면 최소한도로 일자리를 잃지 않게 되었을 것이다. 왜 그랬는지 모르지만 정의감이라고 볼 수도 없다. 단지 학생들의 말이 옳았다고 보아서 존중했을 뿐이다.

2.

이천상은 여관으로 들어가자마자, 인숙을 침대 위에 쓰러뜨렸다. 오랫동안 서로의 욕망을 채웠다. 그녀는 노래방에서 일한지 얼마 되지 않았지만 아주 많이 변했다. 돈의 위력을 알았다. 남자의 지갑을 열게 해야 한다. 그 지름길이 성욕을 충족시켜주는 일이다. 매춘을 하지 않고서는 돈을 벌 수가 없다는 것을 알았다. 모든 것이 돈에 초점이 맞추어져 있다. 그래서 그녀는 점점 더 타락해 가고 있다.

그들은 성매매가 아주 큰 죄악이라는 것을 알고 있다. 성경의 말을 역행하고 있다. 그녀가 언제 하나님을 믿었는지가 무색할 정도로 타락해 가고 있다. 돈이 필요해서지만 점차 성욕을 채우는 일에도 치중한다.

이천상이 역시 가정을 가진 남자다. 사회적으로 안정된 직업을 가지고 있다. 하지만 오직 성욕에만 집착해 있다. 그녀의 알몸을 애무하면서 모든 것을 불사르려고 한다. 하지만 육신은 말을 듣지 않는다. 그들은 동상이몽을 하고 있다. 돈과 성욕이다. 그녀는 두 마리의 토끼를 잡으려고 한다. 이천상은 알몸을 들어낸 채, 자리에서 일어났다. 그의 옷에서 지갑을 꺼냈다. 돈을 꺼내서 그녀에게 준다. 자기의 부족한 부분을 돈으로 해결하기 위해서다.

그녀는 돈을 받아 들면서도 표정이 밝지 않다. 그는 다시 돈을 더 준다. 그때서야 그녀는 얇은 미소를 보이며 적극적인 자세를 취한다. 그가 또다시 허겁지겁 자기의 욕구를 채운다. 그녀는 열기가 식지 않아서 허탈해진다.

"또 과자야? 전번에 처음이라고 하더니, 이제 장사꾼이 되었어?"

"먹어, 천상에 올라앉은 기분이 되잖아,"

그녀는 성욕을 채우기 위해서 마약과자를 주었다. 그 역시 마약의 유혹을 거절하지 못하고 그냥 받아먹는다. 그는 자기 능력의 한계를 알고 있다. 마약에 대한 상식이 풍부하지만 그것을 단절하지 못한다.

"이거 별로 반응이 없어,"

"안 그래, 기분이 좋아지잖아요?"

"일시적이지, 중독이 되고, 그런데 이걸, 어디서 구하고 있어?"

"우리 노래방에 오는 손님이 가져와요. 팔면 돈을 주고,"

그녀는 마약을 팔고 있지만 그 판매 루트는 모른다. 단지 안면이 있는 술집 손님이 가져다준다. 연락을 하면 가져다주지만 누구인지는 모른다.

"이거 팔면 위험해,"

"알아요. 먼저도 이야기했잖아요, 위험하다는 것은, 하지만 기분이 좋아져서 자꾸 먹고 싶은 유혹이 생기고,"

"팔지 마라, 잘못하다가는 큰 코 다쳐,"

"돈 벌려고요."

"아무리 그래도 그렇지, 이거 팔면 안 되어, 감옥에 가,"

그가 마약 과자 때문에 조금 흥분했는지 그녀를 다시 끌어안으려고 한다. 그녀는 일석이조를 노리고 있다. 그가 우려의 말을 하였지만 마약의 기운은 그들을 기분 좋게 만들었다. 그들의 기분이 풀어진 상태에서 아주 오랫동안 성욕을 채운 후에 그들은 깊은 잠에 빠졌다.

그녀가 깊은 잠에 빠졌다가 눈을 떴다. 이천상은 아직도 몸을 가누지 못하고 잠에 취해 있다. 그녀는 자리에서 일어나 그의 주머니를 뒤졌다. 그의 지갑에는 많은 현금과 여러 장의 수표가 들어 있다. 그녀는 갈등을 느끼기 시작했다. 한 장쯤 꺼낸다고 문제가 될 것 같지 않았다. 하나님을 믿는 사람으로서 도저히 있을 수 없는 행동을 하려고 한다. 하지만 돈에 대한 유혹이 끈질기게 그녀를 유혹했다.

그녀는 어떻게 할지를 생각하다가, 현금 중에 일부를 꺼내서, 자기 주머니에 넣었다. 그리고 다시 그 자의 이불 속으로 파고들었다. 그래서 그녀는 두 번째의 도적질을 하고 또다시 율법을 위반하는 일을 했다. 팁을 더 받아 내야한다는 생각이지만, 이천상은 지쳐 있어서 눈을 뜨지 못한다. 그녀는 잠에 취해 있는 그를 계속 자극한다.

"이제 일어나 재미없다. 응"

"뭐냐, 이게 어떻게 된 거지, 몇 시냐?"

"몇 시면 무엇 하려고, 이제 출근은 못해, 나하고 더 즐기는 거야,"

이천상이 정신을 차린 시간은 한낮이 넘은 시간이다. 그가 자리에서 일어나려고 한다. 그녀는 말리며 다시 자극한다. 훔친 돈을 은폐하려는 목적 때문이다. 다시 성욕이 생기도록 만들어야 한다. 그래서 열심히 자극했지만 신통한 반응이 없다. 다시 마약 과자를 준다.

"싫어, 내가 못 일어난 것도 이것 때문이야,"

"난 당신에게서 처음으로 황홀감을 맛보았어,"

그 소리에 이천상은 갑자기 눈빛이 빛났다. 그윽한 눈으로 그녀를 바라다보았다. 그는 동의한다는 눈빛으로 변한다.

"진짜, 하지만 미약은 위험해, 그 짓은 그만 해. 잘못하면 함께 몰락해,"

이천상은 마약에 대한 위험성을 말했다. 기분이 좋다고 먹기 시작하면 끝이 없이 먹게 된다. 결국은 파멸하게 된다. 하지만 그녀는 그런 말에 관심이 없다. 돈을 만들 수 있다면, 그것보다 더한 것도 다 하겠다는 생각이다. 열 번 찍어서 넘어가지 않는 나무가 없다. 남자들에게도 통용된다. 그녀는 그것을 실천하려고 한다.

3.

임 선생은 자기 방에서 바른 교육이 무엇인지를 생각했다. 제대로 알고 가르치는 일이다. 그것을 실천했는지 의문이 들었다. 성경을 이해하는 일은 난해하다. 해석학자들은 서로 모순된 해석을 하기도 한다. 그 이유는 성경의 문자적 해석 때문이다. 미션 학교들도 마찬가지다. 성경을 고전적 가치에 매달려 문자적으로만 해석하는 일이 많다.

비신자 학생들을 기독교인으로 만들려고 하는 일도 그런 측면이 있다. 재단에서도 그것을 알고 있지만 개선하지 않고 있다. 그것을 개선하기 위한 신사고가 필요하다. 맞서 싸운다고 해결되지 않는다.

임 선생은 그 일에 매달린 꼴이 되었다. 이제 학교를 떠나야 하지만 많은 생각들이 떠오른다. 그 동안 많은 것을 참아 온 것이 후회가 되었다. 되돌릴 수 없는 일을 저질렀다. 무엇 때문에 그런 객기를 부렸는지 부끄러운 생각이 들었다.

반면에 교단을 향해서 하고 싶은 말도 하고 싶었지만 참는다. 그는 문제 해결 능력이 있었다. 교사들 사이에서 어려운 문제가 있으면 해결하는데 앞장섰다. 교사와 재단 쪽 모두에게 인기가 있었다. 그런데 이제 물거품이 되었다. 이번 일도 그냥 남들처럼 모르는 척 했으면 되었다. 용기 있는 행동이라고 하지만 피해자는 자신뿐이다. 정말로 정의적이었는지도 모르겠다. 하나님만이 옳고 그름의 판단을 할 수 있다. 그는 깊은 상념에 빠진 기도에 매진한다.

4.

사람이 원하는 욕구는 대개 같다. 중요한 사람이 되려는 욕망이 있다. 돈과 물건에 대한 욕심이 있다. 건강과 장수에 대한 욕심도 있다. 좋은 음식과 쾌락, 자녀들의 행복에 대한 욕심이 있다. 또한 내세에 대한 욕심이 있다. 생명의 지속적인 연장을 추구한다.

하지만 가장 중요한 것은 건강하고 행복하게 오래 사는 길이다. 건강하지 않으면 아무 것도 할 수 없다. 간단한 진리지만 모르는 사람이 의외로 많다. 이것을 망각하고 건강을 잃으면, 해가 되어 죽음으로 가게 된다.

인숙은 그 점을 모르고 있다. 술과 마약을 통한 쾌락에 빠져서 건강이 나빠져 가고 있다. 하나님에 대한 믿음도 상실해 가고 있다. 점점 타락의 늪으로 빠져들고 있다. 귀가 시간이 일정치 않다. 외박을 하는 날이 많아졌다. 가정에 충실 할 수가 없다. 그녀는 남편과 다투는 일이 많아졌다.

그녀는 매일 술에 절어 있다. 옷에서조차 담배 냄새가 지독하게 난다. 영호는 그녀가 잘못되어 가고 있음을 걱정한다. 자기가 못나서 그런 일들이 생긴다고 자책한다. 하지만 어떻게 해야 하는지를 모른다. 예전 같으면 기도로 매달렸다. 목사님과 상의를 통해서 해결했었다. 하지만 그 역시 교회를 멀리한지가 오래되었다. 누구든지 믿음이 사라지면 오류를 범한다. 모든 것을 자기 기준으로 판단하고 행동하기 때문이다.

또한 그가 목사를 기피하는 이유가 있다. 자기보다 아내가 목사와 친숙하다고 생각해서다. 하지만 침묵하고 있다. 잘 알지도 못하면서 함부로 말을 꺼냈다가 자기 아내에게 전달되는 것도 우려가 된다. 서로의 불신 때문이다. 하지만 성직자를 믿지 못하면 많은 것을 잃게 된다.

영호는 아주 다른 사람으로 변해 가고 있다. 성인용품을 성직자들에게 팔러 다니면서, 불신의 마음이 더 커졌다. 그는 아내가 다른 남자를 사귀고 있다는 여러 징후들을 일고 있다. 고민에 빠졌다. 님을 믿지 못하는 것은 자기를 믿지 못하는 것이다. 하지만 아내를 믿을 수 없다는 생각에 점점 빠진다.

영호가 아내를 의심하는 것들이 사실로 되어 가고 있다. 인숙은 점점 타락해 가고 있다. 누구든지 물욕이나 출세욕이 과하게 되면 상응하는 부작용이 생긴다. 육체와 정신의 균형이 깨진다. 과음과 과식은 건강을 해친다. 물욕과 성적 쾌락도 마찬가지여서 또 다른 병을 얻게 된다. 모두가 자기 관리 부족에서 나오는 것이 많다. 건강하기 위해서는 몸에 해가 안 되는 것을 먹어야 한다. 적당한 운동도 필요하다.

음주와 마약은 금물이다. 인숙은 그것을 역행하고 있다. 그녀는 직장에 다닌다는 이유로 남편에게 잔심부름을 시킨다. 하지만 영호는 할 수 없이 그것을 그대로 받아들인다. 그녀가 지쳐 보이기 때문이기도 하지만 작은 일로 다투기가 싫어서다.

영호 역시 힘이 들기는 마찬가지다. 성인용품을 들고 주로 돌아다니는 곳이 밝지 못한 음지다. 술집이나 노래방 여관 같은 곳에서 탈선을 하는 자들을 주로 상대한다. 처음에는 용기를 가지고 열심히 했지만, 점점 그것 이 무척 힘든 일이라는 것을 알았다. 판매상도 많고 단속을 하는 사람들도 많다. 원래는 의사의 처방전이 있어야 한다. 약사의 지시에 따라 매매가 이루어져야 하는 물품들이다. 영호는 처음부터 그것을 모르지는 않았다. 어쩔 수없이 하고 있다. 그래서 상품을 버젓이 들고 다니지도 못한다. 은 밀하게 취급해서 스트레스를 많이 받는다. 아내뿐만이 아니라 자기도 건 강이 걱정되고 있다.

"이제 일어나, 맨 날 그렇게 술만 먹고 다니면 어떻게 해?"

그는 자고 있는 아내를 기다리다 못해서 깨웠다. 하지만 그녀는 일어날 생각을 하지 않는다.

"오늘 학교에 좀 가 봐,"

그녀는 그 말에 정신이 번쩍 들었다. 그 동안 잊고 있었다. 아들이 일으 켰던 문제들이 생각났다.

"왜, 무슨 연락이 있었어?"

"몰라서 물어, 학교에서 퇴학 처분을 결정한다고 했었던 것을,"

인숙은 자리에서 벌떡 일어났다. 겉옷을 걸친 생각도 하지 않고 황급히 화장실로 갔다. 학교에 가보야 한다는 생각에 모든 것이 바빠졌다.

5.

한국에는 종교도 많고 신자도 많다. 우리나라 국민 중에 불교 신자와 기독교 신자가 전체 국민의 절반을 넘는다. 모든 종교들은 착하게 살 것을 말한다. 자기를 버리라는 말을 한다. 하지만 세상은 사리사욕으로 가득 차 있다. 그래서 세상이 썩어 가고 있다.

김 목사는 이 세상을 구제하는 것이 자기의 몫이라는 신념을 가지고 살았다. 살만한 가치가 있는 세상을 만들어야 한다. 누구든지 행복한 삶을 갖도록 해야 한다. 그는 늘 그런 생각을 하고 살았다. 하지만 지금 그러한 가치가 흔들리고 있다. 무엇이 옳고 그른 것이지 분간하기조차 어렵다. 그래서 목사가 된 것을 후회한다. 처음부터 목회 일이 쉬운 일이 아니라는 것을 알았지만 요즘 너무 힘이 든다. 매사에 대해 장로들은 시비를 붙는다. 장로들의 말대로 하고 싶기도 하다. 젊은 목사에게 자리를 내주고, 은퇴하고 싶다. 하지만 이대로 물러나면 위신이 추락한다는 점 때문에, 명분을 찾고 은퇴하고 싶다.

또한 자기 자신을 돌아보아도 후회가 되는 일이 많다. 못다한 일이 너무 많다. 그것을 해놓고 물러서고 싶다. 자기가 하는 일로 세상이 깨끗하게 되어 시고, 하나님의 말씀대로 살고 있었는지도 의문이다. 밤하늘의 별처럼 교회가 무수히 많다. 나쁜 사람들은 더 많다. 그들을 위해서 무엇을 했는지 자책한다. 앞으로 무엇을 위해 살 것인가. 하나님에게 그가 할 일이 무엇인지를 깨우쳐 달라는 염원의 기도를 힌다.

그의 눈에서는 눈물이 흘러내린다. 뜨거운 눈물이다. 간구의 눈물이다. 열정의 눈물이다. 사악한 무리들을 위해 기도한다. 또다시 눈물이 주르륵 볼을 타고 흘러내린다. 정말로 인간은 영원히 구제받지 못할 악의 산물인가를 생각한다. 그는 스스로를 자책한다. 자기가 왜 존재하는지를 생각한다. 무엇 때문에 살고 있는지, 왜 지탄을 받아야 하는지를 생각한다. 깨닫지 못한다. 그 해답을 모른다. 하나님에게 용서해 달라고 매달린다. 김 목사는 자성의 마음으로 많은 생각을 한다. 그는 흐르는 눈물을 씻는다. 다시 눈을 감는다. 용서해 달라고 큰소리로 외친다. 그의 외침은 애절하다

못해 비통하다.

6.

인숙은 아들의 학교로 갔다. 임 선생이 그녀를 반갑게 맞아주면서도 어딘지 어두운 그늘이 있었다.

"학교의 가장 큰 문제는 배타성입니다. 자기와 의견이 같지 않으면 적으로 봅니다. 관용과 용서가 필요하지만 그렇게 못하고 있습니다. 어떻게 아드님과 상의를 하셨는지요?"

인숙은 대답을 못했다.

"배타성이란 단절을 의미합니다. 독불장군이 없다는 말은 아주 오래 전부터 우리 조상들이 써 온 말입니다. 그 말처럼 혼자서 무엇을 임의대로 결정하는 것은 늘 문제를 만듭니다."

"그런 말씀이 저하고 무슨 상관이 있습니까?"

"누구든지 자기기준이 다를 수 있습니다. 그러한 차이와 어떤 가치의 옳고 그름에 대한 차이는 분명히 다르다. 따라서 나와 다른 모습을 나쁘게 보고, 자기만 옳다고 하는 것은 맞지 않는다. 그런 사고가 학교나 교회에서조차 교계를 분열시킵니다."

인숙은 할 말이 많았지만, 그가 무슨 뜻으로 그런 말을 하는지 몰라서, 그냥 침묵하고 있다. 하지만 속으로는 무척 초조해 하고 있다.

"교단이 여러 갈래로 갈라져 있고, 그것이 각자의 목소리를 내고 있습니다. 그래서 어렵습니다. 아드님의 문제도 그래서 더 해결하기가 어렵습니다."

그때서야 인숙은 그가 무엇을 말하려고 하는지를 알았다.

"장로교는 예장, 기장으로 갈라지고 예장은 합동, 고신, 통합으로 갈라졌습니다. 어디 그뿐인가요, 장로교 교파만 해도 백여 개가 됩니다. 그래서 어떤 사소한 문제도 해결하는데 서로 다른 양립이 생깁니다. 이해해 주시기 바랍니다.”

“무슨 뜻으로 말씀하시는지는 알겠습니다. 하지만 제 아들이 비신자가 된다 해도 공부를 그냥 지속하도록 해주셔야 합니다.”

“다양성은 종교의 자유가 있다는 것을 증명하는 일도 됩니다. 아드님이 종교의 자유를 말하지만, 교단 측의 말도 틀린 말은 아닙니다. 그 사이에서 제가 혼란을 일으키고 있기도 합니다. 제가 진정 올바른 결정을 한 것인지가 그래서 혼란스럽습니다.”

“저는 그런 어려운 문제는 모르겠습니다. 다만 학생이 공부를 하도록 하는 것은 학교 본연의 임무라는 것을 말씀드리고 싶습니다.

“물론입니다. 하지만 아드님이 주장하고 있는 것이 옳지 않다는 생각도 있다는 것을 말하고 있습니다. 그리고 저는 재단의 말에 동조하지 않았습니다. 그것은 분열과 종교의 자유는 다르기 때문입니다. 다른 종교를 배타하는 것도 그렇고,”

“제 아이 문제로 고심을 많이 하신다는 것은 알고 있습니다. 하지만 혼사의 힘으로 재단과 싸우는 일도…”

“기독교에서는 다른 우상을 믿지 말라고 하고 있습니다. 하지만 그들의 사고에도 올바른 것이 있다면 받아 들여야 한다는 것입니다. 그래서 아드님이 말한 것을 받아들인 것뿐입니다. 지 역시 기본 원칙을 위반하면서 아드님의 말을 전적으로 수용하는 것은 아닙니다.”

“그럼 어쩔 수 없이 우리 아들의 입장에 섰다는 이야기인가요?”

“그렇다고 대답하면 저는 양쪽 모두를 잃게 됩니다. 현재는 아드님 편에 서 있습니다.”

인숙은 점점 더 혼란스러워졌다. 임 선생은 설명이 더 필요하다고 생각했는지 다시 말을 계속한다.

“우리끼리 배타적인데 하물며, 다른 종교계에 대해 친화적일 수 없습니다. 저는 그 점을 말하고 있는 것입니다. 다른 종교를 믿는 학생이 있다면 그것을 인정해야 한다는 입장입니다."

"제 아들 입장에 서신 것을 이해합니다. 하지만…"

"학교를 사이비 종교학교로 만들려고 하는 것이 아닙니다. 다만 그들의 의견이 존중되어야 한다는 것을 말하고 있는 것입니다."

"제 아들을 너무 두둔하지 않아도 됩니다. 우리 아들이 문제가 있습니다. 하나님에게 기도를 하지 않겠다는 것이 문제였지 않았습니까?"

"기독교 학교에서 다른 종교를 가진 학생의 의사를 존중하라는 것이 아닙니다. 다른 종교에 대한 배타성을 버려야 한다는 것입니다. 그게 하나님을 믿게 하는 이유가 되기도 하고요."

"무슨 말인지 저도 잘 모르겠습니다."

"학교가 신앙적인 것에 너무 보수적인 것이 문제입니다."

"그럼 우리 아들은 어떻게 하는 것이 좋은 방법입니까?"

"결정은 났지만 명분을 찾으려고 하는 입장이 있습니다."

"그럼 퇴학 결정이…"

인숙은 결론이 나 있다는 것을 알았지만, 선문답 같은 말들을 듣다가 그의 방을 나오면서 혼란에 빠졌다. 누가 옳은 말을 하고 있는지 판단하기가 어려웠다. 더욱이 아들을 어떻게 훈육하는 것이 옳은지 몰라서 답답했다.

아들의 말을 존중해서 비신자로 살게 할 수는 없다. 그래서 더욱 혼란에 빠졌다. 공부 역시 하나님을 중심으로 하는 일에서부터 출발해야 한다. 인숙은 모두가 자기 탓이라고 생각한다. 요즘 자기 역시 돈을 벌려고 나다닌다고 하지만, 완전히 타락해 가고 있는 것에 대해 자책을 한다. 아들의 잘못된 판단 역시 자기의 잘못이라는 생각을 하면서 집으로 돌아왔다.

7.

임 선생은 재단 이사장의 방으로 갔다. 영철이 어머니가 왔다간 것을 보고한다. 그리고 자기 의견을 다시 이야기했다.

"쉬운 말로 하세요. 어느 곳에든지 다소의 모순과 부조리는 있습니다. 학교라고 예외일 수는 없습니다."

"물론입니다. 소수의 부조리를 이야기하는 것은 아닙니다. 하지만 믿음의 문제로 학교나 교회에서 일어나고 있는 일들이, 너무 심한 일들이 많습니다."

"제가 인정한다고 해도, 우리는 학생들을 올바르게 훈육해야 할 책임이 있습니다. 어떻게 그런 입장에서야 할 선생이, 그런 말을 할 수가 있었는지, 저는 그 점이 이해가 가지 않습니다."

"죄송합니다. 하지만 그가 틀린 말을 하는 것이 아니라는데 문제가 있습니다."

"글쎄, 그런 원론적인 말은 이제 그만 합시다. 학생들이 예배에 참여하는 것이 가장 중요합니다. 그런 과정을 통해서 양육되고, 기독교 신자가 되는 것이, 우리 학교의 설립 목적이라는 것을 알면서…"

"그런 고정관념이 지금까지 반복되었습니다. 이제는 개방되어야 합니다. 예배를 거부하는 학생조차 참여시켜서, 신자로 만든다는 것은 문제가 있습니다."

"문제, 문제 하는데, 무슨 문제가 있습니까? 학칙 안에서 종교의 자유도 있습니다. 그들을 설득하는 일이 교사가 할 일입니다."

임 선생은 기가 막혔다. 더 이상의 말이 필요 없었다. 하지만 말을 꺼낸 이상 그냥 물러 설 수가 없다. 어떤 방법으로든지 재단과 담판을 지어서 결론을 얻어내야 한다. 학생들이 주장하는 것이 언제부터인지 자기의 의지와 같다는 생각이 들어서 다시 용기가 났다.

"저는 학생들의 주장이 틀린 것이 아니라고 봅니다. 결론을 내주세요. 하지만 분명한 것은 문제 학생 하나에 그친 문제가 아니라는 것을 염두에 두고 결정해 주십시오."

　"이거 봐요. 자꾸 이상한 생각으로 몰고 가면 문제가 돼요. 결정하고 말
고 할 게 없잖아요. 교칙에 따라 결정하면 되는 것이고, 그걸 왜 자꾸 물고
늘어져요. 잘 타일러서 가르치면 됩니다. 미션 학교에서 기도를 하지 못하
겠다는 학생을 그대로 두자고 하면 어떻게 하겠다는 것입니까? 교사가 그
런 일도 처리하지 못하면 무엇 때문에 그 자리에 있어요."

　"잘못된 것을 고쳐야 합니다. 그것을 고치지 못한다면, 그것이 무슨 학
교의 일이고 하나님의 사역입니까? 언제 폭발할지 모릅니다. 저는 학교에
서 오랫동안 일하면서 하나님의 일을 했습니다. 그러나 수도 없이 이 문제
로 학생들과 충돌을 반복했지만, 그때마다 설득으로 일관했습니다. 하지
만 이제 고쳐야 한다는 생각이 듭니다."

　"고치지 못합니다. 고치기보다는 기독교 신자로 거듭나게 훈육하고 가
르쳐야 합니다. 그게 우리가 할 일입니다."

　"자기의 의사에 따라 종교를 가져야 합니다. 어떻게 하나님 학교에 왔
다고 해서 무조건 하나님을 믿어야 합니까, 더욱이 예전처럼 기독교 학생
만을 뽑는 것이 아닙니다. 그들의 의사가 존중되어야 합니다. 틀린 것을
바르게 가르치는 것이, 우리가 할 일이라고 보면 더욱 고쳐야 합니다."

　"학교의 전체성에 대해서는 생각해 봤습니까, 우리 학교만 그렇게 한다
면 다른 학교들은 어떻게 합니까? 교단에서 그것을 용납하지도 않을 것입
니다. 고집을 버려요. 학생들의 편을 드는 것을 이해하지만 그것은 있을
수 없는 일입니다."

　"매년 학생들이 다시 들어올 때마다 같은 문제가 생깁니다. 그렇다면
고치는 것이 현명합니다. 내 문제가 아니라, 교단 전체의 문제이고, 학교
의 문제입니다. 왜 무조건 예배에 참여해야 하는지를 제대로 말해야 하지
만, 그것을 정당화하기가 어렵습니다. 그릇된 일이라는 것을 알면서, 그것
을 말하지 못하는 것은 용기가 없기 때문입니다."

　"용기요? 잠자코 듣자니까, 내가 용기가 없다는 것입니까?"

재단 이사장은 격한 감정을 죽이느라고 얼굴이 일그러졌다. 분노의 눈빛으로 임 선생을 쳐다보다가 다시 큰 소리를 내었다.

"그럼 맘대로 하세요. 용기가 무엇인지도 보여 주고…"

임 선생은 더 이상 서 있기가 거북해서 그의 방을 나섰다. 후련하다는 생각이 들었지만 답답하기는 마찬가지였다. 아무런 해답을 얻지 못한 것도 그렇다. 결국 이번 일을 책임질 사람이 자기라는 생각이 들었다. 가슴이 답답해지면서 가족들의 얼굴들이 되살아났다.

문제 학생을 처벌하는 것은 간단한 일이지만, 그 뒤에 몰고 올 파장을 생각하면, 간단한 문제가 아니라는 것을 알고 있다. 그래서 임 선생은 많은 고심을 한다. 이미 퇴학 결정을 한 재단 측과 동의를 하지 못하고 있다.

8.

인숙은 노래방으로 갔다. 이천상이 보고 싶다는 전화가 와서, 서둘러서 그곳으로 갔다. 이제 그녀는 이천상의 노예처럼 행동한다. 그가 던져 주는 돈이 달콤한 사탕 맛을 내고 있어서다.

"일도 안 하나, 일찍부터 불러내게,"

"조금 한가하기도 하고, 더워서 일찍 나왔지,"

인숙은 더 이상 말을 하지 않고 그가 하는 대로 몸을 맡겼다. 이천상은 그녀의 몸을 더듬다가 기분 전환을 위해 목청껏 노래를 불렀다. 그리고 아직 이른 시간이지만 몇 개의 캔 맥주를 비웠다.

"아주 들어앉으면 어떨까, 이런데 나오지 말고,"

"어머! 그게 무슨 소리냐?"

"내가 방을 하나 얻어 줄게, 이런데 나오지 말고 나만 만나줘,"

"살림을 차리자는 이야기냐? 내 남편은 어떻게 하고,"

"몰래 은밀히 만나는데, 무슨 남편 이야기는 김새게, 나도 아내가 있잖아, 같은 입장이면서,"

인숙은 노골적으로 살림을 차리자는 말을 듣자, 징그러운 생각이 들면서 정이 떨어졌다. 하지만 사람의 마음이라는 것은 묘하다. 그 반대의 생각도 들었다. 어쨌든지 몸을 섞는 사이다. 편히 생활비를 얻어내는 것도 좋겠다는 생각이 들었다.

"한번 생각해 봐,"

"그렇게 하면 내가 얻는 게 무언데? 첩밖에 더 되어,"

"첩? 이런데 안 나와서 좋고, 생활비는 내가 대어 줄께,"

"돈이, 정말 많아? 작은 집 차릴 돈이 있어?"

"그런 것은 묻지 마, 내가 알아서 할게,"

인숙은 부정도 긍정도 하지 않고 그를 바라다보았다. 머쓱해진 그는 다시 채근하며 졸랐다.

"알았어, 한번 생각해 볼게, 시간을 조금 줘,"

인숙은 그의 엉뚱한 제의에 혼란이 왔다. 남편과 아들의 얼굴이 떠오르며 기분이 묘해졌다. 사람의 마음은 갈대라는 말이 실감이 났다. 인숙은 어떻게 그의 말에 거부감이 없는지 신통하기까지 했다.

9.

목사라고 해서 특별한 사람은 아니다. 평신도와 구분되어 하나님의 특별한 사랑과 보호를 받는 특권 계층이 아니다. 하나님의 사랑을 전하고, 가르치는 사명을 위임받고, 하나님을 섬기는 자가 목사이다.

다시 말해서 평신도 위에 군림하는 것이 아니다. 그런데 박 장로는 김 목사가 군림한다고 한다. 김 목사는 그것이 모함이라는 것을 알고 있다. 하지만 그의 눈에 그렇게 비쳤다면 할 말이 없다.

"목사는 하나님과 신도 사이에 중간자로 존재해야 합니다. 자기가 하나님이 되어서는 곤란합니다. 중간자는 늘 공정해야 하기 때문에 신도 편을 들어서도 곤란합니다. 하나님의 말씀이 절대적이라고 해서 그 말을 전하는 목사의 말도 절대적이라고 혼돈하면 안 됩니다. 자기의 말이 하나님의 말처럼 절대적이라는 것을 강요하는 일을 해서는 더욱 안 됩니다.”

“물론이죠. 그런데 그런 말을 왜 나에게 합니까?”

“목사님의 설교를 듣고 있으면 그렇게 생각되는 점이 많습니다.”

“기가 차군요. 이제 노골적으로 저를 인신공격하는군요.”

“성직자들의 역할도 대 수술을 해야 합니다. 성직자는 하나님의 종이고 신도들의 종입니다. 종은 주인을 잘 모셔야 합니다. 그런데 지금의 성직자들은 자기의 신분을 알지 못하고 종의 역할을 하는 것이 아니라 군림하고 있습니다.”

“종속이론을 말하는 것인가요. 충실한 종이 있어야, 충실한 주인이 필요합니다. 지금 교회에 충실한 종과 주인이 있습니까, 박 장로님도 주인 행세를 하고 있습니다.”

“제가 무슨 주인 행세를 했다고 합니까?”

“그렇지 않으면 어떻게 그런 말을 하십니까? 주인이 종에게 하는 말을 하고 있습니다.”

김 목사는 하찮은 논쟁을 박 장로와 하고 있다. 하지만 그와 그런 말이라도 하지 않으면 화가 풀리지 않아서 언쟁을 벌이고 있다.

“종은 주인을 바르게 모시는 것이 세 몫을 다하는 것입니다. 절에서도 이런 말이 있습니다. 불공은 마음에 없고 잿밥에만 마음이 있다는 말이 있습니다.”

“그런 말을 무슨 뜻으로 말하지요. 목사들도 잿밥에만 눈독을 드린다는 말입니까?”

“예를 들면 그렇습니다. 헌금을 많이 받아야 교회가 커지고, 교회가 커져야 목소리를 크게 낼 수가 있다고 생각합니다. 그래야 하고 싶은 것을 하면서 군림할 수가 있고, 그게 잿밥이 아니고 무엇인가요?”

박 장로의 말에 그는 기가 차서 말이 안 나왔다. 하지만 참느라고 애를 쓰고 있다가 다시 말을 꺼낸다.

"정말로 교회를 어렵게 하고 있습니다. 장로님들이 하시는 일들이 모두 옳은 일인 것 같지만 그렇지 못합니다. 그것을 알고 계십니까? 특히 박 장로님이 더 그렇습니다."

"그렇게 생각해도 할 수가 없습니다."

"사사건건 시비를 하니 어떻게 교회를 운영하겠어요, 문을 닫으라는 말로 밖에는 생각이 안 듭니다."

"그런 일들은 목사님이 자초한 일들입니다."

"무엇을 제가 자초하였습니까?"

"신도들에게 헌금을 많이 내라는 목소리를 높이지만 그것은 잘못된 것입니다. 목사가 돈을 거두는 일에만 열중을 하고, 예수의 자리에 오르려는 생각을 버려야 합니다."

"이제 보자보자 하니까, 못하는 말이 없군요. 누가 그런 생각을 합니까, 제가 그런 생각을 한다고 보십니까?"

박 장로의 말은 아주 극단적이다. 모든 것을 부정적으로 몰고 간다. 예전에는 그렇지 않았다. 김 목사를 내몰기 위해서 모든 방법을 다 동원하고 있다는 생각이 지배적으로 들었다. 그의 말은 점점 거칠어지면서 안하무인이 되어 가고 있다.

"목사가 되려는 사람이 많아요."

"하나님의 사역자가 많아지는 것은 좋은 일입니다."

"목사 지망생이 많은 것은 요즘 목사가 예전처럼 고생을 하지 않아도 밥 먹고 사는 데 지장이 없어서 많아진다고 합니다."

"뭐요, 저런 사람이 어떻게 믿음을 가진 사람이 되었는지, 왜 그래요. 제가 싫으면 그만이지, 왜 엉뚱한 일을 가지고 저를 공박합니까?"

"너무 심한 말이 아니라 추세가 그렇다는 것입니다."

"그래서요. 저 역시 돈 때문에 성직자가 되었다는 것입니까?"

“목사가 직업으로도 괜찮다는 이야기는 신도들의 입에서 나온 말입니다.”

“말끝마다 신도를 찾는데, 그런 말로 저를 현혹하지 말아요. 있지도 않은 말로…”

박 장로는 꺼낸 말을 멈추지 않고 다시 한다.

“목사 일을 직업으로 보기 때문에 돈이 눈에 보이고, 신도들에게 헌금을 강요하는 일이 생겨서 문제라는 것을 말하고 있는 것입니다.”

“지금 우리 교외에서 건축 헌금을 모으는 일이 그런 일이라는 것입니까?”

김 목사는 그가 왜 그런 말을 하는지 그때서야 알았다. 박 장로는 건축 헌금을 모으는 일에 반기를 들기 위해서 그런 말들을 꾸며 대고 있다.

“목사는 다시 말하지만 사명감이 없으면 하지 못하는 직업입니다. 그것을 알면서 어떻게 그런 말을 합니까, 누가 목사를 돈벌이하기 위한 직업으로 보고 일하는 사람들이 있어요. 그런 사람이 있다고 해도 그는 며칠을 버티지 못하고 탈락합니다. 목사의 일이 어디 만만한 일입니까?”

“저는 목사가 물욕에 어둡기 쉽다는 점을 말하고 있는 것입니다. 목사가 그런 생각으로 사역에 참여하면 물질에 유혹되기 쉽고, 그릇된 사역을 하게 되는 점을 말하고 있습니다.”

“결국 제 이야기를 하는 것입니까? 다른 표현으로,”

김 목사는 참느라고 애를 먹는다. 당장 교회의 당회장 자리를 그만 두고 싶었지만 그렇게 할 수도 없다. 그만 두어도 어떻게든지 명분을 찾고 그만 두고 싶다. 하지만 박 장로는 모함하는 말들로 틈을 주지 않아서 답답하다.

10.

영철이가 독서실에서 공부를 하고 있지만, 머리가 혼란스러워 잠시 밖을 내다보고 있다. 선생님의 얼굴이 떠올랐다. 자기의 잘못으로 여러 사람이 피해를 입었다는 생각이 들자 더욱 혼란스러웠다. 그래서 자리에서 일어나 그의 집으로 찾아갔다.

"어떻게 왔니? 이런 모습을 보여 주어서 미안하다."

"제가 부끄럽습니다. 선생님을 생각하면 밤에 잠이 안 옵니다. 저로 인해서 많은 곤란을 당하신 것을 생각하면 눈물이 납니다."

"그렇게 생각할 것 없다. 나는 내가 할 일을 한 것뿐이냐?"

"용서하십시오."

"용서는 무슨, 그런 이야기 그만 하고 어디 가서 식사나 하자."

임 선생은 앞장서서 조그마한 식당으로 들어갔다. 그리고 그들은 식사를 함께 하면서 많은 이야기를 한다.

"내가 이제 인생 공부를 하고 있지, 산다는 것이 쉽지 않아, 학교에서 젊은 나이에 교사가 되고 하나님만을 믿도록 하는 일에만 매달리다가 사회에 나와 보니 막상 할 일이 없어,"

"죄송합니다. 저 때문에,"

"아니야, 이제 그런 소리는 그만 두어, 지금 나는 행복해, 책을 많이 읽고, 아주 한가하게 시간을 보내지,"

영철이 그의 말을 듣고 눈물을 흘린다. 자기가 참고 학교에서 공부를 열심히 했다면, 피해를 입은 사람들이 없었을 것이라는 생각이 들자, 더욱 눈물이 흘러 내렸다.

"허전한 구석도 있기는 해, 독서로 소일하지만 눈이 나빠서 독서를 하는 일도 쉽지 않아, 그렇다고 무료하게 시간을 보내기도 어렵고,"

"죄송합니다."

"이제 그런 말을 그만 하라고 했잖아, 앞을 내다보아야지, 자기가 옳다고 생각해서 그런 일을 했다면, 그대로 밀고 나가는 거야, 자네는 용기가 있는 사람이야, 나는 그 점을 높이 샀어, 그러니 이제 그런 말을 하지 마,"

영철은 그런 위로의 말을 들으면서도, 다시 눈물을 흘리며 미안해했다. 하지만 임 선생은 다시 말을 한다.

"이제 마음의 정화가 되었어, 내가 한 일에 대해 후회는 없어, 지금은 아주 떳떳해, 마음이 아주 편하고 행복해, 그 이유는 다른 게 아니지, 내가 한 일이 정당한 일이였기 때문이야, 전체를 잃지 않은 것도 그렇고, 더욱이 교육자가 거짓말을 하지 않은 것이, 더 나를 행복하게 만들어 주고 있어,"

영철은 더 이상 할 말이 없었다. 처음으로 훌륭한 스승을 만났다는 생각에 빠졌다. 누가 자기의 이야기를 들어주는 사람이 있었는가. 하지만 임 선생님은 자기를 내던지고 모든 것을 포용했다. 진정한 용기가 없이는 그런 일을 하지 못했을 것이다. 다른 사람들이 그를 이단으로 몰고 가고, 재단에서조차 나쁜 시각으로 보았어도, 그가 한 일은 아주 용기가 있는 일이다. 영철은 눈물을 흘리며 은사의 손을 꼭 잡았다. 서로의 체온이 느껴지며 그들은 행복해 했다.

11.

김 목사의 방으로 장로님들이 모여들었다. 아직 정해진 회의시간이 안 되었지만 모두가 모여 앉았다.

"목사의 정년을 연장하려고 합니다."

"안됩니다. 어디 그렇게 오래 해먹는 직업이 있습니까? 더욱이 목사님 자신을 위해서 연장할 수는 더욱 없습니다."

"아직 일할 수가 있습니다. 더 사회에 봉사하고 싶습니다."

"이제 쉬세요. 젊은 사람들에게 기회를 주세요. 외국에서 많이 배운 목사들이 많습니다. 그들에게 기회를 주세요, 이제 쉬시고,"

김 목사는 그 말에 반박하는 말을 했다.

"이 교회는 제가 땀과 피로 이룩한 교회입니다. 그것을 인정한다면 그런 말을 하지 못합니다. 이 교회를 반석 위에 앉혀 놓고 물러나겠습니다.

그 때까지 기회를 더 주세요.”

“다른 교회처럼 되어 갈까봐 걱정입니다.”

“그게 무슨 말입니까?”

“우상화 현상 말입니다. 자기가 최고라고 생각하는 것이 문제입니다. 어떤 목사는 자기 아들에게 교회를 물려주려는 세습화도 일어나고 있습니다. 그게 우상화죠, 우리 교회라고 그런 일이 일어나지 않으라는 법이 없죠,”

그는 김 목사의 아들이 목회자의 길을 가고 있는 것을 꼬집고 세습화 우려를 말하고 있다. 하지만 그의 아들은 아직 목회자가 된 것도 아니고 이제 학생의 신분이다. 몇 년 뒤에 아들이 목회자가 되면 그에게 자기 자리를 물려주고 싶은 욕망이 있기는 하다. 하지만 아직 그런 단계까지 오지 못했다.

“너무 앞장서 가는 말만 하는군요.”

“욕심은 화를 부릅니다.”

박 장로는 은퇴할 나이가 되어도, 손을 털고 물러나지 않는 성직자들의 세습화가 이루어지고 있는 점을 다시 지적했다. 일부 교회이기는 하지만 그러한 현상도 대형 교회에서 일어난다. 목사가 왕인지 회장인지 모르지만, 아들에게 그 자리를 물려주려고 해서, 문제가 생긴 곳이 있기는 하다.

세습의 유혹을 극복하지 못하는 이유가 여러 가지 있겠지만, 대형 교회에서 봉사하는 일에 전념하다가 야인으로 물러나면, 사회에 적응하기가 어렵다. 또한 자식이 뒤를 이어 목사가 되면, 물러나서도 영향력을 어느 정도는 행사할 수가 있기 때문에, 세습화를 하려고 한다. 하지만 세습은 자식도 망치고, 교회도 망치는 일이 된다.

“어떻게 저를 그런 사람으로 봅니까? 서운합니다.”

“그러니까, 이제 은퇴를 하셔야 합니다. 교회에서 마땅한 예우를 하겠습니다.”

김 목사는 막다른 말까지 듣고 있지만 결단을 내리지 못하고 있다. 모든 것이 서운하기만 했다. 물리적인 힘을 동원해서라도 조금 더 정년을 연장해야겠다는 생각을 하지만 여의치 않다. 김 목사는 아주 지혜로운 사람이지만, 목사의 정년에 대해서만은 양보할 기미를 보이지 않는다. 그래서 교회는 자꾸 내분들이 만들어지고, 김 목사는 그런 시련을 감내 하고 있다.

12.
영호는 번화한 거리에서 남성용품을 들고 팔러 다니다가 불시에 검문을 당했다.

"가방을 열어 보세요."

"아무 것도 아닙니다."

그의 가방 속에는 판매금지 성인용 상품이 들어 있었다. 영호는 신속하게 대처했다. 주머니에서 돈을 꺼내 그의 주머니에 다짜고짜 집어넣었다. 그리고 무조건 도망치기 시작했다. 아주 졸렬한 방법이다. 하지만 대개의 단속 반원들은 그런 행동을 취하면, 몇 발짝 쫓아오다가, 그만 두고 돈을 챙기고 만다. 나중에 뒤탈이 없는 돈을 먹은 것이 되어서다. 한참 동안을 도망치다가 뒤를 돌아다보았다. 그의 판단처럼 단속 반원은 보이지 않았다.

"재수가 없는 날이구먼, 돈도 벌지 못하고, 늘 이런 식이니, 다른 장사를 하든지, 무슨 수를 내야지,"

그는 장사를 포기하고 일찌감치 소줏집으로 갔다. 소주 몇 잔을 마시자 취기가 금방 왔다. 그런 와중에도 집안이 걱정되어서 집에 전화를 걸어 보았다. 하지만 받는 사람이 없다. 아내가 걱정이 되었다. 매일 돈 벌러 나간다고 하는 아내는 외박하는 날이 많아졌다. 무슨 일이 벌어지고 있지만, 그녀를 이길 힘이 없다. 그녀는 요즘 무슨 말만 하면 싸우려고 든다. 그래서 그는 거의 입을 다물고 산다. 거기까지 생각이 미치자 이미 취해 있는 상태에서 술 한 병을 다시 시켰다. 요즘 매를 맞고 사는 남편들이 많다는 말을 들었다. 자기 역시 싸워 봤자, 아내를 이길 자신이 없다. 그는 취한 상태로 술집을 나와서 어렵게 회사로 찾아갔다.

"저 이 일을 그만 두겠어요. 힘이 들어서 못하겠어요."

"얼마나 했다고, 힘이 든다고 생각하면 무슨 일이든지 못해요, 더 참고 해봐요."

"아닙니다. 보증금을 돌려주세요."

"보증금? 보증금은 없잖아요, 물건 값을 공제하고 나면, 오히려 돈을 더 내놓아야 해요."

"그게 무슨 말입니까? 물건 값은 그날그날 정산을 하지 않았습니까?"

"아니죠. 이자와 반품 손해비용을 감안하면 받을 것이 없어요."

영호는 술이 취했지만 무슨 소리인지 감이 잡혔다. 책임자의 책상에 놓여 있는 전화기 통을 집어서 그를 향해서 던졌다. 동시에 그가 비명을 지르고 주저앉았다. 그는 정신이 바짝 들었지만 이미 엎질러진 물이 되었다.

영지주의

1.

술을 즐기는 자는 술로 망한다. 영호는 이제 막다른 골목까지 간다. 성인용품을 팔다가 폭행까지 했다. 그는 판매회사 책임자의 머리를 다치게 했다. 머리통에서 피가 흐르는 것을 보고도 하나도 겁을 내지 않았다. 그 이유는 술에 취했었기 때문이다. 이제 그는 그들에게 최대의 약점이 생겼다. 음주 폭행에 기물 파괴 죄까지 범했다.

폭행이라는 것은 자기의 감성을 다스리지 못해서 생긴다. 지혜가 있는 사람은 감성이 커지면 이성으로 억제한다. 이처럼 지식인은 이성과 감성이 균형을 이루고 있는 사람이다. 영호는 지적인 사람이었지만 성인용품을 팔면서 거칠어졌다.

그가 다니는 다단계 판매회사는 고소득을 보장한다는 취업 미끼로 실업자들을 유혹했다. 많은 피해들이 속출하고 있었다. 하지만 잘 드러나지 않는다. 인건비를 착취한 것만도 엄청나다. 폐쇄적으로 운영하고 있다. 조직력으로 수단과 방법을 가리지 않고 탈법을 한다. 영호도 그런 내용들을 잘 알지 못하고 피해를 입었다. 탈법행위들이 매스컴에 보도되었지만 교묘하게 빠져나갔다.

누구든지 많은 시간을 투자하지 않아도 된다. 월 수백만 원의 돈을 벌 수 있다. 그들의 말처럼 되지 않았다. 어떤 일이든지 문제가 생기면 빠져 나오기가 쉽지 않다. 그 일을 임의로 그만두기조차 어렵다. 영호는 회사 안에서 젊은 사람들이 옹기종기 모여서 말하는 것을 듣고 기가 찼다.

"정자 은행에 정자를 팔았어, 빚을 갚으려면 돈이 필요한데 어떻게 해, 무슨 짓이든지 해야지,"

"부모님한테 말하고 도움을 받아도 되잖아?"

"어림도 없어, 다단계 판매라는 말만 들어도 부모님은 펄쩍 뛰어, 그래 서 모두들 나처럼 거짓말을 많이 해, 너는 그런 걱정이 없는 것을 보니까, 부모님의 동의를 얻은 모양이지,"

"동의를 어떻게 받아, 하지만 무슨 거짓말까지냐,"

"여자 애들은 제모 수술 핑계를 대기도 해, 무용과 애들은 주로 무용복 을 산다고 하고, 모두 그런 식이지,"

"뭐! 그런 애들도 다단계 판매를 한다고?"

영호는 그들의 이야기를 듣고 한숨을 쉰다. 사회악이 되고 있다. 부모님 들을 속이고 있다. 예삿일이 아니다. 하지만 자기도 깊이 빠져 있다. 어떻 게 할 수가 없어서 기가 막혀한다.

"그럼 어떻게 해, 부모님한테 늦기 전에 이야기를 해야지,"

"아니야, 그건 못해, 맞아 죽어, 학자금 대출을 받아서 해결하려고 해,"

눈에 익은 다단계 판매 학생이 또 다른 말을 했다. 아직 신용 불량자가 아니다. 주민등록 등본, 재학증명서, 통장만 있으면 대출 받을 수 있다. 그 런 말을 하면서 웃었다. 학생들이 용돈을 벌려고 시작했지만 빚을 지고 있 다. 그것을 갚기 위해서 별 짓을 다하고 있다. 하지만 다단계 판매회사는 교묘히 법망을 피하고 있다.

"기동력 때문에 차를 빌려서 썼어,"

"무슨 수입이 많다고 차까지 빌려서 쓰고 장사를 했어?"

그 남학생은 차를 렌트했다고 말했다. 돈을 벌기 위해서였지만 휘발유 값도 못 벌었다. 그의 말은 점점 기가 찼다. 여자 친구를 임신시켰다. 중절수술할 돈이 필요하다. 책을 사야 한다. 미팅이 있다. 이제 더 이상 거짓말을 할 것이 없다고 말했다. 부모님들을 반복적으로 속이고, 돈을 타내서 빚을 갚는다는 말까지 했다.

영호는 그 학생의 말을 듣고 후회가 되었다. 왜 그런 일들을 자세히 알아보고 참여하지 못했는지가 부끄러웠다. 하지만 지금도 속고 참여하는 사람들이 많다. 오늘 아침만 해도 판매원 모집 설명회가 있었다. 많은 사람들이 몰려왔다. 특히 방학기간이어서 학생들이 많다. 하지만 그들은 또 꼬임에 빠져 들게 될 것이 분명하다.

영호는 가슴이 아팠다. 그들은 용돈을 벌려고 하지만 손해만 볼 것이다. 신참내기 블루들 대부분은 계약금 몇 백만 원과 세월만 잃고 만다. 그 남학생은 몇 개월 동안 번 돈이 고작 삼십만 원이라고 했다. 세 명을 소개해서 직접 소개비로 받은 돈이 전부라고 말했다.

"친구 하나를 데려올 때마다, 십만 원을 소개비로 써, 쓰는 돈이 결국 더 많아,"

영호는 그 학생의 말을 통해서 많은 것을 알았다. 앞이 캄캄했다. 자기가 한 일이 도무지 이해가 되지 않았다. 신삭 알았어야 했다. 영호는 자기 일만 열심히 했다. 사람을 데려오는 일은 하지 않았다. 물건을 판매하는 일에만 매달렸었다. 그래서 회사의 내막을 잘 알지 못했다. 사람은 환경의 지배를 받는다.

훌륭한 사람도 환경이 나쁘면 타락한다. 영호는 폭행까지 했다. 큰 혼란을 겪고 있다. 선인은 선한 일을 한다. 반대로 악인은 나쁜 일을 하면서도 그것이 나쁜 일인지조차 모른다. 누구든지 올바르게 살려면 첫 단추를 잘 끼워야 한다. 선한자의 길은 정도를 가는 것이다. 올바른 일이 아니면 하지 않아야 한다. 영호는 이제 첫 단추를 잘못 끼웠다는 것을 알게 되었다.

하지만 밑바닥 인생을 살면서 점점 타락해 가고 있다.

2.

　　인숙은 여관방에 이천상과 있다. 그는 살림을 차리자고 요구했다. 하지
만 그녀는 남편과 아들이 있다. 그들을 배반하고 물욕과 성욕에 눈이 어두
워서 그렇게 할 수는 없다. 그녀에게는 돈이 필요하다. 낭비벽 때문이다.
하지만 남편이 제대로 돈을 벌어다 주지 못한다.
　　"어떻게, 생각해 봤어?"
　　"무슨 생각?"
　　"우리 살림 차리자고 했잖아,"
　　"그것을 어떻게 하루아침에 결정해, 호호호…"
　　그녀는 확실하게 거부하지 않는다. 이천상의 마음이 흔들린다. 그는 무
엇이 문제인지를 물었다. 하지만 그녀는 대답하지 않는다. 우선 노래방에
서 벗어나는 일을 하고 싶었다. 자유스러워야 다른 것을 할 수가 있다.
　　노래방은 몸만 고단했지 돈을 벌지 못했다. 어차피 몸을 내맡기면서 돈
을 벌려고 하면 술집에 나가는 편이 났다는 생각이다. 단란주점은 술만 팔
지만 룸살롱은 술과 접대를 한다. 양자의 차이다. 기왕이면 룸살롱에 나가
서 제대로 돈을 벌고 싶다. 그렇게 하려면 노래방 주인에게서 빌린 돈을
갚아야 한다.
　　"돈이 좀 있어야 하는데 문제야,"
　　"돈, 얼마나?"
　　"노래방에 오백만 원을 빚진 것이 있어,"
　　"그래, 그럼 그것을 갚아 줄게,"
　　"무슨 이유로, 나를 들어앉히는 조건이냐?"
　　"아니, 무슨 조건은…"
　　이천상은 그냥 돈을 준다고 한다. 하지만 그 속셈은 그녀를 자기 것으로

만들려는 생각이다. 누가 적지 않은 돈을 그냥 빌려주겠는가, 남자들이 여자에게 돈을 줄 때는 다른 속셈이 있다. 그녀 역시 그것을 알고 있다. 어차피 그와 살을 섞는다. 그냥 돈을 받고, 그가 하자는 대로 하면, 편할 것 같다. 이천상은 그 정도의 돈은 늘 있다는 듯이 자리에서 알몸으로 일어났다. 벗어놓은 바지에서 지갑을 꺼냈다.

"이거 받아,"

그는 거침없이 돈을 꺼내서 그녀에게 준다. 그리고 다시 한 장의 수표를 더 준다. 그녀는 몹시 감격한다. 이렇게 쉽게 문제가 해결될지 몰랐다. 모든 것이 순탄하게 이루어졌다. 함박웃음을 웃으며 그에게 엉겨 붙었다. 이천상이 역시 크게 웃는다. 돈의 위력을 실감한다. 그들은 다시 서로를 탐욕 한다.

3.

김 목사는 힐 수 없이 은퇴를 결정했다. 자기의 뜻이 받아들여지지 않았다. 장로들은 군락을 이루고 찬반을 논했다. 박 장로는 자기 목적에 맞는 목사를 데려오기 위해서 여러 가지 방법을 동원했다. 그가 요구하는 것은 매우 까다로웠다. 우선적으로 젊어야 한다. 외국에서 학위를 받고, 우수한 설교 능력이 있어야 한다. 그 외의 조건을 채우기 위해서 몇 번의 목사모집 공고를 냈다.

새로운 목사가 선정되었다. 독일에서 신학을 공부한 사람으로 불트만 학파의 목사다. 설교가 아주 강건했다. 힘이 있었다. 교인들을 매료시키기에 충분했다. 하지만 말을 잘한다고 설교를 잘하는 것은 아니다. 말은 정제되지 않은 글이다. 매스컴에서도 박사나 교수가 나와서 유창한 말을 한다. 하지만 그 말들 속에는 불필요한 말이 많다.

정제되지 않은 말속에는 불필요한 부사 형용사들을 많이 중복 사용한다. 반복어나 수사가 많다. 말을 잘 하는 사람들의 단점이다. 설교 역시 그렇다. 흥미위주의 말을 한다. 실천하지 못할 말을 한다. 말이 막히면 하나님을 찾는다. 중언부언한다. 잔소리가 많다. 제한된 설교 시간을 초과한다. 결국은 알맹이가 없는 말이 된다.

"너무 지루해, 늘 같은 소리야,"

"뭘 잘 하잖아, 이제 그만 물고 늘어져, 그만큼 오랫동안 목사 데려오는 일로 시간을 허비했으면 되었지, 또 무슨 시비를 하려고,"

새로운 목사의 설교에 대해서도 말이 많았다. 성직자가 설교를 하는 일은 쉽지 않다. 그 이유는 여러 가지가 있다. 대상이 천차만별이다. 설교를 쉽게 하면 지식수준이 높은 사람이 불평을 한다. 반대로 하면 저학력자들은 어려워서 못 듣겠다고 한다. 그래서 한쪽이 늘 불평을 하게 된다.

그런 이유 때문에 성직자들은 늘 보편성을 가진 설교를 한다. 성직자의 설교가 쉬울 것 같지만 그래서 어렵다. 대중 연설 역시 그렇다. 정제된 말에는 간결성이 있다. 그 점을 간과하면 누구든지 오류를 범하게 된다. 성직자들이 정제된 설교를 하면, 아주 제한된 시간을 사용하면서도, 의미 전달이 큰 설교를 하게 된다. 중언부언하지 않아서 불필요한 말을 하지 않게 된다. 교인들은 그런 목사를 좋아한다.

젊은 목사의 인기가 시들해져갔다. 특별한 것이 없다. 설교가 별것이 아니다. 그를 흔들어 대는 부류가 생겼다. 일부의 교인들은 김 목사를 더 좋아하는 부류까지 생겼다. 원래 인간 위에 인간이 없다. 사람이 잘나 봐야 거기서 거기다. 또한 신도의 양육이 설교로만 이루어지는 것도 아니다. 새로운 목사가 시험의 대상이 되었다. 하지만 김 목사는 그의 능력을 인정했다.

김 목사는 그래서 은퇴를 결정했다. 그를 믿을 수 있다고 판단했다. 교인들에게 그를 믿도록 설득했다. 완강히 은퇴를 거부했던 모습과는 다르게 행동했다. 차츰 교회가 안정되어 갔다. 김 목사는 교인들의 칭송을 받았다. 그의 공적과 어울리게, 많은 교인들이 모인 앞에서, 은퇴식을 거행

했다. 그리고 원로 목사로 교회를 위해서 일하게 되었다.

4.

인숙은 노래방에서 자유로워진다는 생각에 신바람이 났다. 일하면서도 빌린 돈 때문에 늘 주인 남자의 표적이 되었다. 그것을 미끼로 음흉한 짓을 요구해 와서 어쩔 수 없이 그에게 몸을 주었다. 한번 몸을 허락하고 나자, 그는 필요시마다 자기 방으로 그녀를 불렀다. 할 수없이 그의 요구대로 몸을 맡겼었지만 늘 기분이 나빴다.

"주민등록증을 주세요. 이거 돈이에요."

"돈, 어떻게 준비가 되었습니까?"

"왜요, 저는 돈이 없어야 합니까? 받으시고 저를 놓아주세요."

그는 방긋이 웃다가, 악마 같은 표정을 지었다. 그녀를 다시 갖고 놀고 싶은 생각이 낫는지, 그 돈은 그냥 두고, 은밀하게 만나자는 말을 한다. 하지만 그녀는 매몰차게 말했다.

"저는 돈 때문에 내 몸이 노예처럼 되는 것이 싫어요,"

그 동안 몸을 요구할 때마다 거절하시 못한 것을 두고 하는 말이다.

"언제 제가 깅요했습니까?"

그녀는 기가 찼다. 그의 얼굴을 뚫어지게 쳐다보았다. 다시 돈 봉투를 그의 얼굴에 들이밀었다. 그는 돈을 받았다. 그리고 그녀의 주민등록증을 내주었다. 그녀는 홀가분해져서 날아 갈듯이 기뻤다. 자기 몸이 돈 때문에 망가진 것을 생각하면 아주 굴욕적이었다. 또한 그자의 음흉한 속셈으로 부터 자유롭게 되었다. 무척 행복했다. 하지만 다시 노예의 종속이 전가되었을 뿐이다. 그녀가 돈으로부터 자유스러워진 것이 아니다. 다시 시작될 뿐이다.

여성들이 돈으로부터 자유스럽지 못하면, 필연적으로 성 문제와 결부된다. 그녀는 남편이 있다. 다른 남자와 불륜을 맺었다. 그녀는 추락할 수

밖에 없기 때문에 그때부터 행복을 잃었다. 그 동안 이성을 잃었기 때문에 옳고 그름을 몰랐다. 빚을 갚았지만 행복해질 수가 없다. 행복은 그렇게 찾아오지 않는다.

노래방에 돈을 갚은 후에 그녀는 룸살롱에 취직을 했다. 그의 미모는 아주 쉽게 유흥가에 일자리를 얻었다. 옛날부터 여자가 얼굴이 예쁘면 팔자가 세다는 이야기가 있다. 그녀의 미모는 룸살롱 주인 남자의 마음도 사로잡아 갔다. 그래서 그녀는 더욱 깊은 파멸의 늪으로 점점 빠져든다.

5.

김 목사는 교회의 한쪽 방에 영적체험연구소를 차렸다. 본격적으로 신학을 연구하기 위해서다. 그의 관심은 천당의 실체를 확인하는 것이다. 영지주의란 것이 있다. 2세기경 그리스, 로마 시대에 두드러졌던 철학적, 종교적 운동이다. 영지주의는 비밀스런 지식을 소유한 사람들이 주장하는 말이다. 이 주의는 신학, 윤리학, 의식 등과 관련이 있다. 복합적인 사고다. 따라서 엄격히 분류하기가 어렵다.

영지주의의 사고는 교육이나 경험적 관찰이 아니다. 신적 계시에 의해 얻어진다. 어떤 비밀스런 지식의 구속 능력을 강조하는 주장이다. 이 운동은 초대 그리스도교에 가장 심오한 영향을 미쳤다. 신학을 공부하지 않은 사람에게는 생소한 말이다.

김 목사는 그래서 영지주의에 대해 더 관심이 있다. 이 사고를 통해서 하나님이 존재한다는 것을 증명하려고 한다. 하지만 고대부터 지금까지 그런 노력은 있어 왔다. 쉽지 않은 일에 매달린다. 과학은 이론과 실제의 동일성을 요구한다. 하지만 신학은 그것이 반드시 같을 수가 없는 부분이 많다. 김 목사는 대단히 거창한 연구소 간판으로 내걸었다. 하지만 그것을 실체화하기가 어렵다.

그의 영적체험연구소는 그래서 출발부터 난항이다. 누구든지 죽지 않고서는 천당이 있다는 것을 알 수가 없다. 하나님이 있다는 것을 과학적으로 증명할 수도 없다. 눈에 보이지 않기 때문이다. 하나님을 과학적으로 증명할 수만 있다면 교회를 번영시킬 수가 있다.

"하나님이 어디 있어? 보이는 것도 믿지 않는 세상에 무슨,"

비신자들이 늘 내뱉는 말이다, 그때마다 성직자들은 할 말을 잃게 된다. 믿음이 없는 자들은 늘 하나님을 부정한다. 눈에 보이지 않는 하나님이 있다고 말하고, 그것을 믿으라고 해서 다툼이 생긴다.

김 목사는 여러 가지 가설들을 설교했었다. 실체를 믿지 못해서 설득력이 없다. 그때마다 영적인 것을 증명하고 싶은 욕구가 있었다. 죽음 직전에 하나님을 만나는 체험이 있다. 하지만 죽기 때문에 말하지 못한다. 죽음 문턱에서 체험을 하고 다시 살아나면 그것을 구전으로 전하게 된다. 그것을 구체화하여 하나의 가설을 만들어 낼 수 있다. 그것을 실제화 시키면 하나님이 존재한다는 것을 증명하게 된다.

김 목사는 근사체험이라는 말을 썼다. 그의 할 일이 정해졌다. 근사체험자들을 만나고, 그들로부터 자료를 모으는 일이다. 교회 장로와 신도들에게 알렸다. 자기가 하는 일이 불확실한 일이 아니다. 반드시 규명하겠다는 것을 말했다.

그는 신도들에게 하나님을 믿는 일에 대해, 성경 외적인 영지주의를 이해시키는 일에 주력했다. 신을 믿는 방법은 이성, 습관, 영감으로 믿어야 한다. 내일 해가 뜬다. 우리는 반드시 죽는다. 그것을 누가 증명하겠는가, 하지만 그것보다 더 믿어지는 것은 없다. 우리의 관습도 그렇다. 오랫동안 지켜온 관습은 절대적이다. 그리스도인을 만드는 일도 관습처럼 하루아침에 만드는 것이 아니다. 양육을 통해서 만들어 진다.

그는 불신자들에게 이렇게 말했다. 신의 편에서 더 힘이 있는 기적이 일어나든지, 그 반대가 된다고 해도, 마귀로부터도 기적이 일어난 일이 없었다. 폭풍이 휘몰아친다. 배가 가라앉지 않으리라는 확실한 보증이 있다.

배에 타고 있으면서도 확실한 믿음만 있다면 오히려 유쾌한 일이 된다. 하나님을 믿는 일이란 그런 것이다.

하나님이 눈에 보이지 않는다고 해도, 마귀를 믿는 것처럼, 하나님이 존재한다는 것을 역설했다. 하지만 김 목사는 그런 가설로는 성이 차지 않는다. 어떻게든지 그것을 증명하고 싶다. 영적 체험을 통해서 할 수 있다. 그것을 증명하는 일이 자기의 일이라는 사명감에 사로잡혔다.

하나님이 인간을 죽이려고 하면 아주 간단하다. 온 우주가 무장할 필요도 없다. 한줄기의 증기, 한 방울의 물로도 넉넉히 사람을 죽일 수 있다. 사람들은 그것을 알기 때문에 우주가 자기보다 우세하다는 것을 알고 있다. 하나님 역시 그러한 성질의 것이다.

우주가 있다는 것이 보이지 않는다. 하지만 그것을 증명하는 일이 수없이 일어난다. 하나님 역시 그러한 맥락이다. 그의 가설은 비유이다. 설득력이 부족할 수밖에 없다. 그래서 어떻게 하면 그것을 완벽하게 밝힐 수 있을지에 대해 고심한다.

인간은 무한과 무의 중간 지대에 존재한다. 위대하면서도 비참한 모순적 존재다. 이성이 늘 부족하다. 따라서 인간의 무력한 이성을 믿지 말고 마음을 다하여 하나님을 찾아야 한다. 사람은 은총 없이는 지울 수 없는 천성적인 오류가 가득 찬 주체이다. 모든 것이 사람을 속인다. 이성과 오관도 오류를 범한다. 진리의 근원을 잘 모르기 때문에 진실성이 없을 뿐만 아니라 서로를 속인다.

오관은 거짓 외양으로 이성을 속이고 이성 역시 오관을 속인다. 서로가 앙갚음을 하며, 속이고 속게 된다. 따라서 누구든지 자기 자신을 알아야 한다. 똑바로 알기 위해서는 반드시 하나님을 믿어야 한다. 지상에서 땅을 많이 차지한다고 해서, 가진 것이 더 많아지는 것이 아니다. 사람은 자기가 짐승 같다고 생각해서도 안 된다. 반대로 천사 같다고 믿어도 안 된다. 단지 하나님이 우리를 지배하고 있을 뿐이다.

우리의 모순들은 무수히 많다. 우리 존재를 멸시하는 것, 하찮은 것을 위해서 죽는 것, 우리 존재를 미워하는 것이다. 사람은 천성적으로 잘 믿는다. 반면에 의심도 많다. 수줍어하고 무모하다. 그러한 점 때문에 하나님을 반드시 믿어야 한다.

하나님이 인간을 세 종류로 본다. 신을 찾아내고 섬기는 사람들, 신을 발견하지 못하였으므로 그를 찾으려고 힘쓰는 사람들, 찾지도 않고 발견하지도 못하는 사람들로 구분한다. 여기에서 전자의 사람들은 분별 있고 행복한 사람들이다. 중간자들은 불행하지만 분별 있는 사람들이다. 하지만 후자는 가장 어리석고 불행한 자들이다.

김 목사는 자기를 찾는 신도들에게 영지주의에 대한 설교를 주창한다. 하나님을 믿는 일에 대해 성경 외적인 것을 중심으로 강조한다. 예수는 우리의 모든 덕이다. 복락이기 때문에 믿고 따라야 함을 주장한다. 예수를 버리면 악습, 비참, 오류, 암흑, 죽음, 절망이 있을 뿐이다. 자연으로도 신을 증명할 수 있다. 성경 역시 신을 증명하고 있기 때문에 멸시하지 말라고 했다.

김 목사는 영지주의에 관한 자료 수집에 몰두한다. 하나님이 존재한다는 것에 대해서 이미 밝혀진 많은 신학적, 철학적, 과학적, 사고를 정리해 나갔다. 하지만 이론에 치우치는 한계에 부딪친다. 그래서 영적체험을 해 보고 싶다. 과학적으로 규명하고 싶은 욕망이 있다. 그는 점점 일에 빠져든다. 신이 존재한다는 것을 과학적으로 증명하려고 한다. 소명감을 가지고 영지주의 연구에 열중한다.

6.

인숙은 룸살롱에서 자리를 굳혀 간다. 노래방과 다른 점을 빠르게 파악했다. 룸살롱은 드러내고 영업을 하는 점이 노래방과 다르다. 술과 가무 접대가 함께 일어난다. 그녀는 미모 때문에 그곳에서 일 한지 얼마 되지 않았지만 인기가 치솟고 있다. 더욱이 나이가 많은 탓에 원숙함이 있다. 그러한 점이 인기가 있어서 단골이 생겼다. 노래방에서 단골이었던 사람들을 하나둘씩 그곳으로 불러 모았다. 그녀의 손님이 점점 늘어났다. 주인 남자는 입이 벌어지며 그녀를 좋아했다.

이천상과의 관계는 룸살롱에 다니면서도 계속 되었다. 아지트를 얻었다. 그곳에서 은밀하게 그들의 욕구를 채웠다. 늦은 시간에 술이 취해 집으로 돌아가는 것도 어렵고, 호텔에 가면 돈도 많이 든다. 그래서 이천상의 뜻에 따랐다.

그가 얻은 집에서 그들은 부부처럼 행동했다. 그곳에서 잠을 자고 다음 날 아침에 집으로 돌아오는 일이 많아졌다. 남편에게는 거짓말을 했다. 믿거나 말거나 밤새워 근무한다는 핑계를 댔다. 그녀는 얼마 전까지만 해도 술에 취했을지라도, 집에는 반드시 들어갔었지만, 이제는 아주 외박을 한다. 그리고 다음 날 집에 잠깐 들려서 옷을 갈아입고 다시 나갔다. 가정을 지키지 않는 여자가 되었다.

"왜 매일 외박이냐?"

"내가 그랬잖아, 또 물어 봐, 직장이 밤을 새우는 근무라고, 술집이 그렇지, 대낮에 근무하는데 보았어?"

"그럼 그만두어, 가정주부가 밤을 새우고 들어오면 집안이 어떻게 되겠어, 한참 공부해야 하는 아들도 있는데,"

"내가 왜 이렇게 되었는데, 당신이 가져간 보증금 때문이냐? 그것을 갚으려면 돈을 벌어야 하잖아, 생활비도 필요하고, 영철이가 과외를 하는데 한 달에 얼마가 들어가는지 알아? 돈도 못 벌어오는 주제에, 그래도 남편이라고 간섭을 하려고 하니,"

영호는 더 참지 못하고 소리를 질렀다. 불난 집에 기름을 붓는 꼴이 되었다.

"그래 좋아, 내가 가만히 요조숙녀로 집에 있을 테니, 어디 잘해 봐. 하

루도 살 수가 없어, 돈이 없는데 어떻게 해, 몸뚱이를 팔아서라도 먹고 살
아야지,"

　"그래 내가 못났다. 그렇다고 매일 남자들과 놀아나?"

　"누가 놀아나?"

　그녀는 가슴이 뜨끔했다. 남편이 모두 알고 있지 않나 해서다. 그렇다
해도 남편에게 밀려서는 안 된다는 생각을 한다. 그래서 억지를 부리고 욕
설을 퍼부었다. 그녀는 악마로 변했다. 가족을 위해서 일한다고 하지만 가
정을 파괴하고 있다.

　영호도 지지 않으려고 한다. 아내가 돈을 번다는 핑계로 매춘을 하고 있
다는 것을 용납할 수가 없었다. 어떻게든지 다그쳐서 단서를 잡고 싶었다.
하지만 그녀는 출근 시간이 급했는지 식식거리다가 욕실로 들어간다. 영
호는 화가 치밀어 올랐지만 입을 다문다.

　그녀는 한동안 욕실에서 몸을 씻었다. 얼마 후에 목욕 가운을 입고 밖으
로 나왔다. 그녀의 모습은 여전히 아름다움을 간직하고 있다. 그녀는 천천
히 화장을 하고 옷을 갈아입은 후에, 다시 룸살롱으로 가기 위해서 집밖으
로 나간다. 영호는 그녀를 침묵 속에서 지켜보다가 눈물을 흘린다. 갑자기
자기 아들이 불쌍했다.

7.

　영호는 무거운 마음으로 회사에 나갔다. 술김에 일으킨 폭행 사건에 대
해서 어떻게 처리해야 할지를 고심했다. 용서를 빌었지만 다단계 판매회
사의 책임자는 사고를 부풀리려고 했다. 영호는 손이 발이 되도록 빌었다.
하지만 그는 보상을 요구했다. 그의 요구를 들어주지 않으면 법대로 하겠
다고 했다. 세상이 더럽다. 얼굴을 몇 바늘 꿰맨 것을 가지고 여러 말을 했
다. 오랫동안 자기 얼굴에 상처로 남는다. 너무 자기 모습이 흉측하다. 평
생을 두고 상처가 자기를 괴롭힐 것이다. 그에 대한 보상을 요구했다. 무

려 천만 원이라는 돈을 요구했다.

"뭐! 8주씩이나 치료 기간이 필요하다고?"

영호는 기가 막혔다. 그가 보여준 진단서는 자기를 구속하기에 충분했다. 다시 그에게 용서를 구했다. 하지만 그는 같은 소리를 했다. 어떻게 해야 할지를 생각했지만 그 해답이 없다. 돈을 어디서 마련할 길이 없다. 아내에게 도움을 청할 수도 없다. 아내와 험한 말이 오고 갈 것이 분명하다. 문제 해결이 안 되고 더욱 사이가 나빠질 것이다. 영호는 거기까지 생각이 미치자, 어떻게든지 자기 문제를 스스로 해결해야 한다는 생각을 한다.

"용서해 주세요. 술이 조금 취해서 한 행동이잖아요."

"당신은 의도적이었어, 평소에 나에게 불만이 있어서 그랬어, 그렇지 않고서는 그렇게 못해, 죽으라고 그랬겠지…"

"무슨 소리입니까? 제가 실수한 것입니다. 한번 용서해 주어요,"

"말로 안 되어, 돈을 가져와 합의를 하면 되잖아,"

영호는 더 이상 말을 하지 못하고 울상이 된다. 그는 할 수 없이 회사를 빠져 나왔다. 장사를 하기가 싫었다. 하지만 그런 상황이 아니다. 할 수없이 장사를 시작했다. 그가 주로 찾아가는 곳은 술집, 여관, 공원 같은 곳이다. 성인용품을 팔기에 적합한 장소들이다.

그는 번화가의 술집을 배회했다. 하지만 술집은 언제나 현실과 먼 이질감을 가지고 있다. 돈이 있고 사랑이 있는 곳으로 보이지만 타락한 군락들의 집합소이다. 그래서 선인들은 주색을 금하라고 말했다. 성경 역시 마찬가지다. 음주와 간음은 십계명에 들어 있다.

고대의 로마나 헬라 지방 사람들은 주신을 믿었다. 횃불을 켜고 악기를 치며, 남녀가 밤늦게까지 술에 취해 환락을 즐겼다. 음란이 이루어졌다. 이를 금하기 위한 성서의 말씀이 있다. "낮에와 같이 단정히 하라, 방탕과 취하지 말고, 음란과 호색하지 말며, 쟁투와 시기하지 말라,"는 말이 있다. 믿음을 가진 인숙이 그것을 지키지 않고 있다.

영호는 뒤늦게 알기 시작했다. 아내가 쾌락에 빠지고 있는 것은 술 때문이다. 하나님의 말씀을 실천하지 않아서다. 아내가 믿음이 더 좋았지만 지금은 더 타락해 가고 있다. 돈을 빌려다가 십일조를 낼 정도로 믿음이 강했지만 그녀는 이제 많이 변했다.

영호 역시 성인 용품을 팔면서 그릇된 일을 하고 있다. 하나님을 거역하는 일들을 하는데서 모든 문제들이 생기고 있다. 하지만 그는 돈을 벌기 위해서 번화가의 술집을 찾아다니고 있다. 목에 숨이 차도록 많은 술집을 찾아다녔지만 물건을 팔지 못하고 헛수고만 했다.

8.

인숙은 이제 나쁜 일을 모두 하고 산다. 음주, 매춘, 마약 판매, 하나님의 금기 사항을 지키지 않고 산다. 언제 그녀가 믿음의 여자였는지를 모를 정도로 타락했다. 술을 마시고 외간 남자와 집을 얻어 놓고 간음하며 산다. 그녀에게서 양심 같은 것은 이제 찾아 볼 수가 없다. 원래 나쁜 여자는 아니었지만 환경이 그녀를 그렇게 만들었다. 하나님을 믿는 여자였지만 지금은 완전히 그릇된 삶을 살고 있다.

"벗어 봐,"

"무슨, 벗기는 어디서 벗어요."

"뭘 그래 공공장소에서도 벗는데,"

인숙과 술을 마시던 젊은 남자가 그녀에게 옷을 벗으라고 말했다. 그는 얼마 전에 있었던 성기 노출 사건을 흉내 내라고 했다. 인숙은 몹시 당황해 했다. 말벌방의 음악 프로그램을 생방송하다가 사고가 났다. 어떤 남자와 요상하게 생긴 여자가 성기를 그대로 노출하고 춤을 추었다. 인간의 추한 모습을 여지없이 그대로 보여준 사건이다.

"내가 그런 여자들과 같아, 내가 무슨 매춘부처럼,"

"좀 벗는다고, 뭐가 문제가 되어?"

그녀는 참다못해서 그에게 술잔을 던졌다. 화는 화를 부른다. 그는 이미 술이 취했다. 술이 취하면 이성을 잃는다. 그는 자리에서 벌떡 일어났다. 미처 피할 길도 없이 그녀의 뺨을 세차게 때렸다. 갑자기 일어난 일이라 그냥 맞을 수 밖에 없었다. 가혹하게 매질을 했다. 그녀는 비명을 지르며 그 자리에 쓸어졌다. 하지만 그는 재빠르게 술집을 빠져나갔다. 실내에는 고성의 멜로디가 더욱 심란하게 만들었다. 주인이 한참 후에 달려왔다. 인숙은 주인의 도움으로 병원에 실려 갔다.

9.

김 목사는 연구실에 혼자 있는 날이 많아졌다. 영적 체험을 위해서다. 하지만 미진한 연구 때문에 초조감과 고독감에 시달린다. 영적 체험을 위해서는 무엇인지 하나님과 가까워져야한다. 하지만 자기에게는 그것이 없어서 더욱 초조해진다.

영적체험을 위해서 집착한다. 스스로 체험해서 답을 얻고 싶다. 영지주의는 어떻게 하면 하나님에게 접근할 수가 있는지에 대해 몰두하는 것이다. 그 일에 집착하다보면 하나님의 형상이 뇌리에 각인된다. 꿈에 나타난다. 하나님을 만나게 된다. 더욱 신적인 것에 접근하게 된다. 자기의 욕구가 완충된다. 만족을 가져오게 된다. 때로는 하나님의 생경한 목소리도 듣게 된다. 근사체험도 같은 맥락으로 이루어질 수가 있다.

김 목사는 영적체험을 위해 깊은 생각에 빠져 있다. 죽음 직전에서 하나님의 존재를 인식해 보는 것이 근사체험이다. 죽음 직전에 하나님을 만나보고 다시 살아나는 것이다. 저승 직전에서 다시 살아나 이승에 돌아옴으로써, 영적세계가 존재하고 있는 비밀을 밝혀내는 일이이다. 김 목사는 근사체험을 해보려고 한다.

그는 과학자가 아니다. 연구실에는 물리적 연구를 하기 위한 특별한 시설은 없다. 녹음시설이 되어 있다. 죽음 직전에 있는 사람들이 말하는 것을 녹화하기 위해서다. 동영상시설. 컴퓨터와 집기. 통계. 데이터를 집합하는 간단한 기기들이 있다.

죽은 후의 세계를 규명하는 것은 두 가지 방법이 있다. 과학의 힘을 통한 규명이고, 다른 하나는 직접 죽어보고 알아내는 방법이다. 그는 과학자가 아니기 때문에 과학적으로 증명하지 못한다. 따라서 근사체험을 위한 특별한 도구는 없다. 그래서 연구의 한계성이 있다. 늘 자료 빈곤이 있다. 오직 할 수 있는 방법은 근사체험자들을 어떻게든지 많이 만나는 일이다.

그들을 찾아내는 일에는 컴퓨터라는 매체가 최적이다. 인터넷에 카페를 만들었다. 근사체험자를 모은다는 광고를 냈다. 천당이 있다는 것을 규명하는 일에 동참하자는 글을 올렸다.

누구든지 한번은 죽는다. 다만 길고 짧음이 있다. 존엄하게, 의연하게 죽을 수 있다. 예기치 않은 죽음, 별안간 죽는 것을 피해야 한다. 누구든지 최상의 죽음을 맞이해야 한다. 그렇게 하기 위해서는 미리 알고 대처해야 한다. 저승이 있다는 것을 미리 알고, 잘 죽기 위한 준비를 잘하면, 죽음 직전에 허둥대지 않고 죽을 수 있다. 그렇게 하기 위해서는 근사 체험자들의 이야기를 모아야 한다.

저승이 있다는 것을 규명해야 한다. 죽음 뒤에 사후 세계가 있다면, 보다 의연하게 죽을 수 있다. 아름답게 죽을 수 있다. 그것을 죽음 직전에 있는 자들에게 알려 주어야 한다. 그러기 위해서는 남녀노소 관계없이 근사 체험에 참여하여야 한다. 누구든지 참여할 수 있다. 상호정보교환을 통해서 그 같은 일을 규명하자고 했다.

광고문 아래 연락처를 써 놓았다. 카페의 광고는 처음에 별 효과가 없었다. 하지만 시간이 지나면서 인터넷에 참여하는 자가 늘어났다. 자료를 조금씩 모아가게 되었다. 세상이 넓어서인지 죽음직전에 살아난 자들의 이야기가 너무나 많았다. 하지만 사실여부를 확인하기가 어렵다. 추상적인 이야기들이 많다.

"미친 짓이야, 증거도 없는 이야기를 가지고?"

늙은 과학자라고 이름을 밝힌 사람이 카페에 글을 남겼다. 증거가 없는 헛된 꿈 이야기다. 몽상가들의 잡담이다. 그는 집어 치우라는 심한 글을 썼다. 사실이 그렇다. 어떻게 천당이 실제로 존재한다는 것을 규명 하겠는가, 상식적으로 되지 않는다.

김 목사는 자신에 차있다. 하지만 그 일을 지금까지 입증한 사람은 없었다. 하나님의 영역이다. 다만 죽음직전에 체험한 이야기를 구전으로 듣는 일이 있을 뿐이다. 단순한 일이 아니다. 한계가 있기 때문에 벽에 부딪칠 수밖에 없다. 내세가 있는지를 알아보려면 실제로 죽어 보아야 한다. 하지만 죽은 자는 말을 하지 못한다. 전달기능이 없어서 밝혀 낼 수가 없다. 그러한 문제의 해결이 답을 얻을 수 있는 열쇠다.

그는 하루에도 몇 번씩 죽어 보고 싶은 생각이 치밀어 오른다. 죽어 보아야 내세가 있는지, 지옥이 있는지를 알 수 있다. 그래서 초조하다. 그는 체험을 해볼 수가 있다면, 어떤 방법이라도 한번 해보고 싶다. 종교 학자들은 천당이 있다고 외친다. 사람들에게 지옥과 천당이라는 말로 늘 겁을 주지만 믿지 않는 사람들이 많다.

그는 그것을 어떻게든지 밝혀서 천당이 있다는 것을 증명하고 싶다. 하지만 특별한 방법이 없다. 내가 죽은 다음에 무엇을 증명한다는 말인가, 김 목사가 늘 거기까지 생각하고 나면, 완전히 정신이 돌아버린 사람처럼 변한다.

10.

인숙은 병원 침대에 누워서 많은 생각을 한다. 행복은 가정을 지키는 데서부터 찾아온다. 물욕은 새로운 물욕을 요구한다. 쾌락 역시 마찬가지다. 고대에서 지금까지 물욕과 술에 대한 예찬론자들이 모두가 그것을 모르고 탐닉하다가 멸망했다. 그래서 성경에서는 그것을 금하도록 하고 있다.

사람들이 마시는 술은 독약과 같아서 해악을 가져온다. 술 때문에 자유스럽지 못하게 살다가 간다. 술로 인해서 재산과 명예, 생명을 잃기도 한다. 그래서 술은 독약이다. 잘 먹으면 약이라고 하지만 술의 역사를 보면 술로 인해서 전쟁까지 치렀다. 그래서 많은 나라들은 술을 다스리는 문제에 대해 민감하게 대처한다. 주세법이라는 것을 만들었다. 술의 양을 조절하기 위해서다. 술을 너무 많이 만들면 값이 싸진다. 많이 마시게 된다. 술에 취해서 살게 된다. 국민들이 건강을 잃게 된다. 이런 이유 때문에 술의 량을 조절하고 중과세를 한다.

술의 예찬론자들은 다르게 말한다. 지상에서 생산되는 것 중에, 술이 가장 고양된 음식이다. 신에게 바쳤다. 술 없이는 못산다. 이상하게 보이는 구호도 있다. 어떤 맥주 회사의 모토는 "조국을 위하여 일하라" 라는 것이다. 자기나라 입장에서 보면 타당해 보이지만 그것을 사 먹는 다른 나라 사람의 입장에서 보면 그 반대다. 많이 사서 먹고 죽으라는 말이 된다. 누구든지 술을 과하게 마시면 목숨을 잃는다.

술을 마시면 신바람이 난다. 일이 잘되고 기분이 좋다. 스트레스를 해소하기 위해서 마신다. 잘못된 음주 문화 때문에 건강을 잃고, 불행해지거나 생명을 잃게 된다. 하지만 지금도 많은 사람들이 술이 약이 되는지 해가 되는지 모르고 마신다.

인숙은 그 동안 정신없이 주색에 빠졌던 것을 후회한다. 병원에 찾아오는 사람이 없다. 남편과 아들이 입원한 것을 모른다. 착잡한 생각에 빠져 있는데, 이천상이 꽃을 들고 찾아왔다. 그녀의 속마음과는 다르게 그를 반갑게 맞이한다. 그는 퇴원 수속을 밟았다. 그리고 그들의 아지트로 갔다. 하지만 이천상 때문에 그녀는 점점 더 타락해 간다.

11.

영호는 아내의 행적이 몹시 궁금했다. 집에 들어오지 않은지가 일주일이 넘었다. 연락이 되지 않아서 걱정이 되었다. 성인용품을 들고 길거리를 배회했지만 짜증이 났다. 하기 싫은 장사를 억지로 하고 있다. 번화가의 중심지에 있는 룸살롱으로 들어갔다. 카운터에 책임자로 보이는 남자가 앉아 있었다.

"얼마를 준다고?"

"10프로요."

"너무 적어, 20프로를 주어, 그리고 팔아 봐, 하지만 정해진 시간만 허락을 할게."

"알았습니다. 너무 수수료가 많지만 그렇게 해주시면 해볼게요."

영호가 성인용품 샘플을 그에게 주었다. 그는 호기심 있게 살펴보더니 음흉한 웃음을 웃으며 판매를 허락했다. 그에게 고맙다는 인사를 했다. 룸 안을 돌아다니며 장사를 했다. 그의 끈질긴 설명 때문에 몇 개를 팔았다. 조금 자신이 생겨서 여러 방을 기웃거렸다. 의외성은 늘 있다. 자기의 아내가 거의 벌거벗은 차림으로 한 남자와 술을 마시고 있는 것을 보았다.

영호는 앞이 캄캄했다. 그 자리에서 한 발자국도 움직이지 못했다. 그들이 하고 있는 모습은 내외간에서나 할 수가 있는 행동을 보여 주고 있다. 서로가 엉겨 붙어서 술을 마시고 있다. 그는 의심을 했던 일들이 실제로 목격되자, 어떻게 할지를 생각하다가 그냥 모르는 척하고 지나쳤다. 그리고 그녀가 모르게, 재빠르게 룸살롱을 빠져나왔다. 이제 모든 것이 끝장이다. 영호는 더 이상 살기가 싫었다. 무엇 때문에 이런 일들이 벌어지고 있는지 한심한 생각이 들어서 그냥 죽고 싶었다.

12.

김 목사는 심근경색으로 의식불명이 되었던 자를 만났다. 그는 죽음의 문턱에서 저승을 똑똑히 보았다고 말했다.

"어떻게 체험했습니까?"

그는 산소 호흡기에 의해서 목숨을 지탱하며, 삶과 죽음의 문턱을 넘나
들었다고 말했다.

"저승은 정말로 아름답습니다."

"구체적으로 무엇이 아름답습니까?"

"높은 곳에 제가 있었습니다. 아래쪽엔 새파란 빛이 있고, 땅이 그 아래
에 있다. 감청색의 바다와 대륙이 보였다. 저승의 세계에서 이승을 바라보
는 것은 아주 다르다. 윤곽만 보여서 제가 살고 있는 지구라는 형체로 생
각이 들기는 하였지만 너무나 아름다웠습니다."

"잘 이해가 되지 않는군요?"

"정말로 황홀했습니다. 찬란한 빛 속에서 무엇인지가 제 시야로 들어왔
습니다. 운석 같은 것이 떠다니는 속에 교회 예배당이 눈앞에 크게 클로즈
업 되었다. 저는 그곳으로 빠져들면서, 머릿속에 제가 이승에서 살았던 삶
의 단편들이 주마등처럼 스치며 지나갔습니다. 그 속에서 모든 사건들이
이제까지 자신의 존재를 형성해왔었음을 불현듯이 깨닫게 만들었습니
다."

"그게 전부입니까?"

"말로 표현하기가 어려워서 그 이상 설명이 잘 되지 않아요."

"그럼 천당을 보았습니까?"

그는 자기가 본 내용을 정확하게 표현하지 못했다. 하지만 열심히 설명
을 한다.

"저는 천상에서 지상으로 내려앉으며 의식이 들었습니다. 이내 고통과
함께 저의 아내가 흔들어 깨우는 감을 느끼며 눈을 떴습니다. 그래서 저는
저승의 문턱에서 살아 이승으로 다시 돌아왔습니다. 혼수상태로 몇 달간
을 지속하다가 살아났지만 생사의 기로에서 지구의 세상을 보았습니다."

김 목사는 그가 미친 자가 아닌지를 여러 가지로 검증했다.

"정말로 저승을 갔다 왔다는 말이 믿기가 어렵군요."

"제가 표현력이 부족해서입니다. 분명히 천당이 있고, 저는 거기를 갔다가 왔습니다."

미친 사람은 아니었다. 아무튼 그가 이승을 떠나 저승에 갔었던 것은 분명한 사실 같았다.

"단지 그것을 비디오나 테이프로 복제해서 보여 주지 못할 뿐입니다."

"인정합니다. 하지만 믿기가 어렵습니다."

김 목사는 다시 입증할 만한 일들을 알아내려고 그와 많은 이야기를 했다.

"다른 사람들에게 그런 소리를 하면 미친 사람이라는 말을 듣지요. 무슨 저승 이야기냐고,"

"목사님도 천당이 있다는 것을 믿지 못하는군요?"

"아닙니다. 목사인 제가 믿지 않으면 누가 믿어요. 다만 확신을 주는데 증거가 필요하다는 것이지요."

김 목사는 그에게 천당이 있다는 것을 믿는다고 말하면서도, 의심쩍은 표정을 짓고 있다. 그는 하나님의 사역자다. 천당이 있다는 것을 믿는다. 하지만 그의 말에서 확실성을 찾으려고 한다.

"커피를 마시세요."

"예, 고맙습니다."

김 목사는 그에게 차를 권하면서 여유를 가지게 한다.

"보통 사람들은 우리가 말하는 것을 인정하지 않으려고 해요. 정신병자처럼 보지요."

"그렇습니다. 제가 다른 사람에게 그런 말을 하면 술 마셨냐고 물어요."

"저에게도 그렇게 묻지요. 그러면 저는 술 마신다고 미친 자가 되지는 않습니다. 술은 나쁜 식욕의 일부라고 대답합니다."

"인정합니다. 목사님의 말씀을,"

"당신이 체험한 것은 사실이고, 그것을 증명하면 과학이 되지요, 저는 어떻게든지 그것을 증명하고 싶습니다."

"증명이 가능하지 않다는 것을 알고 있기 때문에 더 답답합니다. 목사님,"

"성직자들은 천당이 있다는 것을 확신합니다. 하지만 증거를 보여주지 못합니다. 그래서 믿음이 약한 자들은 목사들을 미친 자로 보지요. 하지만 우리가 어디 미쳤습니까?"

김 목사는 그에게 반문하며 의견을 물었다.

"아무튼 제 이야기가 도움이 되었으면… 소용이 없는 이야기 같아서,"

"아닙니다. 많은 도움을 주었습니다. 여러 사람들의 이야기를 통해서 결론을 찾아내면 됩니다. 천당이 있다는 것을 확실하게…"

"목사님, 저처럼 경험을 하고도 그것을 증명하지 못하는데, 그걸 어떻게 증명하지요. 죽은 사람만이 말할 수가 있잖아요. 저승이 있고 천당이 있다고 해도…"

"그래서 제가 고민하고 있는 거시요."

"제가 체험한 것을 다 표현하지도 못합니다. 그것을 다 이야기해도 모두들 믿지 않아요, 심지어는 제 아내까지도 혼수상태에서 꾼 꿈이라고 말해요. 하지만 분명히 저승과 천당이 있습니다."

"목사도 사람들에게 천당이 있다는 것을 늘 증명해 보이고 싶어요, 그것이 증명만 된다면 모두들 하나님을 믿을 테니까요, 그렇게 되면 저 같은 사람들의 역할도 줄어들고, 하나님을 믿게 하는 일도 쉬워지고,"

김 목사의 말에 그는 동조했다. 하지만 그들의 말은 하나의 가설일 뿐이다. 구체적으로 증명하기 위해서는 확증 자료가 필요하다. 결국 근사체험을 구전으로 들은 것에 불과하다. 김 목사는 어떻게 하면 그것을 과학적으로 증명할 수 있을지를 고심한다.

13.

영호가 아침에 눈을 떴지만 집에는 아무도 없다. 영철이도 일찍 도서관으로 갔기 때문이다. 자리에서 일어나려고 했지만 몸이 말을 듣지 않았다. 천장을 멀뚱히 바라다보고 있었다. 어제 밤의 일이 생각나서 눈물이 났다. 이제 아내와 더 이상 살 수가 없다. 헤어지는 것이 최상의 방법이다. 이런저런 생각에 빠져 있는데 현관문을 따는 소리가 들렸다. 자기 아내라고 짐작한다. 그는 이불로 얼굴을 덮고 자는 척 했다.

"아무도 없나?"

예상대로 아내였다. 영호는 그래도 모른 척하고 누워있었다. 그녀가 방문을 열었다. 누워 있는 남편이 보이자 안심을 하고 문을 그대로 닫았다. 그리고 욕실로 들어가는 소리가 났다. 영호는 그대로 누워 있었다.

"일어나, 지금 몇 시인데 자고 있어, 내가 못 살아,"

그녀가 언제 목욕을 마쳤는지 그를 깨우며 큰 소리를 냈다. 그는 마지못해서 일어났지만 그녀의 얼굴이 보기 싫었다.

"일도 안 나가고 어떻게 하려고 그래,"

"일! 그까짓 일은 해서 무엇해,"

영호는 마음속에 가지고 있는 말을 하지 못하고 화를 참고 말했다. 반대로 인숙은 외박한 것을 정당화하려는 듯이 많은 말을 했다. 그녀의 가증스러운 행동에 영호는 짜증이 났다.

엑스터시

1.

　변 박사가 사무실로 김 목사를 찾아왔다. 그는 비교 신학을 연구하는 사람으로 김 목사와는 친한 친구 사이다. 그는 대학에서 학생들을 가르친다. 깡마른 체구다. 안경 속에서 번뜩이는 그의 눈은 예리함을 느끼게 한다. 그래서 학생들은 그를 면도날이라고 부른다.

　"자네가 저승에 관한 문제를 연구하겠다고?"

　"사실을 밝혀 보려고 하네,"

　"그만 두게, 밝혀내기가 어려워, 지금까지 많은 학자들이 그걸 밝혀 보려고 별 수단을 다 썼지만 증명하지 못했어,"

　김 목사는 그의 말에 부정도 긍정도 하지 않으며 이야기를 시작했다. 김 목사가 근사체험자들로부터 파악한 내용들은 의외로 단순한 이야기들이다. 죽음 직전에서 체험한 이야기들이다. 처음에는 혼수상태에서 기나긴 어둠의 터널을 통과했다. 이윽고 멈추어 선 곳이 분홍색 연꽃이 흐드러지게 핀 낯선 연못이다. 아지랑이가 피어오르는 연못 저편에 돌아가신 할머니가 서 있었다. 너무 반가워서 그 쪽으로 다가가려고 했다. 그러나 할머니는 손을 휘저었다. 여기 오면 안 된다고 하며 돌아가라고 큰 소리를 질렀다.

하지만 그는 할머니에게로 다가가려고 몸부림을 치다가 깨어났다는 말을 했다. 그의 이야기는 더 계속된다. 아내의 울음소리가 들렸다. 정신이 드는 듯 했지만 다시 혼수상태로 빠졌다. 그런 사실을 안 것은 아내의 울음소리가 저승의 문턱까지 들려 와서 알았다. 그때 깨어났지만 기쁨을 느끼기보다는 저승의 아름다움에 도취되었던 것에 아쉬움이 남았다. 오히려 그냥 그곳에 머물었으면 하는 후회가 생겼다.

그가 저승으로 가서 본 것은 너무나 생생하다. 저승에 이르는 길은 여러 단계를 거친다. 그곳에 도달하기 위해서는 먼저 영혼의 체외 이탈이 일어났다. 깜깜한 터널을 무한정 지나쳤다. 갑자기 어떤 큰 블랙홀로 빠져들면서 저승에 도착했다. 거기서 아름답고 찬란한 빛과 만났다. 황홀감을 맛보았다. 동시에 자기가 살아온 이승의 일들이 회상되었다. 희비애락이 교차되었다. 후회와 번민이 일어나면서 반성하는 일도 일어났다. 수없이 그런 일들이 반복되었다. 그 후에 큰 장벽이 가로막았다. 그것을 뚫고 지나가려고 발버둥을 쳤지만, 뚫지 못해서 저승으로 가지 못했다. 육체가 저승에서 이승으로 다시 회귀되었다. 이런 과정들을 혼수상태에서 체험하였다. 근사체험자들이 저승의 문턱을 넘지 못한 이야기들이다.

김 목사는 그들의 말을 믿었다. 그래서 자기가 연구하는 일에 더 자신감이 생겼지만, 그것을 믿지 않는 사람들이 더 많다. 미친 사람들의 꿈 이야기라고 치부한다. 그래서 과학적인 증명이 필요하다.

"자네는 그것을 죽을 때까지 증명하지 못해, 죽어 보아야 알게 되는데, 죽고 나서는 아무 일도 하지 못하잖아, 그러니 그만두게, 쓸데없는 일에 시간을 빼기지 말고."

변 박사는 너무 황당한 것이어서, 이루어지기가 어려운 점을 들고, 포기하라고 말했다. 신도들 역시 마찬가지 말들을 했다. 저승이 있다는 것을 확실하게 증명할 수 있는 자료들이 없기 때문이다.

"살았다는 것이 무엇인지는 아는가?"

"그걸 모르는 사람이 어디 있어,"

"아니야, 자네는 잘 모르고 있는 거 같아,"

변 박사는 사는 것에 대한 원론을 설명하려고 한다. 사람을 간단히 말하면, 외부의 몸으로 인체에 필요한 것을 받아들인다. 소화하고 흡수한다. 필요한 것은 취하고 찌꺼기는 버리는 구조이다. 이 과정을 몸의 오장육부가 관장한다. 상체가 주로 몸에 들이는 일을 한다. 중체는 소화를 위해서 흡수하고, 하체가 배설하는 기능을 갖는다. 따라서 사람이 건강하려면 이런 세 가지 일들이 동시에 잘 이루어져야 한다. 죽는다는 것은 이러한 현상이 사라지는 것이다. 그것을 제대로 이해 못하면 오류를 범한다고 말했다.

"무슨 이야기인지는 알아, 하지만 사람이란 것이 그렇게 단순한 육체적 기능만 가지고 있는 것이 아니잖아?"

"물론이지, 하지만 자네는 살아 있는 육체를 연구하려는 것이 아니고, 그 반대로 단절의 상태를 연구하려는 데서 문제가 오지, 안 그런가? 다시 말해서 너무 허무맹랑한 일에 매달리고 있다는 것이지,"

"그렇지 않네, 그것을 밝혀내면 무신론자들의 콧대를 꺾을 수가 있어,"

"물론 밝혀내기만 한다면, 더 이상 바랄 것이 없지, 하지만 너무 허황한 일들을 규명하려고 하니까 문제지,"

"아니야, 그런 가설을 증명하려는 일은 지금까지 존재해 왔어, 내가 그것을 좀 더 확실하게 밝히려고 하네,"

변 박사가 그의 말을 막으며 다시 말을 계속했다. 몸의 상체가 하는 일 중에 가장 중요한 것이 바로 숨을 쉬는 일이다. 그 일을 폐가 한다. 인간은 곡기를 먹고 천기를 마셔야 산다. 역시 폐가 주관한다. 숨이 멈추면 심장이 멈춘다. 반대로 심장이 마비되면 숨을 쉴 수가 없다. 그래서 인간이 이 세상에 태어나면서, 첫 번째로 하는 일이 폐를 통하여 숨을 쉬는 일이다.

따라서 숨이 멈추면 모든 것의 단절을 의미한다. 죽는 것이다. 저승을 증명하기 위해서도 죽어보아야 알 수 있다. 누구든지 저승이 있다는 것을 알아내려면 죽어보아야 한다. 하지만 죽은 다음에는 모든 것이 단절된다. 그래서 저승의 유무를 말할 수가 없다. 변 박사는 연구의 한계를 말했다.

"그것은 일반론이지, 죽어야 저승이 있다는 것을 아는 것은, 하지만 저승은 분명히 있어, 단지 그것을 증명하지 못하고 있지, 과학적으로 증명하지 못하는 것은 이 세상에 많아, 하지만 우리는 그런 현상을 믿게 되지, 겨울이 가면 봄이 온다. 죽었던 만물이 소생한다. 자연현상에 의해서 이루어지는 것으로 미리 알고 있는 일이지, 저승이 있다는 것도 마찬가지야,"

"그것하고는 다른 이야기야, 주기와 반복성의 문제지, 계절이 바뀌는 자연현상의 문제는, 반복성과 지속성의 빈도가 높아서, 사는 동안 경험함으로써 알게 되는 현상이지,"

"증명하지 못할 뿐이지, 저승이 있다면 분명히 천당이 있어,"

"추상적인 것은 믿기가 어렵네, 설득력이 없기 때문이기도 하고, 나뿐만이 아니라 특히 믿지 않는 자들은 더욱 그렇고,"

"결국 저승이 없다고 보는 거야, 그럼 자네는 무신론자였어? 지금까지 하나님을 믿으면서 어떻게 그런 말을 하나?"

"아니지, 불확실성을 말하는 것이지,"

김 목사는 단호하게 말했다. 하지만 변 박사는 그런 가설을 믿게 하려면, 과학적으로 증명되어야 함을 강조한다. 그들의 생각은 기초적인 이론이지만 서로 상반된다. 시초부터 두 사람의 의견이 아주 다르다. 변 박사는 산다는 것에 대한 개념 정리를 했다. 그리고 저승이 있다는 불확실성에 대해서 반박했다. 지금까지 어느 누구도 천당이 있다는 것을 증명하지 못했다. 김 목사 역시 그것을 확실하게 증명하지 못한다.

2.

영호는 이제 지쳤다. 모든 것에 의욕이 없다. 마음을 정리하지 않고서는
아무것도 할 수가 없다. 아내와의 관계를 어떤 식으로든지 정리를 할 필요
성을 느낀다. 무력감 때문에 자리에 누워있다. 아내가 방문을 소리가 나게
열었다. 그는 할 수 없이 엉거주춤한 상태로 자리에서 일어났다.

"왜 일을 안 나가, 돈을 벌어야 살지,"

"그놈의 돈, 돈, 하는데 얼마나 많이 벌기에 그래, 술집에서 무슨 일을
하고 벌어?"

"무슨 일, 그래 술을 따르고 번다. 몰라서 물어?"

아내가 눈을 부릅뜨고 예상외로 목소리를 높여서 당황한다. 하지만 그
는 인내심을 발휘하고 있다. 인숙은 다시 퍼붓기 시작했다. 무능력자다.
못살겠다. 헤어지자는 말을 거침없이 했다. 그녀는 몹시 화를 내며 평시와
다른 모습을 보였다. 영호는 할 말을 잃었다. 자기가 화를 내야 할 판이지
만 이혼까지 들먹여서 입을 다물고 있다. 인숙이 화를 내는 이유는 아주
단순하다. 사람들의 생리 작용은 모두 같다. 그녀는 빈속에 술만 마시다가
집에 돌아왔다. 배가 아프고 속이 쓰리다. 집에는 마땅히 먹을 음식도 없
다. 남편은 누워만 있다. 화가 치밀어 오른 이유다.

"집에 아무 것도 없는데, 밤낮 누워 있기만 하니, 먹을 게 있겠어?"

영호 역시 울화통이 치밀었지만 참았다. 사이가 좋았을 때 같았으면, 그
녀가 그런 말을 하기도 전에, 무엇이든지 먹을 것을 해서 바쳤다. 아내는
자기 손가락 하나 움직이지 않으면서 좋은 음식을 탐냈다. 몸이 아프다.
쇠약해져서 보약을 먹어야 한다. 매일 먹는 타령을 했었다. 그래서 오히려
건강이 나빠지기까지 했었다. 누구든지 몸을 안 움직이면, 신체가 균형적
으로 발달되지 않아서, 몸이 말을 듣지 않는다. 그렇게 되면 여기저기 아
픈 곳이 생긴다. 그녀가 한때 건강을 잃었던 것도 마찬가지다. 지금도 술
만 먹고 지내서 건강의 균형이 깨지고 있다.

“라면이라도 사와, 끓이게, 난 움직이기도 싫어,”

“먹고 싶으면 자기가 해, 지금 라면 타령이나 할 때야?”

영호는 눈을 부릅뜨고 그녀를 쳐다보며 말했다. 인숙은 남편이 예전 같지 않다는 생각을 하면서 다시 대들었다.

“이제 아주 집안일을 하지 않겠다는 거야, 돈만 벌어다 줘봐, 내가 임금처럼 모시지,”

“돈 벌 때도 마찬가지였어, 어떤 남자가 집안일들을 하고 살아, 그런 놈은 미친놈이냐?”

“그래 놀고먹어라, 아주 뻔뻔하기는,”

“나도 직장에 나가잖아?”

“나가기만 하면 무엇해, 돈을 벌어 와야지,”

그들은 입씨름을 하지만 배고프기는 서로가 마찬가지다. 세상은 풍요롭다. 많이 먹어서 문제인 세상에 그들은 먹는 문제로 다투고 있다.

“몸이 말을 안 들어, 보약이라도 먹어야 하는 상태냐?”

인숙은 자기 몸이 아파서 약이라도 먹어야겠다고 말했다. 영호는 그 말에 대꾸도 안했다. 심사가 몹시 틀려있다. 지금 그런 이야기를 할 기분이 아니다. 그의 생각과 다르게 인숙은 몹시 화가 치밀었다.

“몸이 아파, 이제 당신 말처럼 술파는 일도 못하겠어,”

영호는 정말로 아내가 아픈 것 같아서 측은한 감정이 들었다.

“그렇게 매일 술만 마시고, 좋은 짓을 하면서 사는 데, 몸이 안 아프겠어?”

“좋은 짓, 그게 무슨 소리냐!”

“자기가 모르면 누가 알아, 좋은 일만 하고 살잖아,”

인숙은 그 소리가 무엇을 의미하는지를 잘 몰라서 다시 캐어묻는다.

“다시 말해 봐, 그게 무슨 소리냐?”

“어제 어디서 잤어?”

"그건 새삼스럽게 왜 물어?"

"왜 물어? 내가 그 남자와 함께 있는 것을 보았어,"

"그 남자라니?"

"대머리, 그자 말이야,"

인숙은 당황하는 모습을 보이다가 싹 잡아떼며 대들었다.

"생사람 잡지 말어, 내가 언제…"

"어제, 내가 그 룸살롱에 갔었어,"

그때서야 인숙은 상황판단을 했다. 하지만 시치미를 뗐다. 불확실한 이야기일지 모른다는 생각 때문이다.

"무엇을 잘못했다는 거야, 술집에서 무슨 일을 하는지 몰라서 그래?"

"살림을 차린 것도 알아, 잘 먹고 잘 마셨을 텐데, 왜 음식 타령이냐?"

인숙은 몹시 당황했다. 하지만 이내 표정을 바꾸면서 울부짖는다.

"그게 다 누구 때문에 그렇게 되었는데, 당신이 돈을 벌지 못해서 생긴 일이야, 그려, 내가 어디서 그런 돈을 가져와, 남자들하고 시시덕거리고 벌어서 오는 돈이지,"

영호는 뒤통수를 큰 돌에 맞은 듯 멍해져서 어쩔 줄을 모른다.

"내 탓이라고?"

"그럼 누구 탓이냐, 당신이 실직만 안 했어도,"

그녀는 더욱 악을 쓰며 큰소리를 낸다. 장사 밑천을 만들어 주었다. 아들 학비를 만들어 냈다. 생활비를 만들었다. 그런 돈이 다 어디서 나왔겠느냐고 오히려 큰소리를 쳤다. 영호는 자리에서 일어나 옷을 챙겨 입었다. 도저히 참을 수가 없었다. 주먹으로 벽을 여러 번 쳤다. 큰 소리를 내며 울었다. 그래도 분이 삭지 않았다. 남자의 자존심이 무너지자 더 이상 살고 싶지 않았다. 영호는 거칠게 현관문을 열고 밖으로 나왔다. 밖에는 무더위가 기승을 부린다. 어디론지 멀리 떠나고 싶은 생각뿐이다.

3.

김 목사는 근사체험연구에 몰두한다. 젊은 시절에 공부하다가 손을 놓았던 일들을 다시 시작했다. 종교학과 관련한 인접 학문공부를 시작했다. 그 이유는 근사체험을 연구하기 위한 기초지식을 다지기 위해서다.

그는 지금 인체와 관련한 책을 읽고 있다. 사람은 숨을 쉬어야 산다. 따라서 누구든지 건강하려면, 폐의 기 흐름을 원활히 하여야 한다. 갈비뼈 아래 붙어 있는 횡경막의 긴장을 풀어서, 공기와 기가 충분히 폐를 채울 수가 있어야 건강해진다. 건강할 때 심호흡이란, 바로 횡경막의 긴장을 풀어, 폐로 많은 양의 산소가 들어갈 수 있도록 하는 것이다. 그렇게 호흡할 때에 폐의 기는 원활해지고, 위와 비장에서 만들어진 음식의 정미한 기와 혼합되어, 혈액과 양분이 많은 기를 만들어 낸다. 따라서 긴장하거나 몸을 움츠려서, 횡경막을 긴장시키게 되면 건강하고 영양이 풍부한 기를 얻기가 힘들게 된다. 사람의 피부와 허파는 공기 중의 산소를 받아 들이고 탄소를 내보내는 역할을 한다.

또 다른 한편으로는 공기 중에 있는 빛의 모든 색소를 몸 세포가 받아들임으로써 에너지를 만든다. 따라서 숨을 쉬면서 혈액에 기를 공급하고 폐는 다 사용한 공기, 이산화탄소, 기타 노폐물을 배출하는 일을 한다. 이것이 건강과 관련하여 이미 과학적으로 규명된 것들이다.

김 목사가 인체학에 관하여 깊은 생각에 잠겨 있는데 변 박사가 서류 뭉치를 들고 다시 찾아왔다. 그의 별명처럼 예리한 눈이 안경 속에서 번쩍인다.

"이게 뭔가?"

"내가 가지고 있던 자료들이야, 당신 연구에 필요할 것 같아서…"

김 목사는 종이 뭉치들을 대충 뒤적였다. 별 내용이 없었다.

"몸이 마른 사람과 비대한 사람의 차이를 아는가?"

"음식을 잘 먹고, 잘 배설해서 그런 것 아닌가?"

"잘 먹어서? 틀렸어, 잘 먹는다고 비대해 지지는 않아,"

김 목사는 사람의 몸이 마르는 이유를 설명했다. 대부분 몸이 마르고, 왜소한 사람은, 늘 긴장하고 사는 사람들이다. 그런 사람들은 갈비뼈 밑에 있는 횡경막의 작용이 긴장하게 되어서 폐호흡이 약한 사람들이다. 그런 사람들은 늘 복부로 호흡하는 습관을 기르면 건강해진다. 폐의 기가 원활해지면 대장의 배설 기능도 활발해진다. 장이 나빠 변통이 안 되는 사람은, 항상 횡경막을 확장시켜, 복부에 산소를 공급하는 호흡을 하면, 대장이 자극을 받아 변비가 없어지게 된다. 움츠리고 무엇인가 몰두하다가 심호흡을 하는 짓은, 우리 몸속에서 심폐기능을 좋게 하려는 자연발생적인 몸짓이다.

"그게 근사체험하고 무슨 관계가 있어? 개똥밭에 굴러도 저승보다는 이승이 낫다는 말이 있어, 저승을 연구하는 일보다는 이승을 연구하는 것이 더 나아, 그만 둬, 이제 그 나이에 인체까지 연구해서 무엇 하려고?"

"가망성이 있는 자를 찾기 위해서지, 근사체험을 하기가 쉬운 사람을 찾아내려면,"

"그렇지만 자네 나이에 모든 것을 알아내는 일은 어려워, 그만 두어,"

변 박사는 부정적인 말을 계속했다. 하지만 김 목사는 아랑곳하지 않고 말을 계속한다. 인체기 심하게 화상을 입으면 죽는다. 그것은 폐가 피부를 주관하지 못해서 일어나는 일이다. 피부가 호흡을 하지 못하면, 빛을 바로 받아들이기 때문에, 몸의 세포들이 그것을 감당하지 못해서 죽는다. 빛이 가득할 때 그 빛을 폐로 호흡해야 몸의 기능이 좋아진다. 그 기능이 가장 적절한 때가 새벽이다. 그래서 새벽은 흰색의 상징인 시작을 의미한다.

"자네는 왜 새벽기도가 중요한지를 알고 있겠지, 신자들에게 새벽기도를 강요하는 것은 모든 기가 새벽에 생기기 때문이야, 그래서 새벽에 예배를 하도록 하는 것이지,"

변 박사는 대답하지 않았다. 김 목사는 그가 침묵하고 있는 것은 긍정의 표시라고 생각하고 다시 말한다. 이승에서 건강하게 살려는 사람들도 그것을 알고 행동을 한다. 새벽이 모든 것에 희망을 준다는 학설은 이미 오래 전부터 있었다. 새벽에 산책을 하고 운동을 하면 좋다. 신선한 태양 빛을 폐와 피부로 받아들이기 때문에, 몸의 세포들이 더욱 신선해 진다. 그래서 흰색은 중요하고, 신심이 깊은 사람들은 부활을 떠올리게 된다.

부활절에 흰 달걀을 나누어주는 것도 그런 이유이다. 알에서 깨어 나와 새로운 세계로 나아가는 것이 부활이고, 이때에 흰색의 에너지가 요구되기 때문에 그렇게 한다. 죽음 뒤에 새 생명이 태어나는 것도 그러한 이치와 관련이 있다. 다시 말해서 죽어야 새로운 것이 태어난다는 말을 했다.

"그것을 모르는 사람은 없어,"

"물론이지, 하지만 고정관념을 깨자는 이야기야, 저승에 천당이 있다는 것을 믿지 못하는 것도 고정관념 때문이야, 그것을 털어 내면 천당이 있다는 것을 믿게 되지,"

김 목사는 말을 계속했다. 자연의 순환 고리를 말했다. 근사 체험은 그것을 역으로 부정하는 가설에서부터 시작된다. 하지만 그의 가설은 자연의 섭리를 부정하는 이론으로 이제까지 존재하지 않았다. 모든 것을 과학으로 증명하지 못한다. 동식물의 섭생과 배설, 휴식, 사랑, 행복 어느 것 하나도 제대로 증명할 수가 없다.

"과학의 힘을 우습게보면 안 되네, 지금까지 과학이 인류를 발전시켜 왔고 과학이 없었으면 인간은 존재하지 못하였지, 그것을 인정하고 안하고의 문제와는 별개이네,"

"그게 고정관념이지, 발가벗고 산다고 살지 못하는 것은 아니야, 다소 불편할 뿐이지, 조금 편하기 위해서 자연의 순환 고리를 파괴하는 것이 과학이기도 하고,"

"역설이냐, 그럼 무엇이 문제인가. 그런 식으로 어떤 문제에 대해서 답을 내면 모든 것이 정답이 되지, 일반론적으로는 신이 존재하고 천당이 있

다는 것은 아주 오래 전부터 인정하고 있었어, 단지 믿지 못하는 자들에게
확실성을 주기 위한 증명을 하지 못해서 그렇지, 이제 포기하게,”
　“내 이야기를 이해하지 못하는구먼, 과학이 모든 것을 증명하지 못한다
는 것을 말하는 것일세, 부활이란 것이 흰색으로부터 나온다고 말했었지,
상주가 왜 흰색의 상복을 입는지 아는가?”
　“한민족은 흰색을 좋아해서겠지,”
　“그렇기도 하지만 그 이유가 다른데 있지,”
　김 목사는 부활과 관련하여 또다시 흰색에 대한 예찬을 하기 시작한다.
흰색은 악에 대한 선을 의미하고 진리, 이상향, 정직함, 순수성 같은 것을
의미한다. 부활의 정의가 죽었다가 다시 살아나는 것이라면, 우리 몸의 세
포는 날마다 죽고 날마다 새로 태어나는 부활의 연속이다. 즉 순간마다 부
활하기 위해서 흰색의 빛 에너지가 필요하다. 그러한 빛이 몸에 작용하여
세포를 다시 태어나게 한다.
　“흰색은 빛을 모두 투과시켜 몸에 무지개 색을 전부 비추어 주는 역할
을 하기 때문에, 흰색은 건강을 지키기 위해서 꼭 필요한 색이 되지,”
　“자네가 말한 뜻은 알겠네, 하지만 그것이 천당을 확인하는 일하고는
무슨 관련이 있나?”
　“아까 말하지 않았나, 근사체험을 할 확률이 높은 사람을 찾기 위해서
지, 그런 사람이 누구인지를 알려면 인체연구가 필요하네,”
　김 목사는 근사체험을 연구하기 위한 준비단계로 여러 가지 문제를 파
악하려고 한다. 죽음으로 가는 길목에서 근사체험을 할 확률이 높은 사람
을 찾아내기 위해서다. 자기가 하는 일은 꼭 필요한 것이다. 그래서 그것
에 근접하는 일들을 찾아내려고 애를 쓰고 있다. 하지만 변 박사는 부정적
인 견해를 보인다.

4.

　인숙은 룸살롱에 출근했다. 하지만 남편과 다툰 것이 마음에 걸려서 기분이 좋지 않았다. 이제 남편과의 관계를 정리할 필요가 있다는 생각을 한다. 이천상에게 전화 연락을 했다. 그가 이내 술집으로 왔다. 그는 들어서자마자, 못 견디겠다는 듯이 그녀를 애무했다. 인숙은 남편과의 관계가 마음에 걸렸지만, 아랑곳하지 않는다. 그들은 밀폐된 공간에서 은밀하게 애정 행각을 벌였다. 그들은 욕구를 채운 후에 몇 병의 맥주를 마셨다.

　"잡은 물고기에게 먹이를 주는 거 봤어?"

　"그게 무슨 소리냐, 나를 두고 하는 소리야?"

　"응, 계속 먹이를 주고 싶어, 금붕어를 키우듯이…"

　이천상은 뚱딴지 같은 말을 했다. 그리고 수표 한 장을 인숙에게 준다. 그녀는 비위가 거슬렸지만 돈 앞에는 어쩔 수가 없다. 그냥 웃으며 받자마자, 브래지어 속에 수표를 넣는다.

　"생활비가 필요할 것 같아서,"

　"고마워, 정말 자기뿐이다. 알아서 챙겨 주고,"

　그녀는 고마워서 눈물까지 글썽인다. 보답으로 답례의 키스를 한다. 하지만 자기에게 먹이를 준다는 말에 기분이 조금 언짢았다. 잡은 고기에 먹이를 주지 않는다는 말은, 아내와 사랑할 때는 대충해도 된다는 것을 빗댄 남자들의 음담패설이다. 어느 날 버스 속에서 흘러나오는 라디오 소리를 들었다.

　"내가 잡혀진 물고기라면, 나도 자유를 찾고 싶어,"

　"잘못했어, 우스갯소리로 한 말을 가지고, 뭘 그래,"

　"흥, 여자들이라고, 누가 한 쪽에서만 먹이를 받아먹어, 바보같이,"

　인숙은 고런 말로 응수를 하면서도 그를 날카롭게 관찰하고 있다. 그의 말속에는 뼈가 있으면서 요즘의 세태를 말하고 있다. 아주 무서운 말이다. 남녀가 한 자리에 앉지도 않았던 시절이 있었다. 남녀칠세부동석이라는 말도 만들어 냈다. 하지만 지금은 많은 변화가 일어났다. 양성 평등시대다. 여성들은 자유를 말하고, 남성들은 그것을 받아들이는 것에 조금 주저하고 있다. 너무 급변하기 때문이다. 시간과 균형이 필요하다. 그래서 문화적 충돌이 일어나고 있다. 인숙과 남편 사이에도 그런 혼란이 있다.

"여자가 만족하는지, 그걸 어떻게 알아, 남자들은 속는 거야,"

"속고 있다고, 그럼 나도…"

"그건 모르지, 가짜가 판을 치잖아, 섹스라고 가짜가 없겠어?"

사악한 마음은 악을 낳는다. 인숙 역시 묘한 뉘앙스의 말을 한다. 요즘 남자들이 아내를 속이고 산다. 하지만 아내들도 남편을 속이고 산다. 그것은 거짓에 대한 상관관계에서 생긴다. 네가 하는데 내가 못하면 바보라는 생각 때문이다. 하지만 부부관계에서 서로 속이면 끝장이 난다.

"왜 그래, 무서운 말만하고,"

"신혼 때는 남편이 팔베개를 자주 해주지. 시간이 가면서 등까지 돌리고 살지, 왜 그런지 알아, 사랑이 식었기 때문이야, 내가 싫으면 말해, 매달리고 싶지 않으니까,"

이천상은 실수를 했다. 그녀는 잡은 물고기에 먹이를 주지 않는다는 말을 재음미한다. 심기가 불편했다. 언제인가는 등을 돌일 것이다. 불륜의 행복은 영구적이지 못히디. 부부는 서로 사랑하며 사는 관게다. 사랑이 식었다면 헤어져야 한다. 남편에게도 그 등식이 성립한다. 인숙은 생각이 거기 까지 미치자, 골치가 아팠다.

"마셔, 뭘 그렇게 골몰히 생각하고 있어?"

이천상은 그녀에게 술잔을 준다. 그녀는 그것을 받아 마시며 잡념을 지운다. 이천상은 그녀의 마음을 헤아린다는 듯이 웃고 있다. 그녀도 같이 웃는다. 현실만을 생각하면 된다. 싫으면 찬밥도 못 먹는다. 싫은 사람하고는 살 수가 없다. 인숙은 남편과 다툰 것 때문에 불신의 골이 커지고 있다. 돈 몇 푼 때문에 이성을 잃고 있다.

5.

　김 목사는 연구에 몰두한다. 근사체험에 관한 자료를 인터넷에서 검색하다가, 엉뚱하게도 흰색에 관해서 많은 것을 알아냈다. 흰색은 건강과 관련이 많다. 그래서 의사와 간호사도 흰옷을 입는다. 상주와 장의사도 마찬가지다. 환자들에게 흰색을 많이 보이게 하면 건강을 찾게 된다. 흰색은 새롭게 부활하는 세포를 만들기 위해서 꼭 필요한 색이라는 것을 알았다.

　사람의 폐는 슬픔의 정서를 주관한다. 그래서 너무 슬픈 감정으로 가득차면 폐가 상한다. 그럴 때도 흰색이 필요하다. 몸의 세포들이 슬픔으로 인하여 절망할 때, 흰색 옷을 입으면 도움을 준다. 새롭고 긍정적인 마음을 갖게 되고, 슬픔을 덜어 주게 된다. 그래서 흰옷을 입는다. 종교적인 의복이나 제례 옷이 흰색으로 쓰여 진 이유도 마찬가지다. 환생을 믿게 하기 위해서다. 흰색에는 부활의 힘이 있다고 본다.

　성모 마리아의 상징인 흰색 장미, 백합, 기드온의 흰색 양털 등이 모두 흰색이다. 모두가 순결성을 표현한 것이다. 흰색은 신과 인간에게 행복한 삶을 주는 요소다. 죽음 앞에서도 그렇다. 빨간색보다는 흰옷을 입고 슬퍼해야, 세포들이 다시 힘을 얻게 된다.

　그것을 인정하면 누구든지 죽기 위해서는 흰색을 멀리하면 된다. 흰색은 순수하고 아름답고 생명력이 있다. 하지만 억지로 꾸며서 만든 색깔은 도움이 되지 않는다. 그래서 흰설탕, 흰쌀, 흰밀가루 같은 것은 먹기가 부드럽고 아름답게 보이지만 몸에는 해롭다. 자연의 순수한 색을 모두 깎아버렸거나 탈색함으로써 영양가가 없게 되었기 때문이다. 흰색 때문에 속고 사먹지만 건강에는 도움이 되지 않는다. 곡식이 지니고 있는 고유색이 사라짐으로써 영양가도 함께 없어진 것이다.

　사람에게 도움이 되는 가장 고유한 흰색은 공간에 있는 빛의 흰색이다. 자비로운 신이 무한정 값없이 인간의 생명을 위해 마련해 놓은 것이다. 많이 마셔도 해가 되지 않고, 몸에서 낭비가 되지 않는다. 그래서 새벽이 좋

다. 일찍 일어나 심호흡으로 몸에 공기를 불어넣어 주면 유익하다. 우리의
몸이 활기찬 생명으로, 신성으로, 가득하게 된다. 우리 몸은 신의 성전이
기 때문이다.

"누구신지 들어오세요."

그가 깊은 사색을 하다가 자료를 찾기 위해서 컴퓨터를 열었다. 인터넷
검색창을 열심히 클릭하고 있는데 누가 방문을 노크했다. 그는 하던 일을
멈췄다. 그리고 자리에서 일어났다. 그 사이에 빼빼하게 마른 청년이 문을
열고 그의 방으로 들어왔다.

"무슨 일이죠?"

"예. 상의 할 것이 있어서요."

김 목사는 엉거주춤하게 서 있는 그를 자리에 앉게 했다. 그리고 커피
좌대로 갔다. 차를 뽑은 후에, 그가 앉은 자리로 다가갔다. 웃으면서 커피
잔을 넘겨주고, 그의 앞에 앉았다.

"카페에 올린 글을 보았습니다."

"아, 그렇군요. 그런데 무슨 일로?"

"제가 죽음으로써 목사님의 문제를 해결해 준다면…"

"그게 무슨 소리입니까? 저는 성도님을 잘 알지 못합니다. 우리 교회에
신도들이 많아서 모두를 기억하고 있지 못합니다. 대단히 죄송합니다. 무
슨 뜻으로 그런 말씀을 하시는지요?"

"저는 이명달입니다. 근사 체험을 경험해 보고 싶어요. 허락해 주신다
면,"

"그것을 어떻게 인위적으로 합니까? 죽어야 하는 것이 아니라, 죽기 직
전까지 가야합니다. 잘못하면 죽게 되기도 하고…"

"알고 있습니다. 만약 목숨을 잃게 되면 약간의 보상을 바랍니다. 살기
가 어려운데 가족을 돕는 일이 될 수도 있고 해서,"

김 목사는 그때서야 그의 말을 알아들었다. 결국 돈을 주면 그 일을 하

겠다는 지원자라는 것을 알았다.

"돈 주고 그런 일을 시킬 수는 없어요, 위법입니다. 살인죄가 됩니다. 돈으로 모든 것이 다 되지 않습니다. 더욱이 성직자가,"

"무슨 말씀인지 알겠습니다. 하지만 그렇게 하지 않고서는 알아내는 방법이 없지 않습니까?"

"하지만 죽는다는 것은 모든 것이 끝난다는 것을 의미합니다. 그런데 그것을 하시겠다는 것이 이해가 안 됩니다."

"연구를 위해서 그런 사람이 필요하지 않습니까?"

"제가 연구하려는 것은 살기 위해서 필요한 것들이죠. 죽음으로 몰고 갈 사람을 찾는 일이 아닙니다. 목사가 어떻게 그런 일을 합니까, 할 수가 없습니다."

"그럼, 연구는 불가능합니다. 카페에 올린 글을 읽으면서 연구의 한계가 있다는 것을 알았습니다. 결국 주위를 맴돌기만 하게 됩니다."

"인정합니다. 하지만 목사가 죽을지도 모르는 일에, 그것을 방조할 수는…"

"실험 대상이 있어야 하고, 그것을 관찰하는 사람이 있어야, 이 연구는 답을 얻게 됩니다."

"연구의 일반론입니다. 사람이 죽고 사는 문제와는 별개의 문제입니다."

"그 목적을 달성하려고 하면, 마지막에는…"

"마지막이라니요?"

"사람을 죽이는 일이 되는 것이지요. 누구를 선택하든지,"

"미친 일입니다. 정신병자들이나 할 수 있습니다. 살기 위해서 인간은 존재합니다. 제가 연구하는 것도 그렇고,"

"근사체험은 생을 포기하는 직전까지 가야 나타나는 현상이라는 것을 압니다. 누가 삶을 포기하고 그것을 밝혀내겠습니까? 결국은 저 같은 사람이 필요하게 됩니다.”

김 목사는 그의 말에 약간의 설득력이 있다는 것을 인정한다. 하지만 자기의 연구를 위해서 신도를 죽음으로 몰고 갈 수는 없다.

“망우리 공동묘지의 죽은 사람들은 천당이 있다는 것을 다 알고 있을 겁니다. 하지만 그들은 말을 하지 못해서 아무 것도 못 밝혀냅니다. 그 이치와 같습니다. 포기를 하시든지 저의 제안을 받아들이든지 해야 합니다.”

그는 커피 잔을 들고 여유 있게 마셨다. 정당한 말을 하는 것처럼 행동했다. 사람을 죽이지 않고서는 연구가 되지 않는다. 내가 그것을 하겠다. 보상이 필요하다. 누군가가 해야 할 일이다. 그 점을 말하면서 결국은 물질적인 것을 요구한다. 하지만 김 목사는 이성적으로 대처한다. 그에게 사람을 죽이면서 까지 그런 일을 할 수가 없다는 점을 주지시켰다.

6.

영호는 화가 나서 집을 뛰쳐나왔지만 마땅히 갈 곳이 없다. 사람들은 돈이 인생의 전부가 아니라고 말한다. 하지만 주머니에 한 푼도 없는 사람에겐 그 말이 틀린 말이다. 영호 역시 주머니에 돈이 없다. 할 수 있는 일이 없다. 이제 어떻게 행동하는 것이 좋은지 모른다. 아내와 이혼을 하고 싶다.

다단계 판매회사의 간부와 합의를 하는 일도 마무리져야한다. 하지만 돈도 없고 누구와 상의할 사람도 없다. 초조해졌다. 돈을 만들어야 한다는 생각에 머리가 아팠다. 일용직보다도 못한 직업은 아무 도움이 되지 못했다. 하루 종일 여러 곳을 배회하다가 소득 없이 밤늦게 집으로 귀가하였다. 하지만 아내 역시 집에 돌아와 있지 않았다. 아들도 독서실에 주로 있어서 집에 없다. 식구들이 이제 모두 제각자의 길을 가는 듯하다. 서로를 불신한다. 믿음은 신뢰를 낳지만 불신은 오해와 상처를 준다.

영호는 한숨이 나왔다. 아내는 돈을 번다는 이유로 남자와 놀아나고 있다. 아들 역시 학교에서 퇴학을 당하고 나서 어떻게 공부를 하고 있는지 모른다. 생각이 많아진다. 가장으로서 어떻게 하는 것이 좋은지를 생각한다. 화가 더욱 치밀어 올랐다. 자리에서 일어나 주방으로 갔다. 냉장고를 뒤졌다. 마땅히 먹을 만한 것이 없다. 소주병들이 눈에 보였다. 사람들은 화가 치밀면 술을 마신다. 그 역시 소주병을 따서 병나발을 불었다. 몇 병을 더 마셨다. 취기가 돌았다. 몽롱한 상태로 소파에 누웠다. 졸음이 쏟아졌다.

"누구시지요?"

그가 막 잠이 들려고 하는데 현관의 벨이 울렸다. 아내일 것이라고 생각한다. 밤늦은 시간에 집에 돌아오는 것이 이상하다는 생각이 들었다. 자리에서 비척거리며 일어나 현관으로 갔다. 작은 구멍으로 밖을 내다보았다. 누군지 분간이 되지 않았다. 다시 누구인지를 물었지만 대답이 없다. 그는 의아해 하면서 현관문을 조금 열었다. 등치가 큰 남자가 기다렸다는 듯이 갑자기 문을 밀쳤다. 영호가 당황하는 사이에, 그는 앞을 가로막아 서면서 현관 안으로 들어섰다.

"이형사입니다."

영호는 술이 취했지만 올 것이 왔다는 생각을 했다. 태연해 지려고 했지만 다리가 후들거린다.

"무슨 일이십니까?"

"폭행죄로 체포하겠습니다."

"제가 누구를 폭행했다고 하십니까?"

"가 보시면 압니다."

다단계 판매회사의 책임자가 고발을 했다. 폭행죄였다. 영호는 더 이상 묻지 않았다. 이형사가 신속하게 수갑을 채웠다. 그는 연행되어서 경찰서로 갔다.

7.

인숙이 외박을 하고 그 다음 날 집에 돌아왔다. 아무도 없다. 자기가 잘 못하고 있으면서도 화가 치밀었다. 하지만 남편과 다툰 일이 생각나서 마음이 편치 않았다. 아들에 대한 생각도 마찬가지다. 속이 상했다. 일터에 나가면 술을 먹게 된다. 돈 때문에 외간남자와 외박을 한다. 자기가 한심하다는 생각을 하면서도 그 굴레에서 벗어나지 못하고 있다.

인숙은 후회를 한다. 집안을 둘러보았다. 청소를 하지 않아서 온통 먼지가 집안을 채우고 있다. 벗어놓은 옷가지들이 널려 있는 것을 빼고는 변한 것이 없다. 그녀는 집안을 청소하다가 널려 있는 소주병을 보았다.

"이제 술로 사는구먼?"

그녀는 화가 치밀었지만 소주병을 치우고 옷가지들을 세탁했다. 그리고 욕실로 갔다. 오랫동안 목욕을 했다. 몸이 좀 개운해졌다. 가운을 걸치고 거실로 나와서 주방으로 갔다. 냉장고 문을 열었다. 먹을 것이 아무 것도 없다. 갑자기 자기 아들이 생각나면서 남편이 원망스러웠다. 그녀는 슈퍼에 전화를 걸었다. 필요한 생필품을 주문했다. 그리고 거실에서 머리를 말리면서 텔레비전을 틀었다. 뉴스 앵커가 마약 판매상을 적발했다는 보도를 했다. 남편의 얼굴이 잠시 동안 텔레비전에 비쳤다.

"이거 어떻게 된 거냐? 마약을 팔았다니, 무슨 소리야, 사람까지 폭행하고,"

인숙은 그때서야 남편이 구속된 것을 알았다. 남편이 악질범으로 보도되고 있다. 마약과 금지된 성인용품을 팔다가 사람을 폭행했다. 피해자는 몇 달간의 치료를 요한다는 보도를 했다.

"잘 되었지, 내가 뭐라고 했어, 그런 물건들을 팔러 다니면 문제가 된다고 했었지, 그런 장사는 아무나 해, 미쳤지,"

그녀는 혼잣말로 투덜거렸다. 하지만 그녀도 술에 빠져 있다. 매춘도 한다. 금지된 마약까지 입에 댄 후에, 이제 점차 횟수가 늘어나면서 중독되어 가고 있다. 마약을 사용하지 않고서는 섹스를 하는 것도 재미가 없을 정도로 중독되었다. 그녀가 집에 돌아오지 않는 회수가 잦아지는 것도 그런 연유다. 정상적인 사람들은 밖에서 외박을 하면 집이 걱정되어서 빨리 귀가하려는 귀소본능을 갖는다. 하지만 그녀는 마약 때문에 밤마다 정신을 잃고 있다. 깨어나면 이내 정신을 차리지 못해서 다음날 아침에 귀가하곤 했다.

그녀 역시 남편처럼 처벌의 대상이다. 남편 문제를 조사하다가 자기의 마약 복용 문제가 불거질지 모른다는 생각이 든다. 그래서 경찰서에 가는 것이 불안했다. 대책이 없다. 어떻게 해야 할지도 모른다. 그녀는 선뜻 경찰서로 가지 못한다. 그가 생각에 잠겨 있는 사이에 슈퍼에 주문한 물건들이 왔다. 그것을 냉장고에 채웠다. 간단한 말을 메모해서 아들이 보라고 탁자 위에 놓았다. 그녀는 할 수없이 경찰서로 가서 남편을 만났다.

"왜 그랬어?"

"보증금을 돌려받고 그만두려고 했는데,"

"그런데 왜?"

"돈을 한 푼도 돌려주지 않고 오히려 빚이 있다는 거야, 홧김에 그렇게 되었어,"

"그렇다고 사람을 때려, 그건 그렇고, 마약은 또 뭐냐?"

"그 자가 나를 더 강력하게 처벌하려고 그랬나 봐, 한 패들이야, 내가 힘이 없어서지 뭐,"

영호는 눈물을 흘렸다. 아내에게 여러 말로 변명을 한다. 하지만 인숙역시 별 뾰족한 수가 없다. 그래서 위로의 말만을 한다.

"어떻게 해 볼게,"

"자기가 어떻게 하긴, 너무 많은 것을 요구하고, 합의가 안 되어, 그냥 살다가 나갈게,"

"합의? 얼마를 요구하는데?"

"원래 천 만원을 요구했는데, 마약 판매까지 병행되어서 어려울 거야,
이제 합의가 되겠어?"

인숙은 울음을 터트렸다. 남편이 결국 합의금이 없어서 구속된 것이고,
회사는 보증금을 떼어먹기 위한 방편이라는 것을 알았다. 그녀는 이제 혼
자 모든 것을 스스로 해결해야 한다는 것에 답답해졌다. 빈 강정 같은 남
편이라도 집에 있어서, 자기가 맘대로 놀아났는데, 후회가 되었다.

8.

김 목사는 깊은 기도를 한다. 사역자로서 최선을 다했는지를 자문자답
했다. 사람들에게 행복과 희망을 주지 못했다. 후회가 된다. 천당을 확인
하기 위해서 죽겠다는 사람의 말도 들었다. 일관성과 설득력을 가지지 못
하고 그를 바르게 선도하지 못했다. 한편으로는 긍정적인 면까지 보였다.
슬기롭게 대처하지 못한 것이 부끄러웠다. 몹시 혼란스러웠다. 무엇인지
답을 얻고 싶었다. 그래서 하나님에게 깊이 매달리는 기도를 하고 있다.
"단학이라는 것을 아십니까?"
박 장로가 찾아왔다. 김 목사는 그에게 어려운 말을 했다.
"그건 왜지요. 너무 엉뚱한 질문이어서…"
"숨 쉬는 것과 관련이 있지요,"
김 목사는 단학에 대해서 말했다. 단학은 생명의 학문이다. 내 숨통이
트일 때 나는 하늘과 하나가 된다. 신과도 하나가 된다. 원래 하늘과 나, 신
과 나는 둘이 아니었다. 그래서 병들 수 없는 존재였다. 시간과 공간을 초
월해서 있는 존재였다. 슬픔도 고통도 없는 존재였다. 하늘과 땅, 큰 이치
에 따라 스스로 존재하는 생명체이다. 숨과 함께 나는 다시 태어난다. 새
로운 존재로 탈바꿈한다. 그래서 숨과 함께 온 우주가 시작된다. 결국 생
명체는 숨을 바르게 쉬어야 건강하고 행복하게 산다.
"무슨 이야기를 하시는지 모르지만 그게 목사님 연구하고 무슨 관계가

있습니까? 성경 중심으로 매사를 접하셔야 합니다. 엉뚱하게 무슨 단학은,"

"학문의 영역은 넓습니다. 명상 수련이란 말 들어 보셨습니까?"

김 목사는 자기 말에 과잉 반응을 보이는 박 장로의 얼굴을 쳐다보며 빙긋이 웃었다. 그리고 또 다른 화두를 꺼낸다.

"연구를 하려면 바보가 되어야 합니다. 잘 사는 문제에 대해서 연구해야 하지만 저는 늘 부정적인 일에 매달리고 있습니다. 왜 행복을 연구하지 않느냐고 누가 물으면 역자사지라는 말을 하게 됩니다."

"근사체험과는 아주 벗어나는 이야기들을 말하십니다."

"아닙니다. 그냥 들어보세요."

김 목사는 말을 계속한다. 요가를 하는 사람들은 마음이 편하다고 한다. 하지만 전부 심리적 현상일 뿐이다. 시원하다. 편하다는 마음을 지속적으로 생각하면 자기도 모르게 그런 착각에 빠진다. 명상수련, 엑스터시 체험, 몽환체험 같은 것들에 그러한 점들이 있다.

"그럼 근사체험도 그런 가정의 일종입니까?"

김 목사는 그의 물음에 답하지 않고 말을 계속했다.

"엑스터시는 자기가 바깥에 서 있음을 말하거나 자기를 초월함이라는 뜻이다. 철학적으로는 에포케의 상태, 판단 정지의 상태다. 다시 말해서 판단 마비의 상태로 자아 컨트롤이 안 되는 현상입니다."

"그렇다면 근사체험도 결국은 같은 맥락입니까? 혼수상태에서 나타나는,"

"다릅니다. 이미 밝혀진 것이 많습니다. 어떻게 근사체험이 혼수상태에서 꾸는 꿈하고 같습니까? 아닙니다."

김 목사는 강하게 부정하고 그가 조사한 내용들을 말했다. 근사체험을 형상화하기가 어렵다. 죽음 뒤의 세계에 대한 형태를 말로는 구체화하기가 어렵기 때문이다. 하지만 여러 가지 면에서 다른 점을 발견했다.

어떤 자는 3차원이나 4차원의 언어로 죽음 뒤의 세상을 말했다. 화자와 청자 모두가 그 말을 이해하지 못한다. 그러나 대개는 우리가 알아들을 수 있는 말을 한다. 저 세상은 너무나 아름다워 이승과 비교 할 수가 없다. 심지어는 저승이 너무나 아름다워서 다시 이승으로 온 것을 후회하기도 한다. 그 아쉬움 때문에 일주일 동안이나 울은 사람도 있다. 말로는 형용할 수 없는 아름다움이 저 세상에 있다. 그런 이유로 이승에서 살기가 싫다고 주장한다.

근사체험은 단계별로 이루어진다. 첫 단계인 체외 이탈은 영혼이 몸 밖으로 빠져 나가서, 자신의 부모나 주변 사람을 허공에서 바라보게 된다. 혹은 전쟁에 참여한 근사체험자들은, 영혼의 상태에서 단순히 전쟁 상황을 내려다보는 것이 아니라, 그 상태에서 영혼이 자기 집으로 돌아가, 부모나 아내를 만났다고 주장한다.

이 주장을 무시하지 못하는 것은, 부상병들이 영혼의 상태로 집을 방문했을 때, 실제로 자기의 집에서 어떤 일이 일어났었는지를, 정확히 알아내는 것에 놀라게 된다. 깜깜한 터널을 지나는 단계는, 대개가 몸을 빠져 나온 영혼이, 캄캄한 어둠 속으로 빠져 들어간다. 소위 터널 체험이라는 것을 하면서, 이승에서 저승으로 간다.

영혼이 터널을 지나면, 매우 밝고 영롱한 새로운 세게에 도착하게 되면서, 저승 문턱에 다다르게 된다. 그리고 나서 저승의 아름다움을 보게 되고, 아름다운 꽃밭을 보았다고 한다. 영적인 안내자와의 만남 다음 뒤에는, 그곳의 영적인 길잡이인 따뜻한 빛과의 만남이 이루어지고, 안온한 사랑이 이루어진다. 이 빛은 인간의 형상을 띠기도 하고, 부처, 예수, 마리아, 보살, 먼저 죽은 조상의 모습으로, 다채롭게 나타난다.

빛의 영혼을 만나는 단계는, 아름다운 황홀 지경에 빠지면서, 영혼은 자신의 삶에 대한 회고를 하게 된다. 아주 짧은 시간 자기 삶의 단편들이 회고되고, 생을 되돌아봄으로써, 인생의 지혜를 얻는다.

장벽과의 만남 단계는, 이승과 저승이 완전히 갈리는 단계로써, 바로 장벽과의 만남이다. 근사 체험자가 강이나 사막, 바다, 앞에서 영혼이 아직 이곳에 올 때가 아니라는 통지를 받으면, 영혼은 다시 육체로 돌아온다. 그 때 죽음 직전에 있던, 근사체험자는 다시 살아나서, 의식을 차리는 것으로, 근사 체험이 이루어진다.

"꿈도 같은 맥락이 아닌가요? 그것을 근사체험이라고 할뿐이지,"

"결국 천당을 인정하지 않는군요. 그러면 그리스도인이 아닙니다. 천당이 있다는 것을 믿지 못하니까, 다시 말해서 이단이 되는 것이지요."

"목사님은 말이 막히면, 저를 무신론자로 몰고 가는데, 그런 이야기하고는 다른 이야기입니다. 천당이나 지옥이 있고 없음이 아니라, 저승에 갔다 왔다는 것을 믿지 못하겠다는 것입니다."

김 목사는 근사체험이 환상이라면, 어떻게 체험한 일들이 사실과 부합하는지를, 그에게 반문했다. 그는 근사체험이 환상이라면, 죽음 앞에서 목격한 일들이, 어떻게 대부분 사실로 밝혀지는지를 되묻는 것으로, 이야기들이 사실이라고 주장한다.

9.

인숙은 자기의 처지를 이천상에게 털어놓았다. 하지만 도와주려고 하지 않는다. 처음의 마음과 달라졌다. 그는 무엇이든지 다 들어줄 것처럼 행동했었다. 하지만 그 열기가 식어가고 있다. 마약의 힘을 빌리지 않고서는 재미도 반감되었다. 매력과 신비성이 점차 사라지고 있다. 진심으로 그녀를 사랑하지 않고, 단지 자기의 욕구를 충족하기 위해서 만나고 있다. 그래서 그의 마음이 많이 변했다. 그런데 돈 이야기가 나오자, 아주 냉소적으로 변한다.

"도와줘요."

"무얼 도와주면 되는데, 쉬운 일이 아니잖아, 마약을 판매했다면서?"

“합의금이 필요해, 천만 원만 꿔줘.”

“그렇게 많은 돈이 어디 있어.”

이천상은 단호하게 거절했다. 마음이 이미 그녀를 떠나있다. 그녀를 언제 사랑한다고 매달렸는지를 모를 정도로 돌변한다.

“나도 이제 힘들어, 아내가 눈치를 챈 것 같아.”

인숙은 그의 말에 눈물을 흘렸다. 이제 그의 마음을 읽었다. 당초부터 잘못된 사랑이었다. 그게 사실로 확인되자 인숙은 허탈해 진다. 누구에게도 의지할 곳이 없다. 남편을 구하기 위해서는 무슨 일이든지 해야 하지만 막막해 진다.

10.

김 목사는 죽음의 문제에 매달리면서 우울증에 시달린다. 죽음 이후의 세계를 믿어야 한다. 사후 생이 있다. 그 죽음을 어떻게 대비하고 행복하게 죽어야 하는가, 이런 의문에 확신이 서지 않아서 회의에 빠진다. 인터넷 카페에 참여하겠다고 글을 올린 사람들이 많다. 하지만 이들의 이야기들도 허무맹랑한 것이 많다. 엉뚱한 이론을 펴고 멍청해 보이는 이야기들이 더 많다.

“과학자들은 무의식 상태에서 겪는 환각이나 꿈이라고 해석합니다.”

인터넷에서 참여를 희망하고 또다시 찾아온 사람은 이명달이다. 김 목사는 그의 목적을 알기 때문에 조심스럽게 대답한다.

“믿지 못하기 때문이지요. 이 세상에 과학으로 증명하지 못하는 것이 많습니다.”

“목사님 인정합니다. 하지만 근사체험은 결국 꿈과 같은 일일뿐이지요, 꿈을 꾸고 나서 말한 이야기들입니다. 그런데 그것을 어떻게 믿겠어요?”

김 목사는 그의 의도를 모르기 때문에 침묵한다. 그는 노골적으로 근사 체험을 위해서 자기가 도와주겠다는 말을 하고 나섰다. 하지만 그의 목적을 이미 알고 있다. 자기의 생명을 돈과 바꾸려고 한다.

"전 인터넷에서 목사님의 글을 주의 깊게 읽었습니다. 하지만 사람들은 근사체험 자체를 믿지 못합니다. 현실에서 일어나는 일이 아니라는 점에서 부정합니다. 제가 그것을 어떻게든지 돕고 싶습니다."

"지난번 이야기와 같은 이야기군요. 안됩니다."

김 목사는 그가 찾아온 이유를 또다시 알았다. 그가 돕겠다는 말이 불가능하다는 것을 주지시키려고 여러 가지 말을 한다. 하지만 그는 끈질기게 자기의 뜻을 관철하려고 한다.

"근사체험이 뇌의 측두엽에서 일어나는 환각 작용의 일종이라는 주장을 합니다. 근사체험 자들이 말하는 것에 대해서 환상이라고 보는 것에 더 무게를 둡니다. 하지만 환상과는 아주 다르지요."

"과학적으로 증명하지 못해서입니다. 그래서 믿지 못하고…"

"아까부터 과학적이라는 말을 많이 하시는데, 모든 것을 다 어떻게 과학으로 증명하지요? 할 수가 없습니다. 근사체험도 과학으로 증명하지 못합니다. 우리가 꾸는 꿈도 사실과 일치하는 경우가 있습니다. 그렇지만 근사 체험과는 다릅니다. 꿈은 일관성이 전혀 없지만, 근사 체험은 반복성이 있습니다. 그 내용도 같거나, 비슷한 것을 일관적으로 체험합니다."

김 목사는 꿈과 근사 체험이 다르다는 것을 말했다.

"마약에 취한 것과는 어떻게 다릅니까?"

이명달은 엉뚱하지만 환각제 사용 후에 일어나는 현상과 어떻게 다른지를 물었다.

"마약복용 후의 환각상태와는 아주 다릅니다. 시험해 보지는 못했지만…"

김 목사는 자기가 조사한 자료를 토대로 마약에 대한 설명을 한다. 마약을 복용하면 일상과 다른 차원의 세계를 본다고 말한다. 하지만 환각과 근사 체험은 아주 다르다. 근사체험이 뇌의 산소 결핍에서 오는 것이라면,

모든 환자들에게 그런 현상이 나타나야 하지만 그렇지 않다.

"과학으로 밝히지 못하는 것들이 많습니다. 행복, 사랑이나 우정도 증명할 수 없다. 인문학적 영역을 과학으로 설명하기가 어렵다. 사후 생이 있음에 대해서도 마찬가지다. 하지만 분명히 존재한다. 죽음 직전에서 다시 살아온 자들의 체험적인 이야기를 들어봐도 알 수 있습니다."

"그것을 어디까지 인정해야 하는지가 늘 문제지 않습니까?"

"그렇습니다. 과학자들은 증거를 원합니다. 환각이나 꿈으로 보는 이유지요. 하지만 종교적인 측면에서 보면 천당이 있습니다."

"죽은 자는 말이 없습니다. 누가 그것을 증명합니까?"

"묻는 질문의 요지는 알겠습니다. 학문과 과학은 알지 못하는 것과 믿지 못하는 것을 밝혀내는 것이다. 하지만 모두를 밝혀 낼 수는 없다. 저승의 문제도 그런 것 중에 하나입니다."

이명달이 더 이상 할 말이 없는지, 김 목사의 말에 대답을 하지 않는다. 김 목사는 말을 계속한다. 말기 암 환자는 대부분 항암제를 복용하며 혼수 상태에서 죽음을 맞는다. 그들은 죽음에 대한 강렬한 거부감으로 인하여 엄청난 의료비와 장례비를 쓴다. 죽는 일은 마지막 가는 길이다. 죽는 자에 대한 최종의 예우로 장례비를 많이 써야 한다. 그러나 그 부담은 살아 있는 자의 부담이 된다. 만약에 확실히 저승이 있고, 친당이 있다는 것을 알면, 그렇게 몸부림을 치며 이승의 이별을 서러워하지 않아도 된다.

근사체험 연구는 결국 경제 이론과도 일치하게 된다. 치료비와 장례비를 줄인다. 죽음을 애도하는데 들어가는 물질적 소비를 줄일 수 있다. 다시 말해서 축하할 일이 되는 것이다. 죽음 뒤 저편에 세계가 존재한다는 가설은 언젠가 확인이 될 것이다. 김 목사는 확신한다고 말했다. 하지만 사람을 죽음으로 몰고 가면서 까지는 그 일을 할 수 없다고 했다.

"그럼 사실이라는 확신을 얻지 못합니다."

"부분적으로는 확신이 서지 않는다고 해도, 사후 세계를 인정해야 합니다. 증명하지 못하는 부분은 있다. 죽어 보아야 아는 일이기 때문이다. 하지만 총체적인 면으로 보면 확신할 수 있습니다.”

“전체성이 없습니다. 확신하신다는 말은 결국 불확실하다는 것을 스스로 인정하는 것입니다. 믿게 하려면 증거가 필요합니다.”

“믿음이 약한 자들은 더욱 믿지 못합니다.”

“믿음과는 관계가 없는 일이지 않습니까?”

“그렇기는 하지만, 분명히 천당은 있습니다. 사후 세계가 어떤 원리로 움직인다는 것을 알게 되면, 우리의 삶은 완전히 변하게 됩니다. 저는 그것 때문에 연구를 하고 싶습니다.”

“무모한 일이 아닐까요?”

“말을 함부로 해서는 안 됩니다. 그런 말을 하면서 어떻게 저를 돕겠다고 합니까? 우리가 불확실성에 매달리는 것은 비단 이러한 문제뿐만이 아닙니다. 달나라를 가겠다고 하는 것도 불확실성으로부터 출발하여 성공했습니다. 과학이란 원래 불확실성에 매달리는 것이지요, 그리고 그것을 밝혀내는 일입니다.”

이명달의 목적이 돈이라는 것을 김 목사는 알고 있다. 말로는 연구를 돕겠다고 하지만 그의 목적은 다른데 있다. 설득할 필요를 느낀다. 그래서 김 목사는 필요 이상의 말을 한다. 근사체험자들은 문화적 배경에 따라서 다른 것을 본다. 흥미로운 것은 문화적 배경에 따라 근사 체험에 대한 경험도 다르게 나타난다.

개신교 신자들은 마리아의 모습을 보았다고 한다. 불교 신자들은 빛과의 만남에서 부처를 보았다고 한다. 하지만 더 극명하게 차이를 보여주는 것은 장벽과의 만남에서다. 영혼이 이승에 남아있을 것인지 저승으로 갈 것인지가 결정된다. 환각이나 꿈과 다른 점이다. 근사체험자의 문화적 배경에 따라 다른 체험을 하는 것으로도 환각이 아니라는 것을 알 수가 있다.

"해석의 문제이지요?"

"그렇지 않습니다. 똑같은 문제를 보아도 다르게 나타납니다. 문화에 따라 다르다. 자기 자신의 경험에 비추어서 해석을 하기 때문에 그런 현상이 나타난다. 불교 신자는 석가를 본다. 기독교 신자는 하나님을 본다. 무신론자들은 부모나 아내를 보았다고 주장합니다."

이명달은 말을 하지 않는다. 흥미가 있어서다. 김 목사는 계속 말한다. 평소에 꿈을 잘 기억하는 사람은 근사체험도 잘 기억한다. 그래서 영적 능력이 강한 사람은 근사체험을 기억하는 확률이 높다. 누구도 죽어 보지 않고는 천당이 있다는 것을 알 수 없다. 그것이 연구의 한계이며 범위이다. 하지만 천당은 분명히 있다. 김 목사는 그것을 더 구체화하기 위한 연구를 계속하겠다고 한다. 하지만 그 일을 위해서 사람을 죽일 수는 없다. 그래서 이명달의 근사체험 제안을 거부한다.

11.

이천상이 얻어 놓은 아지트의 임대 기간은 이미 만기가 되었다. 그는 인숙에게 알리지도 않고 해약을 해서 돈을 회수했다. 그녀는 돈이 필요하다. 이천상은 자기 돈을 잃지 않으려는 방편을 취했다. 그들은 동상이몽을 하고 있다. 인숙은 그를 통해서 남편의 문제를 해결하려고 하지만, 이천상은 이제 정리할 때가 되었다는 생각을 한다.

인숙은 마지막 기대를 걸었던 이천상에게서 배신감을 맛보았다. 돈 때문에 몹시 기분이 상했다. 하지만 남편을 구원하기 위한 다른 방법이 없다. 그래서 전에 나가던 노래방으로 찾아갔다.

"웬일이십니까? 신수가 훤해 보입니다."

"무슨 그런 말씀을, 요즘 죽을 맛입니다."

"무슨 일이 있습니까?"

"남편이 사업에 실패를 해서 아주 곤란합니다."

인숙은 더 이상 이야기를 하지 않고 돈을 꿔 달라는 말을 했다. 하지만 노래방 주인은 아주 약아빠진 사람이다.

"저의 사업장에 나오시면 돈을 꾸어 드리지만, 그렇지 않아서…"

인숙은 그런 말이 무엇을 의미하는지 알았다. 실천하기가 어렵다. 이미 룸살롱에도 빚을 진 것도 많다. 주인 남자의 이글거리는 눈이 싫었다. 그녀는 할 수없이 포기하고 노래방을 나왔다. 이천상과도 연락이 끊겼다. 그는 재빠르게 전화번호를 바꿨다. 엉뚱한 사람이 전화를 받았다. 사람이라는 것이 묘하다. 서로 좋아할 때는 아무 문제가 없지만, 서로가 등을 돌리면 하루아침에 적이 된다.

인숙은 너무 서운해서 이를 간다. 하지만 어떻게 할 수가 없다. 그의 직장으로 찾아가기도 어렵다. 이천상이 미리 대비한 흔적들이 보인다. 인숙은 남편이 구속되고서야 정신을 차렸다. 하지만 엎질러진 물이다.

부자유

1.

인숙은 아주 오래간만에 김 목사를 찾아가 도움을 청한다. 술집에 나가면서 교회에 나가지 못했다. 그 이유는 어쩐지 마음에 걸리고 죄를 짓는 것 같아서다. 하지만 남편이 구속되고 나서야 정신을 조금 차렸다. 남편에 관한 해결책이 있는지를 상의하고 싶어서 그를 찾았다.

"뭐 걱정되는 일이 있습니까?"

"예, 집안에 아주 많은 문제들이 있어요."

"그래요. 몰랐습니다. 교회에 얼굴을 자주 보여주지 않는다는 생각만 하고 있었어요. 무슨 문제입니까?"

"남편이 폭행죄로 구속되었어요,"

"저런! 그 착한 분이 누구를 폭행해요?"

인숙은 더 할 말이 없었다. 그들 부부를 믿음이 강한 부부로 그는 알고 있다. 그녀는 그것이 탄로 나는 것 같아서 입을 다문다.

"어려움이 많겠군요. 하지만 참으셔야 합니다. 그리고 기도를 많이 하세요, 저도 남편을 위해서 기도를 하겠습니다."

"고맙습니다."

부자유 183

김 목사가 염려해 주는 덕분에 그녀는 조금 안정이 되었다. 하지만 돈 이야기는 꺼내지 못한다. 성직자에게 큰돈이 있을 턱이 만무하다. 더욱이 퇴임한 원로목사다. 그가 도와주기에는 너무 큰돈이기 때문에 더 이상 말을 하지 않는다.

"목사님, 제가 할 일이 없을까요?"

"그렇지 않아도 직장을 가져야 하겠다는 말을 들은 후에, 제가 생각을 좀 했었습니다. 저하고 같이 일을 해보면 어떨까요?"

"무슨 일이지요?"

"하나님을 연구하는 일이지요."

"그런 일은 목사님 같은 분들이나 하는 거지요. 저같이 무식한 사람이 어떻게 그런 일을 하나요?"

"그렇잖아요. 아무튼 저와 같이 일을 하도록 해보죠, 하지만 많은 보수를 줄 수가 없어요. 그저 교통비와 생활비를 조금 보태 주는 정도 밖에는, 그래도 그것을 하시겠다면 결정을 하시고, 연락을 해주세요."

인숙은 일자리가 생겼다는 것이 몹시 기뻤다. 술집에 나가는 것처럼 돈이 생기지는 않겠지만, 최저의 생활보장이 될 것이라는 생각 때문에 매우 만족스러워 한다.

2.

영호는 감옥에서 자기 분을 새기지 못해서 매우 우울한 생활을 한다. 자기 잘못도 크지만, 아내의 잘못으로 가정이 파괴되었다는 생각을 한다. 누구든지 일이 생기면 남으로 탓으로 돌린다. 하지만 모든 잘못은 자기로부터 생긴다. 영호 역시 그러하지만 그것을 아내의 탓으로 돌린다. 그는 심성이 착한 사람이다. 살아오는 동안에 다른 사람들과 언쟁을 하며 다투는 일이 별로 없었다. 하지만 다단계 판매 회사에 다니면서 부쩍 많은 다툼을 하고 살았다.

장사를 하면서 다투는 일이 없을 수는 없다. 이 세상을 혼자 살지 않기 때문에, 일상에서 크고 작은 다툼이 늘 생기게 마련이다. 하지만 자기 수양이 좀 더 되어 있었다면 이번 같은 일은 피하고 살았을 것이다. 그는 거기까지 생각이 미치자 한숨을 내 쉰다. 마음을 가라앉히기 위해서 성경에 의지한다.

그는 읽던 성경책을 다시 읽는다. 심정이 차분해지며, 왜 그렇게 혼란 속에서 살았는지를 후회한다. 감옥에 들어오고서야, 산다는 것이 별것이 아니라는 생각을 한다. 언쟁과 다툼은 상호간의 주장이 대립되면서 생긴다. 누구나 자기주장이 옳다고 하는 데는 반드시 그럴 만한 이유가 있다.

옛날 말로 처녀가 애를 낳아도 할 말이 있다는 말이 있다. 우리의 삶 자체가 많은 대립 속에서 살게 된다. 이런 다툼은 크고 작음에 관계없이 서로에게 상처를 준다. 그래서 때로는 그냥 간과하고 넘어가는 것이 더 유익하다. 하지만 사람은 감정의 동물이기 때문에, 다투게 되어서 늘 문제가 된다. 영호 역시 돈 몇 푼 때문에 사람을 때리고, 그 처벌을 너무 과하게 받고 있다. 그렇게 된 것도 결국은 남의 잘못이 아니라, 자기 수양부족에서 온 것이다.

"조금 참았으면 될 것을 참지 못하고 폭력을 휘둘렀으니…"

영호는 눈물이 많은 사람이다. 자기도 모르게 침회의 눈물이 흘러 나왔다. 그냥 참았으면 좋았을 것이다. 기물을 던진 것이 후회가 되었다. 그래서 화를 불렀고 가족에게 상처를 주었다. 더욱이 아내를 원망하는 것도 자기의 부족이라는 생각을 한다.

지금 사람들은 예전보다 많은 스트레스를 받으며 산다. 그래서 조화를 이루지 못하고 다툰다. 조그만 일도 흥분해서 큰 사건을 만들어 낸다. 그 이유는 개인적인 성격 탓도 있지만 사회적 여건도 그런 현상을 만들고 있다.

영호 역시 별것이 아닌 일이었지만 크게 비화되었다. 그는 위해성이 있

는 마약을 팔지는 않았다. 성인용품을 팔았다. 그것이 마약을 판 것으로
둔갑되었다. 너무 억울하지만 세상일이 자기 의지와 관계없이 일어나는
것이 많다. 영호는 그것을 실감한다.

그래서 현명한 사람들은 다투는 일을 삼가 한다. 까마귀 노는데 백로야
가지 말라는 말이 있다. 군계일학이라는 말도 있다. 못된 무리들이 노는
곳에 가면 흙탕물을 뒤집어쓰게 된다. 착한 일을 보면 이를 본받아 행하
고, 자신의 과실을 알면, 반드시 이를 고치라는 말을 성경에서 읽었다.

영호는 후회한다. 착한 일을 못했다. 나쁜 일을 하면서도 죄책감을 몰랐
다. 잘못한 일은 뒤늦게 알았지만 고치지 못했다. 작은 일을 소홀히 하면
큰일을 그르치게 된다. 작은 일에 충실치 못한 사람은 큰일에도 충실치 못
하다. 그가 다른 사람을 해친 것도 따지고 보면 그런 이유다. 자기 잘못을
남의 탓으로 돌리려 해서는 안 된다. 모든 죄의 인자는 자기에게 있다. 그
는 성경을 통해서 많은 깨우침을 얻는다. 육신은 감옥에 있어서 부자유스
럽지만, 점차 마음의 안정을 찾아가면서, 성경을 읽는 일에 몰두한다.

3.

영철은 학교에서 퇴학을 당하고 독서실을 전전했다. 하지만 독서실에
서 공부에 열중하지 못한다. 동영상물을 보거나, 게임 놀이에 빠져들면서,
적당히 시간을 허비했다. 하지만 결국은 학업을 포기했다. 한참 공부할 나
이에 공부하지 않으면, 아무 것도 얻지 못한다. 봄에 씨앗을 뿌려야 가을
에 거둘 것이 있다. 청년 시절에 배우지 않으면 노년에 아무 것도 얻을 것
이 없다. 그는 그것을 모른다. 아주 잘못된 방향으로 간다. 부모가 반듯하
게 서지 못한 것이, 아들에게 영향을 미치고 있다. 그는 공부라는 것에 대
해 부정하며, 필요 없다는 엉뚱한 생각을 한다.

"너 요즘 공부는 안 하니?"

"흥미를 잃었어, 공부가 사는 데 전부가 아니지 않니?"

"누가 좋아서 공부를 하니, 나중에 후회하지 말고 공부를 해,"

어느 날 도서관에 멍하니 앉아 있는 그에게 학교 친구가 말을 걸었다. 하지만 영호는 그의 말에 귀를 기울이지 못한다. 우리사회는 많은 학식을 요구하지 않는다. 배우지 않아도 살아가는데 별 문제가 없다. 세상이 썩었기 때문에 공부를 해도, 별 도움이 되지 않는다. 열심히 공부해도 취직이 안 된다. 그럴 바에는 무엇이든지 할 수 있는 기술을 가지면 된다. 물질이 세상을 지배하기 때문에, 돈 버는 것이 더 먼저다. 영호는 학업이 별로 중요치 않다는 말을 한다.

"우리가 공부하는 것이, 마치 좋은 학교를 진학하기 위해서 하는 일처럼 알고 있지, 난 그게 틀린 답이라는 것을 알아,"

"하지만 그게 우리 현실이고 목적이잖아, 그런 이유가 공부에 매달리게 하지?"

"그런 목적이라면 공부를 하기 싫어,"

영호는 친구의 말에 반박하면서 많은 이야기를 한다. 모두들 열심히 공부하지만, 사상도, 문회도, 학문도, 존재하지 않는나. 신학을 위해서만 공부하지만 입시 위주의 학습에 매달리는 것은 좋지 않다. 누구나 다 알고 있지만 개선되지 않는다. 그 이유는 상업성이 머리에 깔려 있기 때문이다. 좋은 대학을 가야 출세를 할 수 있다. 실제로 그런 현상이 일어나고 있다.

역사적으로도 공부는 농경 사회를 이탈하는 현상에서부터 더욱 진화되었다. 봉건사회가 서서히 무너졌다. 농촌을 떠난 사람들이 도시로 몰렸다. 따라서 새로운 환경에 적응하기 위한 노력이 필요했다. 그런 방편 때문에 새로운 학문들이 생겼다. 일자리를 얻기 위해서 그것을 터득했다. 자기의 문제를 해결하기 위해서, 공부란 것을 필연적으로 심화 발전시켰다. 그것이 초기의 교육 목적이었다.

영호는 교육에 관한 자기주장을 친구에게 말했다. 요즘의 공부는 먹고 살기 위한 방편으로 하고 있다. 그것은 진정한 학문 연마가 될 수가 없다.

고기를 잡는 기술이 필요하다. 공부가 소수의 특정인에게만 필요하다고 보았던 시대가 있었다. 대학이 공부를 전문으로 하는 사람들을 양성하고, 그들이 무식한 다수 민중을 지도하며, 감독하는 일을 하기 위해서라는 인식이다. 그 시기의 교육은 어디까지나 전체적, 전인적 교양을 중심으로 했다.

교양이란 것도 사회 속에서 자기의 위치를 알고, 사회를 위하여 자기가 할 일을 탐구하는 것으로, 개인의 사회적 자각을 가능하게 하는 일이었다. 이러한 공부의 전통은 모든 사람들에게 공부가 가능해진 지금도 기본적으로는 변하지 않았다. 하지만 시대에 따라서 교육의 추구 내용과 과정은 많은 변화를 했다. 식민지 지배하의 교육은, 서양의 근대 지식체계를 무조건 이상화한 교육이었다. 산업화가 몰아친 60년대는 토막지식을 얻기 위해서, 암기 위주의 교육이었다. 전인교육이 아니라 먹고살기 위한 방편의 교육이 지배적이었다.

사람은 혼자 살수가 없는 사회적 동물이다. 그래서 혈연, 지연, 학연을 맺고 산다. 개인이라는 영역을 일탈하여 특수한 무리를 만든다. 공부를 한 지식인들이나 그렇지 못한 사람들도 마찬가지다. 그들 나름대로의 집단화를 이루고 산다. 이러한 현상은 여러 가지 부작용을 낳는다. 계층 간의 집단화를 만든다. 자기 출세를 위한 수단, 권력유지, 정권쟁탈유지 등의 목적으로 나타난다. 하지만 공부의 본질은 자아를 확립하는 과정이 되어야 한다.

공부란 어떻게 살아야 하는가에 대한 문제로부터 출발해야한다는 견해가 있었다. 그래서 언어를 익히고 고전을 읽었다. 사회 변화에 적응하기 위한 방법을 알기 위해서 공부를 하였다. 많은 사람들이 특권층이 되기 위한 목적으로 공부를 했다. 학문적 연구와 신사고를 만들어 내기 위해서, 출세 지향을 위해서, 주경야독하며 공부에 매진했다.

또한 교양이란 사회 속에서, 자신의 위치를 알고, 사회를 위해서, 무엇을 해야 하는지를 아는 상태다. 지혜란 자연 본성인 선의 완전성을 회복하는 것이다. 이를 위해서 학예와 덕이 필요하다. 그것을 자각하자는 것이 공부이고, 지혜를 탐구하는 것이 학문이라고 보았다.

영철은 자기 나름대로 공부에 대한 당위성과 논리성을 편다. 누구든지 공부를 잘하기 위해서는 소질이 있어야 한다. 수련이 필요하고 지속적인 학습이 필요하다. 대상을 쉽게 정리하는 능력과 천부적인 재능, 학습에 열중하는 집중력과 끈질긴 인내심이 있어야 한다. 그래야 다른 사람보다 공부를 더 잘하게 된다.

공부는 하나의 모럴이 되어야 한다. 살아가는데 필요한 진실이어야 한다. 도덕 윤리관이어야 한다. 자유스러움과 함께 이루어져야 한다. 공부의 목적이 어떤 권위나 권력을 위해서 정진하는 것이 되어서는 안 된다. 하지만 오늘날 그렇지 못한 면이 있다. 그렇게 보면 현재 우리의 교육 방식을 개선해야 한다는 말을 했다.

교수나 교사가 교육방식을 바꾸면 공부도 바뀌게 된다. 자발적으로 공부하는 방식을 가르쳐야 한다. 그렇게 하기 위해서는 지금의 교육 방식으로는 그것을 이루기가 어렵다. 영철이 학교를 뛰쳐나온 이유도 그런 점이라는 자위를 스스로 말한다. 하지만 역사적으로 보아도, 지금까지의 교육이 반드시 이론을 바탕으로 완전히 올바르게 견지된 적은 없다. 나름대로 시대에 따라서 오류를 포함한 교육이 이루어지며 개선되었다.

그는 그것을 간과하고 있다. 어떻게 늘 교육이 옳은 방향으로만 이루어지겠는가, 그렇게 할 수 없는 것이 교육의 본질이다. 누구든지 스스로 자아를 추구하고, 발견하려는 탐구적 학습 방법으로 나가야 하지만, 쉽게 변화시키기가 어렵다. 교육자들이 기득권을 지키려는 것에서부터 그 해답이 막힌다. 영철은 어느 날 있었던 학교의 일을 말했다.

"학생과 선생님이 같아?"

영철이의 책상 위에 놓인 우유를 선생님이 낚아채며 쏘아붙였다.

"선생님은 책상에 우유를 놔두면서, 왜 저는 안 됩니까?"

선생님은 눈을 부릅떴다. 선생과 학생이 다르다. 수긍 할 수가 없었다. 너무 분통이 터져서 대들었다. 교사는 하면서 학생은 못하게 했다. 아무리 교육적이라고 해도 설득력이 없다. 그렇다면 그것은 바른 교육이 아니다. 이처럼 우리의 교육 현장에는 많은 난제가 있다. 선생들이 교권을 찾으려는 노력도 그렇다. 그러면서 선생이 난폭하게 학생을 체벌한다. 학생에게 시험지를 유출한 일이 있었다. 답을 알려주면서 어떻게 교권을 주장하겠는가, 그래서 서로를 불신한다.

"옛날에는 스승의 그림자도 밟지 않았지,"

"너! 그 사건을 두고 하는 말이니?"

"아니야, 잊었어, 이제 관심도 없어,"

영철은 또다시 친구에게 말했다.

"요즘 누가 선생님을 존경해야 한다고 하면 미친 사람으로 보지,"

학교 칠판에 수학 문제를 못 풀어내는 선생님을 바라보다가, 학생들이 포기하고 잠을 잔다면, 그것을 야단칠 수가 없다. 하지만 혹독하게 야단을 맞는다. 영철은 그것이 교권이라고 하면 억지라고 말한다.

"너는 모든 것을 나쁜 쪽으로만 보는데 문제가 있어. 물론 그런 점도 있기는 하지만,"

영철의 말을 듣고 있던 친구는 그를 더 문제아로 본다. 하지만 그는 말을 계속한다.

"교사의 이중적 태도가 문제지, 학생들의 두발 자유화에 대해서는 인권이 존중되어야 한다고 하면서, 선생님들에 대한 다면 평가제는 학생들이 올바른 평가를 내리기 어렵다고 보아서 반대를 하지, 아주 웃기는 이야기지, 너는 어떻게 생각해?"

"글쎄, 모순이 좀 있지만, 전체 선생님들이 그런 것은 아니잖아,"

교사와 학생이 조그만 일에도 대립한다. 서로를 탓한다. 그 사이에 학부

모까지 가세하여서 중립을 지키지 못하는 사례가 빈번해진다. 교육 현장이 망가지게 된다. 하지만 지금 우리 교육 현장은 모든 것을 남의 탓으로만 돌리고 있다.

교육의 본질은 교사의 기득권이 아니다. 얼마나 학생을 잘 가르치느냐다. 학생들 역시 공부를 잘하기 위해서는 스스로의 소질, 재능, 학습 능력이 필요하다. 교사와 학생이 하모니를 이루어야 한다. 각자가 할 일을 제대로 해야 한다. 그래야 바른 교육이 구현된다.

"나는 공부를 포기할래,"

"무엇을 말하려고 하는지는 알겠는데, 그럼 어떻게 하려고 그래?"

"공부를 해야 한다는 고정관념을 깨고, 내 갈 길을 갈 거야,"

"그게 말처럼 쉽겠니? 거대한 수레바퀴를 역으로 돌리지는 못해,"

영철의 말에 대해 친구는 쉽게 동의하지 못한다. 영철은 공부를 포기하고 자기가 하고 싶은 일을 하겠다고 말한다. 하지만 그는 구체적으로 무엇을 어떻게 해야 하는지를 생각하지 못한다. 단지 지금의 상태를 변명하면서 방황을 하고 있을 뿐이다.

4.

심 목사가 지금 읽고 있는 책은 인도철학서이다. 기독교 사상과 비교하는 계기로 읽고 있다. 인도에서는 윤회 사상을 상식처럼 생각하고 있다. 하지만 다른 문화권에서는 전혀 믿지를 못한다. 결국은 문화적 차이에서 생기는 괴리감이고 꿈이라는 주장을 하기도 한다. 사후 생이 존재한다는 것을 많은 사람들이 믿으려고 하지만, 그것을 믿지 않는 쪽은 반신반의한다.

"근사체험을 연구하는 자들은 윤회 사상을 믿겠지,"

"지금까지의 인류는 사후 세계에 대해 긍정적이었어,"

그가 책을 읽고 사색에 빠져 있는 데, 변 박사가 찾아왔다. 그가 내던진

화두에 대해 김 목사는 긍정적으로 대답했다.

"우리의 조상들은 어떤 형태로든지 사후 세계가 있다고 보아 왔지, 그래서 그 죽음에 대비하자는 것이 강했어, 신에 대한 확신을 많이 가지고 있었지,"

"물론 맞는 말이기는 해, 하지만 그것을 늘 반신반의하는 쪽도 많아, 그래서 그 실체를 밝히려고 하는 노력이 있었지,"

"눈에 보이는 현상만을 믿는 풍조는 예전이나 지금이나 같아, 하지만 신을 형상화하기는 어려워,"

김 목사는 신이라는 것을 과학으로 증명하지 못한다는 점을 그에게 말했다. 눈에 실제적으로 보이는 현상만을 믿는 것이 과학이라고 보면 실제를 증명하기 위해서는 다른 증명이 필요하다. 근사체험 역시 그러한 것으로 죽어 보지 않고는 밝혀 낼 수가 없다는 점을 말했다.

"종교인들은 천당이나 지옥이 반드시 있다고 믿지, 하지만 무신론자들은 그 반대로 생각하고,"

"그걸 누가 모르나, 뭘 이야기하려고 하는지 모르겠네?"

변 박사는 그가 말하려는 것이 무엇인지를 가늠하지 못해서 반문한다.

"하나님의 실체를 누가 밝혀내야 하는가, 종교 학자나 과학자의 힘으로 해결되어야 하지만 그렇게 하지 못하고 있지, 죽음 직전까지 갔던 근사체험자들이 그 체험을 입으로 말한 것이 전부이기도 하고,"

근사 체험자는 종교인도 있고 무신론자도 있다. 그래서 그들의 말이 중구난방이다. 일관성이 없다. 그래서 서로 다른 말이 나온다. 하나님을 보았다. 석가를 보았다. 아내와 어머니를 보았다고 말하기도 한다. 그렇다면 어느 것이 옳은가, 문화체험에 따라 다른 답을 가져다주기 때문이다. 진실을 밝히기 위해서는 언제나, 어디서나, 반드시, 틀림없이, 옳아야 하는 철학자 칸트의 이론이 전제된다. 그렇다면 근사 체험은 꿈인가, 환각인가, 믿음인가의 문제에 부딪친다. 모든 것을 과학으로 증명하려는 것도 모순이지만, 모든 것을 신적으로나, 무신론으로 증명하려는 것도 문제다.

근사체험을 하고 나면 사람이 사는 것이 별 것 아니라는 생각을 하게 된다. 이승에서 물질에 빠지거나, 주변에서 자기를 높게 평가해 주는 일이, 별 것 아니라는 생각에 빠지게 된다. 그렇게 되면 결국은 인생은 무에서 무로 돌아가는 허무를 말하게 된다. 영적인 것을 더 우선시한다. 다시 말해서 과학의 힘을 더 믿는 것이 아니라 영적 세계를 더 믿게 된다.

"하나님과 석가를 더 믿는 쪽으로 가게 되지,"

"자네 말대로라면 결국 근사체험의 전제가 믿음과 관련이 있다고 보게 되는데, 그런 것이냐?"

"아니지, 무신론자에게도 나타난다는 것을 말했었잖아,"

그것이 결국 근사체험과 환각의 차이점이다. 그래서 불신자들이 지옥으로 떨어지고, 유황불이 타오르는 음산한 지옥으로 떨어지는 것이 당연하다. 사람들은 실험을 통하여 얻어지는 것만을 믿으려고 한다. 하지만 그것이 잘못된 것이라는 것을 인정하는 데서부터 저승의 세계가 인정된다. 어떻게 보는 것을 승명하겠는가, 죽음 뒤에 있을 일들을 밝혀내는 일은 더욱 어려운 일이다.

근사 체험자들이 비웃음을 살까 봐, 입을 다무는 것에서도 저승이 있다는 것을 밝혀내기가 어렵디. 환각의 상대라고 해도 그것을 다 형상화해서 말하기는 어렵다. 화자 쪽이 불확실하게 말한다. 듣는 쪽은 더 애매모호하게 듣게 된다. 따라서 제대로 이해하지 못한다. 그런 이유로 저승의 세계를 더 믿지 못한다. 마음을 닫음으로써 더 진리를 밝혀 내지 못하게 된다. 모든 사람들이 죽음의 두려움과 공포에 사로잡히지 말고, 평온 속에서 축복을 받으며, 저승으로 가야 한다. 하지만 현실은 그렇지 못하다. 그런 이유로 근사체험 연구에 매달린다.

"이해는 가네, 하지만 저승으로 가기 위해서 무엇을 준비해야 하지?"

"목사인 나도 잘 모르겠네, 신도들에게 무슨 말로 천당에 가기 위한 준비를 하라고 해야 하는지도, 구체적으로 무엇을 준비할 수 있는 지도, 하지만 모든 사람들이 언젠가는 이승을 하직하는 날이 있네, 그렇다면 그날을 대비하자는 것은 좋은 일이지, 그것을 모두가 인정해야 하네,”

　“물론 모든 사람은 죽지, 목숨을 가진 생명체들은 모두 죽는다는 것은 아무도 부정하지 못해, 그렇지만 사는 동안 늘 죽음을 생각하고 살수는 없지, 그렇게 되면 우울증에 빠져서 행복한 삶을 살지 못하지, 성직자가 하는 일도 행복하게 살자는 것 아닌가?”

　“그것은 원론적인 이야기고, 각론으로 보면 저승으로 가기 위해서 무엇인지 준비가 필요하다는 것이지, 그게 무엇인지는 모르지만…”

　김 목사는 말을 계속한다. 죽음 뒤에 오는 저승을 맞이하기 위해서 이승에서 준비해야 할 것이 있다. 그것은 돈이나 권력이 아니다. 배움을 통한 깨달음과 사랑이다. 이러한 깨달음을 얻는 것이 필요하다. 어떤 방법으로든지 이승을 하직하고 저승으로 가기 위한 준비를 잘해야 된다. 이승에 많은 빌딩과 땅을 가지고 있어도 아무 소용이 없다. 저승으로 가지고 가지도 못한다. 그저 목에 풀칠하기 위해서 허덕이는 일에 몰두하다가, 그냥 저승으로 가는 것일 뿐이다. 그렇게 살다가 저승으로 가는 것을 막기 위해서도 근사체험의 연구는 지속되어야 한다. 저승이 있다는 것을 어떻게든지 밝혀내야 한다. 그는 변 박사에게 여러 가지로 설명한다.

5.

　인숙은 남편을 만나러 감옥으로 갔다. 영호는 밝은 표정으로 아내를 맞는다. 그는 성경을 읽으면서 많은 것을 자각하고, 이제 마음의 안정을 찾아가고 있다. 하지만 그녀는 어딘지 불안한 마음으로 남편을 바라다본다.

　“인간은 너무 미약한 동물이야, 그것을 이제야 알았어, 내가 당신을 원망할 수 없는 것처럼 당신도 나를 심판해서는 안 되어,”

　“그건 무슨 소리냐, 내가 누구를 심판해?”

“오직 하나님만이 우리를 심판할 수 있어,”

“그걸 모르는 사람이 어디 있어?”

“죄를 짓고서야 알게 되지, 나 역시 그랬으니까, 당신도 열심히 믿어야
돼, 술도 이제 그만 마시고,”

“술 마실 시간도 없어,”

“왜, 매일 마시고 살았잖아?”

“이제 집에만 있어, 술집을 그만 두었어,”

“그래! 참 잘했다. 내가 이제 당신을 믿을 수가 있겠어,”

영호는 그런 말을 했지만 한편으로는 불안했다. 아내는 무엇이든지 일
을 저지르는 성격이다. 그것을 알고 있기 때문이다. 아내가 돈이 떨어지면
나오는 행동을 누구보다도 잘 알고 있다.

“그럼, 무슨 일로 소일해? 아무튼 다행이야, 우리는 하나님의 손안에서
존재해, 숨도 쉬고, 마시며 먹는다는 것을 잊지 말아,”

“편한 소리한다. 어떻게 사는지는 안 물어 보고,”

“집이라도 팔아서 써, 이제 그 방법 밖에는 없잖아, 내가 감옥에서 나가
면 어떻게 살게 되겠지,”

영호는 성자처럼 말했다. 하지만 인숙은 남편을 멍하니 바라다보기만
한다. 지금 하루하루 살아가는 것이 힘이 든다. 남편은 그것을 모르고 편
한 말을 하고 있다. 하지만 그는 말을 다시 계속한다. 늘 자기 자신을 낮추
고 남을 심판해서는 안 된다. 혼자는 살수 없기 때문에 더불어 사는 것을
배워야 한다. 매사에 감사해야 한다. 서로를 사랑하고 의지하며 돕고 사는
것이 인간이다. 하나님은 우리를 늘 보살피신다. 하늘에서 보고 계시기 때
문에, 흘러가는 대로, 내 몸을 내맡겨도 문제가 없다는 말을 한다.

“항상 명심해, 하나님이 계시다는 것을,”

“알았어, 몸조심해, 너무 성경책만 들여다보고 있지 말고,”

“오늘 일이 중요하고, 현재가 중요하지, 다시 돌아오지 않기 때문이야,

내가 아무 것도 해주지 못하지만, 당신을 위해서 늘 기도하고 있어, 당신을 사랑해,"

"완벽해지려고 하지 마, 당신은 그게 문제야, 일어나지 않은 일로 고민하지 말고,"

그의 훈계를 듣다가 인숙도 지지 않으려고 많은 말을 쏟아 낸다. 하지만 남편은 더 많은 말을 한다. 그 동안 성경책을 많이 읽었다. 그래서 성자처럼 그녀를 훈계한다. 무엇이든지 안 된다는 생각을 버리고, 기다리는 것을 배워야 한다. 그러기 위해서는 자신의 소중한 것들을 가슴에 넣어 둬야한다. 진정으로 자기가 원하는 것이 무엇인지 자신에게 물어 보아야 한다. 다른 사람과 부드럽게 주장하는 법을 터득해야 한다. 마음이 끌리면 거리낌 없이 그 일을 해야 한다. 결정을 내린 일은 밀고 나가야 한다. 순수한 어린아이들 마음으로 돌아가야 한다. 그렇게 하기 위해서는 하루에 한 번씩 자기가 한 일에 대하여 돌아보는 시간이 필요하다.

영호는 성자의 말을 흉내 내고 있다. 하지만 인숙은 한심한 생각이 들어서 눈물을 흘린다. 영호는 그 반대로 생각한다. 자기의 말에 감화를 받아서 울고 있는 것으로 착각한다. 그는 자기도취에 빠져서 또 다른 말을 계속한다. 어떤 일이든지 조화와 균형이 필요하다. 마음속에는 여유와 유머를 둘 공간을 두어야 한다. 남을 비판하려는 생각이 들면, 다투지 말고 침묵해야 한다. 그는 그것을 지키지 못해서 이렇게 그 대가를 치르고 있다. 마음속에서 주는 교훈에 귀를 기울여야 한다. 감옥에서 많은 것을 다시 배웠다. 그는 어린애들 대하듯이 아내를 훈계했다. 하지만 인숙은 당장 앞으로 어떻게 할지가 막막했다. 동상이몽을 하고 있다. 남편은 오랫동안 감옥에서 있어야 한다. 인숙은 여러 가지 생각 때문에 머리가 아팠다. 어떻게 문제를 해결하고, 처신하는 것이, 올바른 길인지를 고심한다.

6.

  사후 세계를 밝히는 것이 어렵다. 김 목사는 그것을 모르고 시작한 것이 아니지만 점점 회의에 빠진다. 사람이 죽으면 자신이 소멸하는 것이 아니다. 육체가 아닌 영혼으로 다시 태어난다. 죽음 뒤에 세계가 있다. 현세가 전부는 아니다. 사람들은 그것을 모른다. 단지 근사체험을 한 자들은 그것을 안다. 하지만 모든 사람이 다 근사 체험을 하고 죽는 것은 아니다. 그래서 소수의 사람만이 천당이 있다는 것을 안다. 그런 이유 때문에 많은 사람들이 천당으로 가기 위한 준비를 하지 못한다. 그가 깊은 생각에 빠져있다. 변 박사가 노크를 하고 그의 방으로 들어섰다. 하지만 문 여는 소리조차 듣지 못했다. 한참 후에 그가 온 것을 알고 상념에서 벗어났다.

  "인간은 세 개의 몸을 가지고 있지,"

  "엉뚱하게 그건 무슨 소리인가?"

  "힌두교 이야기지,"

  김 목사는 빈기운 표정으로 그에게 다소 엉뚱한 이야기로 화두를 꺼낸다. 베단차 철학 이야기를 한다. 인간은 세 개의 몸이 있다. 본래의 육체와 미묘체, 그리고 두 몸의 근원인 원인체로 나눈다. 사람이 죽으면 육체와 미묘체는 소멸되지만, 영체인 원인체는 끝까지 존재한다.

  "잘 모르겠네, 하지만 영체는 높은 영의 세계로 올라가는 것이 아닌가?"

  "육체가 죽으면 썩는다는 것은 다 알고 있지, 하지만 미묘체와 원인체가 함께 천당에 가지 못한다면, 그것은 아주 다른 이야기가 되지,"

  변 박사는 잘 이해되지 않지만 그냥 듣고 있다. 그러나 김 목사는 베단차 철학에 관한 말을 계속한다. 그들의 논리에 따르면, 영체는 빛의 형태에 가까운 진동의 형체가 일어나서, 영의 세계로 갈 수가 있다. 하지만 육신과 영체는 서로의 의사소통이 되지 않는다. 그 이유는 높은 진동수를 가진 영체가, 느린 진동수를 가진 육체의 뇌로 들어오지 못해서다. 그런 이유 때문에 인간계와 영계의 의사소통이 되지 않는다.

그들의 철학뿐만이 아니라, 영혼을 파장으로 파악하는, 과학자들의 주장도 같다. 그렇다면 사후 세계인 영계가, 종교에서 말하는 지옥과 천당의 개념과 일치하는지를 생각하게 되는데, 그것을 증명하기가 어렵다. 하지만 비슷한 파장끼리 모인다고 보면, 분명히 천당과 지옥이 있다. 나쁜 사람들이 갖는 에너지 파장과 좋은 사람들이 갖는 파장이 다르기 때문이다.

따라서 이로운 파장을 가져야 천당에 머물고, 그에 미치지 못하거나 과하면 지옥에 머무는 것이다. 범죄자들의 악한 마음을 가진 에너지의 파장은, 진동수가 낮아서 낮은 지역에 머물지만, 서로 배려하고 아름다운 마음을 가지고 있는, 영혼이 모인 영계는 천당에 머물 것이다. 따라서 악한 마음을 지닌 영혼들의 영계는 지옥에 머물게 된다. 변 박사는 그의 말에 대답하지 않고 있다.

"얼굴 표정에도 차이가 있지,"

"그건 무슨 뜻인가?"

영혼을 떠난 육체는 남녀노소를 불문하고, 하나같이 무표정한 얼굴을 하고 있다. 하지만 살아 있는 사람들의 얼굴 표정은 다르다. 시시각각으로 변한다. 육체에서 영혼으로, 영혼에서 육체로 변화한다. 그것을 얼굴표정에서도 알 수가 있다. 그래서 근사체험자들은 이승과 저승의 마지막 장벽 앞에서 얼굴 표정의 변화를 보인다. 이때에 착한 사람을 밝혀 낼 수가 있다. 천당으로 가는 사람의 표정은 매우 밝다.

따라서 새로운 신앙은 아름다움과 착함과 진실함으로 점철되어야 한다. 무력한 힘에서 지혜로운 깨달음이 있어야 한다. 가족에서 스승에게로, 신에게로 다가가야 한다. 다시 말해서 하늘의 천국으로 가는 믿음이 이루어져야 한다. 인간의 진정한 삶이란 것은 모든 것을 버리고, 자신만이 존재할 때 깨닫게 된다. 예수도, 석가도, 공자도 자기를 버리는 외톨이가 되고서야, 비로소 자기 안의 큰 힘을 발견해 낸 사람들이다.

"교회가 변화하고 있는 것을 알고 있지?"

"갑자기 그건 또 무슨 소리인가? 이 세상에 변화하지 않는 것이 있나, 모든 것이 변하지,"

"내가 말하는 것은 외형의 변화가 아니라, 정신적인 변화를 묻고 있는 거야, 지금 교회에서조차 하나님이 오신다고 하면, 신도들이 질색을 할 정도로 변했지, 절에 가보아도 불자들이, 이거 내가 가르친 신도들이 맞아 하고, 놀랄 정도로 행동이 비신앙적으로 변화되고 있어, 성직자들조차 그 점을 간과하고 있지,"

"무슨 이야기를 하려는지 알겠네, 그것을 극복하는 일은 간단하지 않네, 예수나 석가를 우상적으로 바라보지 않기 때문이지, 그들의 자애심과 신앙심을 배워야 일탈하지, 말로만 믿음을 가지라고 말하는 것이 아니라 행동으로 보여 주는 일도 필요하고…"

김 목사는 다시 말을 이어 갔다. 말로는 잘하면서 실천하지 않는다. 그렇다면 믿음이란 것이 무엇인지도 모르는 것이나 다름없다. 하지만 지금 믿는 자들은 입으로만 모든 것을 다한다. 사랑이 무엇인지, 박애가 무엇인지, 자비가 무엇인지를 모르면서 신을 믿는 일에 매달린다.

"불신자들에게 확실한 믿음을 주기 위해서는, 천당이 분명히 있다는 것을 증명해야 하네, 쉽지는 않지만…"

"글쎄? 매우 회의적이네, 저승을 위한 연구로 인해서, 사람을 죽일 수 있다는 점을 간과해서도 안 되고,"

"일반론에는 동의하네, 하지만 죽을 수도 있다는 것을 전제로 하지 않고서는 규명이 안 되네, 대가를 보상해 준다면 해보겠다는 사람도 있어, 하지만 목사가 어떻게 그런 일을 하겠는가, 말이 되지 않네, 그래서 진척시키지 못하고 있지,"

변 박사는 미소를 지며 그를 똑바로 쳐다보았다.

"그렇다면 그만 두게, 저승을 확인하기 위해서는 모든 방법을 동원해도 어려운데, 그렇게 못한다면 뻔해지는 이야기가 아닌가, 죽음이라도 불사해야 하고…”

김 목사는 그의 말에 동의를 하지 않을 수가 없지만 다르게 말한다. 모든 연구는 신사고에 의해서 시작된다. 안 되는 것을 되게 하는 것이 과학이라는 말을 했다.

“무슨 말이 일관성이 없나, 그럼 돈을 주고서라도 하겠다는 것인가?”

김 목사는 대답하지 않는다. 하지만 그의 의중을 읽을 수는 있었다. 누구든지 신의 존재를 확인하기 위해서 죽어도 좋다고 생각한다면, 그를 통해서 그런 일을 한번 해볼 수가 있다는 의지를 엿보게 한다. 이율배반적이다.

“목숨까지 버리고 그 일을 하겠다는 사람이 어디 있겠어?”

“한 사람이 있네, 카페의 글을 보고, 찾아온 신자가 있어, 이명달이라고,”

“용기가 무섭군! 그런 일을 하겠다니,”

“자네가 도와 줄 수 없나?”

변 박사는 대답하지 않았지만 도와주고 싶은 생각이 들었다.

“내가 어디까지를 도와주어야 하나?”

김 목사의 마음이 흔들리고 있는 것을 변 박사는 느꼈다. 김 목사가 갈팡질팡하는 면을 보인다. 누구든지 죽음을 각오하고, 자기의 연구에 협조하겠다고 하면, 받아들이겠는 말을 하면서도, 거부 의사가 있음을 보인다.

“자네는 그런 심성으로는 절대 아무 것도 못하네, 이것도 아니고 저것도 아니지 않나, 확실하게 하게, 그러다가는 아무 것도 못하네,”

“목사가 사람을 죽일지도 모르는 일을 하기가 쉽겠는가, 희망과 행복을 주는 일이 우리의 일이지, 그래서 번민하고 있는 것일세,”

“어렵지만 결정을 해야 하네,”

김 목사는 잠시 침묵하다가 결론적인 말을 다시 한다. 잘못하면 사람을 죽일 수 있다. 살인자가 되어 처벌을 받게 된다. 연구결과도 불확실하기 때문에 그 대가도 불확실하다. 하지만 어떻게든지 규명하고 싶다. 사람을 죽이지 않고, 연구결과물을 얻는 방법에 대해서 고심 중이라는 말을 한다.

"죽음에 대한 책임을 지지 않는 방법은 없네,"

"그건 지금 이야기하지 못하네, 결과론이기 때문에…"

"그럼 추진하겠다는 건가? 생각만 하다가는 한 발자국도 앞으로 나가지 못하네,"

"상식적으로는 답변을 말하지 못하네, 나는 단지 근사체험자를 모집한다는 말을 인터넷에 광고로 올렸어, 그 광고가 가난한 자들을 유혹하였는지 모르겠네, 물질을 제공할 것이라는 생각을 가지게… 하지만 이명달은 돈을 주면 하겠다고 하네,"

"그럼 돈만 있으면 연구가 진척된다는 뜻이냐?"

김 목사는 고개를 끄덕거렸다. 변 박사는 물질적인 것을 부담하라고 하면, 그것은 자기가 할 수 있다는 생각을 한다. 사람을 죽일지도 모른다는 생각에 겁이 나기는 했지만 그의 일을 돕고 싶었다. 목사가 그 일을 하다가 사람을 죽이는 것보다는, 자기가 그 일을 하는 것이 더 낫지 않겠는가 하는 생각에 빠진다. 하지만 그 일은 누가하든지 하나님의 뜻을 역행하는 일이다.

7.

인숙은 다른 일자리를 찾았지만 주부가 할 일이 많지 않다. 유흥가를 다시 찾은 것 외에는 다른 일자리를 구하기가 어렵다. 김 목사의 제안에도 선뜻 대답하지 못하고 있다. 그녀의 낭비벽이 충족되지 못하는 점 때문이다.

"일을 해야 해, 그래야 인간답게 살지,"

"그건 알지만 일자리가 없잖아,"

그녀의 남편이 감옥에서 한 말이다. 그는 노동에 대하여 일장 연설을 했었다. 김 목사와 당회장실에 마주앉아 있었지만 남편의 말이 생각났다. 일한 대가로 얻은 휴식은 일한 사람만이 맛보는 쾌락이다. 일하고 나서 취하는 휴식은 최고의 선이다. 가장 값싸고 좋은 시간소비방법은 항상 일하는 것이다. 그걸 모르는 사람은 없다. 하지만 젊은 청년들이 일자리가 없어서 놀고 있다. 영호는 일자리가 없는 슬픔이 제일 크다는 말을 했다. 인숙은 감옥에서조차 일자리를 걱정하는 남편 생각을 하면서 깊은 생각 속에 빠져 있다.

"어디 아프십니까?"

김 목사는 깊은 생각에 빠져 있는 인숙에게 차를 권하며 의아하게 생각한다. 그녀는 자기의 생각을 멈추고 어색한 미소를 짓는다.

"아닙니다. 말씀하시지요."

김 목사는 빙긋이 웃었다. 그리고 천천히 말했다.

"일자리가 없으면 답답하지요. 일하지 말고는 먹지도 말라는 말이 있습니다. 게으른 자는 나라님도 구제하지 못한다는 속담도 있고요. 하지만 일하고 싶어도 일할 곳이 없어서 노는 사람들이 많습니다."

"그렇습니다."

인숙은 긍정적인 대답을 했다. 그는 다시 한국의 노동시장에 대해서 언급했다. 하지만 인숙에게는 잔소리처럼 들렸다. 당장 아무 일거리나 있었으면 하는 생각에 그를 다시 찾았다. 그녀는 별다른 이야기를 듣지 못하자 초조해졌다. 하지만 그는 다시 말을 계속한다.

기업가는 이윤을 추구한다. 상품과 서비스를 판매하면서, 최소의 경비로 최대의 이익을 내려고 한다. 마찬가지로 고용관계에 있는 근로자들에게도 낮은 임금을 주려고 한다. 이런 부류들을 우리는 자본주라고도 말한다.

반대로 노동 소득자들은 자본소득이 없다. 이윤, 지대, 배당 같은 소득이 없기 때문에 상대적 빈곤 문제가 생긴다. 자본주의 국가에서는 어쩔 수 없는 현상이다. 하지만 경제정책이나 조세정책으로 해결해야 한다. 그것이 미약하기 때문에 근로자들이 고통을 받고 있다.

근로자들은 저축을 하지 못해서 새로운 자본축적이 안 된다. 하지만 자본가들은 그 반대다. 잉여가치를 창조하는 노동력을 고용함으로써 자기자본 확대를 이루고, 새로운 투자를 한다. 이러한 연속성은 빈익빈 부익부를 현상을 만든다.

자본축적은 자본주의 경제에서 가장 중심적인 경제력이고 원동력이다. 정부는 재정 지출의 증감을 통해서, 가계나 기업의 부에 적극적인 관여를 함으로써, 소비가 촉진되면 분배 문제가 동시에 해결되기도 한다. 대량 소비사회란 경제의 정보화, 서비스화에 따라서 사람들의 관심을 양적인 것에서 질적인 것으로 변화시켜 나간다. 하지만 빗나가는 일이 많기 때문에 오류를 범한다. 그것을 인정하고 보면 자본주의라는 것이 모순 덩어리 같아 보이지만, 그래도 사회주의를 능가하는 발전을 계속한다.

인숙은 경제 강의를 듣고 있을 정도로 한가롭지 못해서 하품이 나왔지만 참고 있다. 하지만 그는 다시 말한다. 풍요로운 사회란 생활수준의 향상이 일어나는 것이지만, 공적 문제의 개선을 전제로 한다. 자동차를 많이 생산하여 편리하게 사용해도, 그에 따른 노도 개선이 안 되거나, 공해 문제를 수반하였다면, 풍요로운 사회가 되지 않는다.

삶의 질이란 만족감, 안정감, 행복감의 주관적 의식을 규정하는 복합적 요인을 갖는다. 삶의 질이 낮은 단계에 있는 절대 빈곤은, 기본적인 생계 유지를 위해서 최소한의 절대적인 필수품이 필요하다. 이에 대한 결핍을 충족하기 위해서는 부유층보다 더 많은 노력을 한다. 하지만 빈곤층은 늘 육체적으로, 정신적으로 고단하거나 불안하며, 그런 상태의 지속은 빈곤의 상태를 더욱 심화시킨다.

"너무 어려워서 무엇인지 모르겠어요."

인숙이 참다못해서 그만 그쳐주기를 바라는 마음으로 한마디를 했다.

"왜 제가 이런 말들을 하는지 알겠지요, 일자리가 없어서, 집사님 가정처럼 문제가 되는 가정이 많아서, 이런 말을 하고 있습니다. 몇 천원의 수돗물 값이 없어서 단수가 되고, 빗물을 받아서 먹는 사람들이 있습니다. 그 문제를 이야기하는 것입니다."

그는 성직자로서 빈곤층의 어려움을 도와주지 못하는 점에 대해서 말하고 있다. 그들에게 일자리를 주어야 한다. 무엇이든지 일을 함으로써 성취감을 얻도록 하는 일이 필요하다. 이러한 성취감은 문화적, 사회적 위치에서 다르고, 과업의 수행 능력에 따라 다르다. 공식적인 시험을 통해서 얻기도 한다. 격투에서 승리하는 것으로, 육체적인 용맹성을 견지함으로써 얻기도 한다. 신자들이 믿음이라는 것을 통해서 자기 성취를 얻으려고 하는 것도 같은 맥락이다. 이러한 성취는 상향사회 이동을 추구한다. 하지만 그러한 욕구를 충족시키지 못하면 불만이 생긴다. 이것이 밖으로 표출되면 부조리가 되면서 사회악이 생긴다.

자유임금노동자란 법적으로, 정치적으로, 자유로운 노동형태를 가진 사람을 말한다. 이들은 자신의 노동력을 가장 높은 가격에 팔려고 한다. 자유 임금노동이 삶의 질을 높이는 좋은 방법이 되지만, 이상하게도 우리의 경우는 그렇지 못하다. 시간제, 일용직, 고용직, 계약직 비상근 직업 같은 이름을 붙인 직업들이, 고정적인 직장을 가진 사람들보다 불리하다. 그래서 기를 쓰고 고정된 직장에 취직하려고 한다. 정부가 정규직을 늘리라고 기업을 다그치지만, 그것이 이루어지지 않아서 연일 농성을 한다. 비정규직 직원들이 길거리로 나서지만, 자유임금노동이 삶의 질을 높인다.

김 목사는 아무 일이나 열심히 하는 것이 필요하고, 자유임금노동이 더 많은 일자리를 창출한다는 고용의 일반론을 장황하게 말했다. 요즘 젊은이들이 좋은 학교를 나오고도 일자리가 없어서 놀고, 남녀노소 할 것 없이 일자리가 없어서 노는 사람들이 많다. 정규직만을 고집하는 데도 그 이유가 있다.

"주부들도 일자리가 필요해요, 특히 혼자 사는 여성은 더욱 그렇습니다."

인숙이 그의 말을 가로 막았다. 자기 일자리에 관해서 무슨 좋은 말을 듣기 위해서 한마디 했다. 김 목사는 하던 말을 멈추고 잠시 생각하다가 말을 한다. 그 동안 자료를 찾는 일에 매달리다가 인숙과의 약속을 지키지 못했던 것이 생각났는지 비로소 그 말을 꺼낸다.

"얼마 전에 제가 제안한 것을 생각해 봤어요?"

"제가 무슨 능력이 있어야 하지요."

"같이 일해 봐요. 그러다가 마땅한 일자리가 나오면, 그때 다른 일을 하면 되니까, 집에 우두커니 있지 말고, 사무실에 나와서 제 일을 도와줘요."

인숙은 구체적으로 무슨 일을 하는 것인지 몰라서 대답을 이내 하지 못한다. 하지만 당장 할 일이 없다. 그녀는 일자리를 얻게 된다는 고마움이 앞섰다. 그래서 동의한다. 그와 함께 영적체험에 관한 연구를 돕는 일에 참여하기로 하고 집으로 돌아왔다.

8.

카페 광고를 보고 한 사람이 김 목사를 찾아왔다. 마른 체구에 건강 상태가 별로 좋지 않아 보이지 않는 젊은 남자다. 이명달보다 더 마른 체구를 가지고 있다.

"의도적으로 저의 일을 도우려고 자원한다는 것입니까?"

"그렇습니다. 목사님의 연구가 헛되지 않게 하기 위해서는, 그 일을 잘 아는 사람이 필요할 것이라고 생각합니다."

"하지만 못합니다. 목사가 사람을 죽이는 단계까지 끌고 가는, 그런 일을 어떻게 합니까?"

"그럼 연구를 성공하지 못합니다. 극한 상황으로 몰고 가지 않고서는,"

"그렇기는 하지만 사람을 죽이면서 어떻게 그것을 합니까?"

"카페에 희망자를 찾는다고 해놓고서, 그렇게 불확실한 이야기를 하면 어떻게 합니까?"

"그렇기는 합니다. 하지만 가능성을 찾아보자는 의미가 강합니다. 죽는 일을 하자는 것은 아닙니다."

"그 일이 성취되면 저는 목사님을 돕고, 대신 그 대가로 저의 가족을 돌봐 주십시오."

"결국 돈이 필요해서 찾아 오셨군요. 그런 사람들이 저의 카페에 글을 많이 올립니다. 하지만 제가 어떻게…"

그는 웃고 있었다. 김 목사는 더 이상 말을 하지 못하고 그의 얼굴을 쳐다보았다. 그는 신비한 눈을 가지고 있다. 그런 눈으로 김 목사를 비웃으며 바라다보았다. 용기도 없으면서 무슨 근사체험을 연구하겠다는 것인지 모르겠다는 표정이다.

김 목사는 다른 구실을 찾지 못해서 불안한 모습을 보였다. 그는 어떻게 해야 하는지를 다시 생각한다. 그가 하자는 대로 할 것인지, 아니면 강하게 거부할 것인지를 망설이고 있다. 그것을 짧은 시간에 결정해야 하였지만 이내 대답을 하지 못한다.

"저에게 시간이 필요합니다. 생각을 좀 해봐야 합니다."

"좋습니다. 근사체험을 하려는 것은 저의 신앙생활도 관련이 있습니다. 그 일을 꼭하고 싶습니다."

그는 근사체험을 통해서 천당의 존재를 알리고 싶다고 하지만, 문제는 이명달처럼 돈과 관련이 있어 보인다.

"목사님께서 저를 통하여 천당이 확실히 존재한다는 것을 증명하시면 많은 것을 얻게 됩니다. 그것을 만인에게 알림으로써 확실한 하나님의 안내자가 됩니다."

그는 행복에 찬 눈으로 김 목사의 얼굴을 잠시 응시했다. 김 목사는 더욱 난감한 생각이 들었다. 목사의 할 일은 하나님의 일을 대신하는 일이다. 하나님이 사람을 해하는 일을 허락하지 않는다는 것은 자명한 일이다.

"제 친구를 소개하겠습니다. 한번 상의를 해보십시오. 제 일을 잘 이해하고 있는 종교학자입니다."

김 목사는 그에게 변 박사를 소개했다. 그렇게 한 이유는 물질적인 것도 부족하고, 자기가 직접 그런 일을 주도하기에는 너무 벅찬 일이기 때문이다. 성직자가 사람을 죽일지도 모르는 일에 가담할 수는 없다. 하지만 자기모순에 빠진다. 행동이 수반되지 않는 이론은 가설일 뿐이다. 김 목사는 딜레마에 빠졌다.

9.

죄를 지은 죄수는 감옥에 갇히는 것이 아니라 스스로에게 갇히는 것이다. 영호는 그것을 감옥에 들어와서야 알았다. 죄수들은 마음뿐만이 아니라 육체적으로 구속되어 있는 상태다. 자신이 갇혀 있는 감방의 문을 포함해서 몇 개의 철문 속에 자신이 갇혀 있다. 무엇인지에 억압되고 갇혀 있다는 것은 신체의 부자유를 말한다. 감옥은 철문마다 자물쇠가 있고, 누가 열어 주지 않으면, 그곳에서 꼼짝없이 죽게 된다. 그런 속에서 죄수들은 몸뚱이 하나로, 정신적 외로움과 지루한 시간이 가져다주는, 시련을 견디며 살아야 한다.

영호 역시 그런 이유로 너무 고독하다. 고독한 자들은 이상을 찾아서 헤매게 된다. 그러한 이상을 현실에서 이루지 못하면 꿈을 꾸는 일도 생긴다. 인간이 갖는 한계에 부딪치면 정신적으로 마음이 무너지는 사람이 있고, 반대로 꿋꿋이 버티는 사람도 있다.

"자네는 감옥을 왜 막장이라고 부르는지 알아?"

"글쎄요. 막장은 모든 것의 끝이지요. 그래서 비유되었겠지요."

"그런 이유도 있겠지, 하지만 시간을 기다린다는 이유 때문이야,"

영호에게 어느 날 감방장은 느닷없이 감옥에 대해서 물었다. 그의 감옥에 대한 이론은 무료한 시간을 때우는데 흥밋거리가 되었다. 감옥은 생각에 따라서 시간이 지루하거나 빠르게 느끼기도 한다. 무엇에 열중하며 매달리는지에 따라서 생각이 다르기 때문이다. 하나님을 믿는 자들은 더욱 그렇다. 막장에서 견디는 힘이 더 꿋꿋하게 나타난다. 하지만 무력감에 빠져 있는 사람들은 그 반대가 된다.

죄인이라고 다 나쁜 사람들만 있는 것이 아니다. 그들의 죄업들은 공동묘지에 있는 죽은 자들처럼 무수한 사연들이 많다. 세상의 많은 범죄가 가정의 불행에서 비롯되고, 처한 환경이 어떠한가에 따라서 달라진다. 결국 가정이라는 울타리를 지키는 일이 중요하다.

"범죄자들은 심경의 변화가 심하지, 극한 상황에서 가지는 정신적인 불안감이 크기 때문이야, 하지만 더 큰 이유는 자유의 부족이지,"

감방장은 새처럼 나르는 일이 해보고 싶어진다고 했다. 수감 생활에 잘 적응하는 사람이 있는가 하면, 마음의 평화를 찾지 못해서 눈물을 자주 흘리는 죄수도 있다. 비가 와서 울적해져도 눈물을 흘린다. 누군가 면회를 와도 소녀처럼 울기도 한다. 때로는 고함을 지르는 난폭성을 보이기도 한다. 자기를 학대하는 일에 몰두하는 죄수도 있다.

영호는 성경책을 읽는 일에 몰두했다. 감방장 말처럼 그는 자기에게 자유가 있다면 새처럼 나르고 싶다는 생각이 들었다. 죄수들이 울부짖는 것은 빵보다는 자유다. 감옥에 들어오고서야 자유가 무엇인지를 알게 된다. 하지만 그 속에서도 행복한 수감생활을 하려고 노력하는 자들이 있다. 그들은 성경을 들고 있는 죄수들이다.

죄수들은 괴로움을 극복하기 위해서 독서를 하는 사람이 그렇지 못한 사람보다 긍정적이다. 하지만 더 행복한 사람은 성경을 손에 쥐고 사는 사람이다. 반대로 자살하려는 사람도 있다. 우울중에 빠져서 모든 것을 부정적으로 보며 자살할 기회를 엿보기도 한다.

감옥은 고독이라는 것을 뼈저리게 느끼는 곳이다. 여러 명이 함께 지내는 방보다 독방에 있는 죄수가 더욱 고독을 느낀다. 오랫동안 혼자서 지냈기 때문에 거의 말을 하지 않는다. 얼굴에는 웃음이 없다. 그들을 보면 인간은 환경의 지배를 받는다는 말이 맞는다. 오랫동안 감옥살이를 하면 얼굴표정까지 변한다.

"죄수는 여러 양태로 나타나지,"

"저는 잘 모릅니다. 어떻게 나타나요?"

"부자유 속에서, 자유를 그리기 때문에, 더 많은 것을 요구하게 되지, 모든 것이 부족하다는 생각에 사로잡혀서 그렇기도 하고,"

영호는 감방장의 말이 옳다는 생각을 한다. 그는 이제 감옥 생활의 초년병이지만 많은 변화가 일어나고 있다. 감방에 있는 죄수 중에 학구파는 열심히 책과 신문을 읽고 글을 쓴다. 수다형의 죄수는 교도관들이 지나치면 어떻게든지 붙잡고서 말을 함으로써 이야기하기를 즐기는 형이다. 예의범절 형은 무조건 교도관에게 굽실거리는 형이다.

죄수는 여러 종류의 유형들이 있지만 그들 중에서 책을 읽는 자들이 가장 행복하다. 성경을 읽는 자들은 감옥의 지루한 시간을 즐거움으로 변화시킨다. 성경을 읽는 것은 하나님의 말씀을 깨우치는 일이기도 하지만, 감옥 생활의 안정감을 얻게 하는데도 도움을 준다.

"감옥에서도 돈이 있어야 다소 편해지지, 죄를 짓고도 물질에 다시 얽매이지, 있는 자가 없는 자보다는 편하게 지낼 수가 있다는 이야기야,"

"물론 돈이 물질적인 부자유에서 다소 도움이 되겠지만, 절대적인 것은 아니라고 봅니다."

영호는 성경책을 읽는 즐거움에 대해서 감방장에게 말한다. 하지만 그는 성경보다 물질적인 것이 먼저라는 것을 말한다. 자유와 부자유의 차이를 물질로 결부시키고 있다. 감옥에 갇혀 있는 동안 돈으로 사식이나 의약품, 생활용품, 신문을 사서 읽을 수 있다. 더러운 빨래를 하기 싫어서 새 수

의를 계속 사 입을 수 있다. 빈부의 격차가 존재한다. 돈의 위력이다. 하지
만 그렇다고 그것으로 자유스러움이 충족되는 것은 아니다.

"성직자들은 죄수들에게 희망을 주는 일을 하지요. 믿지 않는 자들에게
행복을 말합니다. 그래서 믿게 만들고, 의지하게 만듭니다."

"아니야, 그들은 입으로만 우리에게 복음을 주지, 실제로는 아무런 도
움이 되지 못해, 물질이 더 우리를 행복하게 해, 감옥이라는 곳이 사회보
다 더 물질이 필요하지, 돈이 있으면 감옥에서도 모든 것을 할 수가 있어,"

"아닙니다. 물질이 믿음보다 강할 수는 없습니다."

"그건 자네 생각이야, 나는 그렇게 생각하지 않네,"

"믿음의 본질은 어려움에 처한 자를 희망으로 넘치게 하는 것이지요.
누구든지 극한 상황에 처하면 결국은 종교라는 것에 매달리게 됩니다."

영호는 믿음의 중요성을 말했다. 사람들에게 희망을 주는 사람이 성직
자이다. 그들은 대화를 통해서 정을 주고 사랑을 준다. 때로는 물질적인
도움도 준다. 그래서 영호는 목사님을 늘 기다리게 된다고 했다.

"나는 자네의 말을 부정하네, 죄수들의 얼굴 표정에서 그들의 정신적
감정을 나는 알 수가 있네,"

"아까도 물었지만 저는 잘 모르겠습니다. 어떻게 알지요?"

감방장은 자기가 경험한 이야기를 한다. 법정 구속되어 구치소에 온 사
람은 얼굴이 새파랗게 질려 있다. 유치장에서 며칠 묵어서 온 사람은 다소
마음이 누그러져 있다. 갈 곳이 없었던 노숙자는 얼굴에 웃음을 짓고 있
다. 죄수들은 자기가 처한 입장에 따라서 다른 얼굴 표정을 하고 있다. 그
래서 그들의 마음을 알 수 있다고 말했다.

마음의 평온이 얼굴에 나타난다. 불안한 마음을 가진 자의 얼굴은 늘 우
울해 보인다. 행복이란 것이 그런 것이다. 같은 감옥살이를 해도 행복한
사람이 있고, 그 반대인 사람도 있다. 감옥이라고 해서 모든 것이 불행한
것은 아니다. 노숙자에게는 천당이고 희망이 있는 곳이다. 하지만 여유가

있는 자들에게는 아주 부자유스러운 곳이다. 자기의 내면을 옥죄이는 곳이어서 자유를 갈구하는 마음이 더 크다. 세상의 이치는 같지 않다. 믿는 자들은 믿음으로 채우지만 감방 장은 아니라는 말을 한다.

영호는 모든 것에 양립이 있다는 것을 말했다. 한 쪽이 옳은가 하면 그 반대 이론이 성립한다. 그래서 옳은 답을 구하기가 어렵다. 사람들이 그것을 아는데 많은 시간이 걸린다. 영호는 성경이 모든 문제에 대해 해답을 준다는 것에 대해 알았다. 그의 감옥생활은 성경을 읽는 일이 되었다. 성경을 읽는 즐거움으로 부자유를 감내하고 행복한 감옥생활을 한다.

아가페

1.

김 목사는 카페에 근사체험에 관한 글을 모아서 올렸다. 그리고 자기의 연구에 참여할 사람들을 구한다는 광고를 또다시 냈다. 누구든지 죽음을 존엄하게, 의연하게, 아름답게 맞고 싶은 사람은 참여하라는 연락처를 써 놓았다.

그가 정신없이 일에 팔려 있는데 노크소리가 났다. 잠시 후에 인숙이 아름다운 모습으로 그의 사무실로 들어섰다. 말쑥한 옷차림이다. 그는 하던 일을 멈추고 웃으며, 자리에서 일어났다. 김 목사는 반갑게 인사를 한 후에 커피 좌대로 갔다. 종이커피를 뽑았다. 그리고 천천히 그녀에게 커피잔을 건네며 빙긋이 웃었다.

"무슨 일 없지요?"

"저야 뭐 그냥…"

"잘 지내시겠지요? 잘 사는 것이 곧 잘 죽는 것입니다."

"목사님은 왜 죽는 이야기에 매달립니까? 저는 싫어요."

"싫어도 할 수 없습니다. 인간은 결국 죽음으로 가는 마차를 탑니다. 언젠가는 모두가 죽습니다. 그것을 모르고 있을 뿐이지요."

인숙은 근사체험에 대한 연구에 대해서는 이해가 갔지만, 김 목사가 늘 죽음에 대한 문제에 골몰하는 것이 싫었다.

"잘 사는 것을 이야기하는 것이 더 좋을 것 같아요,"

"인정합니다. 하지만 누구든지 죽음을 맞이하기 위한 준비가 필요합니다. 그렇다면 누군가가 어떻게 죽어야 하는지에 대해서 밝혀내야 합니다. 싫은 일이 아니라 모두에게 필요한 일입니다."

"하지만 어떻게 알 수가 있겠습니까?"

"누구든지 갑자기 죽으면 아무 것도 모르고 죽습니다. 그것을 대비하기 위해서 연구하자는 것입니다. 죽음으로 가는 올바른 길을 사람들에게 알려줘야 합니다. 그렇게 하다 보면 하나님을 만나는 일을 하게 되고, 그게 제가 할 일입니다."

인숙은 질문을 하다가 의기소침해졌다. 하지만 그는 말을 계속했다. 사람들은 미신을 믿는 일에 열중한다. 해와 달을 믿는다. 토템 신앙에 빠져 있다. 기독사상도 그렇지만 유교사상도 저승에 대한 집착이 강하다. 하지만 죽음을 앞둔 환자들이 아무 대책 없이 죽어 간다. 따라서 죽음직전에 무엇인지 준비를 하도록 하는 것이 필요하다.

그는 죽음을 준비한 자가 더 행복하게 죽을 수 있다는 말을 했다. 죽음학이 이론에 그쳐서는 안 된다. 사후세계에 대한 궁금증을 풀어냄으로써 실제생활에 적용되어야 한다. 불가능한 것이 아니다. 근사체험을 통해서 밝혀 낼 수가 있다. 내세를 밝힘으로써 사람들에게 밝은 희망과 행복을 주게 된다. 반드시 규명되어야 하기 때문에 많은 사람들의 참여와 공동 노력이 필요하다는 점을 말했다.

누구든지 잘 죽기 위해서는 죽는 법을 잘 알고 익혀야 한다. 따라서 안락사, 호스피스, 사형, 자살 같은 것도, 때에 따라서는 유효적절하게 이용되어야 한다. 중병에 걸린 환자는 마지막 몇 달 동안 삶을 깨끗하게 정리하고 품위 있게 생을 마감해야 한다. 그렇게 하려면 죽음 뒤에 사후 세계가 있음을 알아야 한다.

최상의 죽음은 예기치 않은 죽음, 별안간 죽는 것을 피하는 것이다. 미리 알고 대처하는 일이 필요하다. 잘 죽기를 준비하면 죽음 직전에 허둥대지 않고 죽을 수가 있다. 모든 것이 끝난다고 보고, 돈을 물 쓰듯이 쓰는 장례문화도 개선되어야 한다. 그래서 죽음직전에 있었던 이야기를 들어보는 것이 필요하다.

인간이 훌륭하게 살아가기 위한 최선의 방법은, 언제라도 죽을 준비를 하는 것이다. 죽음에 임박하면 목적이 명확하게 보인다. 하지만 자신에게 가장 중요한 것이 무엇이었는지를 뒤늦게 알게 된다. 죽음의 마지막 단계에서 그것을 알게 되었지만, 자기의 삶에 아무 도움을 주지 못한다. 따라서 일찍 아는 것이 중요하기 때문에, 근사체험자들의 의견을 모으는 일이 매우 중요하다.

사람은 누구나 다 죽는다. 어느 누구도 죽음을 피할 수 없다. 너무나 자명한 일이다. 누구든지 한번은 죽어야 한다면, 그것을 미리 준비하는 일만큼 중한 일이 없다. 하지만 사람들은 죽음이라는 말을 입에 담는 것조차 거부한다. 그저 막연한 생각으로 두려움에 떤다. 이러한 생각을 조금 바꿔보자는 것이다. 죽었다가 다시 살아난 자들의 이야기를 통해서 무엇인지 그 해답을 얻을 수가 있다는 점을 인숙에게 말했다.

사람들이 사는 동안에 수많은 현상들을 감지하거나 관찰할 수 있다. 과학은 이러한 현상들이 왜 일어나는지에 대한 탐구로부터 시작된다. 다시 말해서 과학은 우리가 관찰할 수 있는 실제적인 현상이다. 하지만 과학의 힘으로도 설명이 불가능한 현상들이 많다. 사후세계 역시 그러한 것 중에 하나다.

하지만 지금까지 영혼의 세계에 대한 연구는 꾸준히 지속되었다. 과학자들뿐만이 아니라 종교적 영역에서도 그것을 밝히려는 노력을 많이 했다. 천국과 지옥은 분명히 있다. 그것을 밝혀내야 한다. 불신자들을 옳은 길로 인도하기 위해서는 절대적이다. 김 목사는 뚜렷한 목적을 말했다. 하지만 그 가능성에 대해 인숙은 회의적인 생각을 가지고 있다.

2.

영호는 감옥에서 많은 것을 알았다. 죄수들이 저지른 범죄에 따라 수인 번호표의 색깔이 다르다는 시시한 일이나, 죄의 본질처럼 무거운 것에 대해서도 많은 것을 알게 되었다. 죄수복을 보고도 가까이 할 사람과 멀리 할 사람을 구분할 수 있는 혜안이 생겼다.

사기횡령, 절도범 등의 일반 죄수는 흰색이다. 마약범은 파란색이다. 정신질환자는 초록색이고 강력범은 노란색이다. 공안사범은 적갈색이다. 사형선고를 받은 사람은 붉은 색이라는 것을 알았다.

죄수들은 운동을 하는 시간에 모이게 된다. 그 때에 죄수복을 보고 그가 어떤 죄를 지었는지 알 수가 있게 되었다. 두려움과 친근감 같은 것이, 그 죄수복에 따라서 생겼다. 하지만 감옥에서 생활하는 공통점은 같고, 살아서 밖으로 나가 자유를 되찾아야 하겠다는 생각은 모두 같다. 그래서 운동을 하려고 기를 쓰고 모인다. 하루에 한 시간 정도의 운동을, 같은 시간에, 제한된 운동장에서 한다. 걷거나 뛰는 방법으로 열심히 운동을 한다.

"죄명을 가지고 교화를 할 수는 없지, 인간이 나쁜 것은 아니야, 그 죄가 미울 뿐이지,"

운동장에서 만난 파란색 수의의 죄수가 영호에게 묻지도 않는 말을 했다. 영호는 그가 마약사범이라는 것을 알았다. 마약범죄자들은 일반 죄수들보다는 호사한 죄를 짓고 감옥에 왔다는 생각이 든다. 서민들은 먹고살기도 힘이 든다. 그런데 마약을 먹고 죄를 진 것으로 보아도 그렇다.

"인간을 죄의 종류에 따라, 편을 가르는 것 자체가 죄악이지,"

그는 다시 말했다. 세상에서 파렴치한 놈으로 손가락질을 당하는 자도 겪어보면, 보통 사람보다 순진하고 단순한 사람들이 많다. 그는 살인을 한 사람도 대개 우발적으로 일을 저지르고, 감옥에 들어와 몸부림치는 사람들이 많다는 점을 말했다. 영호는 그의 말을 듣고 인간을 악하게 만드는 것이 본성인지, 환경인지에 대해서 혼란이 생겼다.

"아주 미약한 것이 인간이야,"

"왜 그런 생각을 하지요?"

"조직 폭력배의 두목이 감옥의 한쪽 구석에, 자기가 열심히 가꾼 꽃밭에 피었던 꽃이 장마에 떠내려갔다고, 우울해 하며 울고 있는 것을 보았어. 그게 미약하다는 증거가 아니고 무엇이겠어? 무지막지하게 사람을 죽인 사람이 그까짓 꽃밭이 망가졌다고 울어, 그런 것을 보면 사람은 모두 미약해,"

영호는 그의 이야기를 듣고서 동의했다. 인간이 결코 악한 동물이 아니라는 것을 새삼 느꼈다. 수감자들이 미약하다는 증거는 많다. 절실히 기다리는 것은 면회와 편지, 재판을 기다리는 마음 같은 것도 그렇게 보인다.

"면회를 오면 모두들 반가워하지, 하지만 나는 가족이 없어,"

그런 말을 하는 그의 얼굴 표정은 어딘지 쓸쓸해 보였다. 죄를 진자들은 감옥에서 아주 사소한 것에 매달리고 행복과 불행을 만들어 낸다. 그런 점 때문에 가족이나 친구 중에 누가 감옥에 있으면, 면회를 많이 가주는 것이 죄수를 안정시키는데 매우 중요하다.

감옥에서 가정을 돌볼 수 있는 것은 없다. 그래서 죄수들은 누구든지 감옥으로 찾아오면, 자기 가족에게 무슨 문제가 없는지를 알아보려고 애를 쓴다. 그런 이유로 가족이나 성직자가 찾아오는 것을 반기게 된다.

영호 역시 그의 아내가 면회를 오지 않는 것에 대해서 몹시 불안해했다. 그는 성경책을 읽고, 자기의 내면세계에 대해서 안정을 취해 가고 있지만, 가족에 대한 생각이 나면, 이성을 잃을 정도로 불안한 상태가 된다. 특히 영철이가 공부를 잘하고 있는지가 궁금해서 많은 생각을 한다.

"금전적인 일로 상대방이 구속이 되면 미안해서 찾아오지 못해,"

"물론이겠지요, 양심 때문이지요."

"역지사지로 생각하면 면회를 자주 와 주어야 하지만 대개는 면회를 오지 않아."

그는 아주 유식한 말까지 하면서, 면회를 오고 안 오는 것에 따라서, 감옥 생활을 잘 견디느냐, 아니냐가 결정된다는 점을 말했다. 반대로 가족들은 초라한 모습을 보이기가 싫고 부끄러워서 찾아 주지 않지만, 찾아 주는 것만으로도 죄수들에게는 큰 도움이 된다.

영호는 그 점을 아내에게 말했다. 하지만 그를 자주 찾아오지 않는다. 김 목사와 일을 같이 하면서 바쁘기도 하지만, 빈손으로 남편을 찾는 일이 쉽지 않아서라는 이유도 있기는 하다. 감옥은 자유를 억압하는 대명사가 되는 곳이다. 다소 자유스럽다고 하는 독방이라고 해도, 한 평 내외의 공간일 뿐이다. 키가 큰 남자가 누우면 딱 맞은 정도의 길이다. 그런 공간에 누워서 자유를 그리워하는 것은 감옥에 와 본 사람만이 안다. 벽걸이용 선풍기가 한대 있다. 텔레비전과 밥상, 책꽂이 등이 정리되어 있다. 일반인들이 보면 아무 것도 아니지만, 같은 감옥에 있는 다른 죄수들은 그런 독방을 부러워한다. 그들의 그러한 심정을 이해하면, 우리들의 바깥세상이 얼마나 호사스러운 곳인지를 알게 된다.

영호는 몇 권의 책이 있고, 거의 독서로 하루를 보내는 녹방 죄수늘이 오히려 부러웠다. 하지만 독방의 죄수들은 중죄를 지은 사람들이다. 그들은 오히려 감옥에서 일반 죄수보다 편하게 지낸다. 일반 죄수들은 그것이 그렇게 부러울 수가 없다. 죄의 질에 따라서 신체의 부자유가 있어야 하지만 그 반대다.

누구나 죄수는 세끼를 먹고 그릇을 설거지한다. 그런 면에서도 독방 사람들은 다소 편하다. 한쪽 구석에 있는 변기를 윤이 나도록 반질반질하게 닦고, 그곳에서 주방 일을 보기도 한다. 독방에서 할 수가 있는 장점 중에 하나지만, 일반 죄수들에게는 부러운 대상이 된다.

"정말로 웃기는 일이지, 독방을 써 보고 싶은 욕망이 생기니 말이야."

"그렇군요? 더 중죄를 짓고 온 사람들이 부러우니, 아이러니가 되네요."

영호는 그의 말을 들으면서 감옥이라는 곳이 아주 다른 세계이며, 일반인들은 한번 들어와 보지 않으면 이해되지 못하는 곳이라는 것을 다시 생각한다. 그래서 그는 매일 성경을 읽는 일에 매달린다. 성경이 좋아서이기보다는 그것 밖에는 할 일이 없다. 읽으면 읽을수록 마음의 안정을 주기 때문이기도 하다.

영호를 찾아온 목사님은 성경책을 주었다. 그것이 그의 유일한 읽을거리다. 심심하거나 무료할 때 읽었다. 그는 기독교 신자였지만 감옥에 와서야 성경책을 제대로 읽기 시작했다. 그리고 많은 것을 깨우쳤다. 감옥 밖에서는 몰랐다. 신의 세계가 인간을 지배한다는 것을 믿지 못했다. 하지만 점점 더 신의 뜻을 거역하는 일이 무서운 일이라는 것을 알게 되었다.

3.

오토바이를 타다가 사고를 당한 뒤에 살아난 사람이 카페에 글을 올렸다. 그는 죽음 직전에 있다가 살아났다고 했다. 그와 관련한 이야기를 하고 싶다고 했다. 김 목사는 기꺼이 승낙하고, 인숙에게 만나보도록 지시했다. 그녀는 비로소 자기가 할 일이 무엇인지를 알았다. 녹음기를 손에 들고 집을 나서면서, 할 일이 있다는 것에 대해서 신바람이 났다.

그녀의 할 일은 근사체험자들의 산 증언을 듣고, 그것을 녹음해서 자료화하는 일이 자기의 일이었다. 김 목사는 그것을 분석해서 어떻게든지 천당의 유무를 알아보려고 노력한다. 그녀가 그런 기초자료를 수집한다는데 신명이 났다.

"무엇을 보셨습니까?"

"저승에서, 저 멀리 아름다운 곳에 서 있는, 어머니를 보았습니다."

“이해합니다.”

인숙은 그에게 편한 마음을 가지도록 유도했다. 그리고 자연스럽게 그때 보았던 모든 것을 이야기하라고 했다. 그런 말로 그를 안정시키며 녹음기를 들이댔다. 잠시 주춤거리는 듯 했지만 이내 많은 이야기를 쏟아 냈다.

어둠 속에서 비가 억수같이 쏟아졌다. 그는 비를 맞으며 오토바이로 거리를 질주했다. 자동차들도 트랙을 돌듯 무서운 속도로 빗속을 달음질쳤다. 그런 어둠 속에서 오토바이를 타고 자동차와 같이 질주하는 행동은 자살 행위다. 하지만 오토바이 타기를 즐기는 사람들은 그런 상황을 오히려 즐긴다. 스릴을 만끽하기 위해서다. 그래서 그는 무질서하게 거리를 종횡으로 누비고 돌아다녔다. 그러다가 갑자기 자동차와 부딪치면서 정신을 잃었다.

“눈을 떠봐요.”

누가 몸을 몹시 흔들었다. 눈을 떠보니 병원 침대였다. 아내가 자기 손을 잡고 울고 있는 것이 눈에 들어왔다. 그렇게 깨어나 생각을 더듬어 보니, 자기가 죽음의 상태에서 몇 달간을 혼수상태로 있었다는 것을 알았다.

“어머니가 돌아가라고 해서 이승으로 다시 왔습니다.”

“어떻게 돌아가라고 하든가요?”

“온몸으로 저를 거부하는 손짓을 했습니다.”

“무엇이 그 주위에 있었습니까?”

“붉은 색의 아름다운 생기가 어머니를 감싸고 있었고, 어머니는 아주 아름다운 형상으로 보이면서, 저를 불렀습니다. 그리고 이내 저를 그곳으로 오지 말고, 빨리 집으로 돌아가라고 했습니다.”

“그 다음에는 어떻게 했습니까?”

“어머니 옆에는 사촌이 서 있었습니다.”

“그럼 사촌은 죽은 사람으로 저승 사람입니까?”

“아닙니다. 제가 그런 체험을 한 후에 바로 사촌은 죽었습니다. 물에 빠져서,”

“저런! 그럼 그것이 예고였군요. 어머니 곁에 서 있었던 것이,”

“그런 것 같습니다. 저 역시 어머니 곁으로 갔으면, 아마 저도 이승을 떠나게 되었을 것입니다.”

“그밖에 저승에서 보신 것은 무엇이 있습니까?”

“하나님을 보았습니다.”

“형체가 어떤 모습입니까?”

“너무 황홀해서 감히 눈으로 보기가 어려웠습니다.”

“그럼 잘 보지 못해서 설명이 불가능하겠군요?”

“그렇습니다. 하지만 분명히 하나님이 계십니다.”

인숙은 그의 말을 녹음하면서 무슨 허상을 쫓는 일이라는 생각이 들었다. 믿음이 가지 않았다. 저승을 규명하는 일이 쉽지 않고, 만나는 사람들마다 다른 소리를 하고 있어서, 역시 뜬구름을 잡는 일을 하고 있다는 생각이 들었다. 하지만 그의 말들을 다시 정리해 보았다. 그의 말을 여러 각도로 재음미했다. 한참동안 생각을 정리한 후에야 가상적인 그의 말들이 실체처럼 머리에 들어왔다. 그때서야 그렇게 황당한 이야기가 아니라는 것을 알았다. 그의 말은 결론적으로 저승에서 하나님을 보았다. 저승에 있는 어머니와 사촌 동생을 함께 보았다. 하지만 그가 죽음에서 깨어나자 멀쩡히 살았던 사촌이 물에 빠져서 죽는 사고를 당했다. 근사체험에서 본 것이 현실로 나타났다. 꿈을 꾼 것이 아니라 그것이 사실로 나타났다. 그녀는 그 점을 알았다.

4.

영철은 아버지를 면회했다. 아직 학생 나이의 신분으로서, 아버지가 감옥에 있는 것에 대해 이해하고, 받아들이기가 어려웠다. 하지만 감옥 생활을 하는 것이 춥다는 말을 듣고, 솜으로 누빈 옷을 한 벌 사 가지고 갔다.

"솜옷은 안 됩니다."

"무슨 이유이지요? 입는 옷인데,"

영철은 교도관의 설명을 듣고서야 왜 그것을 금지시키는지 알았다. 솜옷을 금지시키는 것은, 옷 속에 마약이나 독극물 같은 위험 물질을 숨겨서 오는 것에 대비하기 위한 것이다. 영철은 할 수 없이 솜옷을 보관시키고 아버지를 면회했다.

영호는 아들을 보자마자 눈물을 흘리는 미약함을 보였다. 일반적으로 많은 아버지들은 아들에게 약함을 보이지 않으려는 생각을 가지고 있다. 그래서 어떤 극한 상황에서도 자식들에게 눈물을 보이지 않는다. 하지만 그는 참지 못하고 아들을 붙들고 엉엉 운다.

"너의 어머니는 바쁘지?"

영철은 아버지의 질문이 무엇인지를 알지만, 이내 대답을 하지 않는다. 침묵한 상태에서 아버지를 그냥 바라다보기만 한다. 그러자 영호는 다른 이야기를 한다.

"너, 네 사진 가진 것 있냐?"

"왜요? 아버지,"

"응, 그냥,"

영호는 감옥에 갇혀 있으면서 많은 것을 생각하지만 가족들이 몹시 보고 싶었다. 가족에 대한 그리움이 생기면 사진이라도 보고 싶어서 그런 물음을 했다. 감옥에서 죄수가 힘을 얻는 것은 아주 적은 것에서도 생긴다. 한 장의 가족사진이 위안을 준다. 그것을 벽에 붙여 놓고 봄으로써 안위를 삼게 된다. 가족사진을 보면서 사랑이라는 것이 무엇인지를 알게 된다. 행복은 욕심을 부려서 얻는 것이 아니라는 것을 알게 된다. 모든 행복은 가족들로부터 나온다. 그래서 가족사진을 보는 일에 매달리게 된다. 영호는 아들에게 그것을 말로 설명하지 못한다. 하지만 영철은 이내 아버지의 속

마음을 알아차렸다. 다음에 어머니의 사진을 한 장 가져다 드리겠다는 약
속을 한다.

"몸이 좀 좋아지신 것 같아요,"

"그래, 먹고 편해서 그래,"

"편하다니요?"

"다이어트를 하고 있어,"

영호는 살포시 웃으며 아들에게 말했다. 너무 편한 죄수들은 먹고 운동
을 안 해서 살이 찐다. 그런 죄수들은 다이어트를 한다. 미결수들이 처음
에는 스트레스로 살이 빠지다가 얼마간의 시간이 지나면 체중이 불어난
다. 그 이유는 스트레스를 풀기 위해서 많이 먹기 때문에도 살이 찐다. 예
전에는 재소자들이 먹을 것이 부족해서 서로 다투었지만 지금은 거꾸로
남아돈다. 여러 명이 같이 지내는 방에는 컵 라면, 초콜릿, 과자, 오징어,
우유, 육포, 훈제 닭, 같은 것을 수납장에 가득하게 넣어 놓고 먹는다.

사람들에게 생활의 여유가 생겨서다. 나누어 먹기도 하지만 경우에 따
라서는 남아서 버리는 음식물도 많다. 기호음료도 사서 놓고 마신다. 커피
와 녹차 같은 것을 상비해 놓고 마신다. 교도관들이 자기 방 앞 복도를 지
나가면 커피 한 잔하고 가라며 불러서 마시기도 한다. 크림빵이나 요구르
트를 건네기도 한다. 영호는 감옥 생활에도 돈이 필요하다는 것을 아들에
게 말하지 못한다. 아들에게 부탁해서, 인숙에게 영치금을 넣어달라는 말
을 하고 싶었지만 참는다.

"넌, 공부를 열심히 해야 돼, 나쁜 일을 해서도 안 되고, 여기 들어와 보
니 인간에게 자유가 가장 중요한 것 같아,"

영철은 아버지의 말에 대답을 하지 못하고 있다. 이미 공부에 손을 뗀지
가 오래 되었다. 무엇을 해야 할지 방황하고 있다. 그것을 아버지에게 말
할 수가 없다. 감옥은 지옥이라는 말이 있다. 천당의 반대가 지옥이다. 왜
그런 말이 나왔는지는 이미 많은 사람들이 알고 있다. 자유가 소중하기 때

문이다. 억압된 후에야 자유가 중요하다는 것을 안다. 그래서 인간은 늘 실수를 한 뒤에 깨달음을 갖게 된다.

사형 선고를 받은 어떤 죄수는 만약에 살아서 자유를 찾을 수만 있다면, 육신을 쪼개서 날짐승에게 주고서라도 자유로워지고 싶다는 말을 남기고 죽었다. 감옥에 갇히고 나면 새장에 갇힌 한 마리의 새처럼 하루하루를 살면서 많은 생각들을 한다. 무엇이 부자유스럽게 하는가, 인간은 본성적으로 착한가, 아니면 물욕에서 일어나는 악함인가에 대해서 자문하면서 많은 생각을 하게 된다.

영호는 자기가 죄를 저지른 것은 순자의 성악설에 의한 것이 아니고 다만 환경의 지배에서 기인한 것이라고 생각한다. 인간은 처음부터 악한 사람은 없다. 자기 역시 선천적으로 악하기 때문에 죄를 진 것이 아니다. 전적으로 환경의 지배가 죄를 짓게 만들었다. 그는 성경을 통해서 많은 깨우침을 받았다.

"시키는 대로하면 편해,"

영호는 아들이 묻지도 않았는데 감옥이 편하다는 말을 또다시 한다. 하지만 영철은 반대로 생각한다. 아버지들이 갖는 의무감 같은 것 때문으로 본다. 아들에게 어떤 부담을 주지 않으려는 배려의 말이라고 생각한다.

"나는 걱정 말아라, 네 어머니를 잘 보살펴 드려,"

영철은 어머니의 행실에 대해서 잘 알고 있다. 하지만 아버지에게 한마디도 언급하지 않는다. 자기가 알고 있는 것을 그대로 이야기 할 수가 없다. 아버지의 마음만 편하지 않게 된다는 것을 알고 있기 때문이다. 영철은 마음이 답답해졌다. 아버지가 측은해 지면서 눈물이 났다.

"울긴! 사내자식이 왜 울어, 내가 감옥에서 나가면 너에게 잘해 줄께, 그때까지 공부 잘하고 참아라,"

영호는 그런 말을 하지만 아들이 우는 모습을 보고 감정이 격해진다. 하지만 같이 울 수가 없어서 이를 악문다.

"감옥도 학교생활과 같아, 모범생이 있는가 하면 불량 학생 같은 죄수가 있지,"

사실이 그렇다. 공무원 생활을 하다가 온 사람들은 감옥 생활의 일상에서 매우 모범적인 행동을 하며 감옥살이를 한다. 공무원들이 모범적인 수감 생활을 하는 것은 직장에서, 명령 체계 중심으로 일한 것이 몸에 배어서, 그러하기 때문에 교도관들의 지시에 잘 따른다. 하지만 반대로 사회에서 무질서하게 생활하다가 온 사람은 감옥 생활에서도 그러한 면을 보인다.

영호는 죄수들의 행동을 보고 직업이 무엇이었는지를 가늠해 보는 혜안이 생겼다. 누구나 죄를 짓지만 모두가 뉘우치지는 않는다. 감옥에 오기 전에 종교를 가졌던 사람들이 비신자들보다 더 빨리 적응한다. 그 이유는 정신적 지주가 하나님이고 석가모니이기 때문이다.

그들은 무엇인지 의지할 곳이 있기 때문에 믿음과 확신을 갖게 되어서 긍정적인 수감 생활을 한다. 영호 역시 믿음을 통해서 감옥의 생활에 잘 적응하고 순화되어 가고 있다. 하지만 그 반대의 일들도 체험하면서 많은 것을 배운다.

누구든지 협소한 공간에 갇히면 폐쇄 공포증과 우울증이 발병한다. 일종의 감금 상태에서 오는 질환이다. 그래서 어떤 사람들은 밖에서 정신없이 살다가 감옥에 들어오고 나서야 자기 병을 찾아내는 경우가 있다. 심적으로 좌절해서 잘 나갈 때는 신경도 안 썼던 건강이 급작스레 악화되는 경우가 생기기도 한다.

영호는 다행히 성경을 통해서 마음의 안정을 찾으면서 건강하게 감옥 생활을 한다. 하지만 그렇지 못한 죄수가 많다. 특히 나이든 사람들은 당뇨나 협심증, 신경 질환이 생기게 되는 경우가 많다. 감옥살이의 고통은 잠을 자는 일이다. 두 다리를 편히 뻗고 자면 행복이다. 그렇게 보면 행복이 별것이 아니다. 대개의 사람들은 행복이 거창한 것으로 알고 있다. 하지만 인간의 행복이란 것이 아주 작은 것에 있다. 그것을 모르고 있다가 어떤 계기에 그것을 알게 되면 더욱 행복이 별것 아니라는 것을 알게 된다. 영호는 감옥에서 그것을 체험하고 있다. 그래서 아들에게 많은 이야기를 해 주지만 아들은 아버지와 다른 생각으로 차 있다.

5.

인숙은 카페에 글을 올린 사람을 만나러 갔다. 죽음직전에서 자살을 기도하다가 살아난 사람이다. 그는 근사체험을 아주 단순하게 경험했다. 여러 단계를 거쳐서 저승에 간 것이 아니라 세 단계를 거쳐서 그 곳에 갔다고 말했다.

"지옥이 있다는 생각이 들었습니다."

"어떻게 그런 생각을 했습니까?"

그는 깜깜한 곳으로 빠져들었지만 아무도 자기를 돌보지 않았다고 했다. 강한 고립감에 빠지게 되었다는 말을 했다. 아무 것도 보지 못했다. 아름다운 빛을 보지 못하고 단지 어둠을 볼 수 있었다. 그는 하얀 설원이 처음에는 가을 들녘처럼 누렇게 출렁이더니, 나중에는 불바다가 된 것처럼 붉게 타오른 것을 보았다. 이젠 징말 죽었다는 생각을 했다. 바로 그때 강풍이 불어왔다. 막혔던 숨이 터지면서 정신이 번쩍 들었다. 강풍에 실려온 산소가 고공에서 그를 살렸다고 말했다.

"등반을 했습니까?"

"그렇습니다. 로키 산의 정상을 오르다가 변을 당했습니다."

"자살 미수라고 하지 않았습니까?"

"죽을 수밖에 없는 상황이여서 죽으려고 했습니다."

"어떤 상황이었습니까?"

"강풍 때문이지요. 밧줄에 매달려서 어떻게 할 수가 없는 상황이었어요. 제가 죽지 않으면 다른 동료들이 죽을 수밖에 없기도 하고⋯"

"얼마 동안이나 혼수상태에 빠졌습니까?"

"아주 긴 시간 같았지만 나중에 알은 것은 아주 짧은 시간이었습니다. 위기에 처하면 그런 시간이 길게 느껴집니다."

인숙은 근사체험자들의 이야기를 많이 접한 후여서, 그들이 겪은 상황을 빨리 이해하였다. 그의 이야기도 쉽게 이해가 되었다. 자살을 기도한 사람들에게서 나타나는 동일한 현상이라는 것을 알았다. 누구든지 사고를 당하면 혼수상태에 빠진다. 그리고 의식이 돌아오는 동안까지의 이야기들이 전부다. 혼수상태가 오랫동안 지속된 상태였거나, 밧줄에 매달려 아주 짧은 시간을 죽음 속에서 헤매었어도, 거의 비슷한 체험을 한다. 인숙이 지금 만나는 사람도 같은 이야기를 하고 있다.

"그 순간에 강풍이 불지 않았으면, 저는 영원히 돌아올 수 없는 강을 건넜을 것입니다."

삶과 죽음의 경계는 극명하다. 종이 한 장 차이에 불과하다. 눈보라 속에서 초속 몇 십 킬로가 넘는 강풍이 사람을 살린 것이다. 시계를 분간하기 어려운 상황이다. 그 속에서 목숨을 건지게 한 것은 세찬 강풍의 덕이다. 이처럼 인간의 생사는 아주 보잘 것 없으며 미묘한 것이다.

그는 눈조차 뜰 수 없는 상태에서 살아남았다. 발 아래로 끝이 보이지 않는 낭떠러지가 보였다. 공포가 엄습하며 그는 정신을 잃었다. 어두운 터널을 지나 한없이 긴 여정 속으로 끌려 들어갔다. 그리고 황홀한 빛을 보았다. 아름다움이 모두를 조화롭게 만들고 있었다. 그곳에 형언할 수 없는 행복함이 있었다. 그런 순간에 하얀 옷을 입은 할머니의 얼굴이 보였다.

"너 왜 거기에 있니, 어서 일어나 집으로 돌아가라, 네 어미가 기다려, 어서 집으로 가,"

"아니에요, 여기가 더 좋아요. 돌아가지 않겠어요."

"아니다. 여기 오면 안 돼, 어서 돌아가,"

할머니가 멀리서 거부의 손짓을 했다. 하지만 그는 할머니에게로 다가 가지 못해서 안달을 했었다.

"저는 돌아갈 수가 없습니다."

"무슨 소리냐, 너에게는 처자식이 있어, 빨리 집으로 가,"

할머니는 손수레를 흔들며, 빨리 집으로 돌아가라고 야단을 쳤다. 하지만 그는 그곳에서 한 발자국도 움직이지 못했다.

"할머니! 할머니에게로 가는 것이 좋겠어요?"

"아니다. 여기는 절대로 오지말아, 왜 말을 듣지 않니,"

할머니의 목소리는 완강했다. 그는 눈물로 할머니를 부르며 떼를 썼다. 할머니가 있는 곳이 좋아 보였다. 그래서 돌아가지 않겠다고 몸부림을 쳤다. 하지만 아무 미동도 할 수가 없었다. 그때 세찬 강풍이 뺨을 다시 쳤다. 정신이 번쩍 들었다. 그가 깨어났지만 눈에 보이는 것은 현상의 일들이다, 그는 낭떠러지기에 매달려 있는 상태 그대로다. 발아래는 하얀 눈들이 찬란한 빛을 보이며 더욱 황홀하게 내려다 보였다. 그는 밧줄에 매달린 채로 생사의 기로에서 그렇게 근사체험을 했다.

"그렇다면 신이 존재한다고 봅니까?"

"저는 신이 있다는 것을 믿습니다. 하지만…"

"무엇입니까! 그것을 증명하기가 어려워서, 확신하지 못하다는 말입니까, 신을 말로 형상화 할 수가 없어서,"

"그렇습니다."

그는 인숙에게 신이 존재한다는 것을 강하게 말하면서도 그것을 증명하지 못함에 대해서 말했다.

"저는 신이 분명히 있다고 믿습니다. 어떻게 죽음의 기로에 있는 저에게 돌아가신 할머니가 빨리 집으로 돌아가라고 하겠습니까, 그리고 아내와 처자식을 돌보라는 말을 하겠습니까? 신적 계시로 보고 싶습니다."

그는 같은 말을 다시 반복하면서 신이 존재한다는 것을 강하게 말했다. 하지만 인숙은 전적으로 그의 말에 믿음을 갖지 못한다. 근사체험을 하는 사람들은 소수이다. 근사체험을 못한 사람들은 신을 부정한다. 하나님을 만났다는 이야기만 해도 미친 사람으로 몰고 간다.

인숙은 근사체험이 죽음의 문턱에서 오는 어떤 환상의 상태가 아니라는 것에는 동의한다. 하지만 말로만 증명되기 때문에 믿음이 약하다. 그래서 신이 분명히 존재한다는 것을 증명하기가 쉽지 않다. 토마스 아퀴나스의 말처럼 무조건 믿어야 하는 믿음이 필요하지만 무신론자들이 많다. 인숙은 그것을 어떻게 하면 많은 사람들에게 알리는가를 고심한다. 그것이 김 목사의 연구 목적이기도 하다. 인숙은 그 일에 열중하고 있다. 하지만 결과론적으로 보면 매우 어려운 일에 매달리고 있다.

6.

이천상은 돈 때문에 인숙을 멀리했지만 보고 싶었다. 인숙 역시 일에 매달리면서 차츰 그를 잊어가고 있었다. 그런데 그에게서 연락이 왔다. 의외의 일이었다. 그녀가 수도 없이 그에게 전화를 했었다. 그때마다 그는 회피했었다. 사람의 마음은 참으로 묘하다. 인숙은 어쩔 수없이 연락을 할 수 없지만 오히려 그가 연락을 해왔다.

"왜! 무슨 일이냐?"

"보고 싶어서,"

"흥, 보고 싶다고, 이제 우리 관계는 이미 끝이 났잖아,"

인숙은 그의 전화를 거실에서 받았다. 말로는 그를 거부하면서, 그녀에게 이상한 반응이 왔다. 그녀의 참았던 욕구들이 살아났다. 마약을 끊고 욕정을 참고 있던 차에 다시 불을 지르는 효과가 되었다. 애욕이 살아나면서 대답과는 다르게 만나보고 싶어졌다. 인숙은 자기의 마음을 다스리지 못한다. 더욱 웃기는 것은 오늘 아침에 텔레비전에서 보도된 뉴스가 머리에 떠올랐다.

"회사 숙소에서 잠자던 한 여인이 괴한에게 성폭행을 당했습니다. 그녀가 그 사실을 남편에게 알리려고 하자, 보복을 두려워한 회사 간부들이 그녀에게 마취제를 먹이고 정신병원에 감금시켰습니다."

앵커는 계속 말했었다. 인숙은 뉴스가 생생하게 기억되었다.

"그들이 그렇게 숨기려고 했지만, 그녀의 남편은 그것을 알아채고, 그녀를 구출하였습니다. 그녀는 남편의 얼굴을 똑바로 볼 수 없었지만, 남편은 오히려 그를 위로했습니다. 요즘 같이 작은 일에도 서로 헤어지는 세상에, 정말로 서로 사랑하는 것이 무엇인지를 보여 주는 사건입니다."

인숙은 전화를 받으면서 뉴스에 나온 그 여자가 몹시 부러웠다. 자기 역시 순결을 지키지 못했다. 용서 받을 수 없는 일을 저질렀지만 그녀의 마음이 다시 흔들리고 있다. 여자의 마음은 갈대라는 말이 있다. 그녀는 다시 죄를 지으면 안 되지만, 뉴스에 나온 여자처럼 용서받고, 사랑을 받았으면 하는 생각을 한다. 남편이 감옥에 있지만 면회조차 가지 않으면서 부러워한다. 부부 관계는 서로 사랑할 때 빛이 난다. 그 반대가 되면 원망을 하며 산다. 인숙의 마음이 흔들린다. 그의 전화를 받으면서 다시 마약과 성을 즐기려는 마음에 사로잡힌다.

"매일 달리기를 했어,"

"그건 무슨 소리냐? 오랜만에 전화하고 한다는 소리가,"

"달리기가 섹스에 좋다고 해, 시험해 보고 싶어,"

"미쳤어, 자기 부인이 있잖아, 달리기 때문에 전화를 한 거냐?"

"왜, 그래 한번 만나 줘,"

이천상은 엉뚱한 말을 하다가 만나자고 했다. 풍요로운 자들과 없는 자들의 차이는 아주 크다. 없는 자들은 세끼를 먹고사는 것도 해결하기가 어렵다. 반면에 부유한 자들은 이상한 짓거리를 하며 산다.

"시간 없어, 전화 끊어,"

"시간이 없다니, 무엇을 하는데 시간이 없어, 내가 싫은 것이지, 그러지 말고 만나, 내가 맛있는 거 사줄게,"

　　인숙의 마음은 말과 다르게 그가 유혹하는 말에 점점 빠져들었다. 한술 더 떴다. 어차피 집에 아무도 없다. 그래서 그를 자기 집으로 오라고 했다. 이천상은 의외의 초대를 받았다. 그는 전화하기를 잘했다고 생각하면서 회심의 미소를 지었다. 그는 서둘러서 전화를 끊고 그녀의 집으로 향했다.

　　인숙은 그를 초대하고서 일부러 욕실로 들어갔다. 몸을 천천히 씻고 편하게 욕조에 누워 있었다. 현관의 벨소리가 들리도록 일부러 욕실 문을 약간 열어 놓았다. 얼마 후에 벨 소리가 났지만 그대로 못들은 척 했다. 이천상은 현관문 앞에서 벨을 여러 번 눌렀다. 하지만 반응이 없어서 문을 열어보았다. 문이 열렸다. 인숙이 문을 잠그지 않았기 때문이다. 그는 쉽게 집안으로 들어섰다. 그러나 아무도 보이지 않아서 두리번거렸다. 이상한 생각이 들었지만 조금 큰 소리로 어디 있는지를 물었다.

　　"여기 욕실, 잠깐만 기다려,"

　　이천상은 그녀가 자기를 유혹하고 있다는 것을 알았다. 그래서 그는 허겁지겁 옷을 벗고 욕실로 들어갔다. 그들은 다시 불이 붙었다. 어떻게 잠시 동안 헤어져 있었는지 의심이 갈 정도로 엉겨 붙어서 욕정을 불살랐다. 하지만 그들의 욕구는 채워지지 않았다.

　　"아까 달리기를 했다고 하더니, 별로 달라진 게 없네, 힘도 더 없고,"

　　이천상은 남자의 자존심이 상해서 얼굴이 붉어졌다. 그는 달리기가 성생활에 도움이 된다는 책을 읽었다. 그래서 그는 규칙적인 달리기를 했다. 남성의 성 능력 향상에 큰 효과가 있다는 것을 믿어서다. 누구든지 달리기를 통해서 더 만족스러운 성생활을 할 수 있다. 꾸준히 달리기를 하는 남성은 같은 연령층에 비해 몇 년 정도는 젊어진다. 적절한 식이요법과 금연 등 건전한 생활 습관까지 겸하면 십 년까지 젊어질 수 있다. 몸이 젊어지는 것은 성생활과도 관련이 있다는 말을 했다.

　　"못 말려, 모든 것을 섹스와 결부시키고, 돈 좀 주어,"

　　"돈? 왜 지금도 쪼들려?"

"남편이 감옥에 간지 오래 된 것을 알면서…"

"아직도 못 나왔어?"

"그때 도와주었으면 나왔겠지, 그 이후로 나를 거들떠보지도 않고서, 무슨 나온 것을 물어, 아직 못 나왔어,"

이천상은 어색한 표정을 지었다. 하지만 그녀를 다시 만날 명분이 생겼다. 그는 내심으로는 좋아하면서 희희낙락이 된다. 인숙이 자기 집으로 오라고 한 것도, 자기 남편이 집에 없었기 때문에 한 행동이라는 것을 알았다. 그래서 그는 신명이 났다. 주머니에서 지갑을 꺼냈다. 수표 한 장을 꺼내서 그녀에게 주었다.

"조금만 더 줘, 쓸데가 있어,"

"오늘은 그냥 그것으로 써, 가지고 나온 돈이 없어,"

인숙은 눈을 흘긴다. 그러나 돈줄을 또다시 잡았다는 안도감을 가진다. 이천상도 그녀를 만날 장소가 생겼다는 것 때문에 좋아한다. 그녀의 남편이 집에 없다. 아들도 공부 때문에 거의 집에 없다. 그녀의 집에서 이제 거리낌 없이 만나면 된다. 그리고 그의 요구를 들어주면 된다. 그래서 그들은 다시 자연스럽게 불륜관계로 치닫고 있다.

7.

김 목사는 또 다른 근사 체험자로부터 전화를 받았다. 하지만 인숙에게 연락이 되지 않았다. 그래서 그는 할 수없이 그 사람을 직접 만나 보려고 했다. 그가 집을 나서려고 하는데 때맞추어서 인숙으로부터 전화가 왔다.

"왜 전화를 안 받았어요? 지금 누구를 만나러 가 보아야 하는데,"

"죄송해요. 제가 가볼게요."

그녀는 전화로 김 목사의 지시를 받았다. 서둘러서 화장을 했다. 미색의 드레스를 차려 입고 근사체험자를 만나기 위해서 집을 나섰다.

"모든 것이 얼어붙었습니다. 혈액이 얼어서 병이 깨지고, 혈액이 융해

되지 않았다. 튜브가 막혀 버렸기 때문에 수혈을 할 수가 없었다. 추위 때문에 붕대를 감을 수가 없었지만 장갑을 끼고 일을 해야 했다. 그래서 아무 것도 할 수가 없었다. 상처를 보기 위해서 옷을 벗길 수도 없었다. 혹한 속에서는 그냥 내버려두는 것이 더 나았다. 환자에게만 혹한이 닥친 것은 아니다. 일반 병사들도 매한가지로 곤욕을 치르고 있었습니다."

"그렇게 추웠으면 아무 것도 못하였겠군요?"

"그럼요. 모든 것이 얼어붙어서 아무 것도 못했습니다. 소총의 기름이 얼어서 사격을 할 수가 없었습니다. 경기관총은 얼어붙는 것을 방지하기 위해서 두 시간마다 사격을 해야 했습니다. 박격포 포판이 반동으로 얼어붙은 땅에 부딪쳐서 금이 갈 정도로 모든 것이 얼어붙었고, 트럭과 전차는 두 시간마다 몇 십 분쯤 가동하지 않으면 시동이 걸리지 않았다. 땅 표면이 꽁꽁 얼어서 야전 축성은 그야말로 중노동이었고, 고무를 많이 사용한 군화는 땀이 많이 차서 가만히 앉아 있으면 바로 동상에 걸렸습니다."

"추위 때문에 모든 것이 단절상태였다는 이야기입니까?"

"그렇습니다. 그런 상태에서 근사체험을 했습니다."

인숙은 전쟁에 참여해서 죽었다가 살아난 사람의 근사체험 이야기를 들었다. 그의 눈썹은 송충이처럼 생겼다. 그것이 강인한 모습으로 보였다.

"시레이션의 음식물들도 속이 얼어붙어서 먹을 수가 없었습니다. 그런 상태에서 죽음 직전까지 갔다가 근사체험을 했습니다."

그는 말을 계속했다. 부상자는 곧바로 동사하기 때문에 후송하지 않으면 안 되었다. 모든 것이 얼어붙었다. 그런 상태에서 예수를 만났다. 하나님은 잠들어 있는 그를 흔들어 깨웠다.

"왜 그 자리에서 잠자고 있어, 네가 할 일이 많다. 이제 일어나거라."

예수는 그를 품에 안으며 명령하듯이 말했다. 그래서 그가 깨어났다. 그는 병원의 침대에 누워 있었다. 혼수상태에서 깨어났다. 죽기 직전에 헬리콥터에 실려서 후송되었다. 병원에서 여러 날 치료를 받았다. 그는 그 동안에 예수를 만났다. 예수는 그를 아비규환 속에서 구했다. 그래서 그는 하나님과 천당이 있다는 것을 믿었다. 실제로 근사체험에서 예수를 만났기 때문이다. 하지만 그것을 말로 전하는 것이 전부다. 사실적인 것을 증명하지 못하는 안타까움이 있다.

"제가 체험한 이야기는 사실입니다."

"인정합니다. 당신은 하나님이 있다는 것을 믿지만, 다른 사람들에게는 어떻게 그것을 믿도록 해야 합니까?"

"아무튼 모르겠어요. 하지만 예수는 아주 인자한 모습이었습니다."

그는 전쟁터에서 동사 직전에 구출된 병사다. 그런 상태에서 하나님을 만났다. 너무 황홀해서 어떻게 설명할 수가 없다. 하나님을 만난 일도 다 기억하지 못한다. 더욱이 그것을 말로 설명하기가 쉽지 않다는 점을 말했다.

"작가 톨스토이도 우울증 환자였어요."

"갑자기 톨스토이 이야기는 왜 하십니까?"

"그의 가족들은 그가 자살할 가능성 때문에 늘 긴장하고 살았습니다. 주위에 노끈과 칼을 치우고, 그를 위해 기도했다는 이야기를 들었습니다."

"그게 당신과 무슨 상관이지요?"

"저도 자살 충동을 늘 느낍니다. 저는 자살하고 싶은 충동이 일어날 때마다 기도를 했습니다. 그런데 톨스토이와 그 가족들도 나와 마찬가지로 그렇게 했습니다. 희한하게 같은 점이 있습니다. 저 역시 평상시에 기도를 하면 안정을 취하고 하나님에게서 평화를 얻습니다."

"그것은 근사체험과 다른 이야기 아닙니까?"

"그렇습니다. 하지만 기도가 자살 충동 억제에 도움이 된다는 점을 말하려고 해서입니다."

그는 톨스토이와 자기를 비교하는 말을 계속했다. 톨스토이의 참회록은 자살 충동 속에서 쓰여 졌지만, 많은 사람들에게 평안함을 주는 아이러 니가 있다. 톨스토이는 자살충동을 극복하기 위해서 성경을 믿었다. 기도를 열심히 하고 그것을 실천하는 삶을 살았다. 그래서 그의 일과는 늘 기도였다. 그런 속에서 창작을 하고 많은 저서를 남겼다.

그는 십계명보다 땀을 흘리는 것이 먼저라는 말을 했다. 모든 종교의 기본은 자아를 죽이는 것이다. 기독교에서는 '나를 버려라,'라는 말을 한다. 불교에서의 '고집멸도'도 같은 말이다. 공자의 '극기'도 그렇고 노자의 '무사'가 다 자기를 버리라는 말들이다. 각 종교들이 같은 말들을 교훈처럼 하고 있다. 영적으로 거듭나려면 자기를 버리는 일이 먼저다. 하지만 그것을 깨닫지 못한다. 그것을 죽음 직전에 알게 되지만 그때는 이미 때가 늦은 것이다. 근사체험자들은 그것을 체험하지 못한 자들보다 먼저 깨우친다. 하지만 그들 역시 죽음의 문전 앞에서 겨우 알게 된다. 하나님과 대화하기 위해서는 영이 통하는 영감이 있어야 한다. 하지만 영감은 아무에게나 일어나지 않는다. 믿음이 강한 자에게만 일어난다.

"결국, 저에게 하나님에 대한 사상을 가르치는 것입니까?"

"아닙니다. 영의 세계가 있고, 그것을 확신시켜 주는 것은 오직 하나님이라는 것을 말하는 것입니다."

"같은 이야기 아닙니까?"

인간의 얼을 객관적으로 나타낸 것이 진리이다. 얼을 인격적으로 나타낸 것이 독생자이고, 얼을 윤리적으로 나타낸 것이 하나님 아들이다. 몸은 죽지만 얼은 죽지 않는다. 육체는 상대 세계에 있지만 영혼은 절대 세계에 있다. 상대 세계의 존재들은 절대 세계로 들어가기 위해서는, 복종과 자애가 절대적으로 요구된다. 그것을 실천한 사람이 예수다. 예수는 하나님 아버지에게로 돌아갔다. 석가는 니르바나로 돌아갔다. 노자가 말한 만물이 자연으로 돌아간다는 것도 절대 세계로 돌아가자는 말이다.

그는 성경을 많이 탐독한 듯 했다. 폭넓은 지식을 가지고 있었다. 인숙은 그의 해박한 지식에 심취했다. 하지만 근사 체험을 확인하는 일에서는 벗어나고 있다. 근사체험자들을 만나면서 늘 갖게 되는 불신이 또다시 그림자를 드리웠다. 그의 근사체험 이야기를 들었지만 신뢰성을 얻지 못했다.

8.

영철은 아버지를 만나고 늦게 귀가하였다. 매우 우울한 상태에서 집으로 돌아와 현관의 벨을 눌렀지만 아무 대답이 없다. 할 수 없이 열쇠로 문을 따고 집안으로 들어서다가 기겁을 했다. 거실에 어머니와 이천상이 알몸으로 누워 있었다.

"아니! 무슨 짓들이야, 정말로,"

영철은 못 볼 것을 보았다. 어머니가 외간 남자와 불륜 관계를 맺고 있는 현장을 보았다. 지금까지 의심을 하기는 했지만, 그것을 직접 목격하고 나자 앞이 캄캄해졌다. 갑자기 감옥에 있는 아버지가 불쌍했다. 하지만 어떻게 할 수가 없다. 그냥 무작정 밖으로 뛰쳐나갔다.

그들은 마약에 취해 있었다. 아들이 집에 왔다가 간 것도 모를 정도로 정신을 잃고 있다. 쾌락을 위해서 해시시를 먹었다. 누구든지 마약에 취하면 이성을 잃는다. 자기 집에서 아들이 올지도 모르는데, 그것을 먹고 서로 탐욕을 했다. 더욱이 그들은 부끄러운 줄도 모르고 알몸으로 누워 있었다. 그들이 잠에서 깨어나지 못한 것은 아주 크나큰 실수였다. 많은 시간이 흐른 뒤에 먼저 눈을 뜬 쪽이 이천상이다.

"여보, 일어나 봐, 새벽 세시야,"

새벽 세시라는 말에 인숙은 눈을 떴지만, 머리가 아파서 일어나지 못한다. 하지만 아버지를 면회하러 간다고 했던 아들 생각이 문득 났다. 아들이 집에 돌아올 시간이 넘었다. 그녀는 마약에 취해서, 알몸으로 외간 남자와 누워 있는 것을, 아들이 보았을 것이라는 생각을 하자, 정신이 번쩍 들었다. 하지만 더욱 기겁을 하는 쪽은 이천상이다. 왜 그렇게 했는지 자신도 이해가 가지 않았다. 그는 마약을 끊었다고 생각했다. 하지만 그 마력에 다시 빠져들었다. 지금까지 자기 아내와 약속한 일들도 모두 수포로 돌아갔다. 그는 또다시 혼돈의 나락으로 빠져든 것에 대해 매우 혼란스러워했다.

"이제 어떻게 하지?"

"뭘?"

"우리 아들이 분명히 왔다 갔을 거야, 지금까지 집에 오지 않았을 턱이 없어, 이제 어떻게 하지, 내가 죽일 년이야,"

인숙은 자기가 한 행동에 대해 후회하며 울부짖었다. 이천상은 그런 모습을 보고 어떻게 할지를 모르다가, 자리에서 일어나 옷을 챙겨 입었다. 그리고 그녀를 한번 힘 있게 포옹한 다음에, 그냥 말없이 현관문을 열고 집밖으로 나갔다.

그녀는 자기가 한일이 한심했다. 혼자서 울부짖다가 정신을 차렸다. 잠옷을 찾아 입고 어질러진 자리를 정리했다. 하지만 머리가 무거워서 다시 자리에 누웠다. 자기가 한 일 때문에 잠이 오지 않는다. 기억을 더듬었지만 통 생각이 안 난다. 그녀는 할 수없이 잠을 청했지만 오히려 정신이 맑아진다. 더욱 안타까운 것은 아들에게 가진 돈이 없다는 것이다. 영철이 어디서 밤을 지새우는지가 걱정이 되었다. 생각이 거기까지 미치자 몹시 답답해졌다. 자리에서 벌떡 일어나 앉았다. 그녀는 황소울음 소리를 내며 미친 듯이 울부짖었다.

9.

김 목사는 인숙이 출근을 하지 않자 전화를 걸었다.

"왜, 안 와요. 무슨 일이 있습니까?"

인숙이 전화 벨 소리에 눈을 떴을 때는 아침이 훨씬 지난 시간이었다.

자리에서 일어나 전화 수화기를 들자마자 김 목사가 출근하지 않은 것을 채근했다. 하지만 그녀는 정신을 차리지 못한 채, 전화를 받는다.

"어디 아프십니까?"

"오늘 못 나가겠어요."

"그래요. 어떻게 하지, 만날 사람이 생겼는데, 오늘 밖에 시간이 없다고 해서요,"

"무슨 일이죠?"

"말을 타다가 사고를 당한 사람이래요, 우리 카페에다 일방적으로 시간과 장소를 정해 놓았어요. 안 만날 수도 없고…"

인숙은 할 수 없이 그곳으로 가보겠다는 말을 하고 전화를 끊었다. 그리고 천천히 옷을 챙겨 입었다. 화장을 한 다음에 집밖으로 나섰다. 서늘한 바람이 차갑게 느껴졌다. 그녀는 서둘러서 버스를 탔다. 김 목사가 알려준 장소로 찾아갔다. 그녀가 만난 사람은 건장한 청년이다. 그는 이글거리는 눈을 가지고 있다. 모든 것을 압도하는 눈과 우람한 체격을 가지고 있었다. 그는 인숙을 만나자마자 사람이 살고 죽는 것이 별것이 아니라는 말을 했다.

"말에서 떨어졌어요. 그리고 혼수상태에서 몇 달을 지냈습니다."

인숙은 무슨 말을 할지 몰라서 그의 말에 대답하지 않았다. 하지만 그는 아랑곳 하지 않고 말했다.

"사람의 목숨이 파리만도 못하다는 것을 체험했습니다. 보시다시피 저는 건장한 몸을 가지고 있습니다. 말을 타며 즐기다가 낙마하여 죽음의 직전에서 살았습니다. 제2의 인생을 살고 있는 것이지요."

그의 일방적인 말은 핵심을 벗어나고 있다. 그녀는 기분이 좋지 않아서 짜증이 났지만 참는다.

"워워, 하면서 몸을 젖히고 고삐를 당겼어요. 그러자 말이 길길이 뛰며 저를 이리저리 흔들었어요, 그래서 정신을 잃고 낙마하여 멀리 나가 떨어졌습니다."

"그럼 승마 초보자였습니까?"

"네, 저는 원래 럭비를 했습니다. 친구의 권유로 승마를 시작 한지 얼마 되지 않아서 사고가 났습니다. 말을 멈추고 다시 뛰게 하는 연습이 끝난 후에, 어느 정도 자신이 있다고 판단해서, 무리하게 말을 몰았습니다. 그 래서 큰 사고가 났습니다."

"말 타기가 귀족 스포츠라고 하지만 위험이 따르지요?"

인숙은 그에게 말할 기회를 주는 것이 필요하다고 생각했다. 하지만 그 의 말은 여전히 핵심적인 것을 벗어나고 있다. 승마의 즐거움에 관한 이야 기를 지루하게 늘어놓았다.

"승마의 매력은 인간과 살아 있는 동물의 완벽한 혼연일체가 되는 기쁨 입니다. 말은 자동차가 아닙니다. 기계는 스위치의 작동에 따라, 어느 정 도 자기 마음대로 되지만, 말은 동물이기 때문에 완전한 교감으로 사람과 일체가 됩니다."

"물론이겠죠. 초보자라고 하면서 많이 알고 있군요?"

"상식이죠. 상호 일체감이 없으면 사고가 나게 되는데, 큰 사고는 말을 무리하게 내몰아서 생깁니다. 저는 조금 과격한 성격을 가져서 큰 사고를 냈습니다."

"본론을 말하시지요? 사고를 당했다는 것은 이미 들어서 알고 있습니 다."

인숙은 그가 말하려는 핵심을 들어 보려고 유도했지만 여전히 근사체 험과는 거리가 먼 이야기로 일관한다. 갑자기 말이 날뛰었다. 그 상황은 마치 카우보이가 말 타기 경주를 하는 것 같았다. 고삐를 손에서 놓지 않 으면 크게 다치지 않지만 그 반대였다. 고삐를 당기면 말이 고개를 위로 쳐들기 때문에 머리부터 떨어지는 불상사를 피할 수 있다. 하지만 어떻게 된 것인지 그냥 나가 떨어졌다. 말을 무서워하는 사람들의 두려움은 말이 아니라 낙마를 두려워하는 것이다. 그는 스포츠에서 두려움을 느끼면 안 된다는 생각을 해서 조금 거칠게 다루었다고 했다.

"말은 원래 겁이 많은 동물입니다. 자기 보호를 위해서 뒷발질을 잘 합니다."

인숙은 이제 그의 본말을 알아내려고 아는 체를 했다. 승마가 위험한 스포츠이지만 말을 지혜롭게 다루면 안전한 운동이다. 그래서 한번 빠져들면 헤어 나오기가 어려운 것이 승마라는 것을 알고 있다고 말했다.

"이제 승마 이야기는 그만하시고, 근사체험에 대해서 말씀해 보시지요, 뭘 체험했습니까?"

"제우스신을 만났습니다."

그리스 신화에 의하면 제우스는 신과 인간의 아버지이고 지배자이며 수호자라고 불린다. 인숙은 무슨 이야기를 또 하려는지 그 의도를 몰랐지만 그의 말을 경청했다. 제우스는 천둥, 번개, 비, 바람을 보내는 신으로 그의 전통적인 무기는 벼락이다. 휘몰아치는 바람과 함께 벼락을 맞은 듯이, 강한 힘에 의해서 어디론지 한없이 끌려가다가 멈추자, 아주 다른 세상에 와 있었다. 신 제우스가 그를 보더니 힘도 없는 자가 힘으로 죽으려고 하느냐고 하면서 호통을 쳤다. 그리고 그를 다시 더 먼 곳으로 날려 보냈다. 그래서 한없이 깊은 곳으로 추락했다. 얼마 후에 자기가 올림포스 동산에 떨어졌다는 것을 알았다.

올림포스 최정상에 하늘이 있었다. 제우스는 아주 무섭게 바람을 휘몰아치며 그를 또다시 더 다른 세계로 몰고 가려 했다. 하지만 반대쪽에 서 있는 하나님은 그를 비호하며 제우스와 다투었다. 하나님이 온화한 바람으로 그를 감싸주는 가운데, 제우스의 난폭한 폭풍이 휘몰아쳤다. 하지만 하나님이 제우스의 바람을 물리치고, 그를 아주 밝은 세상으로 데려갔다. 거기에서 한 여자를 만났다. 자세히 보니 그의 죽은 아내였다.

"여보! 여기는 왜 왔어? 이승에서 더 좋은 일을 하고 제단을 쌓지 않고,

빨리 집으로 돌아가,"

"당신을 찾아왔어, 당신하고 살고 싶어,"

"그럼 지금 있는 아내와 애들은 어떻게 하고?"

"당신을 더 사랑해, 나는 당신하고 살고 싶어,"

"아니야, 돌아가, 그리고 성질을 죽여,"

"성질을 죽이다니?"

"이승에서 사는 일은 미세한 먼지를 날리는 일과 같아, 늘 조심하고 살아, 내 말을 명심하고 돌아가, 다시는 오지 말어,"

죽은 아내가 사정없이 자기를 떠미는 바람에 너무 서운해서 울부짖었다. 살려 달라고 소리를 치자, 누군가 그를 세차게 흔들어서 깨어나 보니, 자기 방에 누워있었다. 한참 후에 알았지만 가족들이 장례 치를 준비를 하고 있었다.

"그럼 장례를 치르려는 단계에서 살아났나요?"

"정말 사람이 사는 것이 파리 목숨과 같더군요. 제가 그렇게 살아난 것을 보아도, 결국 제우스와 하나님이 힘으로 싸우다가 저를 구원했다는 생각이 들더군요. 그래서 지금은 교회에 나갑니다. 하나님이 있다는 것도 진심으로 믿습니다."

"그렇군요. 근사체험에 따른 행동을 실제로 실천하고 계시는군요?"

"그런 셈이지요, 제우스의 거센 바람을 하나님이 막아 주지 않았다면 저는 죽었을 테니까요."

인숙은 그의 이야기를 듣고 정리되는 것이, 다른 근사체험자와 다르지 않다는 점을 생각했다. 결국 죽음의 문전에서 다시 살아나는 사람들은 거의가 같은 상황을 겪고 다시 살아난다는 것을 알았다. 하지만 이번의 경우는 그를 살려준 사람이 가족이 아니라 하나님이라는 사실에 대해서 알았다. 믿음이 없는 자가 근사체험을 하고 하나님을 영접한 경우에 해당된다.

10.

　영철은 어머니의 불륜 광경을 목격하고 한없는 슬픔에 잠겼다. 누구와 상의할 사람도 없다. 그런 때일수록 성직자와 상의를 하는 것이 좋겠지만 그는 그것을 알지 못했다. 그는 집으로 돌아가지 않고 길거리를 방황하기 시작했다. 먹지 못하던 술도 마시기 시작했다. 그리고 어머니의 불륜에 대해서 원망했다.

　아버지가 도덕적으로 타락하여 사고를 치고, 감옥에 간 것에 대해서도 깊이 생각하면서 방황한다. 과연 무엇을 위해 살아야 하는지를 생각하면 할수록 큰 혼란에 빠진다. 주머니를 뒤져보았다. 가진 돈이 없다. 동전 몇 개와 천 원짜리 지폐 몇 장이 전부다. 그는 소주 한 병을 샀다.

　공원에는 사람들이 분주하게 오가고 있다. 달리기를 하는 사람과 한가롭게 산책하는 사람들이 많다. 그는 벤치에 앉아서 술병을 땄다. 안주도 없이 병나발을 불었다. 취기가 오면서 많은 일들이 주마등처럼 스쳐 지나간다. 학교에서 그냥 참고 공부에 열중했어야 했었다는 생각과, 그런 상태 속에서 공부를 더 지속하는 것이 무슨 필요가 있었겠느냐는, 그 반대의 생각도 꼬리를 물고 일어났다.

　"범사에 감사하고 살아야 해,"

　"감사할 일이 별로 없습니다."

　영철은 학교 예배시간에 있었던 임 선생의 설교가 생각나서 피식 웃었다. 임 선생은 남을 먼저 배려해야 한다는 설교를 했다. 지금 그 생각이 왜 떠오르는지 모르지만 좋은 말이 아니라는 엉뚱한 생각을 한다. 어떻게 모든 것을 감사하고 살 수 있을지를 생각하면 모순에 빠지게 된다. 자기 자신의 처지를 보아도 그런 마음이 들지 않았다. 그래서 그는 나쁜 쪽의 생각만을 하면서 그것을 부정한다. 사람은 개개인이 유아기에서부터 노년기까지 아주 다른 삶을 살고, 감정의 동물이기 때문에 매사를 그렇게 감사하며 살기가 쉽지 않다는 생각이다. 영철은 다시 술병을 입에 대고 술을 마신다. 하지만 학교에서 있었던 일들이 자꾸 회상된다.

"고대 그리스인들은 사랑을 에로스, 아가페, 필리아로 나누어 생각했어, 하지만 아가페의 사랑이 최고지,"

"그게 저하고 무슨 관계가 있습니까?"

"인간이기 때문에 관계가 있어, 다시 말해서 얼기고 설키며 살기 때문이지,"

임 선생님은 사랑에 대해 장황하게 설명했다. 에로스는 젊은 남녀 간의 뜨거운 사랑을 말할 때 쓴다. 아가페는 하나님의 사랑이다. 필리아는 인간의 우정을 말할 때 쓴다. 자연과 문화, 인간과 학문, 예술적 사랑 등 넓은 의미의 사랑을 말한다. 하지만 사랑에 대한 정의는 각자의 시각차가 있다.

철학자 플라톤은 에로스에 대해서 정애에 뿌리박은 정열적인 사랑으로 종종 광기의 모습을 보인다고 말했다. 일자와 합일하여 참다운 실재와 융합하기를 바라지만, 지상에서 육체적인 생존을 계속하고 있는 한, 신적인 것과의 일체화를 실현하기는 불가능하다. 따라서 망아황홀의 경지를 끝없이 추구해서, 결국은 죽음에 이르는 사랑이라고 말했다.

영철은 어머니의 불륜을 생각하면서, 선생님이 말했던 사랑이 무엇인지를 가늠하지 못하겠다는 생각에 빠지면서, 몹시 혼란스러워졌다. 아리스토텔레스는 필리아의 사랑이라는 것에 대해, 부모가 자식을 사랑하듯이 자기 자신과 같은 사람을 사랑하는 것을 말하지만, 결국 이기애에 귀착된다는 점을 말했다. 결국 이기애에 빠지지 않기 위해서는 뜻이 같거나, 나쁜 사람을 막론하고 사랑하지 않으면 안 된다. 따라서 필리아의 사랑은 하나님의 사랑인 아가페로까지 높아지고 깊어질 필요가 있다.

영철은 그들의 말을 인정하려고 하지만, 어머니가 남편과 아들을 사랑하고 있는지가 의심스러워 그것을 믿지 못하겠다는 생각을 한다. 어떻게 남편이 감옥에 가 있고 아들이 방황하고 있는데, 외간 남자를 자기 집으로 불러들여서, 마약을 하고 간음을 할 수가 있는지를 생각하자 머리가 아팠다.

신만이 평등하게 모두를 사랑할 수가 있다. 만약에 어떤 자가 모두를 사랑하고 있다면 그것은 위선이다. 어떻게 인간이 모두를 평등하게 사랑할 수 있을까, 그것은 불가능한 것이다. 위선에 빠지지 않는 사랑은 자기애적인 사랑인 에로스뿐이다. 필리아는 에로스적 요소를 잃지 않는 정도에서 사랑에 빠져야 하기 때문에, 아가페와 에로스의 양극 사이를 오가게 되는 사랑이다.

"철학자 키에르케고르는 아가페의 사랑에 대해 이렇게 말했었지, 신과 인간과의 사이에는 무한한 질적 차이가 있는 것처럼 아가페의 사랑이 최고라고 말했어,"

"물론입니다. 사람이 신처럼 모두를 사랑할 수는 없겠지요?"

임 선생의 설교는 계속되었다. 영철은 흥미를 느끼지 못했었다. 하지만 지금 생각해 보니 여러 가지 의미가 담긴 이야기들이라는 것이 생각되었다. 머리가 아팠다. 술병을 입에 대고 벌컥 소리가 나게 마셨다. 마지막 남은 술을 다 마시고 멀리 던졌다. 파열음이 나면서 깨지는 소리가 났다. 지나가던 사람들이 못마땅한 눈으로 쳐다본다. 그는 이미 취했다. 정신이 혼란스러운 상태가 되었다. 하지만 임 선생의 말이 또다시 생각났다. 신과 인간이 융합은 실제적으로 합일이 일어날 수 없다. 단지 있는 것은 인간과 신의 사귐이 있을 뿐이다. 신과 인간은 절대적인 심연에 의해서 떨어져 있고, 어떻게 사귈 수 있는가에 대한 것이 있을 뿐이다.

"그리스도의 참된 존재의 뜻이 거기에 있지,"

그가 말한 설교의 귀결은 결국 예수를 믿으라는 말이었다. 영철은 모든 것이 예수로 결집되는 그의 말을 들으면서 반감 같은 것을 늘 느끼곤 했다.

"예수 그리스도는 신과 인간의 중보자다. 신의 아들로서 이 땅에 태어났다. 따라서 우리는 오직 예수 그리스도에 의해서만 신을 알아야 한다.

이 중보자가 없다면 신과의 모든 사귐은 끊어진다. 너희들은 그것을 믿어야 된다."

영철 역시 그의 말에 수긍이 가지 않았다. 그러던 차에 그의 말을 호기심 있게 들었다. 하지만 그의 말은 아주 엉뚱했다. 다른 학생이 그 말에 반기를 들고 어깃장의 말을 했다.

"선생님이 들고 있는 백묵도 하나님이 주신 건가요?"

"그래, 하나님이 주신 거지,"

"거짓말하면 안 됩니다. 선생님, 우리 옆집에 백묵을 만드는 공장이 있어요."

학생들이 와하고 손뼉을 치면서 웃었다. 선생님은 조크라는 것을 알고 부드럽게 대했지만, 단호하게 모든 것이 하나님으로부터 나온다는 것을 설명했다.

"항상 기뻐하고 즐거워하며 살아야 해,"

"어떻게 그렇게 해요, 성적이 안 올라가는 것도 못 참는데,"

"아니야, 그럴수록 즐거워하며 공부를 해야 해,"

성경에 있는 말을 선생님은 인용했다.

"누구든지 성내지 않고, 왼쪽 뺨을 때리면 오른쪽 뺨을 내 밀고, 네 원수를 사랑하라는 하나님 말씀을 실천하려는 의지가 있는 자가 있다면, 그 자체로 그는 이미 착한사람이며, 구원을 받은 자가 되지, 성경에 있는 말이야, 믿어야 돼."

영철은 술에 취해 있었다. 하지만 선생님과 같이 했던 많은 생각들을 하면서, 혼란스러운 현재의 상황을 이해하지 못하고 있다. 부모님들이 모두 악의 구렁텅이에서 헤매고 있다. 어떻게 모든 것을 감사하며 살라는 것인지 헷갈렸다. 영철은 악인과 선인의 차이는 환경이고, 물질이 지배한다는 생각을 한다. 하지만 믿음은 물질로부터 오지 않는다. 사랑과 관용으로부터 온다. 그것을 영철은 알고 있지 못한다.

11.

    이천상은 동네 슈퍼에서 먹을 것을 샀다. 그리고 차를 몰고 인숙의 집으로 향했다. 번화한 거리로 접어들자, 자동차가 붐비기 시작했다. 그녀를 빨리 만나고 싶었지만 교통체증 때문에 짜증이 났다. 갑자기 소낙비까지 내려서 자동차들이 더욱 거북이걸음을 했다. 빨간색 신호 대기불이 켜졌다. 앞차가 급제동을 하며 멈추어 섰다.

    이천상은 정신을 팔고 있다가 마찬가지로 급제동을 걸었다. 그 바람에 뒤에서 달려오던 차가 그의 차를 사정없이 들이박았다. 자동차 범퍼가 우그러들고 앞바퀴가 펑크 났다. 그는 할 수없이 어렵게 자동차를 도로 옆으로 옮기고 있는데, 박치기를 한 차가 그냥 모르는 척하고 도망쳤다. 그 광경을 목격하고도 비가 억수같이 내려서 어떻게 하지 못하고 쳐다보았다. 아주 재수가 없는 날이다. 비까지 그칠 줄을 모르고 퍼붓는다.

    자동차 수리 공장에 연락을 취했다. 비를 맞으며 차에서 내렸다. 그리고 도로 옆에 있는 큰 건물의 추녀 밑으로 재빠르게 이동했다. 잠시 후에 자동차 서비스 공장의 레커차가 왔다. 차 수리를 부탁했다. 세차게 내리는 비속에서 어렵게 택시를 잡아타고 인숙의 집으로 갔다.

    “누구세요?”

    인숙은 문을 열지 않고 언제나 같은 말로 물었다.

    “나요. 이천상입니다.”

    “어머, 옷이 다 젖었잖아, 비가 많이 오는데, 우산도 없이,”

    인숙은 현관문을 열면서 그의 옷이 비에 젖은 것을 보았다. 하지만 그를 재빠르게 안으로 들어오게 했다. 말 많은 옆집 이 집사 때문이다. 외간 남자를 맞아들이는 것을 그녀가 보게 되면 무슨 소문을 낼지 모른다. 이천상은 현관에서 젖은 옷의 물기를 털면서 한숨을 돌렸다.

    “집에서 만나면 위험해, 먼저도 우리 아들이 본 것 같아,”

    “보고 싶어서 왔어, 집이 편하기도 하고.”

“그래도 그렇지, 이제 우리 집에서는 곤란해,”

인숙은 자기 집에서 정사를 벌이는 것이 곤란하다고 말했지만 이천상은 개의치 않는다. 그녀는 할 수없이 그가 하는 대로 몸을 맡긴다. 사람의 마음은 참으로 알 수가 없다. 지금 그녀가 처한 상황으로 보아서는 그를 거부해야 하지만, 그녀는 어느 때처럼 그를 받아들이고 사랑을 나눈다. 사랑은 눈은 멀게 한다.

영철은 그 시각에 공원을 배회하였지만 돈이 없었다. 비까지 내려서 어쩔 수없이 서둘러서 집으로 돌아왔다. 그가 집에 도착한 시간은 어둑할 무렵이다. 하지만 전처럼 집에 무슨 일이 있을지 걱정이 되었다. 그래서 이내 집으로 들어가지 못하고, 복도에서 잠시 서성거리고 있었다. 인숙은 음욕을 채운 후에 아들이 돌아올 것을 염려했다.

“우리 아들이 올지 몰라, 빨리 나가 줘,”

“급하기는, 아들이 공부하러 갔다면서 낮에 무엇 하러 집에 와,”

“지금 낮이 아니잖아, 저녁이 다되었어, 밖이 어두워졌어,”

그녀는 자기 집에서 빨리 나가도록 이천상을 채근했다. 하지만 그는 좀처럼 돌아가려고 하지 않아서 애를 태운다. 한동안 지체하다가 그는 할 수없이 옷을 챙겨 입고 현관을 나섰다.

영철은 자기 아파트 위층 복도에서 서성거리다가, 예상했던 대로 이천상을 보았다. 이천상은 천천히 계단을 따라 아래층으로 내려갔다. 영철은 그를 뒤에서 조용히 지켜보다가 뒤를 따르기 시작했다. 어두워진 밤이지만 밖은 여전히 비가 내리고 있다. 이천상은 택시를 잡기 위해서 큰 도로까지 갔다. 하지만 비가 내려서 차를 잡기가 쉽지 않았다.

영철 역시 그의 뒤를 밟다가 그와 가까운 근접 지점에서 그를 지켜보고 서 있었다. 택시를 바로 잡을 수가 없었던 이천상은 옷이 비에 많이 젖어서, 할 수없이 택시 잡기를 포기하고, 근처에 있는 작은 식당으로 들어갔다. 술을 한잔하면서, 비가 그치기를 기다린 후에, 집으로 돌아가려고 했다.

영철은 술집 밖에서 그의 행동을 주시하면서 지켜보고 있다. 이천상은 소주를 한 병이나 비우고서야 자리에서 일어났다. 그때까지 비가 그치지 않았다. 하지만 수리를 맡긴 자동차를 찾은 후에 집으로 돌아가려고 서둘렀다. 그는 술집 밖으로 나온 후에 비를 맞으며 한동안 걸었다. 그의 어깨를 무엇이 갑자기 내리쳤다. 그는 갑작스러운 공격에 그 자리에 쓰러지고 말았다.

"이 자식, 잘 놀고 있다. 나쁜 자식, 아버지가 감옥에 있는데, 우리 엄마를 꼬드겨, 개 같은 자식, 죽어 봐라,"

영철은 쓰러진 그를 내려다보면서 몽둥이로 몇 번을 더 내리쳤다. 그리고 그의 호주머니를 뒤졌다. 지갑을 꺼냈다. 그리고 재빠르게 그 자리를 피했다. 비가 세차게 내려서 그때까지 목격자가 없었다. 영철은 멀리 도망을 쳤다.

"이천상이, 이름이 이천상이고, 공무원이잖아, 나쁜 놈,"

영철은 지갑 속에서 그의 명함을 발견하고 그가 이천상이라는 것을 알았다. 다행히도 지갑 속에는 현금과 몇 장의 수표가 있었다. 영철은 그를 혼내 주고 돈을 강탈한 것에 만족하고 있다.

12.

김 목사는 자기 연구에 몰두하고 있다. 그는 하나님의 실체를 확인하지 못하는 안타까움 때문에 기도하는 시간이 많아졌다. 인숙이 녹음해 온 자료들을 몇 번씩 반복해서 듣고 있지만 신통한 것이 없다. 기도에 더욱 매달린다.

"눈먼 사람에게 말하라, 너는 자유다. 그와 세계를 갈라놓았던 문을 열어 주고, 받아 주어라, 그리고 영혼을 부드럽게 받아 들여라, 죽는다는 것은 아주 필연적이다. 장님도 밝은 빛을 보는 자도, 그가 인간이면 누구든지 다 죽는다. 조금 더 사느냐, 그렇지 못하냐의 차이가 있을 뿐 모두가 죽는다. 그렇다면 죽음을 준비해야 하고, 잘 준비한 자는 죽는 것도 예술처럼 미학적으로, 우아하게 죽을 수 있다. 저승에 천당이 있고 사후 세계가 있다면 죽는 것에 대해서 두려워 할 필요가 없다. 이승이 저승을 위한 전 단계로 있다고 보면 더욱 그러하다. 그것을 사람들에게 인식시키는 것은 어렵지만 그러한 사실은 분명히 존재한다.”

김 목사의 애절한 독백의 기도는 말 그대로 절규처럼 들렸다.

“믿지 못하는 자들이여, 믿어 봐라, 죽는 것은 누구에게나 한번 있다. 그 한번이 모든 것을 끝내는 것이 아니라 사후 세계가 있다. 그 사후 세계를 맞이하는 것이 필연이라면, 그리고 더 좋은 세상이라면, 죽는 것을 슬퍼할 것이 아니라 기뻐해야 한다.”

그는 기도를 열심히 한다. 하지만 아무것도 모르는 사람들을 믿게 해야 하는지를 생각하면 답답해진다. 그래서 그는 자기 연구의 한계를 느낀다. 인숙이 가져오는 녹음테이프가 별 도움이 되지 않는다. 여러 가지로 분석해 보아도 명쾌한 답이 나오지 않는다. 근사체험의 대부분은 거의 같은 맥락의 이야기들이다. 그것을 인정하지 않는 사람들은 허상을 보았다고 하거나 환상이나 꿈 이야기로 치부한다.

영지주의는 영감의 세계를 체험하는 것이다. 자기의 마음을 한 곳에 집중시켜서 계속 생각하면, 영적으로 그것에 대한 해답으로 얻게 되는데, 그것이 영감에 의해서 얻어지는 결과물이다. 김 목사는 하나님을 만나 보기 위해서 깊은 기도를 한다. 하지만 좀처럼 그는 살아 계신 하나님을 접하지 못한다.

“언제! 나에게 답을 주시려는지,”

그는 기도를 하다가 눈을 뜨고 한숨을 쉰다. 하지만 진정 하나님이 계시다면, 자기에게 그 모습을 보여 달라는 구원의 기도를 다시 한다. 그의 아내는 늘 그러한 모습을 걱정스러운 눈으로 지켜보고 있다. 교회의 신도들 역시 되지 않는 일에 매달리고 있다는 생각을 하는 사람들이 늘어나고 있다.

13.

영철은 이제 타락해 간다. 이천상을 치상하고 강탈한 돈으로 유흥가를 찾아간다. 번화가에 있는 술집에서는 화려한 쇼를 보여 주고 있다. 많은 사람들이 흥청거리고 있다. 영철이 그곳에 들어서자 흰색 옷에 선글라스를 낀 사회자가 섹시 댄스의 시작을 알린다.

"오! 섹시, 섹시, 섹시!"

그의 외침에 따라 술집 안은 흥분의 열기로 가득 찬다. 영철은 처음 들어가는 곳이지만 태연하게 자리를 잡고 앉았다. 아직 미성년자의 신분을 감추려고 여유 있게 술과 안주를 시켰다.

"오늘의 하이라이트인 섹시 댄스를 시작합니다."

무대의 사회자는 우렁찬 목소리로 외쳤다. 영철은 아직 어린 나이에 술을 마시면서, 무슨 일이 벌어지는지가 궁금했다. 그래서 눈앞에 벌어지는 광경을 눈여겨보고 앉아 있다. 사회자의 외침에 따라서 참가자들이 무대를 둘러싼다.

"여러분! 일등엔 상금이 백만 원입니다."

"와 하! 2등은 없습니까?"

"왜 없어요. 5십 만원, 그리고 3십 만원입니다. 모두 참여하십시오. 이 밤을 뜨겁게 달굴 여러분을 기다립니다."

사회자의 짧은 멘트를 통해서 무엇을 하겠다는 것이 어렴풋이 짐작이 가기는 했다. 영철은 처음이라서 호기심 있게 바라보고 있다. 사회자의 말이 떨어지자, 홀에 있던 젊은 여성들이 앞을 다퉈 남자와 짝을 이루고, 무대 중앙으로 몰려갔다. 그런 모습들이 매우 혼란스러웠다.

"절대 사진 촬영이 안 된다는 것은 알지요? 안심하고 나와서 행동으로 보여 주어도 문제가 없습니다. 우리들만 즐기는 것이니까요."

사회자가 우리들만 즐기는 일이라고 하지만, 그 큰 홀에는 사람들이 꽉 차 있다. 우리들이라고 말하기에는 너무 대중들이 많은 유흥 장소다. 나이

트클럽 종업원들이 곳곳에 서서 날카로운 눈으로, 카메라를 가지고 있는
자들이 없는지를 감시한다.

영철은 흥미 있게 지켜보면서 술을 계속 마셨다. 이제 두려운 것이 없
다. 어른들을 흉내 내고 있다. 이천상이 죽었을지도 모른다는 생각이 들었
지만 겁이 나지 않았다. 어머니와 불륜 관계이다. 설령 자기가 한 일이 탄
로가 난다해도, 간음죄로 고발을 하면 문제가 없을 것이다. 영철은 그런
생각을 하면서 미소를 짓는다.

무대에는 짙은 화장에 유독 가슴 라인을 강조하는 옷을 입은 여성이 첫
번째로 등장했다. 그녀는 음악에 맞춰 몸을 요상하게 흔들어 대기 시작한
다. 가끔씩 자신의 가슴과 성기에 손을 가져다 대며 벗을 듯 말듯 야한 춤
을 춘다. 이윽고 그녀는 아슬아슬하게 묶여 있던 가슴 끈을 풀어 버리자,
커다란 유방이 그대로 노출되었다. 객석에서는 환호성이 난다. 그녀는 상
체를 좌우로 흔들며 자기의 아름다움을 노출시키며 흔들어 댔다.

점점 취객들은 괴성을 질러 댄다. 이어서 두 번째 주자로 밀리터리 룩을
입은 여성이 무대에 나타났다. 레게 헤어스타일의 여성은 머리를 흔들어
대며 서서히 상의와 바지를 벗어 내던져 버린다. 그것을 지켜보던 종업원
들이 던져 버린 옷을 얼른 주워서 챙긴다.

영철은 너무나 신기한 일들이 벌어지고 있어서 아주 색다른 흥분을 느
낀다. 아직 공부를 할 나이지만, 이미 그는 학생이기를 포기하고 있다. 머
리도 길게 길렀고 수염도 깎지 않아서 누가 보아도 미성년자로 보이지 않
는다. 하지만 아직 그는 미성년자다. 그는 술을 마시고 어른들만이 들어가
는 유흥업소에서 보아서는 안 될 것을 보고 있다. 사회의 어두운 단면을
그대로 여과 없이 보고 있다.

이윽고 남자 참여자가 춤을 추기 시작했다. 파워풀하고 멋진 춤을 선뵈
던 그는 웃통을 벗어 던진다. 아슬아슬하게 성기만 가린 타잔 스타일의 팬
티로 바꿔 입은 남성 한 명이 무대 위로 뛰어오른다. 머리엔 얼굴을 알아

볼 수 없도록 오토바이 헬멧을 썼다. 그는 여성들 앞으로 가서 허리를 좌우로, 상하로, 흔들어 댄다.

"오! 이 누나, 섹시해, 뭔가 보여줄 것 같아,"

그는 몸을 흔들며 한 여성을 지목했다는 듯이, 그녀에게로 다가서며 이상야릇한 몸짓으로 흔들며 미소를 보낸다. 그녀는 어깨를 노출시킨 상의에 몸의 절반도 가리지 않은 미니스커트를 입고 있다. 그녀 역시 이상한 몸짓으로 접근하는 남자와 맞추어서 동질성을 찾으려는 듯 몸을 흔들어 댄다. 무대 앞자리에서 넋을 놓고 앉아 있는 남성들에게 다가가, 가슴과 허리를 흔들어 대다가, 한 꺼풀씩 벗어 던진다. 알몸이 된 여성은 남성들이 주로 추는 나이키 춤을 선뵈려는 듯이, 한 손으로 땅을 짚고 두 다리를 벌린다. 그 광경은 이제 더 보여줄 것이 없는 모든 것을 보여 준다.

영철은 그 무대의 쇼를 보면서 타락해 가는 어른들의 모든 모습을 체험한다. 그런 시간들이 많이 지나갔다. 사회자가 문을 닫겠다는 멘트를 했다. 영철이 자리에서 일어났을 때는 새벽 4시가 넘은 시간이다. 그는 용변을 보기 위해서 화장실로 갔다. 술 취한 자들이 급한 볼일들을 보면서 한마디씩 한다.

"정말 끝내 줘, 내일도 하니?"

"내일도 하기는, 저기 봐, 벽에 써 붙여 놓은 것을,"

술 취한 취객이 가리키는 쪽에는 한 장의 벽보가 화장실 구석에 붙어 있다. 그 포스터엔 매주 목요일과 일요일에 섹시 댄스가 열린다고 쓰여 있다. 영철은 세상이 썩었다는 생각을 한다. 어머니의 불륜도 그렇고 모두가 타락해 가고 있다. 그런 생각을 하고 있지만 자기도 그런 일에 가담을 하고 있다. 그는 술집 밖으로 나왔다. 비가 언제 그쳤는지 상쾌한 바람까지 불고 있다. 그는 술에 취해서 비척거리며 앞으로 걷고 있다. 누가 갑자기 그의 팔을 잡는다. 짧은 미니스커트를 입어서 다리를 거의 드러내고 있는 젊은 여성이다.

"오빠는 왜 이렇게 취했어?"

"그래 많이 취했다."

"그럼 집에 못 가잖아, 나도 못 가는 데,"

그들은 이름도 모르고 서로 동의를 한 것도 아니지만 그냥 새벽 손님을 기다리는 여관으로 갔다. 그 여성 역시 가출한 젊은 여성이다. 그들은 성이란 것이 무엇인지도 잘 모르는 나이에 어른들을 흉내 내고 있다. 아무 죄의식 없이 남녀가 타락해 간다.

14.

김 목사는 또다시 며칠째 사무실에 나타나지 않는 인숙에게 전화를 걸었다. 그는 늘 전화를 해야 하는 것에 짜증이 났지만 부드러운 말로 물었다.

"무슨 일이 있어요?"

"예, 목사님, 몸이 좀 아파서,"

"그래요, 제가 한번 집으로 갈까요,"

"아닙니다. 오시기는, 제가 출근해야지요."

"자살 소동 후에 구조된 삼십대 여성이 자기체험을 말하겠다고 연락이 와서요."

인숙은 그의 말을 이내 알아듣고, 그가 지시하는 곳으로 가기 위해서 자리에서 일어났다. 몸을 씻고 화장을 하면서도 아들이 걱정이 되었다. 영철이 며칠째 집에 돌아오지 않고 있다.

"얘가 도대체 어떻게 된 거야, 돈이 없을 텐데,"

인숙은 거울 앞에서 화장을 하면서 걱정을 한다. 하지만 자기 아들이 타락해 가고 있다는 것을 전혀 눈치 채지 못하고 있다. 모범생으로 독서실에 있는 것이 편해서, 공부에 열중하고 있을 것이라고 좋게 생각한다. 그녀가 집 박으로 나오자, 이제 가을로 접어드는지 상쾌한 바람이 불었다. 버스를 타고 목적지에 도착한 것은 오후로 접어든 시간이었다.

"왜 자살하려고 했어요?"

"모르겠어요, 귀신한테 홀렸나 봐요. 그 당시에는 무조건 죽어야 된다는 생각으로 그렇게 했는데, 지금 생각해 보니까, 왜 그랬는지 이해가 되지 않아요."

"카페에 올린 글은 첫 번째 자살을 시도하다가 실패를 한 다음에, 또다시 자살을 기도한 것을 쓰셨던 데요?"

"그래요, 누가 저를 경찰서에 신고해서 살아났지만 다시 자살을 시도했어요."

"그렇게 죽으려고 한 이유가 무엇이지요?"

"모른다고 했잖아요."

인숙은 어의가 없었다. 어떻게 두 번씩이나 자살소동을 벌이고 그것을 모르겠다고 하는지 이해가 되지 않았다.

"무얼 체험했습니까?"

"시퍼런 물속에시 한 마리 물고기가 되어서 돌아다니며 많은 것을 보았습니다."

"구체적으로 무엇을 보았습니까?"

"무슨 심청전에 나오는 용궁 같은 곳에 용왕이 비디고 있어 있고, 서는 그 앞에 엎드려 있었습니다."

그녀는 용궁의 상황을 마치 한편의 영화를 보는 것처럼 일사천리로 이야기했다.

"이년, 죽일 년, 네 마음대로 여기를 두 번씩이나 오려고 해, 너는 이승에서 더 고생을 하고 와야 돼, 여기가 어디라고, 이곳은 천사들만 사는 곳이야, 더 고생을 하고 와, 저년을 몹시 쳐서 돌려보내,"

그녀의 말에 의하면, 용왕은 그녀를 몹시 쳐서 이승으로 다시 돌려보냈다고 말했다. 그래서 다시 가려고 두 번째 자살을 시도했다는 것이다. 인

숙은 그때서야 그녀가 이야기하려는 것이 무엇인지를 알았다. 분명히 저
승이 있고 용궁이 있다. 그곳이 너무 아름다워서 다시 가려고, 두 번째 자
살을 시도했는데, 자기가 왜 그렇게 했는지 자각 의식이 없다. 그렇게 미
쳐서 그런 행동을 한 것으로 보아도, 천당이 있다는 것을 자기는 믿는 다는
것이다. 그래서 무의식적으로 두 번씩이나 자살 소동을 벌였다고 말했다.

15.

이천상이 병원에 누워 있다. 그가 길거리에 쓰러진 것을 발견한 것은 청
소부였다. 도로에는 자동차가 빈번하게 오고 갔지만 비가 많이 내려서 행
인이 없었다. 비가 쏟아지는 보도 위에서 그를 발견한 것은, 막힌 하수구
를 뚫으려고 급히 현장에 간 청소부에게 발견되어서 병원에 입원되었다.
어두운 밤이어서 그를 발견하는데 시간이 조금 걸렸었지만, 다행이 그가
얻어맞은 곳이 어깨 쪽이어서, 치명적인 신체의 손상이 없이 병원에 입원
되었다.

"누구인지 알아내야 하는데,"

"글쎄, 주머니에 아무 것도 없고 신분이 노출되지 않아 모르겠습니다."

경찰서의 형사들은 이천상의 주머니에서 아무 것도 발견하지 못해서,
그가 누구인지를 궁금해 했다. 그리고 왜 정신을 잃고 멀쩡한 사람이 길거
리에 쓰러져서, 의식을 잃었는지를 궁금하게 생각했다. 틀림없이 강도들
이 한 짓으로 단정되지만 증거를 잡지 못하고 있다.

"생명에는 지장이 없습니까?"

"글쎄 죽지는 않을 것 같습니다. 체온이 많이 떨어져 있고, 탈진 증세를
보입니다. 며칠 두고 보면 좋아질 것입니다."

"이거, 제 명함입니다. 깨어나면 연락을 좀 주십시오."

담당 의사는 명함을 받자마자 고개를 끄덕였다. 그리고 옆에 서 있는 조
수에게 그 명함을 건네주었다.

16.

　김 목사가 연구하려는 근사체험연구는 아주 오래 전부터 있어 왔다. 그 중에 하나가 스위스의 지질학자 알베르트 하임이라는 사람이다. 그는 알프스 산을 등반하다가 조난을 당하면서 근사체험을 했다. 그 후에 그는 그러한 현상을 사실로 증명하기 위해서 자기와 비슷한 체험자들이 있는지를 조사하기 시작해서 근사체험에 대한 연구가 시작되었다.

　김 목사는 그의 자료에 관심을 보였다. 대개 근사체험을 연구하는 학자들은 사는 것이 재미없고, 지루해서 연구를 하기 시작하였다. 또한 그들은 어린 시절부터 죽음 뒤의 생에 관한 관심을 가졌던 사람들이다. 사람들은 죽으면 모든 것이 끝이라는 말을 많이 한다. 그런 말에 호기심이 생겨서 연구하기 시작한 사람들도 있다. 반면에 종교학자들은 하나님이 있다는 것을 밝혀서, 비신자들에게 믿음을 주려고 해서 연구하였다.

　신을 믿지 않는 사람들은 죽음을 완전한 소멸로 여긴다. 사람들은 죽음을 부정하는 말을 하며, 오랫동안 내세보다 현세를 더 중시하며 살았다. 생에 대한 집착이 강하고, 죽음에 대해 강한 거부감을 갖는 데서부터 출발했다. 그래서 이와 관련한 책들이 많이 나왔다.

　정신과 의사인 '무디'는 당시 사형 선고를 받고 살아난 사람들의 체험을 수집해서 『죽음 이후의 삶』이라는 책을 펴냈다. '로스'라는 사람도 근사체험자들의 이야기를 모아 『사후 생』이란 책을 썼다. 그 이후로 조사한 근사체험의 사례들이 수십만 건에 달한다. 하지만 모든 사람들을 믿게 하려면, 과학적으로 증명되어야 한다. 그것이 지금까지 이루어지지 않아서 반신반의한다.

　"세상엔 과학으로 증명하지 못하는 것이 많습니다."

　"목사님, 그걸 모르는 사람은 없어요. 제가 참여해보니까 일찍 포기를 하는 것이 좋을 것 같아요. 그것을 연구해서는 밥을 먹고 살수도 없고,"

　"밥 먹고 살기 위해서 학문을 하지 않아요?"

"하지만…"

"경제 이론으로도 학문 연구의 모토가 되지 않는다는 것을 압니다. 모두들 돈벌이가 안 되는 학문을 피해서 이것이 이제까지 규명되지 못한 것도 알고 있고,"

김 목사는 근사체험 연구가 어렵다는 것을 알지만 누구인가 이것을 규명해야 한다는 점을 그녀에게 강조했다. 근사 체험뿐만이 아니라 모든 자연현상을 연구하는 것이 어려운 일이다. 하물며 죽음의 문턱까지 갔다가 가까스로 살아 돌아온 사람들이 털어놓는 저승의 이야기를, 어떻게 과학으로 증명을 하겠는가 말이다. 거기까지 생각하면 답이 없고 답답해진다.

"이번에 만난 자를 포함해서 근사 체험에 대한 것을 종합하면 답이 나와야 하지만 답이 나오지 않아요."

인숙은 목사님의 자문자답에 아무 말을 하지 않고 지켜보고 있다. 김 목사는 찻잔을 들여다보다가 한숨을 쉬더니 훌쩍 마신다.

"이제 시작인데,"

"용기를 가지세요. 목사님,"

근사체험자들은 의식불명 상태에서 새파란 지구를 보았다고 한다. 전쟁터의 부상병들은 생사의 기로에서 죽은 조상을 보았다고 주장한다. 자살 미수 자들은 용궁의 아름다움을 말하고 신이 있다는 것을 말한다. 이처럼 근사체험을 한 사람들이 많지만 그것을 증명하기에는 미흡하다. 그래서 불신자들은 믿지 못하고 많은 말들을 한다. 김 목사는 한 번에 그들의 입을 막을 어떤 중요한 자료를 얻으려고 하지만 그런 것을 얻을 수가 없다.

17.

영철은 이제 집에 들어갈 생각을 하지 않는다. 어른들의 세계를 맛보았다. 골치 아픈 공부는 아주 포기했다. 돈만 있으면 모든 것을 할 수 있다는 단순한 생각을 한다. 돈을 만드는 방법 역시 어렵지 않다고 생각한다. 하지만 쉽게 버는 일은, 일하지 않고 남의 것을 훔치는 일이다. 성경에서 도적질하는 것을 금하는 말이 있다. 십계명 중의 하나다. 영철은 그것을 지키지 않는 자로 변해 간다. 그는 돈의 위력을 알았다. 돈만 있으면 술과 여자와 유흥을 즐길 수 있다는 것을 체험했다. 그에게는 그런 돈이 필요했다. 지금은 훔친 돈이 있다. 그것을 쓸데까지 그냥 즐기면 된다. 낮에는 여관에서 잠을 자고 밤에만 활동을 하는 박쥐로 변했다.

"어디서 만나자고?"

"거기보다 더 재미있는 곳이 있어,"

영철이 아직 자리에서 일어나지도 않았는데, 잠자리를 함께 했던 미자에게서 전화가 왔다.

"알았어, 그리로 찾아갈게,"

영철은 그녀에게 푹 빠졌다. 처음 만난 날부터 몸을 섞고 나서, 아주 친숙한 관계를 가진 사람처럼 가까워졌다. 영철은 미자와 약속한 장소로 갔다. 손님이 많은 서울 강남의 한 나이트클럽이다. 그가 그곳에 들어섰을 때는 흥겨운 음악 속에 남성 삼인조가 무대 위에서 음악을 연주하고 있다.

"넌 여기 어떻게 알았어?"

"그걸 왜 물어,"

"아니야, 그만두자,"

영철이 이색한 말로 무엇을 물으려다가 그만두고 웃으며 그녀의 가슴을 만진다.

"너 벌써 취했니?"

"취하긴, 그냥 만져 보고 싶어서,"

"그렇게 만지는 것이 좋아, 그럼 주물러 터트려라,"

그녀는 웃으며 영철에게 가슴을 들이미는 시늉을 했다. 무대 위에서는 힙합 춤을 추며, 무대의 이곳저곳을 누비던 한 남성이, 그대로 바지를 아래로 내렸다. 그는 알몸으로 나이키 춤, 그리고 머리를 지지대로 해서 거꾸로 회전하는 헤드 스핀 춤을 추었다. 영철은 너무 큰 충격을 받았다. 남자가 유흥업소에서 벌거벗은 모습을 처음 보았지만 너무 역겨웠다.

"야, 저래도 되는 거야?"

"물질만능주의에서 오는 현상이지, 돈 때문이야."

"꽤 유식한데, 넌 어떻게 그걸 알아?"

"응, 한번 와 봤어."

"다른 남자하고?"

"너 왜 그래, 시시하게, 내가 창녀니, 아무나 하고 이런 데를 돌아다니게."

영철은 빙긋이 웃는다. 미자는 보통내기가 아니다. 아직 젊은 나이에 너무 많은 것을 알고 있다. 그들은 가정의 품을 떠난 젊은 남녀이다. 하지만 함께 몰려다니고 어른들을 흉내 내며, 나쁜 일에 빠져드는 우를 범하고 있다.

"월요일마다, 홀딱 벗고, 가장 춤을 잘 추는 사람에게, 오십 만원을 상금으로 준데."

"돈 때문에 여러 사람 앞에서 옷을 벗는 거냐?"

"응 한번 옷을 벗고 춤을 잘 추면되지, 그래서 저 난리지."

영철은 돈을 버는 일이 천태만상이고 사는 방법도 여러 가지라는 것을 알았다. 먼저 갔던 술집에서는 더 큰 상금을 걸었다. 범생이로 공부를 잘해봤자, 결국은 돈 버는 일에 매달리게 되는데, 쉽게 버는 방법도 여러 가지라는 생각을 한다.

"2등과 3등은 로얄 살루트와 발렌타인 12년 산 양주를 준대."

"저 짓으로 술과 돈을 얻는다니?"

영철은 희한한 생각으로 그 광경을 바라다보고 있다. 남자의 모든 것을 보여 주는 그의 춤을 보면서 세상이 썩었다는 생각을 한다. 돈이라면 이제 모든 것을 다한다. 우리 조상이 살아온 전통적인 삶의 방식이 무너지고 있다. 영철은 답답해졌지만 자기도 타락해 가고 있다.

“춤을 아무리 잘 춰도 소용없어,”

“그건 무슨 소리냐?”

“먼저 왔을 때는, 실오라기 하나 걸치지 않고, 물구나무서기를 한 여성이 일등을 했어, 무슨 뜻인지 알지?”

“그래! 여자도 저 남자처럼 한단 말이지, 이런 것을 하는 데가 많아?”

“피, 아직 너는 멀었다.”

미자는 신이 나서 영철에게 유흥가의 이야기를 했다. 색시 댄스 경연대회는 이제 나이트클럽의 고정 프로그램이 되다시피 했다. 요일을 달리할 뿐 매주 한차례 이상씩 섹시 댄스 경연대회를 여는 업소들이 많다. 손님 입장에서 보면, 열리는 곳마다 찾아다니면, 매일 그것을 볼 수가 있다. 금지 사항이라 경찰이 단속을 하지만, 어떻게 된 것인지 이곳처럼 그냥 모두가 하고 있다.

“어른들 잘못이 많아,”

“그건 무슨 소리냐?”

“못된 것을 배운다 이거지,”

“무얼?”

“저게 어디 사람들 할 짓이야?”

미자는 무대 위에서 벌거벗고 춤을 추는 여자를 가리켰다. 영철은 그 광경을 보고 세상이 말세라는 생각에 화가 치밀어서 술을 더 마신다.

“천천히 마셔, 그건 그렇고, 넌 집에 아주 안 들어 갈거니?”

“술맛 떨어지게 그건 왜 물어, 넌 어떻게 할 건데?”

“글쎄 생각 중이야,”

“영철아 그럼, 우리 같이 살면 어떨까?”

“그거 좋겠다. 돈도 덜 들고, 그런데 무슨 돈으로 살아?”

“그건 어떻게 되겠지, 우리 아빠는 돈이 많아, 집에 몰래 들어가서 돈을 훔치면 되어,”

영철은 그녀의 기발한 아이디어에 흥미가 있어서 웃었다. 그래서 그들
은 동거하기로 한다. 그들은 돈이 없으면 싸구려 여인숙으로 갔다. 반면에
돈이 생기면 좋은 여관으로 전전하고, 못된 짓만을 하며 지냈다.

전지전능

1.

　이천상은 병원 침대에 누워서 자기가 왜 길거리에 쓰러졌는지를 생각했다. 갑자기 무엇인가에 얻어맞은 것까지를 생각하다가 인숙의 아들을 생각했다. 여러 정황으로 보아서 강도짓을 한 사람이 그녀의 아들인 것 같았다. 그래서 그는 자기가 강도로부터 피해를 입었다는 것을 속이기로 했다. 그 이유는 인숙과의 관계가 드러나면 좋지 않기 때문이다. 그를 찾아온 경찰관이 추궁했다.

　"왜 주머니에 아무 것도 없었습니까?"

　"제 차안에 놓고 내렸습니다."

　"차안이요. 차를 타지 않았는데, 무슨 차입니까?"

　경찰관이 무엇인지 피해를 입었을 것이라고 말하면서 추궁했다. 하지만 이천상은 아무 일도 없었다고 부정했지만 말을 하다가 꼬투리를 잡혔다. 그는 자동차 사고가 났었던 것을 이야기했다.

　"왜 신고를 하지 않았습니까?"

　"경미한 사고인데다 범인이 도망을 가서요."

　"도망을 갔다고요?"

“예, 사고를 내고 그냥 도망을 갔습니다.”

“그런데 가만히 있었습니까?”

“빗속에서 그대로 도망을 쳤습니다.”

경찰은 그때서야 상황판단을 하였는지 다시 캐물었다.

“교통사고와 길거리에 쓰러진 것이 관계가 있는 것 아닙니까, 그 때 충격으로 길에 쓰러진 것이 아닌가요?”

“그런 것 같지는 않습니다.”

“왜 그럼 쓰러졌지요. 분명히 제가 보기에는 강도를 당한 것 같은데, 그래서 소지품이 없어지고, 아무튼 차를 맡긴 곳이 어디입니까?”

이천상은 할 수없이 차를 수리하려고 맡긴 공장의 전화번호가 적힌 명함을 그에게 주었다. 그는 즉시 그곳으로 전화를 걸었다. 그리고 이천상의 차에 무엇이 있는지를 물었다. 이내 그 쪽에서 아무 것도 없었다는 것을 전화로 알려 왔다.

“차안에는 아무 것도 없었다고 합니다. 왜 거짓말을 하십니까, 무슨 이유가 있습니까?”

경찰은 무엇인지를 찾아내려고 계속 그를 추궁했다. 하지만 이천상은 자기와 인숙의 관계가 드러나는 것이 두려워서 계속 부인했다.

“이거 보세요, 본인이 아무 일이 없었다는데 왜 그러세요?”

병상을 지키던 이천상의 아내가 보다 못해서 남편의 편을 들고 나왔다. 하지만 경찰은 이내 포기하지 않고 몇 가지를 더 묻다가 병실을 빠져나갔다.

“제가 보기에도 뭐가 이상해요. 주머니에 있었던 지갑은 어떻게 된 거예요?”

“글쎄, 강도를 맞은 거 같기도 하고, 누가 둔탁한 몽둥이로 내려쳐서 쓰러진 것 같고,”

“그럼 그 경찰의 말이 맞네요, 그런데 왜 거짓말을 했어요? 사실대로 말하지 않고,"

"내가 공무원 신분이고, 사실대로 말하면 시끄러울 것 같아서,"

"그래도 신고 안하고 있다가, 당신 신분증을 훔친 사람이, 어디서 또 다른 나쁜 짓을 하면, 그때는 어떻게 하려고,"

이천상의 아내 역시 계속 의문을 가지고 물었다. 하지만 그는 제대로 대답해서는 안 된다는 생각을 한다. 만약 자기의 외도가 탄로 나면 모든 것이 끝장이기 때문이다.

"퇴원을 합시다. 뭐 크게 다친 데도 없는데,"

그는 아내가 더 이상 추궁하지 않자, 병원에서 빨리 나가고 싶었다. 그래서 서둘러 퇴원 수속을 밟았다. 그리고 퇴원 후에 집으로 귀가했다.

2.

김 목사는 자기의 카페에 어떤 무당이 들어와서 남긴 글을 보았다. 그는 무속 신앙에 대해서 배타적이다. 하지만 무당이 남긴 말을 살펴보다가 한 번 만나보는 것도 괜찮겠다는 생각을 했다. 그 이유는 자기가 연구하려는 것과 동질성이 있는 점을 엿보았기 때문이다.

무당은 자기의 영감으로 신을 믿는다. 자신이 신의 중계자라고 생각하는 점에서 미신적인 요소가 많다. 하지만 어리석은 사람들이 무당의 말을 믿는다. 어려운 문제가 생기면 그것을 해결하려고 무당을 찾아가고 점을 친다. 그런 일들 중에서 자기 연구와 관련성이 있는 무엇인지를 알아보기로 작정을 한다. 그러나 자기가 직접 찾아가는 것은 수용할 수가 없어서 인숙에게 연락을 했다. 인숙은 그의 지시에 따라서 카페에 글을 올린 무당을 찾아 나섰다. 미아리에 있는 그 무당 집에 도착한 것은 점심시간을 조금 넘긴 시간이었다.

"어머니들이, 왜 매일 마시는 물을 장독대 위에 떠놓고 빌지요?"

"천왕이 있기 때문입니다. 기독교 신자들도 우리들이 믿는 신을 인정해야 합니다.”

“인정하고 말고가 뭐 있겠습니까? 기독교 신자들은 다른 우상을 믿지 않습니다.”

인숙은 부정했다. 무당은 날카로운 눈으로 그녀를 쏘아보았다. 그리고 나더니 눈을 감고 무엇인지를 생각하는 듯 했다. 얼마동안을 그렇게 침묵하던 그는 자기의 말을 쏟아 냈다.

“저는 할머니의 신을 내리 받았습니다.”

“인간이 어떻게 신이 됩니까, 내려 받다니요?”

무당은 자기가 신을 내려 받은 경위를 설명했다. 그에게 신을 내린 선배 무당은 살풀이를 해야 한다고 말했었다. 할머니는 그녀의 말을 믿었다. 손녀의 액운을 걱정했다. 무당은 손녀를 위해서 액땜 굿을 해야 한다고 말했다. 어렵게 돈을 장만해서 굿판을 벌렸다고 말했다.   그 무당은 신명이 났다. 오색으로 둘러싼 휘장 속에서 북을 힘차게 치며 주술을 외웠다. 상에는 돼지 머리가 하품하듯이 아가리를 벌리고 있었다. 할머니는 치마를 걷어 올렸다. 속옷에서 지폐 한 장을 꺼냈다. 돈을 돼지 아가리에다 물렸다. 할머니가 돈을 놓을 때마다 징 소리는 커졌다. 고무같이 투명해 보이는 돼지의 두 귀는 무엇을 듣고 있는 듯이 보이고, 두 눈을 감고 있어서 그 형상이 마치 세상을 비웃는 듯이 보였다.

무당의 주술소리와 징소리는 묘한 조화를 이루며, 바람소리와 함께 멀리 퍼져 나갔다. 구경 온 사람들과 이미 굿을 마친 사람들은 한쪽에서 멀쩡한 옷가지들을 불에 태웠다. 자기가 무당이면서 어린 시절에 그런 상황들을 무척 이상하게 보았다는 것을 말했다.

무당은 점점 더 깊은 심연으로 빠져드는 것 같았다. 북소리와 징소리리가 커지며 열기가 고조되었다. 할머니는 손녀를 위해서 손이 발이 되도록 빌었다. 그렇지만 무당은 아랑곳 하지 않고 손녀의 손목을 꼭 잡고 놓지를 않았다.

“이 애는 신이 내렸습니다. 무당이 되어야 합니다.”

“무슨 소리입니까, 무당이라니요?”

할머니는 그렇게 반문하면서도 한편으로는 몹시 기뻐했다. 그래서 자기는 무당이 되었다는 것이다. 자기가 무당이 된 것은 팔자다. 무당이 되지 않았다면 미쳐서 죽었을 것이라고 말했다. 모든 것이 자기 맘대로 되지 않는다. 신의 계시에 따라서 이뤄진 것이다. 무당은 자기가 무당이 된 사연을 장황하게 인숙에게 설명했다.

“멀쩡한 내 옷을 마구 벗기더니 불을 질렀지,”

“무슨 이유지요?”

“신의 옷으로 갈아입기 위해서지, 액땜을 위해서 태운다고 했어,”

“이해가 되지 않는군요?”

“이 세상에 이해가 안 되는 것이 많아,”

인숙은 왜 옷을 태우는데 액땜이 되는지가 이상했다. 옷을 태우면 검은 연기가 하늘 높이 솟아오른다. 액땜을 한다고 옷가지들을 태우면 재들이 천지사방으로 날아다닌다. 사람들의 머리에 내려앉으면 소름이 확 끼친다. 매캐한 연기 역시 사람들의 목을 아프게 한다. 기분 나쁘게 하지만 그것을 믿는 사람들은 아랑곳하지 않고 그 일을 계속한다.

상위에는 돼지 머리가 있었다. 떡시루와 쌀이 채워진 말 통이 있었고, 그 위에는 오색실이 얼기설기 엉켜 있었다. 백설기와 과일, 미나리와 술병이 놓여 있고 부적이 놓여 있었다. 그 앞에서 무당이 주술을 외우며 춤을 추었다. 사람들이 속옷에서 돈을 꺼내서 부적 위와 돼지 머리 위에다 놓았다. 그리고 각자의 소원을 말했다. 대주가 잘 되게 해 달라고 빌었다. 일부의 사람들은 가끔가다 자리에서 일어나 큰절을 한다. 하지만 무당은 아랑곳하지 않고 무슨 말인지 주술을 외웠다. 인숙이 예전에 보았던 무당의 풍경이다. 지금 생각해 보아도 억지 같아 보인다.

무당은 그녀의 생각과는 다르게 눈을 감고 무슨 주술을 외운다. 인숙은 무당을 만나러 오면서 많은 기대를 했었지만, 이상한 상황에 놓이게 되자 마음에 갈등이 생겼다. 그냥 무당의 집을 빠져 나오고 싶은 생각이 들었지만 참고 있다. 무당은 얼마 후에 눈을 떴다. 그리고 그녀를 노려보았다.

"당신도 내가 보기에는 무당이 될 팔자여,"

인숙은 그녀의 말을 듣고 기겁을 했다. 무당이 자기를 조롱하고 있다는 생각이 들어서 화가 치밀어 올랐다. 하지만 그냥 참는다.

"무당이라니요? 저는 기독교 신자입니다."

"편히 살 팔자는 아녀, 남자를 밝혀서 망신도 당하겠고, 액땜을 하려면 당신도 나처럼 무당이 돼야해,"

그녀는 무당이 한 말에 몹시 당황하며 기분이 나빴다. 하지만 무당이 자기의 비밀을 알아 마치는 것이 신통해서 그냥 지켜보고 있다.

"남자관계는 여자들에게 다 있는 것이지요?"

"두 남자를 모시는 여자는 흔하지 않아, 하지만 당신은 여러 명이 보여, 남자를 잡아먹을 상이지,"

인숙은 도저히 참을 수가 없었다. 무당에게 버럭 화를 냈지만 전혀 근거가 없는 소리 같지 않았다. 얼굴이 붉어지며 당황했다. 그러자 무당은 그녀의 마음을 읽었는지 화제를 돌렸다.

"어디서 그러한 힘이 나는지, 나의 할머니는 매일 팔다리가 아프다고 하면서 굿을 하는 날이면 힘이 넘쳤지, 그래서 나를 늘 굿판으로 데리고 다니고,"

"그래서 무당 수업을 했습니까?"

"그렇지, 그래서 무당이 하는 일이 무엇인지를 알았는데, 이상한 것은 나 자신도 그런 일에 빠져 들어가고 있었다는 것이었어, 참 신통하지, 어린 나이에,"

무당도 아무나 하는 것이 아니라 신이 내려야 하고, 무당을 하고 싶은 마음이 있어야 한다는 것을 말했다. 다시 말해서 어떤 힘이 자기를 무당으로 만들었다는 것이다.

"영감이요?"

"그래, 대왕의 힘이지, 나를 무당으로 점지해서 내가 그것을 받아들이고 무당으로 올라선 것이지, 무당이 당신 눈에는 하찮은 것으로 보여도 아무나 하는 것이 아니야, 당신들이 말하는 신의 사자가 목사라면, 우리 신의 사자는 무당이지, 그것에 차이가 없어, 무엇이 달라, 신을 믿게 하는 중보자의 역할은 같은 것이지,"

인숙은 당황하면서도 점점 그녀의 말에 끌려 들어갔다.

"우리 할머니는 예수쟁이들 때문에 모든 일이 잘되지 않는다고 말했어,"

"그건 왜지요?"

"그걸 몰라서 물어, 당신들은 우리를 보고 사탄이라고 하잖아, 우리도 마찬가지로 당신들이 방해꾼이지,"

무당은 이제 노골적으로 기독교를 비판했다. 그리고 인숙의 표정을 잠시 동안 지켜보다가 다시 말한다.

"다시 말하지만 당신은 무당이 되지 않으면, 남자 때문에 모든 것을 잃이, 그리고 일굴에 살기도 있어, 남자를 여럿 잡아먹을 운이 있어,"

인숙은 점점 기분이 묘해졌다. 처음부터 무당 집을 찾은 것이 잘못이라는 생각이 들었지만 무엇인지 신적인 것이 있는지를 파악해 보려고 그냥 참는다.

"그럼, 어떻게 해야 그것을 피하지요?"

"이제야, 나에게 구원을 요청하는구먼, 예수쟁이가…, 당신 하나님은 그것을 구원해 주지 못해, 말로는 한다고 하지만, 그렇지만 내가 말하는 대로하면 되어,"

인숙은 그냥 듣기로 결심한 이상 거부하지 못하고 무당의 말을 듣고 있다. 무당은 그녀가 자기의 말에 귀를 기울인다는 것을 알았는지, 무속의 신비성에 대한 말을 계속했다.

"우리 할머니는 나를 무당으로 만들기 위해서 굿판마다 찾아다니며 나에게 많은 것을 가르쳐 주려고 애를 썼어, 그래서 나는 책을 읽어서 무당이 된 것이 아니라 실제 체험을 통해서 무당이 되었지,"

"무당도 책을 읽고 되는 일도 있나요?"

"무당도 공부를 해야 해, 알지 못하면 아무 것도 못해, 무당이라고 잘 알지 못하면서 무엇을 하겠어, 신의 계시를 전달하면서, 하지만 나는 글이 짧아, 공부를 안 해서지,"

인숙이 만나고 있는 무당은 본래 생각했던 것과는 아주 다른 점이 있었다. 무당들은 복채를 놓지 않으면 신명을 내지 않았다. 결국 돈벌이로 그 짓을 한다. 그것을 시험해 보고 싶었다.

"복채는 얼마나 놓아야 하지요?"

"그건 갑자기 왜 물어, 너 보고 복채 놓으라고 할까 봐, 그런 일은 없어, 넌 예수쟁이잖아, 복채 내놓을 일이 없지, 그것을 내가 모르지 않아, 하지만 너희들도 십일조라는 명목으로 돈을 받지, 우리와 결국은 같아, 안 그래?"

무당은 스스로 묻고 대답했다. 무당이 돈만을 벌기 위해서 하는 일은 아니다. 무당도 목사처럼 가난하고 서러운 자들을 돕는다. 병들고 고달픈 자들을 도와주는 것이 자기들의 일이라고 했다. 무당의 일도 다른 신교의 뜻과 통하는 점이 있는 것 같기도 했다. 그래서 인숙은 헷갈렸다.

"구체적으로 무엇을 도와주는데요? 어려운 자들에게,"

"그것을 몰라서 물어, 돈 버는 일을 가리켜 주거나, 어려운 일을 해결하는 방법을 가르쳐 주지,"

"그것을 어떻게 알고 가르쳐 주지요?"

"목사가 신의 계시로 많은 것을 아는 것처럼, 우리들도 천지신명의 계시로 그 해답을 알고 알려주지, 사람들이 믿고 안 믿고는 자기 맘이야, 하지만 일이 터지고 나면 안 믿은 것을 후회하게 되지, 당신도 마찬가지야, 내가 말한 것이 맞는지 두고 보라고,"

무당은 자기가 받았던 무당수업에 관한 이야기를 했다. 무당의 할머니는 굿판에 가기만 하면 신명이 났다. 자기는 할머니의 그런 행동을 보면서 더욱 신명이 났다. 미신이라고 하는 것을 알았지만 그냥 좋아서 따라 했다. 원래 무속은 그런 것이라고 말했다.

인숙은 무당의 말을 듣고 자기의 생각과 이질감이 없음을 생각하고 당황한다. 하나님을 믿는 것도 무조건적인 믿음이 필요하다. 하나님의 존재 여부를 따지고 믿는 것이 아니다. 무당의 말에서도 무조건적인 믿음을 강조하고 있어서 신통하기까지 했다.

인숙은 김 목사의 말이 생각났다. 그는 믿음에 대해서 토마스 아퀴나스가 말한 것을 인용했다. 그의 말에 따르면 아이가 어머니의 말을 무조건적으로 믿는 것처럼 하나님을 믿어야 한다고 말했다. 어머니의 손을 잡고 교회에 무조건 나가고, 그러한 출발로부터 양육되면서 하나님의 신자가 된다는 것을 말했다. 따라서 누구든지 하나님의 존재를 따지지 말고 무조건적인 믿음이 필요하다는 것을 강조했다.

인숙은 그러한 점이 무당의 입에서도 나오는 것에 대해서 의아해 하고, 긍정적인 면이 있다는 생각을 한다. 무당은 그냥 신이 계시하는 대로 따르면 되기 때문에 마음이 편하다고 했다. 그리고 사람들이 무당을 천시하고 무시하지만, 뒤로는 모두 자기들 말에 귀를 기울인다는 말을 했다. 고관대작을 하는 사람들도 모두 자기를 찾아와서 점을 친다. 어려운 문제를 상의한다. 무당은 자기의 자부심을 말하고 어깨를 한번 으쓱했다.

"고관대작들이요, 그들이 무엇이 답답해서 이런데 와서 점을 쳐요?"

"모르는 소리, 그들도 인간이야, 인간은 부족한 것이 많아, 부족한 것을 알아내려면 우리들을 찾아야지, 별수가 있어, 그게 뭐 잘못되었어,"

인숙은 왜 그녀가 카페에 그런 글을 올려놓고 자기를 불렀는지를 이해하기 시작했다.

"영지주의라는 글을 당신들이 카페에 써 놓은 것을 보았어, 그게 우리들이 말하는 영감과 같은 말이야, 그래서 호기심이 생겼지, 같은 맥락이라는 생각이 들었고,"

"같은 맥락이라니요?"

"당신들이 말하는 영지주의가 결국 탈문자를 통한 영감에 의해서 신을 만나 보자는 것이 아니냐? 그럼 그게 우리와 뭐가 달라, 그래서 내가 당신을 만나 보려고 불렀지,"

인숙은 무당이 보통내기가 아니라는 것을 알았다. 공부를 하지 않았다고 하면서 무당이 별 것을 다 안다는 생각이 들었다.

"우리 할머니는 복채가 없으면 안달을 했지,"

"그것은 잘못된 것 아니에요? 돈을 내야 한다는 생각은,"

"왜 그게 잘 못되었어? 당신들도 십일조라는 것을 받고 무슨 건축 헌금이다. 구제 사업을 한다면서 돈을 받아 내잖아, 그거나 뭐가 달라,"

무당의 할머니는 복채에 대해서 신경을 썼다. 돈이 없을 때는 남의 돈까지 빌려서 복채를 두둑이 놓았다. 인숙은 그 말에 동조를 했다. 자기 역시 돈이 없으면 꿔서라도 십일조를 냈다. 같은 점이 있어서 이해가 되었다.

무당 역시 복채가 나오지 않으면 신명을 내지 않는다. 무당과 같이 일하는 박수도 마찬가지다. 복채가 나오지 않으면 하품을 하며 마지못해 장단을 친다. 북과 징을 동시에 치며 추임새를 하지만 신명을 내지 않는다. 할머니는 그럴 때마다 눈치를 챘다. 속옷을 걷어 올리고 돈을 꺼내 놓았다. 그래서 무당과 할머니는 신명나게 굿판을 이끌어 갔다.

무당은 무엇이든지 자기하기 나름이라는 말을 했다. 이것을 왜 하는지 의문을 가지며, 굿판을 벌이면 재미가 없다. 하지만 열심히 하면 어떤 종교보다 재미가 있고 얻는 것이 많다. 그리고 무속의 일이 떳떳한 일이라는 것을 말했다.

"재미로 무당을 합니까?"

"이를테면 그렇다는 것이지, 무슨 일이든지 흥이 나야 일이 제대로 되지, 그렇지 않아?"

무당은 묘한 반대 질문으로 대답했다. 그리고 모든 일에는 신명이 있어야 함을 말했다. 신명을 얻기 위해서는 돈이 필요하다. 물질의 풍요는 신명을 가져오게 되고, 무당 역시 그렇다고 했다. 하지만 인숙은 그 점에 대해서는 동조하지 않는다. 어떻게 신을 믿는 일에 물질이 개입할 수 있는지를 반문하고 그것을 부정한다.

"할머니는 돈이 없으면 집 식구들을 닦달했지,"

무당은 계속해서 귀신에게 바치는 복채의 중요성을 강조했다. 할머니는 어떻게든지 해서 만들어진 돈으로 복채로 듬뿍 놓았다. 그리고 북소리와 징 소리, 무당의 주술 소리가 커지며 신명을 냈다, 무당과 할머니는 일체감을 가지며 더욱 신명을 냈다. 그 결과로 자기가 무당의 길을 가게 되었다는 것을 자랑했다. 다시 말해서 할머니의 복채가 자기를 무당의 실로 들어서게 한 결과물이라는 점을 강조했다.

무당 역시 할머니를 따라서 굿판을 찾아다녔다고 했다. 그래서 자기는 늘 선배 무당의 주술 소리를 듣고 살았고, 바람과 별이 되어서 늘 따라 다녔다고 했다. 달과 이슬이 무당을 울게 하고, 할머니의 정수와 귀신 소리 때문에 자기는 무당이 되었다고 말했다.

"할머니는 신당 안에서 무당을 따라서 늘 춤을 추었지, 종이꽃과 삼신부채, 오색 깃발이 걸려 있었어, 방울을 들고 심하게 흔들자 요란한 소리를 냈지, 수염을 길게 늘어뜨린 귀신의 초상화가 있었지, 그게 너무 무서워서 할머니 치마 속으로 숨곤 했었지,"

무당이 자기 할머니에 대해서 또다시 말했다.

"무당이 된다고 하면서 그게 무서웠다니, 이해가 가지 않네요?"

"아직 무당이 되기 전이고, 어린 나이니까 그렇지, 할머니는 울면서 빌고 선배 무당은 나무채로 나를 계속 때렸어, 그게 무당이 되는 수업의 길이었어."

인숙은 그렇게 해서 무당이 된다는 것에 대해 믿음이 가지 않았다. 무당이 대왕의 사자라고 자칭한다. 그런데 그런 식으로 이루어지는 것은 아무래도 부족한 것이 있어 보인다. 그 점을 인숙은 당당하게 말했다. 하지만 무당은 영감에 대해서 다시 설명하려고 한다.

인숙은 무당의 말을 막았다. 빤한 이야기를 다시 할 것이기 때문이다. 그녀는 오랫동안 무당과 말을 나누었지만 얻은 것이 별로 없다. 결국 무속 이론이란 것은 자기 마음대로 생각하는 말이다. 영감으로 모든 것을 처리한다고 하지만 그 확실성은 늘 반반이다.

영감에 의해서 얻어지는 답이라는 것은 오. 엑스의 답과 같다. 틀리거나 옳은 답 중의 하나라는 점이다. 인숙의 과거를 알아내는 일이나, 남자와의 관계를 아는 체 하는 것도 그러한 것에 불과하다. 그리고 무속은 이론 체계로는 설명이 안 된다. 무엇인지 허술한 점이 많다. 그래서 무속을 믿는 사람들은 나약한 자들이거나 영혼이 병들어 있는 자들이 많다는 것을 알았다.

3.

이천상은 직장에 출근을 하지 못하고 집에서 여러 날을 누워 있었다. 하지만 그는 점차 기력이 회복되면서 인숙이 보고 싶었다. 그리고 사건 발생 경위에 대해서도 은밀하게 알아보고 싶었다.

"나요, 무슨 일이 없지요?"

"어머! 이제 괜찮아요. 몸이?"

인숙은 이천상의 전화를 받았다. 그는 그녀의 질문에 별일이 없음을 말했다. 하지만 이천상은 그녀의 아들에 관해서 무슨 일이 있는지를 묻지 못한다. 궁금하지만 어떻게 해야 하는지를 생각하다가 그녀를 한번 보고 싶은데 갈 시간이 없다고 했다.

"핑계는, 이제 싫어서겠지,"

인숙은 그런 말을 하면서도 무당의 말이 생각나서 자기 자신도 모르게 놀랜다.

"힘이 들지만 그럼 오늘 좀 만나 볼까?"

"오늘은 싫어,"

그녀는 반사적으로 거부를 하면서, 무엇인지 무당의 말에 따른 제동을 걸었다. 정말로 희한했다. 어떤 사람들이 그래서 절대로 점을 치러 무당 집에 가지 말라는 말을 하는데 그것이 이해가 되었다.

"당신은 교통사고를 당하게 되어,"

그런 점 괘를 받은 친구가 언젠가 인숙에게 말했다.

"참 이상해, 그게 늘 마음에 거슬려, 나중에는 사고가 난다는 것에 집착하면서 노이로제가 되고, 결국은 해악을 당하기 때문에 점을 쳐서는 안 되어, 하지만 어떤 사람은 자기 집 벽에 못을 하나 박는데도, 손이 없는 날이 오늘이라고 하면서 놋을 박지, 하지만 그런 식으로 매사를 처리하다 보면 무당 집에 가서 살아야 되어, 너는 절대 그런 일을 하지 마라, 물론 기독교 신자니까 그럴 일이 없겠지만,"

인숙은 이천상의 전화를 받으면서 무당의 말과 친구의 말이 생각났다. 양자가 대비되면서 이상야릇한 생각에 빠진다.

"왜 그래, 며칠 사이에 다른 남자라도 생겼어?"

"무슨 일은, 아들이 며칠째 눈에 안보여,"

"그래! 집을 나갔어?"

"모르겠어, 하지만 우리 일을 아들이 눈치 챈 것만은 틀림없어 보여, 우리가 실수를 했어, 약물에 취해서 대낮에 그것도 벌거벗고 거실에 엉겨 붙어 누워 있었으니."

"아닐 거야, 걱정 말어, 그것을 어떻게 알겠어?"

“어떻게 알긴, 문을 따고 들어왔으면 그대로 보았을 텐데,”

이천상은 그때서야 그녀의 심정을 이해하였다. 그리고 자기가 강도를 만난 것 역시 그녀의 아들이 한 짓이라는 것을 짐작한다.

“거기로 나와, 점심을 살게,”

인숙은 우울하던 참에 조금 전의 생각과는 다르게 만날 약속을 한다. 그래서 서둘러 옷을 챙겨 입고 만날 장소로 갔다. 무당의 말이 점점 맞아 들어간다.

4.

김 목사는 거실에서 텔레비전을 틀었다. 뉴스가 나왔다. 앵커는 백댄서가 아랫바지를 아래로 내려서 성기가 노출된 사건을 말하고 있었다. 그는 그 뉴스를 듣고서 세상이 말세라는 생각을 한다. 주말인데다가 가족들이 시청하는 시간에 공공성이 큰 대형 방송사에서 그런 일이 여과 없이 생방송 되었다. 연출자의 실수로 남자의 성기를 노출시키는 화면이 보도되었다.

얼굴에 진한 분장을 하고 나온 이들 가운데 한 명이 전라로 무대를 뛰어다니고, 다른 한 명도 바지를 거의 벗어 내려 이들의 성기가 노출된 화면이 나오는 보도를 계속했다. 김 목사 역시 그 장면을 보고 많은 생각을 했다.

그 일로 방송사들은 일제히 비난의 말을 쏟아냈다. 또 다른 방송사의 뉴스 프로그램 앵커는 통제가 불가능한 생방송이라고 하지만 있을 수 없는 일이라고 했다. 사람들이 방송국을 힐책했다. 어떤 사람들은 비아냥거리는 말로 ‘국민의 알권리를 위해서 애쓰십니다.’라는 말도 했다. 국제적으로도 망신을 당했다. 외국 방송들도 앞을 다투어서 노래 도중에 옷을 벗는 장면과 성기를 노출한 장면을 그대로 비추면서 여러 가지 추악한 말들을 쏟아 냈다. 환각 상태에서 방송에 출연했다는 말까지 병행했다.

김 목사는 이러한 뉴스들을 접하면서 이제 세상의 추악한 모습들이 어디까지 가려고 하는지 모르겠다는 생각에 빠진다. 세상은 썩을 대로 썩었다는 생각에 빠진다. 그는 썩어 가는 세상에서 소금의 역할을 해야 하지만, 아무 것도 하지 못하고 있다는 생각이 들어서 매우 답답했다. 하지만 지금 자기가 해야 할 일들이 무엇인지를 파악하는 계기가 되었다.

신의 존재를 파악하는 일도 중요하다. 하지만 지금 타락해 가는 인간들을 구제하는 일이 더 급하다는 생각에 깊이 빠진다. 자기가 연구하고 있는 일도 진척이 없다. 카페에 올라오는 근사체험자들을 만나고 있지만, 더 시급한 것은 인간을 구제하는 일이 아닌가라는 회의에 빠진다. 저승의 일도 중요하지만 이승의 잘못된 일들을 구원하는 일이 더 중요하다는 생각을 한다.

5.

이천상이 약속장소에 먼저 와서 기다리고 있었다. 인숙이 카페에 들어서자 반가운 표정으로 그녀를 맞아 주었다. 그들은 아주 오랜만에 만나는 사람처럼 다시 만났다. 그리고 담소하며 천천히 점심을 먹고 여관으로 갔다.

"마누라를 열렬하게 사랑했던 때가 정말로 있었는지 의심이 가,"

"그게 무슨 소리냐?"

"온통 당신 생각뿐이야, 마누라 곁에는 가기조차 싫어,"

"그래서 어쩌란 말이냐? 남자들은 모두 도적놈이지,"

"그런 것 같아,"

이천상은 자기 아내와의 관계를 생각한다. 중년의 아내와 남편은 서로 각자의 거울로 상대를 비추면서, 서로의 모습에 실망하며 멀어져 간다. 누구든지 그런 상황이 계속되면 문제가 생긴다. 세월이 흐르면서 몸매는 흐트러져간다.

아내가 방심하고 있는 사이에 몸 구석구석에는 나잇살이 꼬깃꼬깃 접히고 세월의 때가 묻어난다. 이렇게 아내들은 변화되지만 남편에 대해서 가지는 애정의 기대수준은 예전보다 훨씬 높아진다. 그것을 받아들이지 못하는 남성은 문제가 된다. 상대의 나쁜 감정을 쌓아놓기만 하기 때문에 애정의 결핍이 생긴다.

이천상의 아내 역시 그러하다. 손뼉은 마주쳐야 소리가 난다. 아름다웠던 시절의 아내는 어디로 가고 헐렁한 통바지에 흐트러진 머리를 가진 아줌마로 변해 갔다. 그래서 이천상은 아내를 마주보는 것조차 싫어하는 단계까지 갔다.

아내가 하루 종일 집에 있다고 해서 화장도 하지 않는다. 늘 입던 옷을 며칠 동안이고 입는다. 시장에도 가고 잠자리도 그런 모습으로 그냥 잔다. 처음 만났을 때의 귀엽고 화사한 모습은 아니더라도, 어느 정도 자신을 가꾸는 모습을 보여주어야 하지만, 아내는 늘 그런 모습으로 변화가 없다. 이천상의 아내는 추하게 변모하며 늙어가고 있다.

이천상은 아내의 똑같은 모습에 싫증이 났다. 그들은 이제 남남처럼 되어간다. 역자사지로 생각하면 이해가 되지만 서로가 네 탓만 한다. 한쪽은 변화를 생각하고, 다른 한쪽은 그대로 사랑 받기를 원한다. 이천상은 그래서 늘 자기 아내와 인숙을 비교했다. 천지차이를 보인다. 인숙은 변신의 요정이다. 반면에 아내는 늘 같은 모양새여서 변화가 없다. 물질에 대한 여유가 있지만 자기관리를 하지 않는다. 그런 이유로 이천상은 늘 자기 아내에게 불만이다.

“이혼하고 싶어,”

“이혼 왜 그래, 나 때문이냐?”

“응, 당신하고 살고 싶어,”

“무슨 소리냐? 이 상태로 지내, 내 남편은 지금 감옥에 있어,”

인숙은 이혼하겠다는 그의 말을 듣고서 황당해 한다. 팔자가 세다고 말한 무당의 말도 생각이 났다. 감옥에 있는 남편과 집을 나간 아들이 생각나면서 죄책감이 살아났다. 하지만 이천상은 이혼할 생각을 한다. 아내에 대하여 이해가 되지 않는 점이 많아서 같이 살기가 싫다. 몸이 비대해질 대로 비대해졌다. 뚱뚱보가 되었지만 자기 몸을 관리하지 않는다. 운동도 하지 않고 늘 누워 지낸다. 기분이 울적해지면 먹기만 한다. 그래서 살만 찐다. 비대한 여자로 변했다. 경제적 여유가 있어서 못할 것이 없다. 마음만 먹으면 몸매를 가꿀 수 있지만 그의 아내는 게을러서 그런 일을 하지 못한다. 텔레비전 보기에만 열중하고 산다. 대화도 별로 하지 않는다. 그래서 그들 부부는 서로 건조한 말들을 몇 마디하고 살 뿐이다.

"진정이야, 이혼하고 싶어,"

"애들은 어떻게 하고?"

"살 만치 떼어 주고, 자기들끼리 살라고 하면 되지,"

인숙은 그때서야 감을 잡았다. 그의 말이 헛된 말이 아니라는 것을 알았다.

"돈은 많아?"

"응, 아버지가 유산으로 준 것이 있어, 사는 데는 부족함이 없을 정도로 있어,"

사람의 마음은 알 수가 없다. 사랑이란 것도 무엇인지 모르겠다. 이천상은 오랫동안 같이 살아온 아내를 쓰레기처럼 버리려고 한다. 자기 자신도 노년으로 접어들고 있다. 자기 아내만 늙어가고 있는 것은 아니다. 하지만 아내 탓을 하면서 이혼을 하려고 한다. 인숙은 그의 말에 당황했지만 마음이 변하며 흥미를 느낀다. 감옥에 있는 남편이 나와서 살아봤자, 살기가 좋아지는 것도 아니다. 그리고 아들도 이미 자기들의 불륜관계를 알고 있다. 엎질러진 물이다. 그렇다면 이천상과 같이 살지 못할 것도 없다는 생각에 빠진다.

6.

영철이 잠에서 깨어난 시간은 오후 세시 경이다. 스스로 깨어난 것이 아니라 미자가 흔들어 깨워서 눈을 떴다.

"야, 일어나, 배가 고프다."

"나 지금 피곤해, 더 자고 싶어,"

영철은 잠을 더 자려고 한다. 그들은 새벽 세 시경에 여관에 들어왔다. 유흥가를 쏘다니다가 늦은 시간에 들어와서 잠을 잤다. 그들은 매일 밤 불나비처럼 돌아다니다가 낮이 되면 잠을 잤다. 미자는 어제 밤늦게까지 마신 술 때문에 속이 아파서, 무엇인지 뜨거운 국물이 먹고 싶었다. 그래서 그를 자리에서 일어나도록 더욱 채근했다.

"뭐 먹을래?"

"나 돈 가진 거 없어, 어제 저녁에 모두 털었어,"

이제 그들은 돈이 떨어졌다. 버는 것이 없는데 훔친 돈으로 흥청거리고 썼다. 이천상의 지갑을 털어서 썼던 것이 바닥이 났다. 미자는 그를 부잣집 아들로 보았다. 그래서 같이 살았지만 그가 문제라는 것을 알았다. 하지만 개의치 않았다. 자기도 집을 나온 여자이기 때문에 오히려 편안한 마음으로 그를 대했다. 그래서 미자 역시 자기 패물을 팔아서 썼다. 이제 그들은 양쪽이 모두 빈 털털이가 되었다. 서로 같이 살려고 하면 무슨 일이든지 해서 돈을 마련하지 않으면 안 된다.

"돈이 없어, 그럼 당장 오늘 저녁부터 어떻게 하지?"

"걱정 말어."

"그건 무슨 뜻이냐?"

"우리 집을 털면 되어,"

영철은 잠이 덜 깬 상태에서 그녀의 말을 듣고 기가 막혔다. 하지만 무슨 좋은 수가 있는지 몰라서 입을 다물었다.

"너 시계 가졌지? 그거라도 맡기고 뭐 먹을 것을 시켜 봐, 나중에 돈을 마련해서 다시 찾으면 되니까,"

영철은 동의했다. 자기도 배가 고파서 그렇게 하겠다는 생각을 한다. 하지만 말과는 다르게 자기 집에 전화를 건다. 전화를 받는 사람이 없다.

"조금 기다려, 내가 나갔다가 올게,"

"어디 가려고?"

"배가 고프다며, 먹을 것을 사 올게,"

영철은 자리에서 일어나 옷을 입었다. 미자는 이상한 눈으로 쳐다보다가 다른 말을 하지 않는다. 영철은 그녀의 생각과는 다르게 여관 밖으로 나와 택시를 잡아탔다.

7.

인숙이 아들을 찾아 나섰다. 갈 만한 곳을 찾았지만 어디 있는지 모른다. 아무래도 자기들의 불륜장면을 보았을 것이라는 생각이 들면서도 아들이 몹시 보고 싶었다.

"내가 미쳤지, 집에서 마약을 하고 외간 남자하고 누워 있었으니 얼마나 황당했겠어, 전화를 끊어 놓고 있어서 어디 있는지도 모르겠고,"

인숙은 혼자 투덜거리며 아들이 다니던 독서실로 찾아갔다. 원장선생은 근심 어린 눈으로 그녀를 쳐다보았다.

"오래 되었어요, 공부에는 마음이 없었고 무엇인지 불안해하고 있는 듯했었는데, 무엇이 잘못되었습니까?"

인숙은 오히려 되묻는 독서실 원장의 말에 황당함을 느꼈지만 이내 얼굴 표정을 바꾼다.

"독서실을 다른 데로 옮긴다고 하더니, 아마 그렇게 한 모양이군요."

"그래요? 우리 독서실이 마음에 안 들었던 모양이군요."

인숙은 기회를 기다렸다는 듯이 재빠르게 작별 인사를 하고 독서실을 빠져 나왔다. 그리고 영철이 갈 만한 곳을 찾아보았지만 아무 곳에서도 아들을 찾지 못했다. 인숙은 많은 생각을 하다가, 혹시 남편에게는 무슨 소식이 있지 않나 해서, 영호를 만나러 감옥으로 갔다.

"별일 없지?"

"그래요. 몸은 좀 어때요?"

"괜찮아, 그런데 영철이가 통 오지 않아, 자주 왔었는데,"

인숙은 자기가 물어 보려던 말을 하자, 자기 남편에게도 왔다 가지 않았다는 것을 알고 더 초조해 진다.

"집을 나갔어요,"

"집을 나가, 무엇 때문에, 집에 무슨 일이 있었어?"

"공부도 잘 안되고, 집안이 어수선하니까, 마음 정리가 되지 않는 모양이에요."

"다 내 잘못이지만 그거 큰일이네, 잘 적응하고 공부에 전념하는지 알았는데,"

영호는 자기 탓으로 돌린다. 하지만 인숙은 자기 탓이라는 것을 알고, 그냥 어떻게 해야 할지를 몰라서 대답을 하지 못한다.

"잘 되겠지요, 어디 친구 집에 가 있을 거예요, 집에 들어오면 같이 면회를 올게요."

인숙은 불안한 모습을 보이는 남편에게 작별 인사를 하고 나오면서 많은 생각을 한다. 남편의 얼굴은 웃음을 짓고 있지만 매우 불안한 모습으로 가득 차 있다. 인숙은 죄를 짓고 있다는 생각에 눈물이 나왔지만 억지로 참고 남편과 헤어졌다.

8.

김 목사가 자기 카페에 올라온 글들을 점검하고 있는데 변 박사가 찾아왔다.

"전부 근사체험과는 관계가 없는 글들이 많아, 못해 먹겠어,"

“누구든지 필요한 것만 취하는 슬기가 필요하지,”

“아직 그것을 선별할 수 없는 청소년들이 문제야,”

김 목사는 우리나라가 인터넷 강국이라고 하면서 그 피해가 많다는 점을 말했다. 변 박사는 그의 말에 동의하였지만 무슨 이야기를 하려는지 몰라서 침묵하고 있다.

“외국인들조차 우려의 목소리를 내고 있어,”

“부정적인 측면도 있지, 하지만 잘 사용하면 문제가 없어,”

인터넷의 사용이 폭발적으로 늘었다. 우리에게 꼭 필요한 전자매체로 등장했지만 많은 문제점들을 가지고 있다. 우리나라가 세계에서 최고로 많이 사용한다. 4천 만 인구 가운데 절반이나 초고속 인터넷 망을 이용하고 있다. 이제 모든 것을 지배하고 있다. 직장 업무에서 온라인 쇼핑, 전자정부, 사이버 선거운동, 대통령 선거조차 인터넷이 위력을 발휘하였다.

인터넷방송을 통한 콘서트. 스포츠 중계, 기업체의 이벤트 동영상 방송, 라디오 방송국의 경미 중게, 학원외 수업 방송 등을 한다. 인터넷 전화를 이용하여 저렴한 가격에 국제전화를 할 수도 있다. 컴맹은 이제 아무 것도 할 수가 없다. 이렇게 많이 이용하지만 그 역기능도 매우 크다.

“예전에는 인터넷이 없어도 잘 살았지,”

“그런 생각은 보수적인 생각이야, 세상은 변하고 진화하지, 안 그래? 그것을 인정해야 해, 앞으로 수세기 후에는 우리가 상상하지도 못할 정도로 많은 것이 변화되겠지,”

“하지만 당장 부작용이 너무 많아, 모든 것에 양면성이 있다고는 하지만,”

“인터넷 기술은 다양한 생활 활동을 지원하고 있잖아, 원격의료, 일기예보, 도서관, 박물관 많은 것들을 집에서 접할 수도 있고,”

“좋은 점만 보면 그렇지, 그러나 내가 연구하려고 하는 카페의 이 글들을 보게, 이게 어디 좋은 내용들이냐? 쓰레기 글들이지,”

김 목사는 자기 카페에 올라온 글들을 변 박사에게 보여 주면서 흥분한다.

"외국 사람들도 우리나라의 인터넷 문화를 인정하고 있지,"

"인정? 무얼 말인가, 나쁜 점이 더 많다고 보고 있는 것 같은데,"

변 박사는 외국인들이 생각하는 점을 말했다.

"한국 호텔에서 인터넷이 되느냐고 묻지 말라는 기사가 외국 신문에 보도 되었어, 그것을 봐도 우리가 인터넷 선진국이지?"

"나도 알아, 하지만 역기능에 대해서도 언급했어,"

"어떻게 좋은 점만 있어, 모든 것에는 상반되는 점이 있지, 인터넷도 마찬가지야,"

김 목사는 앞으로 인터넷 피해 때문에 많은 문제가 야기될 것이라는 것을 말했다. 변 박사는 일부를 인정하면서 그의 말에 동의하지 않는다.

"우리나라의 인터넷 블랙 사이트가 몇 개나 되는지 알아?"

"글쎄,"

"무려 1천만 개를 넘어섰어, 심지어 민원서류도 위조하고 있어,"

김 목사는 인터넷의 저작권 문제나 초상권 침해, 보안 문제 같은 것도 위험 수준을 넘고 있다는 것을 말했다. 그 중에 인터넷을 통한 내용 누설은 매우 심각하다. 개인의 신상 정보가 모두 노출되고 있다. 내용누설은 인터넷 속을 흐르는 정보를 몰래 엿보는 것이다. 패스워드나 신용카드 번호를 몰래 알아낸다. 그 다음에 나쁜 짓을 한다. 범죄에 활용될 소지가 크다는 점을 말했다.

"필요악이야, 해커들 세상이 될 것 같아,"

"보안 문제는 어느 나라나 문제가 되지, 하지만 기술이 발달해서 문제가 없어, 다소 경미한 일들이 일어나기는 하지만,"

"경미하다고, 신용을 모토로 하는 은행에 해커가 침입해서 거액을 무단 인출해간 일도 있잖아,"

"작은 실수야, 대부분의 은행은 보안 프로그램을 가지고 있어, 해커들이 그것을 뚫으려고 모든 방법을 동원하지만, 크게 우려할 정도는 아니지,"

"자네는 너무 좋게만 보아서 큰일이야, 인터넷의 지적 소유권 문제도 큰일이야, 누구나 정보에 접근하고 이용할 수 있다는 장점이 있기는 하지만, 외국인들이 우려하는 것도 따지고 보면 그런 문제 때문이냐, 안 그런가?"

"외국인들, 자기들은 신기술을 후진국에 넘겨주는 공유를 인정하지 않으면서, 그런 우려의 소리를 내지, 속이 다른 말들일 뿐이야, 그들의 말을 전적으로 믿으면 안 되어,"

"물론 선진국들의 기술 패권주의를 인정해, 하지만 일리가 있는 말들이 많아,"

변 박사는 모든 것에는 음과 양이 있고 긍정과 부정이 있다는 점을 다시 강조한디. 그것을 인정하고 인터넷을 바로 알고 쓰는 일이 필요하다는 것을 말했다. 하지만 서로가 말하는 차이는 별로 없는 것을 가지고 논박한다.

"내가 할 일에, 인터넷 바로 사용하기도 추가하고 싶어,"

"욕심이 많아, 자네 힘으로는 어림도 없어, 하던 일이나 해, 그렇게 하다가는 아무 일도 못해,"

김 목사는 모든 것을 다하려고 한다. 천당이 있다는 것을 밝혀내려고 하고, 성 문제와 마약 문제, 인터넷 문화 문제까지 관심을 보인다. 한국이 유독 초고속 인터넷 서비스에 강한 것은 국민들이 신기술에 수용적일 뿐만 아니라, 도시 집중화가 크게 진척된데 있다.

아파트라는 주거 공간에 공동 초고속 인터넷 망을 구축함으로써 빠른 효과를 보았다. 온라인 게임이 인기를 끈 것도 초고속 인터넷 망의 덕분이고 pc방이 크게 번성한 것도 그런 맥락이다. '바다이야기'가 온통 세상을 시끄럽게 하고 있다. 서민들이 먹고 살기도 힘이 드는데, 게임에 빠져서 재산을 잃고, 목숨까지 버리는 사건들이 생겼다. 노름은 패가망신하다. 인터넷 게임에 물질이 가미되면서, 가난한 사람들에게 유혹을 심어주고, 허상을 쫓게 만들었다.

"블랙사이트를 없애는 일이 중요해,"

"그래서 그 일을 하겠다는 거냐?"

김 목사는 그의 말에 구체적으로 대답하지 않고 또 다른 이야기를 한다.

"성기노출 사건도 결국 따지고 보면 동영상 매체의 발달에 따른 것이지, 모든 것에 최고를 추구하고 더 자극적인 것을 찾으려는 데서 기인한 것이기도 하고, 어떻게든지 최고의 흥미를 유발하고 자극하려는 단세포적인 생각들이, 그런 일들을 만들어 냈다고 보네,"

"모든 것을 나쁜 쪽으로만 보지 말게, 인터넷의 유용성이 훨씬 더 크네, 그런 생각은 집어치우고 자네가 하던 근사체험연구나 계속하게,"

"아니야, 내가 할 일이야,"

"어떻게 모든 것을 다 하려고 하나, 천당을 확인하는 일도 어려운데, 인터넷 바로 세우기도 하고, 성문화 개선, 음주나 마약 문제도 연구를 하려고 해, 한 가지만 해도 어려운데,"

김 목사는 자기의 할 일이 성직자 본연의 일이지만, 사회정화를 위하는 일이 필요하다는 것을 말했다. 배고픈 자들에게 물질적인 도움을 주는 일도 중요하지만, 정신적인 면을 피폐하게 만드는 인터넷 문화의 개선도 중요하다는 인식을 한다. 따라서 저승의 천당보다도 이승의 일이 더 시급하다는 것을 생각한다. 하지만 할 일은 많은데 마음뿐이다.

김 목사는 지금의 여건으로는 할 수 있는 일이 아주 제한적이라는 것에 대해서 매우 안타까워한다. 하나님의 실존을 파악하는 일도 지금처럼 해서는 아무 소득이 없다는 생각을 한다. 하지만 변 박사는 다르게 생각한다. 김 목사가 근사체험 연구에 대한 진척이 없자, 탈출구를 찾고 있는 것으로 보고 있다.

9.

　영철은 택시에서 내렸다. 주머니를 뒤져서 잔돈으로 겨우 요금을 냈다. 그리고 자기 집 앞에서 잠시 망설이다가 현관문을 열었다. 전화로 확인한 것처럼 집에는 아무도 없다. 이성을 잃은 그는 자기 집을 뒤지기 시작했다. 미자에게 밥을 사주고 자기가 쓸 용돈이 필요하다. 단지 그것을 위해서 거침없이 행동한다. 이곳저곳을 뒤지다가 경대 서랍에서 봉투 하나를 발견한다.

　"이거 십일조 봉투네, 아들이 무엇을 하고 있는지도 모르면서, 무슨 십일조는,"

　영철은 혼잣말을 하며 십일조 봉투를 호주머니에 넣었다. 그리고 다시 집안을 뒤지기 시작했다. 패물 상자에는 어머니가 아끼던 패물들이 있었다. 아버지가 잘 나가던 시절에 해준 것늘이 있다. 그는 눈이 뒤집혀서 아무 것도 생각하지 않는다. 그것들 중에 값이 나가는 것을 챙겨서 안주머니에 넣었다.

　"어머니 용서하세요, 이제 저는 어머니의 아들이 아닙니다. 찾지도 마세요, 하루하루를 사는 것조차 힘이 들어요."

　영철은 종이 위에 메모를 하면서 눈물을 흘린다. 메모한 종이를 보석함 위에 올려놓았다. 그리고 천천히 현관문을 열고 밖으로 나왔다. 그는 부모와 모든 것을 단절하려는 의지를 보인다. 무서운 세상이다. 어머니의 불륜 현장을 목격했다고 하지만 이제 모든 것을 자기식으로 생각한다.

　사람들은 행복이 가정으로부터 나온다고 말한다. 행복은 누가 만들어주는 것이 아니다. 가정을 지키고 서로 사랑하는데서 얻어진다. 혼자의 노력으로 행복해지고 화목해지는 것이 절대로 아니다. 부모와 자식 중에 가정을 지키지 않는 사람이 생기면 행복해지지 않는다. 서로가 의지하고 노력하며 화합할 때 행복이 온다. 행복은 먼 곳에 있는 것도 아니고, 가까이 있는 것도 아니다. 파랑새처럼 다가오기도 하고 멀리 날아가기도 한다.

사람들에게 행복이 무엇이냐고 물어 보면, 배부르고 등 따신 것이며, 항상 즐거운 일만 있는 것이 행복이라고 말한다. 그러나 인간의 욕망은 끝이 없다. 무엇을 이루겠다고 해서 그것을 이루고 나면 다른 욕심이 생기고, 그 욕심을 해결하고 나면 또 다른 욕심이 끝없이 생겨서 만족할 수 없다.

영철은 그것을 모르고 있다. 부모를 버리고 잘 알지도 못하는 여자를 위해서, 모든 것을 희생하려고 하지만 그것은 잘못된 선택이다. 모든 일을 순간적으로 처리하면 오류를 범하게 된다. 그는 그것을 간과하고 있다.

부모의 마음은 늘 자식을 생각한다. 모성애로 가득 찬 어머니는 선로 위에 있는 아들을 구하고 죽기도 한다. 자녀들이 길을 잃고 광야를 헤매고 있는지, 폭풍우와 독수리를 잘 피하고, 어지러운 세파 속에서 상처를 입지 않고 잘 살기를 바란다.

인숙의 마음도 그러하다. 비록 성욕을 억제하지 못해서 죄를 범하고 있어도, 자식을 사랑하는 마음은 다른 부모들과 같다. 행복이 자기만족으로부터 얻어지는 것이라면 욕심이 가장 많은 자가 행복을 차지하게 된다. 정직한 자가 손해를 보게 된다. 하지만 그렇지 않다.

모든 불행은 자기가 자초한다. 그래서 현자들은 권력과 재력, 쾌락과 물욕 같은 것을 얻기 위해 노력하지 않는다. 현세의 자기중심적 만족을 철저히 배격하려고 노력하며 살아간다. 영철은 그것을 알지 못하고 있다. 아무리 유능하고 잘난 사람이라고 해도 그 가정이 좋지 않으면 행복해질 수 없다. 행복은 그냥 얻어지는 것이 아니다. 땀 흘려 일하고 적은 것에 만족하며 보편적인 삶을 살아갈 때 얻어진다. 너무나 큰 욕심은 이룰 수가 없어서 늘 불만이 생기고 불행해진다.

영철은 같은 시간이 두 번 다시 오지 않는다는 것을 모른다. 한참 배워야 할 나이에 어른들이 하는 짓을 흉내내며 타락해 간다. 그는 부모와 똑같이 가정이라는 행복의 보금자리를 파괴하고 있다. 오직 배가 고픈 미자에게 밥을 사주고, 그녀와 함께 되는대로 살아가면 된다는 생각을 한다. 이성을 잃으면 모든 것이 악으로 변한다. 자기 집에서 도적질하는 패륜을 보이고, 그 역시 부모들처럼 가정을 파괴한다.

10.

김 목사는 회의에 빠졌다. 과연 하나님은 존재하는가, 존재한다면 타락해 가는 세상을 어찌 그대로 두고 보는가, 이러한 생각은 종교에 대한 목적론적인 생각이지만, 너무 열성적으로 몰두하다 보니 회의에 빠졌다. 그는 신자로부터 신은 존재하고 정말로 전지전능한가에 대한 물음을 늘 받았다. 그러나 늘 명쾌하게 압도할 만한 대답을 하지 못했다.

종교와 철학, 과학이 아주 높은 상위개념으로 가면 한 곳으로 통한다. 과학이 사실적인 증명을 하는 것이라면, 철학은 논리성을 찾는 것이고, 종교는 전제의 양자가 찾지 못하는 것을 신적인 요소에서 의해서 찾는 것으로 일맥상통한다. 종교적인 문제를 철학적 사고로 밝히려고 하는 시도는 오래 전부터 있어 왔지만, 이 역시 분명한 대답을 주지는 못하고 있다.

철학은 근본신념이나 기초신념 가운데 옳은 신념을 이성에 의해서 찾아내려는 시도다. 따라서 이러한 시도는 대개 본래의 뜻을 규명하기도 전에 이해되지 못하는 말들의 나열로 인해서 발목을 잡히는 일들이 많다. 그것이 옳은지, 그른지조차 분간하기 어려운 말장난 같은 것으로 변하기 십상이어서, 더욱 난해한 명제를 만들어 내게 되어, 그 해답으로부터 멀어지기도 한다. 자기 혼잣말 같은 비밀스러운 주장이나 알아듣지 못하는 말들을 만들어내서, 그것을 다시 규명하거나 분석하려고 하지만, 더욱 어려운 말이나 언어의 나열을 수반하게 되어서, 자기모순에 빠지게 되기도 한다. 따라서 근본적인 문제가 무엇인지를 명확히 밝히는 것조차도 어렵게 되는 경우에 빠지면, 철학의 명제를 밝히기는커녕 더욱 혼란스러워지게 된다.

그는 근사체험연구를 하면서 결국 그런 자기모순에 빠지게 되었다.

"이제 자주 찾아오시네, 매일 출근을 하는구먼,"

"왜 내가 싫은가? 자네를 돕고 싶어서 올뿐일세, 괘념치 말게,"

김 목사가 여러 가지 생각에 빠져 있는데 변 박사가 사무실에 다시 나타났다.

"또 그 일에 매달리고 있는가? 이제 건강을 생각하게, 그만 두는 게 좋아, 규명할 수가 없는 일이야,"

"방해하지 말게, 그것을 알고 시작했어, 앞으로 조금씩 나가다 보면 발전되겠지, 내가 못한다고 해도 누가 연구를 계속할 것이고, 언젠가는 천당이 있다는 것이 밝혀질 거야,"

변 박사는 근사체험연구를 처음 시작할 때부터 강하게 반대했었다. 그의 말처럼 규명될 수가 없는 일에 매달리고 있기 때문이다. 김 목사도 그것을 사실로 인정할 수밖에 없는 단계까지 왔다. 과연 이것이 정말로 내가 규명하려고 하는 것의 명제인지 조차도, 다시 생각하게 하는 일들을 반복하다가 회의에 빠졌다. 변 박사는 철학적 명제를 규명하는데 있어서 오류에 빠지지 않기 위해서는 많은 인접 학문이 동원 될 수밖에 없다는 것을 말했다. 상위철학, 논리학, 형이상학, 윤리학, 인시론, 철학사 같은 학문을 다시 공부하여야 한다고 말했다.

"배울 것이 많아, 이제 공부하기에는 너무 힘이 들어, 나이도 먹고 시간도 없어, 이제 포기해, 젊은이들에게 맡겨,"

"연구하는데 늙고 젊음이 무슨 상관이냐? 늦었다고 생각할 때가 빠른 것이지,"

변 박사는 못 말리겠다는 생각을 하면서 너무 욕심이 과하면 아무 것도 이루지 못함을 다시 말했다.

"자네가 하는 것은 학문 연구일 뿐이지, 신을 증명하는 일과는 거리가 멀어, 신의 실존을 증명할 수는 없지, 그것을 할 수 있었다면, 누군가가 그것을 밝혔을 것이야, 포기를 해,"

변 박사는 그러한 것을 밝히려고 한 사람들이 많았다는 점을 말했다. 하지만 아무도 밝혀 내지 못했다. 11세기에 살았던 안셀무스라는 사람도 그것을 규명하려고 했었지만 실패했다. 그의 쓴 『프로슬로기온』에서 그것을 살펴 볼 수가 있다. 신은 가장 위대한 존재이다. 우리는 그 보다 더 위대한 존재를 생각할 수도 없고, 그 보다 더 위대한 존재는 가능하지 않다는 가정을 세우고, 그것을 밝히려고 했다.

"그래서 무엇을 얻었는데?"

"얻기는 무엇을 얻어, 가설을 확인하지 못한 것에 불과했었지,"

"결국 나보고 포기하라는 말을 하고 있는 거냐?"

"어려운 일이라는 것이지, 그가 확인하려고 한 것은 신의 포괄주의에 초점을 두고 있었지만, 그것을 모두가 인정하게 만들려면 논리적으로 증명되어야 하지, 결국 실패로 끝났지,"

변 박사는 안셀무스가 밝히려고 한 내용들을 이야기했다. 신은 능력이 있지만 거기에 그치는 것이 아니라 전능하다. 신은 지식을 가지고 있지만 거기에 그치는 것이 아니라 전지하다. 신은 선하면서 거기에 그치지 않고 전선하다는 것을 전제로 해서 신이라는 것에 대한 용어의 분석을 했다. 따라서 신이 실존한다고 보면 신보다 위대한 것이 없어야 하고, 가능하지 않은 존재가 실존한다고 믿어야, 신이 전지전능하다는 것을 증명하게 된다. 하지만 사실적으로 그것을 증명할 수 있는가에 대하여 의문이 생기게 된다. 어떻게 그렇게 될 수가 있을까, 신보다 더 위대한 것은 생각할 수도 없고, 가능하지도 않은 존재보다도 더 위대한 존재가 신이라는 말인가를 생각하면, 정말로 그것을 증명하기가 쉽지 않다는 것을 느끼게 된다.

변 박사는 그의 책을 읽으면서 모순관계에 빠졌다는 것을 생각했었다. 그의 말을 인정한다고 해도 신이 실존한다는 것을 사실적으로는 증명할 수가 없게 된다. 신보다 더 위대한 것은 생각될 수도 없고, 가능하지 않은 존재가 실존한다는 것이 증명될 때 신이 존재한다는 것이 증명되기 때문이다. 하지만 일반적으로 사람들은 신이 존재한다고 믿고 있다. 신의 뜻을 거역하지 않으려고 하면서 신을 따르려고 한다. 그렇다면 그것이 정말로 참인가 하는 의문이 제기될 수밖에 없게 된다.

"아무도 밝혀 내지 못해, 그것을 할 수가 있었으면 지금까지 그냥 있었겠어, 누군가가 이미 밝혀냈지,"

김 목사는 아무 말을 하지 않았다. 괜한 말로 친구와 입씨름을 하기가 싫었다. 하지만 김 목사는 그의 말처럼 한계에 부딪쳐서 회의에 빠져있다. 변 박사는 다시 안셀무스가 연구하려고 하였던 신의 전지전능에 대해서 다시 말했다.

신의 존재론적 논증은 더 위대한 곳으로 올라가는 존재의 위계가, 보다 큰 수로 올라가는 수의 위계와 다르며, 존재의 위계에서 가장 높은 곳을 차지 하고 있는 구성원이 존재하고 있는지의 여부가 문제가 된다. 신의 존재론적 논증이, 증명하고자 하는 존재의 위계에 있어서, 가장 높은 곳에 위치하는 구성원 보다 더 위대한 존재에 위치하며, 또한 그것이 생각될 수 없거나 가능하지 않은 가장 위대한 존재가 있다고 보는 것이 전지전능인데, 정말로 그것이 가능한지 의문이 생긴다.

안셀무스는 그것을 증명하기 위해서 고양이가 담요 위에 앉아 있으면서, 동시에 모자 위에 앉아 있는 것이 실존과 전능이라고 가정해서, 그렇지 못할 경우에는 둘 사이에 논리적 관계가 성립하게 된다는 점을 통해서, 신의 존재를 규명하려고 했다. 따라서 부정과 긍정, 두 개의 답이 나오게 하지 않으려면 그것을 증명하지 않고서는 해결 방법이 없다는 점을 말했다.

"안 되는 일에 매달리는 것은 어리석은 일이냐, 자네는 그것을 인정해야 되어,"

변 박사는 입을 다물고 있는 김 목사에게 다시 말한다. 신의 문제뿐만이 아니라 철학적 사고로 어떤 명제를 논증하여 증명한다는 것이 얼마나 어려운지를 알아야 한다. 하지만 많은 사람들이 그것을 증명하려고 해서 결국은 허송세월만 보내게 된다. 변 박사는 그와 같은 처지가 되고 있는 김 목사의 생각에 부정적인 생각을 가진다. 하지만 김 목사는 다른 생각을 한다. 신이 존재한다는 것은 무조건적으로 믿어야 하고, 그의 선행을 인간에게 주지시켜야 하며, 하나님을 통해서 사회악을 제거하는 일이 자기가 할 일이라는 것을 다시 생각한다. 하지만 신을 규명하는 일과는 다른 이야기를 하고 있다.

"가능성이 없어, 그것을 규명하기 전에 자네가 먼저 죽어,"

"그런 고정관념은 버려, 안 되는 것을 되게 하는 것이 연구의 목적이지, 자네는 모든 것을 부정적으로 보는 것이 문제야,"

김 목사는 말이 막히자 그에게 다른 말로 응수를 한다. 하지만 변 박사는 다시 말을 계속한다. 신이 정말로 존재하고, 그가 정말로 전지전능하며, 모든 것을 좌지우지하고, 인간 모두를 지배하는 힘이 정말로 있는가, 그리고 그는 정말로 실존하면서 우리에게 지대한 영향을 미치는가, 하는 것을 사실적으로 객관적으로 증명하려고 하면 그 가능성은 희박하다. 그래서 많은 사람들이 신이 존재한다는 것을 부정하고, 믿고 따른다는데 회의를 느끼게 되며, 자기모순에 빠지게 된다. 하지만 반대의 이론도 성립한다.

신의 실존을 명확하게 증명할 수 없기 때문에 신을 믿게 된다는 역설도 생긴다. 신을 믿는 것은 어린이가 무엇을 따지지 않고, 어머니의 뜻을 따르는 것처럼 절대적인 믿음이 있어야 한다. 이러한 신심은 하나님의 존재를 절대적으로 믿고 따르는데 있다. 하나님을 무조건적으로 받아들이고 믿어야 한다. 믿음이 없는 자들에게 가장 필요한 말이지만 하나님의 존재를 규명하는 일과는 별개의 문제이다.

11.

인숙은 남편을 배반하고 있다. 다른 남자와 애욕을 즐기는 것으로 가정을 파탄시키고 있다. 사람들이 누구를 사랑하는 건 자유다. 하지만 죄의식 없이 아무하고나 애정 관계를 맺고, 무엇이든지 자기 맘대로 하는 것은 자유가 아니다. 사람들이 그것을 아는데 많은 시간이 걸린다. 양성관계에서 지킬 것을 지키지 않고 나누는 사랑의 자유는 탈선행위가 된다.

"여자들이 싫어하는 남자의 공통점은 매너가 없는 거지,"

"나 보고하는 소리냐?"

인숙은 이천상이 점점 자기를 무시하는 경향이 많아지는 것에 대해서 불만을 말했다. 사람들이 지켜야 할 매너는 모든 일에 필요 하지만, 이성관계에서도 어느 선의 매너가 필요하다. 자기를 드러내 보이는 것에 한계를 지켜야 품위를 유지하고, 서로를 진정으로 사랑하게 된다.

"돈으로 여자를 살 수 있다고 생각해?"

"누가 그렇다고 했어?"

"그런데 나를 천시하고 있는 것 같아, 돈 몇 푼 얻어 쓴다고,"

인숙은 그에게서 매너가 없어진 것을 탓했다. 하지만 이천상은 자기 아내와 이혼을 생각할 정도로, 그녀를 사랑하면서도 외관직으로는 징나미가 떨어지는 행동을 하고 있다.

"창녀와 연인의 차이가 무엇인지 알아?"

"그건 갑자기 왜?"

"나를 창녀로 보고 있는 것 같아,"

"왜 그래, 내가 싫어진 거냐? 갑자기 그런 말을 하게,"

"여자들이 대개 돈을 주면 몸을 허락한다고, 나도 그런 정도로 생각하고 있는 것 같아,"

인숙은 그가 하고 있는 행동들에서 비위가 상해서 몰아 붙였다. 그녀는 무엇이 좋은지 모르지만 늙은 남자인 그를 자주 만나고 있다. 몇 푼의 돈

때문에 자주 만나지만 그 이상으로 가까워지지 못하는 것에 대한 투정을
한다.

"돈이 얼마나 많다고 돈으로 여자를 사, 어림도 없어, 나도 밖에 나가면
다른 남자를 구할 수가 있어, 당신보다 더 좋은 남자들도 나를 좋아한다
고,"

"누가 돈으로 여자를 산다고 그랬어, 왜 그래?"

그는 왜 그런 말을 하는지를 눈치로 알았다. 침대에서 알몸으로 일어났
다. 벽에 걸려있던 자기 겉옷에서 지갑을 꺼낸다. 그리고 수표 한 장을 꺼
내서 미소를 지며 건넨다.

"생활비가 필요하면 돈을 달라고 해,"

"치사한 생각이 들어,"

"왜 그런 생각을 하지?"

"우리 관계가 부부도 아니고, 그렇다고 남도 아니고, 매번 같은 말로 돈
을 달라는 것이 치사해서 그래,"

그녀는 매달 돈이 필요할 때마다 같은 말을 하고 돈을 얻어 쓰는 것이
미안하기도 했지만, 어쩔 수 없이 그런 말을 하는 것이 싫었다. 고정적으로
한 달에 한 번씩 돈을 타서 쓰는 것에 신경이 써지고 자존심이 상했다. 하
지만 그녀는 생활비를 그에게서 받아내자, 이내 마음이 풀어지면서 웃었
다. 그리고 돈에 환장을 해서 애정행각을 벌이는 것이 아니라는 점을 말했
다. 하지만 그런 말을 하는 것 자체가 자기변명을 하고 있는 말처럼 들렸
다. 그녀는 지금 이천상이 주는 돈으로 살아가고 있다.

"얼마를 주었어?"

"무엇을?"

"그 여자 말이냐?"

"무슨 말하는 거야, 그 여자라니?"

"다 알고 있는데, 뭘 속여,"

인숙은 그가 다른 여자를 만나고 있는 것을 안다. 첩이 첩을 못 본다는 이야기처럼 시기가 났다. 자기의 돈줄을 다른 여자에게 빼앗길지 모른다는 걱정을 한다.

"만나지마, 그 여자를 더 만나려면 이제 우리 관계를 청산해,"

이천상은 그녀의 말에 얼떨떨하며 괜히 응석부리지 말라는 말로 위로를 한다. 하지만 그녀는 자기 룸살롱의 젊은 여자를 이천상이 만나고 있는 것을 알고 있다. 인숙은 마음속에 있는 말을 내뱉으려다가 그 정도에서 입을 다문다. 더 이상 말하면 그의 기분을 상하게 한다. 서로에게 도움이 되지 않는 점을 생각해서다. 이천상이 현재로서는 유일한 돈줄이다. 그를 만나지 않으면 문제가 되기 때문에 강하게 말하지 못한다. 이천상은 자기가 만나고 있는 여자를 인숙이가 알고 있다고 생각되자, 당황하면서 그녀의 마음을 달래려고 한다.

"당신과 헤어지면 못 살아, 믿어 줘,"

"거짓말하지 말어,"

이천상은 인숙을 달래기 위해서 그런 말을 하지만 그의 머릿속에는 온통 섹스 생각만이 들어 있다. 어떻게 하면 즐겁게 성욕을 채울 수 있을지에 대해서만 집착한다. 그러나 감성에 더 민감한 인숙은 그이 생가끄는 전혀 다르게 생각하고 있다. 돈과 애욕의 필요성 때문에 그가 필요하지만, 인간적인 면에서는 아주 미흡한 사람이다. 하지만 어쩔 수없이 만나고 있다. 그래서 그들은 상반되는 점을 극복하려고, 마약을 하기 시작했다. 그런 행위가 이제 중독이 되어 가고 있다. 마약을 하지 않고는 즐거움이 없는 상태가 되었다. 그래서 그들은 점점 타락의 늪으로 빠져들고 있다.

"예쁜 여자가 좋지?"

"누가 그렇다고 했어?"

"남자들은 왜 그렇게 여자들의 외모에 신경을 써?"

이천상은 자기의 못난 콤플렉스를 해소하려는 듯, 젊고 예쁜 여자를 탐

닉한다. 그것을 인숙은 지적하고 있다. 자기가 훤칠하고 잘생긴 남자라면, 여자의 미모를 따지는 것에 대해서 이해가 된다. 하지만 그렇지 못하면서 여자의 외모와 몸매를 따지는 남자들을 인숙은 아주 싫어한다. 돈이 많다는 것으로 허세를 부리지만 여성들은 그러한 것을 아주 싫어한다.

"상대를 존중할 줄 모른 것이 흠이야,"

"내가, 그럼 어떻게 해야 하는데?"

인숙은 화가 났다. 하지만 이천상은 여왕처럼 행동하는 그녀를 보고 웃는다. 그 역시 상대의 의견은 묻지도 않고 무조건 자기 맘대로 판단하고 결정해 버리는 여자를 싫어한다. 하지만 이천상은 참는다.

"이거 먹어,"

"오늘도 그걸 먹어야 되어?"

"안 먹으면 재미가 없는 것을 어떻게 해,"

이천상은 자기의 부족함을 알고 있다. 할 수 없이 인숙이 주는 마약과자를 먹었다. 그리고 그들은 혼돈의 늪으로 오랜 시간 빠져들었다. 이제 그들은 마약에 의하지 않고는 아무 것도 할 수 없을 정도로 타락해 가고 있다.

12.

영철은 자기 집을 턴 돈이 있어서, 미자와 함께 술집으로 갔다. 그들이 들어간 술집은 정말로 기가 찰 정도로 이상한 일들이 많은 술집이다. 강남에는 야하고 알쏭달쏭한 그런 술집들이 많다. 영철은 말로는 들었지만 기가 찼다. 호스트바라고 하면 어떤 곳인지는 대충 들어본 적이 있다. 하지만 요즘 술집들은 상상을 초월한다. 비밀리에 유행하고 있는 DJ방, 오빠방, 제비방, 말벌방, 디스코바 같은 이름을 가진 술집들이 있다. 이름 자체가 신기할 뿐만이 아니라 무엇을 하는지도 잘 구분이 가지 않는다.

"손님, 끝내 주어요."

“뭐가?”

“가보면 알아요.”

아주 예쁘게 생긴 새파란 청년이 미자를 쳐다보면서 능글맞게 웃으며 말했다. 영철은 그런 행동에 화가 났지만, 너무 당당한 행동에 그냥 묵인한다. 또 다른 젊은 남자는 돈푼께나 있어 보이는 중년여자가 지나가자, 그쪽으로 다가간다.

“뭐가 그렇게 좋은데요?”

“언니는 뭐 알면서 그래요, 그런데 자기는 남자가 있잖아, 틀렸다. 나중에 혼자 와, 그래야 재미를 보지,”

영철은 그의 말을 들으면서 호기심이 생겼다. 남자 없이, 여자 혼자 오라는 말에 호기심이 발동한다.

“남자는 왜 재미를 보면 안 되지?”

“안되긴 같이 가, 따로 놀면 되지,”

영철은 한참 뒤에 그들이 호스트바에서 호객을 위해 일하고 있는 남자라는 것을 알았다. 호스트바의 대중화를 선언한 이른바 DJ방에서 나온 사람들이다. 영철은 호기심이 생겼다. 미자에게 동의를 구하고 그의 말에 따랐다. 호객 남자가 안내하는 곳은 좁은 골목을 이리저리 돌아서 락카페 같은 곳으로 안내를 했다. 그들이 그곳에 들어갔을 때는 화려한 조명에, 이십대 초반으로 보이는 디스크자키가 음악에 맞춰 현란한 춤을 추고 있었다. 하지만 젊은 청년들이 바쁘게 움직이는 모습은 여느 술집과 다르지 않은 분위기였다.

“나 화장실에 갔다 올게,”

미자가 다소 불안한 모습으로 웃었다. 영철이 화장실에 간다고 한 것은 그곳의 동태를 파악해 보려고 생각해서다. 예상했던 대로 못 볼 것을 보았다. 칸막이를 했지만 방문이 조금 열려 있는 틈새로, 홀랑 벗은 이십대의 젊은 청년이 테이블 위에서 현란한 몸동작으로 춤을 추고 있었다. 영철은 그것을 보고 기겁을 했다. 더욱 놀랜 것은 그 밑 소파에 앉아 있는 여자들이다. 그 모습을 똑바로 쳐다보면서 희희낙락하고 있었다. 영철은 못 볼 것을 보았다. 세상이 말세라고 하지만 너무 한다는 생각이 들었다. 공부만 하던 그가 바라다 본 세상은 정말로 요지경이다. 잘못 들어왔다는 생각을 한다. 그래서 그는 화장실에는 가지도 않고 제자리로 돌아왔다.

"미자야, 나가자,"

"왜 그래?"

"DJ방이라고 해서 음악이나 감상하면서 술을 마시려고 했는데, 우리가 올 곳이 아니야,"

영철은 미자의 동의도 없이 밖으로 나가려고 하자, 젊은 웨이터가 앞을 가로막았다.

"야, 그냥 나가면 안 되지,"

"무슨 소리냐?"

영철은 밀리지 않으려고 마치 무슨 형사처럼 거만하게 그를 쳐다보았다. 젊은 웨이터는 움찔하는 모습을 보이다가 이내 표정을 바꾼다.

"여기가 뭐 하는 곳이냐?"

"그냥 한잔하는 DJ방이다. 왜?"

젊은 남자의 얼굴에는 그것도 모르고 여기 왔느냐는 표정이다. 하지만 영철은 기가 죽지 않고, 그의 표정을 살피며 더 구체적인 대답을 기다린다. 그러나 그는 DJ방이라는 것 외에는 아무 것도 가르쳐 주지 않는다.

"남자들이 홀랑 벗고 춤을 추는 것은 뭐냐?"

젊은 웨이터는 그 말을 듣고, 겁을 먹은 듯 궁금한 것이 무엇이냐고 되물었다.

"우린 보다시피 부부 관계야, 왜 남자들의 발가벗은 모습을 보아야 하지?"

"싫으면 그만이지, 왜 시비냐?"

영철이 갑자기 그의 정강이를 후려 찼다. 그는 비명을 질렀다. 하지만 소음 때문에 그렇게 크게 소리가 들리지 않았다. 영철은 그가 주저앉는 것을 보고, 미자의 손을 잡고 도망치듯이 그 집을 빠져 나왔다.

"야! 이 동네 못 쓰겠다. 술 한잔하려고 해도 정신 차리고 가야지, 뭐가 뭔지 모르겠어,"

"무슨 일이 있었어? 화장실에서,"

미자는 그의 행동에 다소 의아해 하며 반문했다.

"DJ방이라고 하면서 남자가 발가벗고 춤을 추고, 여자들이 둘러앉아서 그것을 보고 킬킬대고 있었어, 나 원, 기가 차서,"

"그걸 가지고 무엇을 그래, 그 자리에서 섹스도 하는데,"

"그 자리에서 공개적으로 섹스를 한단 말이지?"

"너 아주 촌놈이구나, 그것을 서로 하겠다고 해서 제비뽑기를 하고 그 짓을 해,"

"여자들이? 야 정말로 말세다."

"남자와 여자가 뭐 달라, 지금은 양성평등이잖아, 남자가 외도를 하는데 여자라고 못할게 뭐 있어, 말세 같은 것은 없어, 그게 요즘 우리 현실이고 세태니까,"

"너도 그럼 그런 일을 해 보았어?"

미자는 피식 웃었다. 하지만 영철은 그녀의 말을 듣고 기가 찼다. 학교에서 공부한 것과 사회 현실에 대한 괴리감 때문에 매우 당황하고 놀랜다. 하지만 그들은 술을 먹기 위해서 다른 곳을 찾아 나선다. 마땅히 갈 곳이 없다. 너무 사람들이 붐비는 곳은 싫고, 그렇다고 은밀한 곳에 가기도 겁이 났다. 그래서 그들이 찾아간 곳이 호프집이다.

"겨우 호프집이냐?"

"아니야, 여기가 편해, 한잔하고 여관으로 가자,"

그들은 시끄러운 호프집에서 취하도록 마셨다. 그리고 깊은 밤의 불나

비가 되었다. 휘청거리며 길거리를 날다가 여관으로 갔다. 영철이 훔친 십
일조 봉투의 돈은 그렇게 유흥비에 쓰여 지고 있다.

13.

　김 목사는 카페에 올라온 글을 읽었다. 너무 한심한 이야기를 올렸다.
그 글을 읽고 세상이 이제 마지막으로 가고 있다는 생각을 한다. 초등학교
여학생이 같은 반 남학생들과 함께, 점심시간에 교실에 설치된 컴퓨터로
인터넷 음란 사이트를 보았다. 거기까지도 좋지 않은 일인데 그것을 흉내
내기로 했다. 게임을 통해서 한 남자 학생을 상대자로 뽑았다. 그리고 그
들은 교내 차고로 갔다. 다른 학생들이 지켜보는 가운데 성 접촉 행위를
했다.
　너무 충격적인 사건이다. 컴퓨터는 우리에게 많은 정보를 주는 문명의
이기다. 늘 가까이 하고 살지만, 야누스의 얼굴처럼 선악의 양면성을 가지
고 있다. 그래서 요즘 그 범용성 보다 윤리적인 문제를 더 지적한다. 어떻
게든지 바보상자로부터 인간을 구해야 한다는 논란이 생긴다. 김 목사도
같은 생각을 한다.
　요즘 남녀노소를 막론하고 누구든지 컴퓨터상의 가상공간에서 실제처
럼 마음대로 유영하며 혼돈의 나락으로 빠져든다. 가상의 살인도 하고 음
란물도 본다. 좋아하는 연인을 만들고 사랑하기도 한다. 보기 싫은 상사에
게 실컷 욕도 하는 사이트도 있다. 운동장엔 가지도 않고 마음에 드는 선
수를 골라서 컴퓨터 확률 게임을 하기도 한다.
　김 목사의 나이에 있는 사람들은 기껏해야 복덕방에서 장기를 두는 게
임이 있었다. 하지만 지금의 젊은이들은 컴퓨터로 장기는 물론이고, 바둑
과 체스를 둔다. 당구장에 가지도 않고 쓰리 쿠션도 돌린다. 여름철에 스
키도 탄다. 용감한 전사와 손가락으로 칼싸움을 하여서 승리감에도 사로
잡힌다. 거기에 만족하지 못해서 돈을 거는 노름도 한다. '바다이야기'가

세상을 온통 흔든다. 원망하는 목소리가 높다. 정부의 정책에 대해서도 비난한다. 돈을 잃고 자살을 한다. 컴퓨터의 해악이 어디까지 갈지 모른다고 아우성이다.

베틀 넷에서 내기 게임으로 돈을 잃는다. 게임을 하면서 밥 먹을 시간이 없어서 자장면 한 그릇으로 때운다. 밤에 잠도 안자고 도박성 게임을 직업으로 하는 프로 게이머도 있다. 제로섬 게임에 돈을 건다. 가난한 사람들이 더 적극적이지만 돈을 잃는다. '바다이야기'가 그것을 증명했다. 컴퓨터 게임은 가상과 실제를 병합한 것이지만 가상에 그치지 않는다. 경제적인 손실을 입게 되어서 문제가 된다.

우리나라가 세계에서 컴퓨터를 제일 많이 보유한 국가이다. 제일 많이 사용하지만, 어른들은 채팅과 노름을 위해서 하고, 아이들은 게임을 위해서라고 하는 말이 얼마 되지 않았다. 하지만 이제 초등학생까지 가상과 실제를 혼동하고 있다. 그래서 어른들을 흉내 낸다. 공개적인 방법으로 성접촉을 흉내 내었다.

김 목사는 큰 충격을 받았다. 컴퓨터 해악은 언제, 어디서, 어떤 방법으로 표출될지 아무도 모른다. 얼마 전에는 술에 취한 아버지가 매일 컴퓨터를 들여다보고 있는 딸에게 불만이 생겨서, 아파트의 꼭대기에서 모니터를 밖으로 던졌다. 그 일로 아파트 앞을 지나던 한 어린이가 크게 다쳤다. 가정불화라고 하지만, 그러한 우발적 사고도 컴퓨터 중독과 관련이 있다.

실제로 학생들의 컴퓨터 중독 실태가 심각한 것으로 조사되었다. 중, 고생을 대상으로 중독 실태를 측정한 결과가 대단히 심각하다. 학업 성적이 나쁠수록 중독 증상도 심하다. 건강도 그와 비례하는 것으로 조사되었다. 그렇다면 과연 컴퓨터는 문명의 이기인가가 의문이 된다.

컴퓨터라는 정보처리기계가 발명되면서 도깨비 방망이를 두들기는 것처럼 디지털 세계로 바뀌고 있다. 디지털 기술은 모든 기호와 정보를 동일한 신호 체계로 처리하고 전달할 수 있는 기술로서, 문자, 숫자, 소리, 음성, 음향, 도형, 사진, 동영상 등 모든 표현 양식을 0과 1이라는 이진법 부호로 변환하여 처리한다.

그 이후에 디지털 세계는 이제 요술 방망이가 되었다. 아름다운 여인의 모습을 보기도 하고 고음질의 음악을 듣기도 한다. 그 뿐만이 아니다. 이 세상에 있는 많은 존재에 대한 실존과 가상을 아주 상반되게 표출할 수 있다. 내가 아닌 다른 가짜도 만들어 내는 것이다.

사이버 공간에서 다른 나를 존재하게 만든다. 선과 악, 윤리와 비윤리가 존재한다. 인간들은 그것을 착각하고, 혼란에 빠지며 신을 부정한다. 중세 사람들은 절대자를 믿고 따르며 살았다. 하지만 지금은 컴퓨터를 더 믿고 신을 부정한다. 신에게 도전하고 침범하면서, 자기의 존재를 더 비교우위에 두려고 한다.

"무엇을 그렇게 맨 날 생각만 하고 있어, 건강도 좀 생각을 해야지,"

"신을 부정하고 있어, 이제 말세가 오는 것은 자명해,"

"말세, 언젠가는 오겠지, 하지만 그 시기를 모르고 사는 것이지,"

김 목사가 카페에 올린 글을 읽고 깊은 생각에 빠져 있는데 변 박사가 찾아왔다. 늘 토론의 상대가 되는 그에게 컴퓨터의 기능에 대해서 비판을 한다. 하나님은 하와가 약속을 어긴 대가로 임신과 출산의 고통을 주었다. 인간은 모두 여성으로부터 몸을 이어 받아서 존재한다. 하지만 반드시 산고 후에 태어난다. 그러한 신의 영역을 컴퓨터는 부정한다. 시험관에서 정자와 난자가 결합되어서 인공수정으로 시험관아기를 만들어 낸다. 엄마가 없는 출산을 도모하고, 실제로 복제 인간도 만들어 낸다. 무통분만과 대리모의 출현도 불사하며, 신의 영역을 침범해 간다.

수명 연장도 가능해서 진시황이 찾았던 불로초를 컴퓨터가 만들어 내려고 한다. 한편으로는 수명연장 문제가 정말로 필요한 것인지를 묻게 된다. 고통 속에서 사는 노인의 증가가 과연 바람직하고 축복할 일인가, 안락사는 신을 배반하는 행위라고 했던, 고전적 죽음이 정말로 사치한 일인가 하는 문제도 생각하게 된다.

"안락사를 알아?"

"그것은 왜?"

"신의 영역을 침범하는 일이 기승을 부리고 있어서."

과학자들이 신의 영역을 침범하고 있다. 안락사를 시키고, 체세포로 똑같은 인간을 만들어 낸다면, 과연 그것이 신을 이기는 행위인지에 대해 변박사에게 물었다.

유전자 조작은 새로운 종이나 개체의 출현을 만들어 낸다. 그 과정에서 자연 질서의 파괴를 불러온다. 하지만 그것을 반복함으로써 또 다른 개최를 만들어 낸다. 유전자 조작식품을 만들어서 먹는다. 그 해악이 신체의 어느 부분을 망가뜨리거나, 비대하게 만든다. 당연히 신의 벌을 받을 수밖에 없다. 문명의 이기라고 하는 컴퓨터가 인간에게 축복을 주는 것만 만들어 내는가, 그렇지 않다. 세대의 차이, 두뇌와 파워 사이에 균형도 깨지게 한다. 기술을 독차지한 자만이 반드시 승리한다는 것도 문제다.

빌게이츠처럼 풍요를 누리는 자와 그렇지 못한 자간에 극대 극의 차이가 생긴다. 일부를 노예로 전락시킨다. 복종을 더 심화시킨다면 컴퓨터는 분명히 유해하다. 내가 원하는 형으로 나를 만들 수 있고, 더 나아가서 내 자식도 그렇게 만들 수 있다면, 인간은 정말로 행복해질 수 있을지 의문이 된다. 벽돌처럼 기계로 찍어내서 똑같은 모범 인간이 만들어진다면, 그것이 더 좋은 세상이 될지도 의문이다.

원자력 사고가 일어날 확률은 수만 분의 1에 불과하다. 하지만 한번 발생하면 모두 죽는다. 그런 위험이 있지만 손가락으로 경쟁하는 바보들이 있다. 우발적 사고가 생긴다면 우리 모두는 죽는다. 우리들은 그들을 천재라고 부른다. 신보다 비교 우위에 있다고 말한다. 하지만 어떻게 하면 좀더 사이버세상에서 도덕적인 것에 충실하며 실수가 있는지가 문제가 된다. 디지털 사회의 급속한 기술진보와 정보축적, 여기에 적응하는 세대와 그 반대의 세대가 공존하면서 대립하고 충돌한다. 이 문제가 오늘의 문제다. 신의 범주 내에서, 도덕적인 것에서 해답을 찾아야 한다.

김 목사는 앞으로 지식 정보 경쟁은 더 심화될 것이라고 변 박사에게 말했다. 그래서 걱정이 태산이다. 어떻게 하면 자기가 이 세상에 대하여 소금과 빛의 역할을 할지에 대해서 노심초사한다. 컴퓨터의 유용성은 더욱 발전하겠지만, 그 해악도 점점 더 커질 것이다. 그래서 김 목사는 컴퓨터가 정말로 유용한지에 대해서 많은 생각을 한다.

아직 어린애가 성관련 음란물을 보고, 그대로 흉내 내는 세상을 바른 세상이라고 말할 수는 없다. 그는 컴퓨터가 문명의 이기지만 신의 영역을 절대로 침범해서는 안 된다는 생각에 빠진다. 하지만 변 박사는 그 피해보다 이익이 크다는 점으로 반박한다. 하지만 김 목사는 연구의 좌표를 잃고 있다. 신을 규명하는 일이 아니라 모든 영역을 연구 명제로 하려는 욕심을 부리고 있다.

창조론

1.

　인숙은 아들이 몹시 보고 싶었다. 어디서 무엇을 하는지 모르지만 걱정
이 되었다. 그래서 눈물을 흘리는 날이 많아졌다. 아들이 집에 있는 패물
들을 모두 들고 나갔지만 원망을 하기보다는 어서 집으로 돌아오기를 기
다린다. 하지만 아들은 그녀의 마음과는 다르게 타락의 길을 가고 있다.
모든 사람들에게 아들은 희망을 주는 무엇인가가 있다.

　그녀 역시 아들을 사랑한다. 언제나 노력하는 모습에서 많은 것을 생각
하게 하였다. 어려운 시간이 있었지만 잘 참고 공부만 한 것에 대해서도
매우 고마웠다. 그렇지만 아들은 이제 집을 나갔다. 어디서 무엇을 하는지
찾을 길이 없다. 그녀는 누구와도 아들에 관하여 상의조차 할 사람이 없
다. 그냥 기다려 보는 방법 밖에 없어서 초조했다.

　"웬 편지지?"

　그녀가 밖에 나갔다가 현관문을 열고 들어서자 한 통의 편지가 현관 바
닥에 놓여 있었다.

　"죄송합니다."

　아들의 편지는 죄송하다는 말로 시작되었다. 그녀는 편지를 읽기도 전

304 이단자

에 오열한다. 영철은 어머니의 불륜에 관하여 알고 있다는 내용을 썼다. 그녀는 설마 했지만 모든 것을 아들이 다 알고 있었다는 생각이 들자, 좌절감에 빠졌다. 어머니를 기쁘게 해드려도 부족한데 아들로서 뵐 면목이 없다. 그래서 집에 들어오지 못한다는 대목에서 그녀는 엉엉 소리를 내며 울었다. 자신의 불륜이 모든 것을 앗아 갔다는 자책감이 그녀를 괴롭혔다.

누구에게나 산다는 것 자체가 어려운 일이다. 하지만 그들 모자간에는 이미 그 한계를 넘어서고 있었다. 어머니를 용서할 수가 있지만, 아버지를 생각하면 혼란에 빠진다, 그래서 지금 방황하고 있다. 이 세상에 자기 혼자라는 생각뿐이다. 몹시 마음이 아프다. 학업을 포기하고, 자신의 길을 가겠다. 살아가는 동안 선과 악의 구별은 백지 한 장 차이다. 하지만 나쁜 사람과 선한 자의 차이는 크다. 부모이기 때문에 잘못한 것을 이해한다. 하지만 빨리 아버지 곁으로 돌아가기를 희망한다는 말을 썼다.

하나님을 믿는 일도 중요하지만 진실 되게 사는 것이 더 중요하다는 말도 썼다. 그녀는 아들의 편지를 읽으면서 많은 생각을 한다. 자기의 죄업이 크다. 아들에게 용서를 빌고 싶었다. 자기의 잘못을 뉘우치면서 아들이어서 집으로 돌아와 주기를 소원한다.

"주소가 없잖아, 집에도 왔었다가 가고,"

그녀는 편지를 다 읽은 후에 겉봉을 훑어보았다. 아들의 흔적을 찾기 위해서다. 하지만 아무런 것도 발견하지 못해서 안타까워한다. 아들이 어머니에게 편지를 쓴 것은 잘못에 대한 깨우침을 경고하는 메시지가 담겨있었다. 자기를 통해서 어머니가 새로운 삶을 살도록 하기 위한 목적으로 어머니에게 편지를 썼다. 인숙은 비탄에 빠지며 오열한다.

2.

영철은 강남에 있는 한 술집에서 미자와 함께 술을 마시고 있다. 그는 술을 마시면서 서로의 관계에 대해서 생각했다. 무엇인지 확실히 하고 싶었다. 요즘 성문화가 무질서해서 아주 많은 변화가 일어났다. 그들의 관계도 그렇다. 조건 없이 만나서 살을 비비고 있지만 내일 어떻게 변할지 모른다. 그들은 즉석 식품처럼 일회성 사랑을 하고 있다.

이들뿐만이 아니다. 많은 사람들이 인터넷에서 채팅을 한다. 그리고 가상과 실제를 착각한다. 대화방이라는 연결고리로 거리낌 없는 대화를 하다가 깊은 관계까지 간다. 그래서 타락한다. 가부장제하에서 자란 세대들은 말세라고 말한다. 특히 여성을 더 비난하고 비하한다. 남자들도 타락하고 있지만 여성의 과거를 용서하지 않는다. 어떤 남성이든지 자기의 여자는 순결성이 있기를 바란다. 과거가 있는 여자를 좋아하지 않는다.

영철 역시 그러하다. 그래서 미자의 과거가 알고 싶었다. 지금은 그냥 좋아하는 척하고 같이 살고 있다. 하지만 그들의 관계 역시 언젠가는 그러한 과거 문제로 끝장이 나게 되어 있다. 여자의 성실성을 가늠하는 잣대로 과거의 행실을 따진다. 그래서 여성들은 살아온 과거의 이력을 감추려고 한다.

남성들은 모르기 때문에 자기의 여자만은 순수할 것이라고 믿는다. 최소한도로 자기가 사귀고 있는 여성은 순결했을 것이라고 철석같이 믿는다. 그러한 믿음이 없으면 불행에 빠지게 되고 헤어지게 된다. 미자 역시 그를 만나기 전부터 다른 남자와 복잡한 성관계를 가지고 있었다. 그들이 만난 동기도 순수성이 없었다. 서로의 필요성에 따른 상관관계에서 만난 것이다. 진실로 사랑하기 때문에 만난 것이 아니다. 편의에 의해서 만난 것이다 그런 관계의 사랑은 늘 한계가 있다. 그녀는 아직 어린 나이지만 많은 성경험을 가지고 있다. 그녀는 남자를 능숙하게 다룬다. 완숙한 성인들의 행동을 많이 알고 있는 것에서도 그러하다.

"넌 언제 그렇게 많은 것을 알고 있었니?"

"무얼?"

"남녀관계에 대해서,"

미자는 눈치가 빠르다. 그녀는 왜 그런 말을 하는지 이내 알았다.

"너 내가 싫으니? 말만 해, 끝을 내면 되니까,"

그는 그녀가 너무 강하게 나오자 덜컥 겁이 났다. 어차피 결혼을 하고 살 것도 아니다. 지금 당장 미자와 헤어지면 외롭고 무엇인지 안 될 것 같은 생각이 들었다. 하지만 미자가 없다면 그는 더 빨리 집으로 돌아갈 확률이 높다.

"아냐, 그런 뜻이 아니고, 우리 관계에 대해서 생각해 봤어?"

"무슨 관계?"

"넌 사랑이라는 것을 아니?"

"사랑, 지금 그런 것은 우리에게 필요 없어, 그냥 필요에 의해서 만나는 것이지, 안 그래?"

유흥가나 술집에 나가는 대개의 여성들은 순결성에 대한 죄의식이 약하다. 하룻밤 동안을 즐기면 된다는 식이다. 같이 살자는 말을 아주 싫어한다. 그냥 서로가 좋으면 그만이다. 그런 여자들에게 고전적인 사랑이야기를 하면 우스갯거리가 된다. 영철은 그러한 점을 어느 정도 알고 있었지만 미자의 당당함에 매우 놀란다.

"너는 나를 결혼상대로 생각하니?"

"모르겠어, 그렇게 만나야 된다고 생각되지만,"

"난 싫어, 너 하고 결혼하기 싫어, 고등학교도 제대로 못나온 문제아면서, 가진 돈도 없고,"

미자는 자기도 같은 상황이면서 그와는 결혼할 의사가 없다. 단지 부모 몰래 즐기다가 더 좋은 남자를 만나서 결혼하면 된다는 생각이다. 외국에서 돌아올 때부터 그런 생각을 했다. 살아보고 결혼하라는 말을 지키려는 것이다. 식은 밥도 못 먹는데 싫은 남자와 평생을 사는 것은 문제다. 그래서 미자는 유학 시절에 외국남자와 혼숙을 했었다.

영국 남자와 한 방을 쓰고 동거를 했었다. 돈도 절약되고 서로를 즐기다가 헤어졌다. 지금 영철이도 좋은 남자이기는 하지만 그 영국 남자보다도 못하다. 미자는 더 좋은 남자를 구하기 위해서는 많은 남자를 사귀어야 한다는 것을 실천하고 있다. 영철이도 그런 남자 중에 하나지만 그녀의 눈에 차지 않는다.

"그냥 내가 좋으면 만나, 그게 전부야, 우리 사랑은 원래 처음부터 그런 것이었어,"

영철은 더 이상 말을 하지 못한다. 하지만 그런 소리를 듣고 나자, 집에서 어머니의 패물과 돈 봉투를 훔친 것이 후회가 되었다. 엎질러진 물이다. 사랑은 원래 그렇게 만들어지는 것이 아니다.

"섹스를 위해서 나를 만나는 것은 아니지 않니?"

"그래, 우선 너와 내가 같은 처지라서 동질성을 느꼈고, 그래서 같이 살고 있어, 다른 것은 신경을 꺼, 우리가 뭐 성춘향과 이 도령이 아니잖아,"

미자는 아무 거리낌 없이 그런 말을 하고 영철을 쳐다보며 빙그레 웃었다. 그리고 자기가 싫으면 언제든지 말하라고 했다. 헤어지면 그만이라는 것이다. 그는 그녀의 말을 통해서 많은 상처를 입는다. 어머니의 사랑에 결핍을 느낀 그는 미자를 통해서 대리 만족을 느끼려고 했다. 그래서 그녀에게서 어머니와 같은 사랑과 연인의 사랑을 함께 기대하고, 때로는 친구와 같은 넓은 사랑을 기대했지만 그녀의 행동은 그 반대이다.

"너 페미니즘이란 것을 아니?"

"여성지향 의식이지,"

미자는 그의 물음에 거침없이 대답했다. 페미니즘이란 여성 중심적, 여성성지향, 여성존중의식을 지향하는 것이다. 인류 사회가 남성 중심적으로만 조명되어 왔다. 그 동안 은폐되고 왜곡된 여성의 삶과 활동을 남녀가 평등한 사회로 지향하기 위한 것을 주장하는 것이다. 하지만 기존의 사회학은 양성간의 차이를 선천적인 것으로 보았다. 그 차이가 성차별을 불가피하게 만드는 것으로 이해했다.

여성이란 어려서는 부모를, 결혼해서는 남편을, 늙어서는 자식을 따르는 것을, 미덕으로 생각하는 것에 길들여져 왔다. 하지만 오늘날에 와서는 양성 간에 평등한 정치적, 경제적, 사회적, 문화적 대우 속에서, 서로 사랑하고 믿으며, 행복하게 삶을 추구하는데 맞추어져야 한다고 보는 것이다. 따라서 양자의 주관적 편견이 사라져야 한다. 하지만 아직도 그 잔재가 여러 곳에 존재하고 있다.

"남자들이 이제 여성에게 지배되는 세상으로 가고 있는 것 같아?"

"누가 누구를 지배해, 원래 양성평등은 당연한 것이야, 이제 남성들이 조금씩 알기 시작한 것이지, 남자는 다른 여자와 섹스를 즐기면서 여자는 다른 남자와 그렇게 하면 안 되다는 것은 어불성설이야, 남성이 그렇게 하는 것처럼 여성도 그렇게 할 수가 있어야 해,"

"너 그럼, 그런 생각으로 나를 만나니?"

미자는 그의 물음에 대답하지 않고 피식 웃었다. 양성간의 대립은 주체와 객체, 이성과 감성, 공적과 사적, 자연과 문화 등에서 이원화 구조로 나타난다. 하지만 한쪽이 없는 사회를 원하는 것은 아니다. 다시 말해서 페미니즘이란 남성이 없는 세계가 아닌 남성 중심의 체계가 없는 사회의 지향이다. 페미니즘은 어려운 말을 주장하는 것 같지만, 현재도 양성 간에 서로 생기는 불평등으로 인해서 서로 충돌하며 존재한다.

"나는 사내답다는 말을 제일 싫어해, 우리 엄마가 제일 많이 쓰는 말이냐?"

"왜 그 말을 싫어하는데?"

미자는 그 말 자체가 불평등이라고 말했다. 남성 지향적으로 여성을 무시하는 말이라고 했다.

"여성스럽다는 말도 있잖아?"

"그 말도 결국은 남성들이 여성을 성 노리개 감으로 보고 하는 말이야,"

"모든 것을 그렇게 보면 문제가 있어,"

“아니야, 결국 남자가 여자를 지배한다는 종속 이론에 근거를 두고 하는 말이야,”

미자는 언성을 높였다. 자기는 결코 남성의 종이 되지 않고 자유방임적인 삶을 살아가겠다는 말을 했다. 남성이 은연중에 여성보다 강해야 된다. 고통도, 두려움도, 우는 일도 없어야 한다. 무거운 것도 남자가 들어야 한다. 앞장서서 나가야 한다. 양보해야 한다는 것 모두가 그러하다. 하지만 외국인들은 우리와 많이 다르다. 남성은 식당 같은 곳에서 자리에 앉을 때 의자를 빼서 여성에게 앉게 하고, 많은 우선권을 준다. 자기 부인이 아닌 다른 여성에게도 그렇게 한다. 처음 보는 양성 간에도 아주 친절하게 웃고 인사한다.

하지만 우리나라 남성들은 자기와 관계없는 양성 간에 인사를 잘 하지 않는다. 화난 얼굴로 대한다. 여성이 모르는 남성에게 인사하는 것조차도 결례로 생각한다. 우리는 윗사람의 이름을 부르지 않는다. 하지만 외국인들은 이름을 부르지 않으면 자기 이름을 잊었다고 생각해서 서운하게 생각한다.

“그것은 양성평등이 아니잖니? 여성을 먼저 생각하는 것을 남성 쪽에서 보면,”

“아니지, 지금까지 억압되고 살아온 것을 생각하면 그것은 아주 적은 배려야,”

미자는 양보하지 않으려고 한다.

“너 이슬람권의 여자들이 어떻게 살고 있는지 알아?”

“잘 몰라,”

“남성의 노리개 감처럼 보이게 살아, 혼전에 다른 남성과 어떤 관계도 맺어서는 안 되는 규율 때문에 얼굴을 가리고 살지,”

“그것은 문화의 차이지,”

문화의 차이는 크다. 이슬람교에서는 하루에 세 번을 기도한다. 무질서

한 성문화를 배제하기 위해서 할례를 한다. 돼지고기도 먹지 않는다. 쓰레기통을 뒤지고, 더러운 것을 먹으며 사는 짐승의 고기를 먹을 수 없다는 생각이다.

"그래 인정한다고 해, 하지만 여성에 대해 편견이 아직도 많아, 여성이 멀리 있는 사람을 손짓으로 부르면 교양이 없다고 생각하고, 남성들은 아무렇게나 여성을 부르지, 심지어는, 야 저 미친년 잘 나가네, 그런 말도 대놓고 해, 넌 그걸 어떻게 생각하니?"

"교양 정도의 차이지,"

"그렇지 않아, 여성이라고 하대하는 버릇이야,"

"아니야, 아까도 말했지만 문화 관습의 차이야, 미국인들은 우리와 다르게 손을 수평으로 들고 사람을 부르지, 안쪽으로 손짓을 해서 부르는데, 우리는 다르게 부르지,"

"그래 말 잘했다. 우리나라 여성들이 만약에 그렇게 했다면 건방지다는 소리를 듣지,"

"물론 그렇겠지, 하지만 남성도 그것은 마찬가지야, 에스키모들은 머리를 끄덕이면 부정의 뜻이지만 우리는 머리를 좌우로 흔들어야 부정이 되지, 젊은 여성이 노인이나 시아버지 앞에서 상황을 고려하지 않고 그렇게 하면 욕을 먹지, 양성 간에 이러한 신체 언어를 다르게 보는 것도 편력이야, 양성 모두에게 있는 관습일 뿐이야, 그게 여성을 하대하는 것은 아니라는 말이지,"

"남자들이 지하철에서 여성들의 엉덩이를 만지지,"

"그건 인간의 본성에 기인하는 것이지, 여성이 천덕스러워서 그렇게 하는 것은 아니야,"

"아니야, 그 반대야, 외국 사람들은 지하철에서 몸이 닿으면 몹시 싫어하고, 잘못하면 반드시 사과를 하지만, 우리 남성들은 남의 발을 밟고도 태연한 하게 서 있지, 그 것으로도 한국 남성들은 비도덕적이야,"

"이제 그만 하자, 술이나 먹어,"

"거봐, 너도 나에게 지기 싫어서 그렇지, 말을 하다가 막히면 남성들은 묵살하는 버릇이 있지, 하지만 그것은 자기를 감추기 위한 방편이야,"

미자는 여러 말을 하다가 화가 치밀었는지 술잔을 입에 대고 벌컥 소리가 나게 마신다.

"내가 제일 싫어하는 소리가 뭔지 아니? 예쁘다고 하는 말이야, 네가 알다시피 내가 예쁘니, 그 반대잖아, 그런데 그런 말을 하는 것은 남성들이 모든 여성들에게 천성적으로 내뱉는 말이지, 왜겠어, 어떻게 해 보려고 하는 말이지,"

미자는 혼자 끝도 없이 이야기를 하려고 한다.

"밥이나 먹어라, 아버지가 나에게 늘 하는 말이지, 하지만 그 말에는 무시하는 감정이 들어 있지, 나는 그래서 그런 말을 들으면 기분이 매우 상했어,"

"말에는 부정과 긍정적인 것이 있다는 것은 알고 있겠지?"

"물론 그렇지, 하지만 여성이라서 당하는 것이 많다는 이야기지,"

"아니야, 요즘은 오히려 양성평등이라는 것 때문에 남자들이 주눅 들고 있어,"

"흥, 우리 여성들은 수많은 세월을 수모 당하고 살았어, 얼마나 되었다고, 이제 시작이야,"

영철은 무엇인지 그녀에게 밀리고 있다고 생각되어서 들고 있던 술을 단숨에 마셨다. 언제부터인지 남성들은 여성들에게 기를 못 펴는 세상이 되었다고 생각하자, 어머니 생각이 났다. 어머니 역시 불륜을 저지른 것 자체가 그런 모럴에서 기인한다. 영철은 그런 생각이 들자 가슴이 답답해졌다.

"남성과 여성은 하나님이 차이를 두고 창조했어,"

"그건 무슨 소리야, 처음부터 여성을 차별하고 창조했다는 것이냐?"

"아담의 갈빗대로 여성을 만들었지,"

"너 교회에 나갔었니? 그건 모순이야,"

미자는 아담의 갈비뼈로 만든 하와의 창조에 대해 부정한다. 아주 화를 냈지만 영철은 그 말에 답하지 않고 다른 말을 한다. 남성은 싸움을 잘 일으키지만 여성들이 부추겨서 그렇다. 여성들은 싸움이 커지면 말리는 형식이고, 늘 눈물을 보이면서 실익을 얻는다. 친척을 비난하는 일도 여성이 많이 하지만, 자기 친정 일에는 몹시 화를 낸다. 시댁 쪽은 잘하는 척 하면서 거리감을 가지고 산다.

"갑자기 무슨 소리냐?"

"여성의 선천성을 말하는 것이야, 하나님이 그렇게 창조했다는 차별성에 대해서 말하는 것이지,"

영철은 미자의 생각과는 다르게 남성의 편력에 대해서 말했다. 말 가로채기는 여성 쪽이 많다. 남성은 제안한 화제를 어떻게 하든지 중단하지 않으려고 하고, 여성은 가벼운 대화가 많아서 그 반대다. 남성들은 대화를 자기 쪽으로 유리하게 이끌려는 경쟁심과 주도권 때문에 본질을 오도하는 대화가 많다. 양성 간에 스포츠와 연속극 같이 서로 다른 취미로 인해서도 다투고, 텔레비전 채널로도 다툰다. 남성은 알지도 못하면서 고장이 난 물건을 손수 고치려고 하고, 여성은 전문가에게 완전하게 고치려고 한다. 이러한 양성간의 차이는 하나님의 창조론을 뒷받침한다. 남성의 편력이 아니라 선천적인 차별성이다.

"편력이 아니야, 의식의 문제지,"

"인정해야 해, 여성과 남성은 원래 다르게 창조되었어,"

할머니는 자식과 화합하며 살지만, 할아버지는 부인이 죽으면 화합하지 못한다. 밖으로 나도는 성격과 가정 친화적인 성격 차이다. 여성들은 사소한 정보를 잘 교환하지만, 남성들은 그 반대로 중요한 것도 혼자서 처리하려고 해서 다툰다.

"성격적 차이를 가지고 하나님 운운하는 것은 그 반대로도 이야기 할
수가 있어,"

"물론이지, 하지만 전반적으로 그렇다는 이야기지,"

그는 다시 이야기를 한다. 선천적으로 남성은 여성에게 배려한다. 그것
을 보더라도 하나님은 양성을 다르게 창조했다. 젊은 남성이 예쁜 여성을
보면 정상적인 의사소통이 안 된다. 무조건 황홀경에 빠져서 무슨 말을 하
는지 듣지 못해서 낭패를 본다. 미모인 여성이 길거리에서 무슨 일이 생기
면 도와주려는 일도 그러하다.

"집에서 애나 보지, 뭐 하러 돌아다녀, 남자들이 그런 말을 자주 하지,
그 말이 무엇을 의미하는지 알아?"

"물론 다양성의 사람이 이 세상에 존재하는 한 그런 말을 하는 사람도
있겠지, 하지만 교양의 문제야."

영철은 말을 계속한다. 남성들은 불만이 생기면 힘을 사용하겠다는 위
협적인 말을 하지만 여성은 약하기 때문에 받아 들인다. 돈을 중시하는 여
성에게 굶지 않고 사는 것도 감사해야 한다고 말하면, 요새 굶는 사람이
어디 있느냐고 응수한다. 하지만 남성은 그런 말을 들으면 화를 낸다. 그
이유는 남성의 자존심과 무능력을 건드리기 때문이다.

"남성의 얼굴을 바로 쳐다보면 상대방에게 관심이 있는 것으로 알지,"

"그렇게 생각하는 것은 당연한 것이지,"

"왜 그렇지?"

"여성은 하나님이 다르게 창조했다는 것을 말했잖아, 양과 음의 관계
야, 모든 것이 그래, 여성이 거스름돈을 탁자 위에 놓는 것도 접촉을 피하
려는 것이고, 남성이 다가오면 자세를 가다듬고 옷깃을 여미는 것 역시,
여성이 예속을 당연시하는 행위 때문이야,"

"넌 그래서 남성이 여성을 지배해야 한다고 생각하니?"

"아니야, 그런 이야기하고는 달라,"

"그렇다면 이율배반 아니니, 하나님의 창조론을 반대하는 것이 되기도 하고. 현실적으로 말해 보자, 네가 집에서 나와 방황하는 것과 내가 집을 나온 것과 무엇이 다르니, 네가 나와 섹스를 즐기는 것이나, 내가 다른 남자와 섹스를 즐기는 것이 뭐가 달라, 이제 그런 말로 서로를 헐뜯지 말자, 내가 싫으면 헤어지면 그만이야, 이제 알겠지?"

영철은 하나님의 창조론을 부정하지 않는다. 믿음이 약해서 학교를 박차고 나왔지만 창조론을 주장한다. 하지만 자기의 여성편력에 대해 어디까지가 모순인지에 대해 헷갈린다. 어머니의 불륜도 따지고 보면 그런 혼란이다. 세태와 관련이 있는 것처럼 생각되었지만 수용하기가 어렵다. 영철은 아직 젊은 나이이다. 하지만 세상이 변화하는 것을 감당하기에는 너무 보수적인 삶을 살았다는 생각을 한다.

3.

인숙은 아들을 찾아 나섰다가 허탕만 치고 늦게 귀가했다. 집으로 돌아왔지만 아무도 반기는 사람이 없다. 울적한 마음 때문에 몹시 고통스러웠다. 그래서 잠을 이루지 못한다. 잠자리에 누웠다가 거실로 나왔다. 진열장에서 양주 한 병을 꺼냈다. 몇 잔을 연거푸 마시자 기분이 좋아졌다. 술은 원래 그래서 마시지만, 술이 가져오는 효과는 아주 반대의 것을 만든다. 기분이 누그러진 상태가 되자 폭음을 하고 있다.

"누구세요?"

"나야, 당신이 보고 싶어서,"

인숙은 전화벨이 울려서 받았다. 아들의 전화인지 알았지만 이천상의 전화였다.

"마누라는 어떻게 하고?"

"지금 밖이야, 집에 아직 안 들어갔어,"

"이 시각까지, 그럼 다른 여자를 만나고 있는 거냐?"

"무슨 소리, 아니야, 당신이 보고 싶어서 전화했어,"

그녀는 그 소리에 상기되었다. 그 말을 확인하고 싶었다. 혹시 다른 여자와 만나고 있는지도 불안했다.

"집으로 와,"

"의외인데, 집으로 오라고 하니,"

"잔소리 말고, 그년하고 헤어지고, 나한테로 와,"

이천상은 자기가 술집에 혼자 있다는 것을 강조하다가 전화를 끊었다. 얼마 후에 그는 양주 한 병을 들고 나타났다. 그들은 밤늦게까지 그것을 마시다가 취했다, 하지만 더 자극적인 것을 추구하기 위해서 마약과자를 먹는다. 그리고 혼돈의 세계로 빠져들었다.

그들은 마약 중독 증세를 보여 간다. 초기에는 약한 것을 사용했지만 이제 강한 독성을 가진 것을 사용하고 있다. 모르핀, 헤로인 같은 것을 닥치는 대로 구해서 사용했다. 해시시는 대마초 농축액으로 외국인들이 몰래 팔고 있다. 그것을 구하는 루트를 그녀는 알고 있다. 아편은 양귀비꽃 열매에서 추출한 액즙이고, 모르핀과 헤로인은 독일의 한 제약사에서 처음 만들었던 제품으로 독성이 강해서 중독이 심한 물질들이다. 그녀는 점점 유독성이 강한 마약을 사용하기 시작했다.

처음에는 호기심으로 마약을 먹었다. 하지만 별 효과가 없어서 자꾸 먹다가 중독이 되었다. 그 효과가 천천히 일어나는 것이 불만스러웠다. 그래서 더 많이 먹게 되어서 중독 증세로 나타났다. 이천상도 마찬가지가 되었다. 직장에서 손발이 저려 오고 심한 오열을 자주 느꼈다. 그는 이제 직장을 잃을 위험까지 갔다.

누구든지 마약을 하면 기분이 최상이다. 몸이 차갑게 식는다. 사지가 이완되는 느낌이 든다. 머리가 텅 비고 공동이 커진다. 얼굴이 백지처럼 하얗게 변한다. 갈증이 생기면서 기분이 최상으로 변한다. 감각이 예민해져서 오감이 모두 살아 있는 것처럼 된다. 변형과 환각을 느끼고 서로 다른 감각적 지각이 뒤섞인다. 흥분의 상태가 지속된다. 환각 상태로 섹스를 하면 둥둥 떠 있는 기분이 된다. 마치 자기가 신이 된 기분이 된다. 그들은 그런 마각 때문에 모든 것을 버리고 있다.

인숙은 자기 아들에게 한 번 실수를 했지만 환각 때문에 또다시 실수를 한다. 영철이 미자와 헤어져서, 늦은 시간에 집으로 왔다가 또다시 마약에 취해 있는 그들을 발견한다. 이제 모든 것이 끝이 났다는 생각을 한다. 영철은 그들이 알몸으로 누워있는 모습을 또다시 보았다. 끓어오르는 분노를 삼키며 한동안 그들을 쳐다보다가, 이천상의 지갑에서 돈을 또다시 훔친다. 그리고 유유히 집을 나선다. 새벽의 공기가 얼굴을 차갑게 때린다. 다시 미자가 자고 있는 여관으로 간다.

4.

김 목사는 깊은 기도를 한다. 많은 기독교인들은 '하나님은 절대자로 존재한다.' 고 믿으며 따르고 있다. 아이는 어머니의 뜻을 따지고 따르는 것이 아니라 무조건적 믿음을 가지고 따른다. 하나님 역시 그러한 존재다. 따라서 믿음이 있고 없음은 그 자체가 믿음이 없기 때문이다. 하지만 믿음에 대해서 긍정하는 축과 부정하는 축의 사람들이 있다. 예수만이 하나님께 나아가는 유일한 길이라고 기독교가 주장하는 것은 독이라고 말한 사람이 있었는가 하면 그 반대의 말을 한 사람도 있다.

선각자들은 하늘, 땅, 인간의 원초적 현상들을 재발견하기 위하여, 발견적 신학에 대해 상상력을 통해서, 신 중심적, 생명 중심적, 우주적 감수성에 의한 단일한 모형을 찾아내고자 노력했었다. 그래서 선각자들은 자연신학의 핵심주자처럼 행동했고, 세계를 하나님의 몸으로 설정하기를 제안하였다. 그들이 제안한 몸의 모델은, 과정 신학의 전일적인 지지 속에서 길러져 온 것으로, 보편적이고 창조 중심적이며, 정의, 평화, 생태적인 것들을 지향하는, 자연신학의 원리에 충실한 것이 된다.

반면에 그들은 종교 언어에 대한 문제로 세계 속에서는 누구든지 명령할 권리가 있으며, 자신의 세계에 있어서 그것은 참이다. 그래서 서구의 가부장적 세계에서 하나님 아버지라는 우상 언어가 사용되었다. 종교 언어는 종교뿐만 아니라 인간 자신에게도 말하는 것이 되어야 하며, 우리가 쓰지 않는 언어, 우상이 되는 모형의 말 같은 것은 우리의 경험에 대치되는 형상들을 탈피하기 위해서라도, 상징적 감수성을 감안하여 언어를 선택적으로 사용해야 한다고 보았다.

신이란 군주적 권위를 지닌 자족적인 실체로서 세계 안에서, 자신의 왕권을 실행에 옮기는 어떤 타자로서가 아니라, 오히려 전 우주를 위한 자발적인 고난을 본질로 하는 존재이다. 기존의 승리주의 모델에서는 군주, 왕주, 아버지 등의 가부장적인 상들의 한계를 넘어서고 있다. 이러한 모델들은 이원론적, 승리주의적, 인간중심주의적, 사고를 통해서 많은 형태의 억압을 낳아 왔던 것이 사실이다.

니체는 확신적 무신론자에 속한다. 그는 '땅에 충실히 하라, 그리고 너희에게 이 땅 너머의 희망에 관해서 말하는 자들을 믿지 말라! 그들은 독살자들이다.' 라고 외쳤다. 사르트르는 '신이 존재한다면 인간은 아무 것도 아니다.' 라고 비판했으며 프로이드는 강한 아버지 숭배를 비판하였다. 이들은 근대의 초월적 유신론에 대한 확신적인 비판을 한 것이 된다.

실천적 무신론자들은 세속화된 현대 사회에서 세계는 내재적으로 설명될 수 있으며 '하나님이라는 작업가설' 없이도 살아갈 수 있다는 것을 주장했다. 하나님의 세계에 대한 관계의 묘사 속에서 서구의 지배적인 역사적 모델은 하나님의 왕국을 다스리는 절대군주가 되어 왔다. 그러한 하나님의 상에는 적들을 쳐부수는 왕의 상과 아이의 고난을 외면하는 아버지의 모습을 발견할 수 있다. 그러나 오늘날의 세계에서 그러한 지배적이고 비관계적인 이미지는 벗어나야 한다고 비판한다.

그와 같은 것은 하나님과 세계에 대한 대칭적 이원론에서 온다고 보았다. 따라서 그것은 분명 지배와 자애에 대하여 하나님 편에 전권을 두고 하는 말이다. 하나님은 간섭 불가능한 왕권을 가지고 지상에서가 아닌 그의 거주지 왕국 안에 거하신다는 점이다. 설사 유사한 비유에 불과하다고 하더라도 그것의 허구성이 진지하게 고려되지 않았다.

하나님은 비인간세계인 우주에 대해서는 관심이 전혀 없었다는 점이다. 양육하고 돌보고 인도하고 책임지는 아버지의 묘사들로서만 신약성서를 채우고 있다. 여기에서 인간중심주의는 이원론적 지배 체제로 특징 지워지는 인간중심주의를 특별히 지지한다. 남과 여, 영과 본성, 인간과 비인간, 기독교인과 비기독교인, 부자와 가난한자, 백인과 유색인 등등의 이원론이 지금까지 자리해 오고 있다.

하나님의 지배는 인간의 지배를 공인해 왔다. 이것은 매우 위험한 것으로 간주되어야 하며 자애의 힘에 있어서 자연을 돌볼 필요가 없도록 소극적이게 만든다. 그런데 예수 이야기는 하나님과 세상과의 관계에 근본적인 이해를 준다. 그것은 안주를 벗어나도록 하며 위계질서를 탈피하도록 한다는 점을 지적했다.

유신론과 무신론의 양극성이 있다. 신은 원초적인 본성과 결과적인 본성을 통일적으로 취하는 존재로 파악했다. 전자는 영원하고 원인적인 것이며 후자는 시간적인 것이고 결과적인 것이다. 원인성과 결과성은 모두 하나님의 동일한 속성이지만 만물의 특성이기도 한 것이다. 원초적인 본성에 있어서 신은 세계에 내재하며 결과적인 본성에 있어서 신은 세계를 초월한다. 세계가 내재한다고 말하는 것은 신이 세계에 내재한다고 말하는 것과 마찬가지로 참이다. 신이 세계를 초월한다고 말하는 것은 세계가 신을 초월한다고 말하는 것과 마찬가지로 참이다. 신은 세계와 비교해서 세계가 탁월하게 현실적인 것처럼, 신도 역시 탁월한 현실적인 존재가 되고 있다는 이유를 논리적으로 증명하려고 했다.

믿음이 있는 자들이 가장 조심하여야 할 것이 비유에 관한 것이다. 어떤 성경 구절을 해석함에 있어서 비유법을 사용하게 된다. 이러한 과정에서 너무 추상적이거나 과장되어 사용함으로써 문제가 된다. 비유에 비유를 하고, 다시 그것에 대하여 비유를 하여서 하나님의 원래 메시지가 변질되어, 새로운 형태의 메시지가 되기도 한다. 이러한 것은 오류를 낳는다. 믿음이 약한 자들에게 의문점을 주게 된다. 또다시 새로운 문제를 가져오게 된다.

김 목사는 하나님의 창조론을 다시 생각한다. 불확실한 것 같지만 그것을 거부하는 행위 자체가 있어서는 안 된다는 점을 생각한다. 그는 많은 자료들을 정리하면서 하나님이 존재한다는 것을 규명하기 위해서는, 결국 죽음의 직전까지 가지 않고는 밝혀 낼 수가 없음을 다시 생각한다. 그의 기도는 이제 하나의 공염불처럼 되어 간다. 그는 어떻게든지 하나님의 존재와 천당이 있는지를 알아내야 한다. 하지만 그것을 규명하지 못해서 마음만 답답해진다.

5.

영철은 돈이 떨어졌다. 돈을 만들기 위한 방편을 생각한다.

"난 두 번이나 우리 집에서 도적질을 했어,"

"그런데 돈이 없어?"

"그래, 너 전에 말한 것을 내가 기억하는데 그것이 지금도 유효해?"

"무슨 말을 기억해?"

"너의 집을 털자고 했던 말,"

"유효해, 크게 털려면 그렇게 해, 작은 돈을 터는 것은 싫어,"

그는 미자의 말에 겁이 덜컥 났다.

"크게 털어, 그게 무슨 말인데?"

"왕창 털자는 것이지, 한 동안 돈 걱정 안하고 쓰게,"

영철은 이내 대답을 못했지만 미자가 더 적극적이다.

"나를 네 조강지처로 데리고 살겠다고 하면 그 짓을 해도 되어, 무슨 소리인지 알겠지?"

그녀의 말에 화가 치밀어 올랐지만 참는다. 그녀가 아직도 자기를 믿지 못하면서, 살을 비비며 산다고 생각하자, 그녀에게서 이질감이 생겼다. 그런 생각과는 다르게 미자가 말한다.

"언제 결정할 건데, 살다가 싫으면 헤어지면 그만이라고 하더니?"

영철은 대답하지 못한다. 한참을 침묵한다. 정말로 그녀의 말을 믿고 남의 집에서 도둑질을 해야 하는지에 대해서 생각해 보았다. 하지만 아무리 생각해도 자신이 없다.

"결정했어? 그럼 한탕 해, 우리 집에서, 우리 집은 규모가 커, 집도 크고 금고도 보완 상태가 완벽에 가까워, 다시 말해서 준비가 필요해, 도구도 장만해야 하고, 집에 아무도 없도록 하는 일을 내가 만들어야 해,"

그는 흥미를 느꼈지만 점점 겁이 더 났다. 자기 집을 털 때와는 전혀 다르겠다는 생각에 빠진다.

"아무튼 두고 생각해 보자,"

"그것은 그렇고, 오늘은 어디로 갈래?"

"강남은 따로따로 노는 것이 더 편한 것 같아, 함께 즐기려면 신촌으로 가는 것이 좋겠어,"

"거긴 싫어, 내 친구들을 만나게 될 확률이 높아."

"그럼, 오늘은 교외로 나갈래?"

"교외 어디?"

"전철을 타고 천안 쪽으로 가면 어떨까?"

"거기는 가서 무엇 하게?"

"물이 좋을 것 같아?"

"무슨 물?"

그들은 전철을 타고 먼 거리로 가고 있다. 어디를 가든지 술집은 널려 있고 흥청거리는 곳이 있다. 하지만 동상이몽을 하고 있다. 그들이 추구하는 순간의 쾌락은 지속되기가 어려울 뿐이다. 늘 쫓기는 것이 되고, 무엇인지 허탈감을 가져다주는 것이 고작이다. 썩은 물은 더 썩은 물을 만들며 흘러간다. 누구든지 술을 마시면 긴장을 완화시키면서 사람의 마음까지도 풀어지게 만든다. 술은 정서적으로 불안한 마음을 이완시키는 작용을 한다. 그래서 사람들은 술을 마신다. 알코올이 몸속에 퍼지면 호르몬의 분비가 활성화된다. 그래서 사랑하는 사람을 안고 싶은 느낌이 자연스레 생기게 된다.

"한번 안아 줄래?"

"무슨 소리야, 여기서?"

"어디든지 좋아, 지금 필이 와서 그래,"

"미쳤어, 내가 무슨 짐승이니?"

영철은 미자의 성화에 못 이겨서 화장실로 갔다. 화장실은 원래 더러운 곳이다. 하지만 그들이 찾아간 화장실은 의외로 깨끗했다. 냄새가 조금 나기는 했지만 그들은 아랑곳 하지 않는다. 그들은 남을 의식하지 않고 여자 화장실에서 살을 비벼 댔다. 사람이 외로울 때는 누군가를 간절히 원하게 된다. 꼭 이성이 아니더라도 그런 생각을 가지게 된다. 누군가 옆에 있어주기를 원한다. 미자 역시 그런 감성에 빠져 있다. 그것은 단순히 육체적인 욕망이 아니다. 상황적 감성에서 나오는 현상이다. 그래서 그들은 더러운 화장실에서 살을 비벼 대고 있다. 여자의 성적인 욕망이 감정적인 면에서 기인한다는 것을 알게 해주었다.

그녀의 감성은 그것을 실천하고 있다. 진정으로 서로를 사랑하지 못하면서도 충동적인 애욕을 느끼고 있다. 미자는 그런 감성을 자주 느낀다. 가끔가다 깔끔한 머리 모양에, 콧날이 오뚝하게 서있는 남자를 만나도 그런 충동이 생긴다. 그럴 때면 아주 이상한 감정에 사로잡힌다. 하지만 그것을 억제하는 능력이 있어야 지성인이 된다. 하지만 그녀는 지금 그것을 느끼는 대로 분출한다. 좋으면 그대로 하면 된다. 참는 것은 지겨운 일이다. 즐거운데 참을 이유가 없다는 것이 그녀의 단세포적인 생각이다.

그들은 서로를 탐욕하고 화장실에서 유유히 나왔다. 다른 사람들을 생각하지 않는 행위를 천연덕스럽게 하고 있다. 아무 일도 없었다는 듯이 제자리로 돌아와서 다시 술을 마셨다. 그리고 음악이 유혹하면 무대로 뛰쳐나가 남을 의식하지 않고 몸을 흔들어 댔다. 이 세상이 끝이라도 난 것처럼 젊음을 불사른다. 그들은 현재에 만족한다. 과거도 미래도 없다. 내일 일은 내일 걱정하면 된다는 생각이다.

6.

인숙이 마약에 취했다가 잠에서 깨어나, 세 번째 실수를 아들에게 한 것을 알았다. 죽고 싶었다. 이제 모든 것이 끝이 났다는 생각뿐이다.

"일어나, 또 실수를 했어,"

그녀가 자기 옷을 챙겨 입으면서 이천상을 흔들어 깨웠다.

"아들이 왔다 갔어,"

이천상은 그 말에는 대답을 하지 않고, 눈을 뜨자마자 반사적으로 자기의 호주머니를 뒤졌다.

"또 돈지갑이 없어졌어,"

"왜 그래, 언제 그런 일이 또 있었어?"

이천상은 무엇을 하다가 들킨 것처럼 주춤하면서 말을 하지 않는다. 하지만 인숙은 짐작으로 알았다. 무슨 돈으로 아들이 집에 오지 않는지를 알게 되었다. 내심으로는 다행이라는 생각이 들었다. 하지만 걱정이 태산이다.

"내가 못살아, 그 놈의 약이 우리를 죽일 거야,"

이천상은 동조의 눈빛을 보이지만 말을 하지 않는다. 걱정부터 앞섰다. 우선 자기 지갑이 없어진 것을 어떻게 해야 하는지가 걱정이 되었다. 현금은 그렇다 치고 신용카드와 신분증 같은 것 때문에 걱정이 되었다.

"신고를 해야겠어, 버릇을 고치기 위해서도 필요해,"

"이번은 용서해 줘, 나를 봐서도, 그 애가 나쁜 애는 아닌데, 몹시 혼란스러워서 그랬을 거야,"

"이번이 처음이 아니야, 이제 그냥 두면 안 되겠어,"

"아니야, 잘 생각해 봐, 그 애가 나쁜 마음을 먹었다면 지금까지 가만히 있었겠어, 고소를 했을 거야,"

"고소! 간통죄 말이지?"

이천상은 그녀의 말을 듣고서 조금 주춤해 진다. 반면에 인숙은 자기 아들이라는 관점에서 무조건 감쌌다. 그렇지만 앞으로 어떻게 해야 하는지에 대해서 걱정을 하고 있다. 그들은 심사숙고하는 쪽을 택했다. 하지만 어떻게 하는 것이 서로에게 좋은지에 대해서는 말하지 못한다.

7.

영호는 감옥에서 많은 것을 체험한다. 인생이란 무엇이지를 다시 알게 되었다. 산다는 것이 아무 것도 아니다. 시간이 물처럼 흐른다는 것을 알았다. 자유가 무엇인지도 알았다. 하지만 더 크게 깨달은 것은 사람이 사는 방법이 여러 가지라는 것과 나쁜 사람이 많다는 것을 알았다. 감옥에서 더 나쁜 것을 많이 보고, 실제로 경험하면서 많은 것을 배웠다.

감옥의 원래 기능은 죄업을 회개하고 다시 거듭나는 일이다. 하지만 대개의 죄수들은 새로운 범죄에 대한 것을 배운다. 자기의 잘못을 뉘우치는 것이 아니라, 상대의 허물을 꼬집는 데 더 많은 시간을 보낸다. 하지만 영철은 다행이도 성경을 읽는 일에 열중했다. 그래서 그는 다른 죄수와 다르게 많은 교화가 이루어지고 있다.

하지만 가족에 대한 그리움이 너무 컸다. 아내와 아들이 보고 싶었다. 하루하루를 애타게 기다렸지만 어떻게 된 일인지 아무도 그를 찾아오지 않는다. 자기 집안 일이 무척 궁금했다. 무슨 일이 있는 것이 아닌가 하여서 더욱 조바심을 가진다. 누구든지 감옥에 있어 보지 않고서는 그런 심정을 이해하지 못한다. 그는 집에 무슨 일이 있을 것이라는 짐작을 하며 걱정을 한다. 일어나지 않은 일로 걱정을 하는 것처럼 어리석은 일이 없다. 하지만 그는 이런저런 생각으로 걱정을 한다.

자기의 잘못이 크다. 가족의 행복을 파괴했다. 즐거웠던 시절이 생각나면서 아내가 더욱 보고 싶어진다. 그럴 때마다 그는 성경책을 읽는 일에 더욱 열중했다. 성경을 읽는 즐거움이 대단히 컸다. 사람들에게 가장 좋은 책이 무엇이냐고 물으면 성경이라고 말한다. 그만큼 읽을 만한 가치가 있는 책이다.

성경에는 인간사의 모든 것이 있다. 읽으면 읽을수록 많은 것을 알게 되고, 성경이야말로 누구든지 읽어야 할 책이라는 것을 알게 된다. 어떻게 그렇게 가슴에 와 닿는 구절들이 많은지 모른다. 그는 성경을 읽으면서 울기도 하고 웃기도 했다. 만약에 성경이 없었다면 그는 더욱 좌절했을 것이다. 그리고 더 큰 죄업을 만들었을지도 모른다. 그래서 그는 자기가 바깥 세상에서 하나님을 믿는 일에 소홀히 했던 것을 후회하며 기도에 열중한다.

그는 일찍이 성경을 통해서 그런 점을 깨우쳤었다면 감옥에 오지 않았을 것이다. 행복한 삶을 살았을 것이다. 하지만 감옥에 오기 전에 그렇게 하지 못했다. 그는 성경을 읽고 죄업에 대한 후회를 하면서 아주 다른 사람으로 변해가고 있다. 감옥을 나가면 좋은 일을 하겠다는 생각을 한다. 자기의 죄업을 후회하며 감옥생활에 적응하고 있다.

8.

김 목사는 하나님을 규명하는 일에 진척이 없는 것을 개탄한다. 카페에 많은 글들이 올라오지만, 거의가 추상적이고 허황된 이야기들이 많다. 그래서 어떻게 하면 좀 더 사실에 접근할 수가 있을지를 고심한다. 모든 것을 다시 원점에서 점검해 본다. 신은 존재하는가, 존재한다면 어떤 형상을 하고 있고, 그것을 어떻게 알아 낼 수가 있을까, 또한 신이 만물을 창조했다면 어떻게 창조론을 믿지 않는 사람들이 있는가, 그런 의문에 대한 자료들을 다시 정리하면서, 지금까지 자기가 한 연구들이 아무 것도 없었음을 안타까워한다.

"여보세요? 집에 있었군요."

"목사님 죄송합니다. 제 일에 충실하지 못해서,"

김 목사가 인숙에게 전화를 걸자, 그녀는 죄송하다는 말부터 한다. 하지만 그는 자기 일에 다소 소홀히 하고 있는 그녀에 대해서 이상하다는 생각을 한다. 집안에 무슨 일이 있을 것이라고 생각한다.

인숙은 자기 아들이 십일조 봉투를 가지고 나간 후에 교회에 나가지 않았다. 자기 아들 때문이지만 큰 죄를 지었다는 죄책감에 빠졌다. 아들의 잘못을 자기 탓으로 돌리고 있다. 그녀가 교회를 멀리함으로써 자연히 김 목사가 연구하는 일에 참여하지 못했다. 하지만 더 큰 문제는 이제 그녀가 병들어 가고 있는 것이다. 마약에 빠져서 건강을 잃어가고 있고, 가정을 제대로 지키지 못하고 있다.

남편이 감옥에 있다. 아들은 집을 나가서 방황하고 있다. 하지만 그녀 역시 바르게 행동하고 있지 못하다. 지금 정신을 차리고 가정을 이끌어 나가야 할 상황이지만, 자기를 망가트리고 있다. 마약을 하지 않으면 잠을 이루지 못할 정도로 깊은 중독에 빠져들고 있다. 그래서 그녀는 모든 것의 극을 달리고 있다. 마약에 취해 있는 동안에는 환락의 세계에 빠져있다. 약 기운이 떨어지면 심한 오열과 두통에 시달린다. 매우 불안한 상태에 빠지다가 제정신이 들면 후회한다. 살기가 싫을 정도로 모든 일에 혼란스러움을 느낀다.

그녀는 늘 상반된 혼란 속에서 마약중독에 따른 즐거움과 괴로움이 교차되면서 어려운 나날을 보내고 있다. 남편은 감옥에서 성경에 심취했지만 그녀는 그 반대의 길로 가고 있다. 그녀는 아들이 몹시 보고 싶었지만 볼 수가 없어서 괴로워한다. 남편과 행복했었던 시절들도 잃어버려가고 있다.

그녀는 지금 상태에서는 감옥에 있는 남편을 만날 여유가 없었고 만나기가 싫었다. 남편을 만나면 무슨 이야기를 듣게 될지 몰라서 미리 겁을 먹었다. 아들이 아버지를 만나 자기에 관한 이야기를 했을 것이라고 생각해서다. 그래서 그녀는 점점 더 자기 자신을 고립시키고, 혼자의 세계에 안주하며 마약에 취한 삶을 산다.

이천상은 두 번씩이나 인숙의 아들에게서 일을 당하고, 이대로 가다가는 모든 것이 끝장이 나겠다는 생각을 한다. 그래서 인숙과의 관계를 단절하기 위해서 일체의 연락을 끊고 자기 변신을 한다. 그리고 마약을 멀리하려고 노력한다. 직장에 충실하기 위해서는 이제 그런 짓을 그만 둬야 한다는 생각을 하고 모든 것을 단절한다

그녀는 몇 번씩이나 그를 만나려고 전화 통화를 시도했지만 통화 불능이었다. 그녀는 수치심과 모멸감을 느끼면서 한편으로는 배신감을 느낀다. 그녀는 돈도 이제 떨어졌다. 마약중독자들에게는 늘 돈이 필요하다. 마약을 사야하기 때문이다. 그녀는 집에 돈이 되는 것은 다 팔아서 해시시를 구입하는데 썼다. 집에는 이제 아무 것도 없다. 하루하루를 산다는 것 자체가 힘이 들었다. 살고 있는 집도 저당을 잡혀서 빈껍데기다.

남편이 감옥에 있는 동안 그녀는 타락하면서 많은 변화를 가져왔다. 사람이 할 수 있는 모든 잘못을 저질렀다. 외간 남자와 정을 나누고 마약에 심취하면서 거짓과 위선으로 살았다. 하루 빨리 그런 생활을 청산하고 본연의 자세로 돌아와야 하지만 그렇게 하지 못하고 있다.

"왜 교회에 나오시지 않아요? 할 일이 많은데,"

김 목사는 다시 인숙의 의중을 떠보려고 말했지만 인숙은 죄송하다는

말을 하고 일방적으로 전화를 끊었다. 하지만 김 목사는 그녀에게 무슨 일이 있을 것이라는 생각한다. 우선 경제적인 도움이 필요할 것이라고 보았다. 생활비를 좀 도와주어야 되겠다는 생각을 가졌지만 그 역시 돈을 마련하기가 어렵다. 김 목사 역시 여유 돈을 가지고 있지 못하다. 교회에서 생활비로 주는 적은 돈으로 노후를 지내고 있다. 그래서 그녀를 돕는다는 것 역시 어려운 일이다. 인숙의 전화를 끊은 후에 고심에 빠져있는데 아내가 차를 들고 들어왔다.

"어디서 돈 좀 구해 볼 수가 없을까요?"

"돈이요, 무엇에 쓰려고요?"

"쓸데가 있어서요."

"이제 마음을 접으세요, 우리가 남을 돕는 일은 어려워요, 정신적으로나 마음에 대한 상처를 어루만져 주는 일은 되지만, 무슨 돈이 있어서 남을 도와주어요, 그만 이제 우리 생활에 충실하고 살아요."

그는 아내에게 돈 이야기를 했다가 거절당했다. 아내가 자기 방을 나간 후에 교회의 담임 목사를 만나러 갔다. 하지만 교회 역시 사전에 예산에 반영되지 않은 돈은 쓸 수가 없다. 그는 그것을 알면서도 사정을 이야기했다.

"죄송합니다. 지금 교인들이 모두 어렵게 살고 있어서 헌금이 예전 같지 않아요, 제 봉급의 일부를 조금 넣었습니다."

"아닙니다. 어떻게 목사님의 봉급을 쓸 수가 있어요. 다른 방법을 찾아야지요."

담임목사는 약간의 돈을 그에게 주며 웃었다. 김 목사는 그 돈을 받을 수가 없었지만 할 수없이 받았다. 담임목사에게 몇 번씩이나 고맙다는 말을 하고 그의 방을 나왔다.

9.

영철은 남대문 시장을 배회하고 있다. 이곳저곳을 살피다가 잡동사니를 파는 가게로 들어갔다. 머리에 쓰는 안전용 헬멧과 검은 안경, 마스크, 드릴, 망치, 쇠를 자르기 위한 작은 절단기 등을 샀다. 가게주인은 젊은 남자가 그런 물건을 사자, 이상한 눈으로 봤다. 하지만 그는 태연하게 행동했다. 그 역시 나쁜 마음으로 가득 차있다. 구입한 물건들을 들고 가게 밖으로 나오면서 밝은 미소를 짓는다. 돈을 마련 할 수 있다는 기대감에 차있다. 큰 길에서 택시를 탔다. 그리고 미자가 있는 여관으로 갔다. 그가 여관방으로 들어서자마자, 그녀는 침대에 알몸으로 누워 있다가 그에게 엉겨 붙었다.

"아까 들고 들어온 것이 무엇이여?"

"응, 필요한 물건을 샀어,"

"물건? 무슨 물건,"

"네가 말해잖아, 도구가 필요하다고,"

"호호호… 너 그 말을 잊지 않았네, 우리 집을 털자는 것이지, 알았어, 한번 해보자고,"

미자는 자리에서 일어났다. 그녀의 상반신이 그대로 노출되었지만 아랑곳하지 않고 자기 집에 전화를 걸었다. 이내 가정부가 전화를 받았다.

"나, 미자, 집에 누가 있어요?"

가정부는 소식이 없던 주인집 딸의 전화를 받자, 호들갑을 떨었다. 식구들이 걱정을 한다는 이야기와 어서 집으로 돌아오라는 말을 반복적으로 했다. 하지만 미자는 필요한 말만 한다.

"저의 엄마는 어디 가셨어요?"

"무슨 모임에 가신다고 나가셨어요."

"그래요, 집안에 무슨 일 없죠?"

"그럼요. 빨리 집으로 돌아와요. 아버지가 출장을 가시기 전에, 이번 출장은 좀 오랫동안 나가신다고 하던데,"

그녀는 가정부의 말에 귀가 번쩍 들었다. 아주 좋은 기회라고 생각한다.

"언제 가신데요?"

"이삼일 뒤에 가시려는 것 같아요,"

"알았어요, 빨리 들어갈게요, 제가 전화했었다는 이야기는 하지 말아요,"

미자는 여러 말이 나올까봐, 몇 마디 더하다가 일방적으로 전화를 끊었다. 그리고 그녀는 영철을 쳐다보며 빙긋이 웃었다.

"전화 소리 들었지? 며칠 기다려야 하겠어, 우리 아빠가 출장을 가,"

"집에 자기 아버지만 있는 것이 아니잖아?"

"물론이지, 가정부, 엄마, 오빠와 동생이 있지만, 대개 낮에는 가정부 혼자만 있어,"

"그럼 대낮에, 그 일을 하자고?"

"그래,"

"그럼 이런 도구들은 필요가 없네,"

영철은 야전용 위장용품과 전지 등을 가리키며 그녀에게 말했다.

"복면을 하고 금고를 열기 위한 도구만 있으면 돼, 시간은 넉넉해, 내가 집에 식구들이 없게 만들어서 시간을 벌면, 그 사이에 너는 집을 털면 돼, 그럼 우린 한동안 돈 걱정 안하고 살아도 돼,"

그의 마음이 희망에 찼다. 많은 돈이 생긴다는 여유 때문이다. 그래서 그는 죄를 짓는다는 생각을 하지 않는다. 그녀에게 흥분하는 모습을 보이며 자기에게 목돈이 생긴다는 것에 대해 너무 기뻐한다. 그래서 그는 단순한 생각에 빠진다.

10.

김 목사가 담임목사와 헤어져 인숙의 집으로 갔다. 아파트 현관에서 벨을 여러 번 눌렀지만 대답이 없다. 이상한 생각이 들었다. 할 수없이 주먹으로 문을 세차게 두드렸다. 그래도 아무 소식이 없어서 그냥 돌아서려고 하는데, 집안에서 무슨 신음 소리가 약하게 났다. 이상한 생각이 들어서 다시 문을 세차게 쳤다. 잠시 후에 현관문이 조금 열렸다. 그는 조금 당황하며 다음의 행동을 기다렸다. 하지만 현관문이 그대로 닫히며 쿵 소리가 크게 났다.

김 목사는 재빠르게 현관문을 열었다. 그녀가 현관 입구에 쓰러져 있었다. 마약에 취해 있었다. 그는 몹시 당황했지만 할 수없이 그녀를 일으켜 세우려고 했다. 힘이 부쳤다. 하지만 더 난처한 것은 그녀가 거의 알몸인 상태였다. 성직자들은 그런 일이 혹시 있을지 모르기 때문에 혼자 심방을 가지 않는다. 여러 명의 신자들과 함께 신도의 집을 방문을 하는데 혼자 간 것이 잘못되었다.

"자기, 왜 이제 와?"

인숙은 마약에 취해서 이성을 잃고 있다. 김 목사를 무조건적으로 부둥켜안고 몸을 비벼 댔다. 그녀는 환각상태에서 김 목사를 자기의 애인인 이천상인 줄 알고 있다. 김 목사는 어떻게든지 빠져 나오려고 안간힘을 썼다. 하지만 마약에 취해서 환각상태에 빠져 있는 사람을 노인의 힘으로는 이길 수가 없다. 어디서 그런 힘이 나오는지 그를 점점 조여 왔다. 그는 할 수없이 그녀의 뺨을 세차게 쳤다. 하지만 그녀는 환각상태에서 그 정도의 충격으로는 끄덕도 하지 않았다.

"자기야, 나를 그대로 두지 말어, 난 당신 없으면 못 산단 말이야,"

그녀는 그를 부둥켜안고 놓아주지 않았다. 김 목사는 많은 세월을 살았지만 그런 수모를 당해 보기는 처음이다. 너무 황당해서 어떻게 하면 그 위기를 모면할 수 있는지를 생각해도 특별한 방법이 없다. 알몸으로 환각상태에서 자기의 정부로 알고 엉겨 붙어서 몹시 황당해 한다.

"정신 차려요? 이게 무슨 짓이에요."

김 목사는 몹시 화가 나서 큰 소리를 질렀다. 하지만 그게 잘못되었다. 옆집에서 그 소리를 들었다. 큰 소리에 놀라서 누가 문을 열고 안을 들여다보다가 이내 문을 닫았다.

"세상에!"

김 목사의 교회에 다니는 이 집사였다. 믿음이 좋은 여성신도였지만 목사가 인숙을 부둥켜 안고 있는 것을 보았다. 너무 황당해서 집안으로 들어오지 못하고 밖에서 관망하고 있다. 김 목사는 누가 문을 열었던 것을 알면서도 어떻게 할 수가 없었다. 그의 생각과는 다르게 그녀가 점점 더 조여 왔다. 이제 노골적으로 그를 애무한다. 부부간에나 하는 행위를 서슴없이 했다. 그는 빠져 나오려고 애를 썼다. 하지만 힘이 부쳐서 포기한다. 그녀가 하는 대로 몸을 내맡겼다. 성욕 역시 식욕과 같다. 몸의 균형을 이루기 위해서 일어나는 현상이다. 성직자지만 성적자극을 주면 그런 현상이 일어난다. 하나님은 인간을 똑같이 창조했기 때문이다.

성직자는 신이 아니다. 적극적인 애무가 그를 달아오르게 했다. 그는 할 수없이 그녀에게 몸을 맡겼다. 그녀는 아주 오랫동안 김 목사를 탐닉했다. 자기의 성적 욕구를 충족했다. 하지만 김 목사는 성직자로서 십계명에 있는 간음죄를 범했다.

11.

이 집사는 한동안 인숙의 집밖에서 기다려 보았다. 하지만 기척이 없다. 잠잠해진 것 자체로 의혹을 품는다. 모든 것이 말세라는 생각을 한다. 어떻게 목사가 신자와 그런 일을 할 수가 있는지를 생각한다. 믿을 사람이 없다고 생각한다. 그녀는 많은 생각을 한다. 그냥 있어서는 안 되겠다는 생각을 한다.

"장로님, 너무 부끄러운 일이지만 상의할 게 있어요."

"무슨 일입니까?"

이 집사는 자기 집으로 돌아와 박 장로에게 전화를 걸었다. 자초지종을 알아보고 처리해도 늦지 않다. 그 경중에 따라서 행동해야 할 문제다. 하지만 경솔한 행동을 한다. 교회에서 매파에 속하는 박 장로에게 그 사실을 알리기 위해서 전화를 했다. 그리고 그를 만난다.

"무어요! 그것을 목격했다고요? 세상에!"

"제가 그 문제를 말씀드리는 것은 그냥 두면 안 된다는 것이고, 그런 사람이 목사라는 것에 분통이 터져요."

"이해가 갑니다. 제가 문제를 해결하도록 하겠어요. 그냥 저를 믿고 맡겨 주세요, 빠른 시간 안에 그 문제를 해결할게요."

박 장로 역시 너무 큰 문제여서 이 집사를 믿지 못하는 면이 있었다. 김 목사와 인숙이 친하게 지내고 있다는 것은 오래 전부터 알고 있었다. 하지만 그런 일이 있을 줄은 생각하지 못했다.

"남녀관계는 너무 가깝게 지내면 문제가 되어요."

"그래도 그렇지, 어떻게 그런 일이,"

"누가 아니래요, 기다리세요. 우리 장로들이 해결할게요, 그런 사람은 매장시켜야 합니다. 그런 사람을 우리가 성직자라고 믿고 따랐으니,"

박 장로 역시 경솔한 행동을 하려고 한다. 인간의 죄는 아무도 단죄하지 못한다. 더욱이 우발적으로 일어난 일이다. 누구든지 어설픈 지식으로 인간을 단죄하려고 하면 또 다른 오류를 범한다. 인간이 인간을 심판하지 못한다. 인간을 창조한 하나님만이 모든 것을 알고 단죄할 수가 있다.

참회록

1.

영철은 미자의 집을 털기로 했지만 즉각 실행에 옮기지 못한다. 집이 비는 날을 만들기 위해서 시간을 죽이고 있었다. 몇 칠을 기다린 끝에 기다리던 날이 왔다.

"자, 이거 우리 집 열쇠야,"

"이걸 나에게 주면 어떻게 하라고?"

"내가 우리 엄마를 밖에서 만나고 있는 동안에 일을 처리해,"

"가정부도 있잖아?"

"엄마와 같이 만나기로 했어, 다른 사람은 없어, 아버지도 출장을 갔어, 빨리 일을 끝내고 나면 즉각 나에게 전화를 해?"

"알았어,"

미자는 그를 보고 빙긋이 웃었다. 그의 어깨를 한번 탁 소리가 나게 쳤다. 그녀는 이내 여관 문을 열고 밖으로 나가려다가 다시 멈춰 서서 당부를 한다.

"빨리 출발해, 그리고 대기해, 안전한 시간을 알려줄게,"

그녀가 나간 후에 영철은 범행 도구가방을 손에 들고 여관 밖으로 나왔다. 천천히 큰길로 나왔다. 미자의 집으로 가기 위해서 택시를 타려고 했다. 길거리가 다소 한가한 시간이어서 쉽게 택시를 잡았다. 나중을 생각해서 기사와 눈을 마주치지 않으려고 했다. 얼마 후에 목적지에 도착했다. 그녀의 집은 아주 부자들이 모여 사는 동네에 있었다. 미자가 일러준 대로 집을 찾았다. 하지만 집이 어마어마하게 큰 것에 매우 놀랐다.

이웃집들도 너무 크고 그 공간이 넓다. 누구든지 작은 행동을 해도 외부 사람들에게 그대로 노출되는 곳이다. 담장에는 시시 텔레비전이 설치되어 있다. 집집마다 큰 개들이 짖는다. 영철은 버럭 겁이 났다. 미자의 말에 이해가 갔다. 자기 집을 터는 일이 보통 일이 아니라는 말이 생각났다. 그는 은신할 곳이 없어서 그대로 노출된 상태로 주위를 살폈다. 지루하게 그녀에게서 전화가 오기를 기다렸다. 너무 초조했다.

"지금 빨리 움직여, 두 시간까지는 끌 수가 있어, 그 시간이면 충분할 거야, 일을 빨리 끝내,"

영철은 미자에게서 온 전화를 황급히 끊었다. 가방에서 모자를 꺼내 쓰고 얼굴에 가면을 썼다. 그리고 그녀의 집 대문으로 재빠르게 다가갔다. 열쇠로 대문을 열었다. 재빠르게 집안으로 들어가려는데 장애물이 나타났다. 송아지만한 불독 한 마리가 달려들었다.

미자가 큰 실수를 했다. 집에 개가 있다는 말을 안 했다. 사나운 개는 사정없이 달려들었다. 거기서부터 차질이 왔다. 개를 피하기 위해서 치열한 싸움이 벌어졌다. 불독은 복면을 한 외부 사람을 그대로 둘 턱이 없다. 처음에는 한 마리의 개가 달려들었으나 어디서 나타났는지 여러 마리가 집중적으로 공격을 했다.

영철은 개들과 대치하다가 할 수 없이 복면을 벗고 개를 달래자, 이상할 정도 돌변하며 조용해졌다. 그래서 일정 간격을 유지하면서 가까스로 현관문을 열고 안으로 들어갔다. 하지만 많은 시간이 허비되었다. 거실에서 집안을 두리번거리다가 그녀가 알려준 대로 곧장 안방으로 가서 금고를 발견했다.

"야! 이거 정말로 열 수가 있을까,"

영철은 금고의 규모에 놀랐다. 자기가 가지고 온 도구로는 열 수가 없겠다는 생각에 덜컥 겁이 났다. 대형금고는 은행의 벽 금고를 능가하는 수준이다. 그가 들고간 간단한 절단기로는 엄두조차 내기가 어려운 거대한 금고다. 영철은 막막했지만 금고를 부숴 보려고 시도했다. 하지만 처음부터 준비가 잘못되었다는 것을 아는 데는 많은 시간이 걸리지 않았다. 도저히 자기가 가지고 간 도구로는 그 금고를 열 수가 없다.

그는 헛일을 했다고 생각하니 눈앞이 막막했다. 자기 깐에는 충실하게 준비했다고 생각했지만 이중 삼중으로 문이 되어 있다. 금고의 견고함이 아주 놀라울 정도다. 영철은 포기했다. 하지만 아무 소득 없이 돌아갈 수가 없었다. 이곳저곳을 뒤지다가 그녀의 동생 방에서 약간의 패물과 돈을 발견했다. 그것을 챙겼다.

그는 현관문을 열려다가 또다시 개와 전쟁을 할 생각을 하자 겁이 났다. 개를 물리칠 도구를 찾았다. 현관 앞에 야구 방망이가 있었다. 그것을 들고 집 마당으로 나섰다. 그런데 그것이 잘못되었다. 영악한 개들은 그가 도구를 들고 있는 것을 보고, 더 사납게 달려들었다.

평시의 집안사람들은 개를 피하기 위해서 그런 도구를 들지 않는다는 것을 개들이 알고 있는 듯 했다. 개들이 무섭게 짖으며 달려들자, 그는 야구 방망이를 휘두르며 대문 쪽까지 도망을 쳐서 허겁지겁 문을 열고 집밖으로 나왔다. 하지만 그는 중대한 실수를 범했다. 시시 텔레비전에 얼굴이 그대로 노출되었다. 이제 그가 범인으로 잡히는 것은 시간문제다.

영철은 택시를 잡아타고 미자와 만날 장소로 갔다. 하지만 미자는 아직 와있지 않았다. 무거운 음악이 흐른다. 자리를 잡고 앉았다. 차를 시키고 나서 여유를 부리며 천천히 차를 마셨다. 다소 기분이 가라앉았다. 하지만 후회가 되었다.

"어떻게 되었어?"

영철이 찻집에서 기다리다가 미자의 전화를 받았다.

"못 털었어,"

"뭐냐? 왜 못 털었어, 힘들여 준비했는데, 우리 집도 못 털면서 무슨 그런 일을 한다고,"

그녀는 불평하는 투로 한꺼번에 많은 말을 쏟아 냈다. 그러나 영철은 화가 났다. 그렇게 완벽한 금고를 털 수가 없다는 것을 상세하게 알려주지 않은 것에 대해 불만이 생겼다.

"이리로 와,"

"알았어, 빨리 갈게,"

영철은 전화를 일방적으로 끊었다. 다시 허탈감에 빠졌다. 자기가 한심하다는 생각이 들어서 마음이 울적했다. 혼자서 많은 생각을 했다. 얼마 후에 그녀가 나타났다.

"고작 그것을 훔쳤어?"

"넌 개가 있다는 것을 왜 말하지 않았어, 금고도 어디 그게 가정집 금고야, 은행금고도 그렇게 단단하지는 못해, 어떻게 그걸 내가 열어?"

"개 이야기는 깜박했어, 하지만 금고 이야기는 말했잖아, 완벽하다고,"

"언제 그런 말을 했어?"

"그만하자. 하지만 잘되었잖아,"

"무엇이?"

"너의 담력을 시험해 봤잖아, 앞으로 그런 일을 하려면 그런 경험이 필요해,"

"너 미쳤니? 나를 아주 도적놈으로 만들 작정이니, 그건 그렇고 세상에, 나 죽는 줄 알았어, 개가 너무 사나워서,"

"그건 도적질하는데 상식이야, 큰집에 개를 한두 마리 안 키우는 집이 어디 있어, 네가 대비를 했어야지, 그리고 내가 뭐라고 했어, 빈집이라고 우습게보지 말라고 했잖아, 겨우 동생 방에 있는 것을 들고 나와, 그렇게 하려고 했으면 내가 하지, 바보같이,"

영철은 오히려 핀잔을 듣고서 할 말이 없었다. 하지만 그녀의 단순한 생각을 이해하기 어려웠다. 자기 집을 털 생각을 한 것이나 아무런 죄의식이 없는 것에 대해서도 마찬가지다. 그는 더 이상 논쟁해 보았자, 아무 소용이 없다는 생각을 한다. 그래서 그들은 도적질에 실패한 것을 잊으려고 술집으로 간다.

2.

김 목사는 어쩔 수 없이 인숙에게 잡혀서 그대로 몇 시간을 같이 있었다. 마약의 효력이 떨어질 때까지 기다리는 수밖에 없었다. 기가 막혔다. 성직자로서 지금까지 살아온 공든 탑이 허물어졌다. 간음을 하지 말라는 말은 십계명에 있다.

성직자가 그 계명을 위반했다. 모든 것이 끝이 났다는 생각뿐이다. 어제까지 헐벗고 굶주린 인간들의 구원을 위해서 봉사했다. 보람찬 인생을 살았다고 자부했지만 하루아침에 추락했다. 하지만 한편으로는 남녀 간의 뜨거운 사랑을 경험했다. 그녀와의 섹스를 통해서 사랑에 빠진 남자들이 왜 그렇게 집착하는지를 알게 되었다. 마약의 힘을 통한 새로운 성의 세계가 있다는 것을 뒤늦게 알았다.

"이제 나를 놔줘요."

그녀는 계속해서 그를 부둥켜 안고 있다. 김 목사는 어떻게 하는 것이 잘하는지 것인지 헷갈렸다. 그렇게 얼마의 시간이 지난 후에 그녀가 조금씩 제정신이 돌아오기 시작했다. 김 목사는 그녀에게 애원을 했다. 하지만 그녀는 다시 이상한 행동을 보인다. 멀건 눈으로 그를 바라다보면서 실성한 사람처럼 행동한다.

"이제 정신을 차려요."

　김 목사가 가볍게 그녀의 빰을 치자, 그녀는 그제서야 깍지 끼었던 손을 풀었다.

　"무얼 먹었습니까?"

　그녀는 그래도 대답을 하지 않다가 갑자기 엉엉 소리를 내며 운다. 정신이 제자리로 돌아왔다. 그녀는 자기가 한 일이 생각나지 않았다. 하지만 이천상이 아닌 김 목사를 알아보고 울기 시작했다.

　"나에게 어떻게 했는지 알아요?"

　"글쎄요, 목사님이 왜 저하고 이렇게,"

　인숙은 알몸으로 그를 부둥켜 안고 있었던 것에 대해서 자신도 놀라워한다.

　"그렇게 정신이 없어요?"

　인숙은 자기의 알몸을 감출 생각도 하지 않고 그냥 울기만 한다. 김 목사도 더 이상 말을 하지 못한다. 자리에서 일어나 그대로 나오려고 한다. 하지만 그녀가 눈을 크게 뜨면서 무엇인지 애절한 눈빛을 보인다. 그는 측은한 생각이 들어서 냉장고가 있는 주방으로 갔다. 물통을 꺼냈다. 물컵에 물을 한잔 부어서 그녀에게 가져다주었다. 그녀는 그것을 받아들고 마시려다가 그대로 토해 낸다.

　김 목사는 측은하게 생각하며 시계를 보았다. 저녁 늦은 시간이다. 많은 시간이 지나갔다는 것을 알았지만, 그대로 두고 집으로 올 수가 없었다. 그런 상황에서는 누구든지 상황판단이 흐려지게 마련이다. 그는 성직자로서 그녀를 도와주고 치유하는 것이 자기 의무라고 생각한다. 그래서 다시 그녀를 가볍게 포옹했다. 그리고 그녀의 등을 두드렸다. 조심스럽게 살피며 그녀의 상태를 파악하려고 했다.

　"목사님, 마약이 무서워요. 하지만 몸이 거부를 하지 못해요, 어떻게 해야 좋을지 모르겠어요, 죽을 수도 없고,"

　인숙은 정신을 차린 것처럼 보이지만 아직 완전히 회복되지 않았다. 입으로는 그런 말을 하면서도 물 한 모금도 마시지 못한다. 몸을 사시나무 떨듯 떤다. 김 목사가 그녀에게 입힐 옷을 찾다가 담요를 가져다가 그녀를 덮어 주었다. 하지만 그대로 부들부들 떤다.

　김 목사는 그 모습을 보면서 인간이 한없이 미약하다는 것을 생각한다. 모든 것이 운명이라는 생각도 한다. 이제 갈 데까지 갔다는 생각을 한다. 불륜이라는 생각보다는 그녀를 구하는 것이 자기의 일이라고 생각한다. 그래서 그는 뜨거운 가슴으로 그녀를 안는다. 그녀의 체온이 느껴진다. 그들은 오랫동안 그렇게 죄의식 없이 포옹하고 있었다.

3.

　박 장로는 매파에 속하는 장로들을 불러 모았다. 교회에서 조금 떨어진 작은 식당에 몇 사람의 장로들이 모였다.

　"상황 설명은 나중에 이야기하겠습니다. 원로 목사가 신자와 불륜을 저질렀습니다. 그것을 옆집에 사는 이 집사가 목격하고 저에게 제보했습니다. 있을 수 없는 일이지요. 하지만 이 일이 세상에 알려지면 우리 교회는 문을 닫아야 합니다. 의견을 말해 주세요."

　"의견이고 뭐고 있습니까, 엄밀히 따지면 현직을 떠난 성직자 아닙니까, 원로 목사니까 다른 곳으로 주거를 옮기도록 하고, 조용히 처리하는 것이 좋을 듯합니다."

　"아닙니다. 그냥 묵인해서는 안 됩니다. 어떻게 다른 신도들의 귀와 입을 막습니까, 언젠가는 탄로가 납니다. 그렇게 되면 더 큰 문제가 됩니다. 우리가 그를 성직자로 믿고 따른 것이 후회가 됩니다."

　"무슨 말을 하는지는 알겠습니다. 하지만 그 일을 원칙대로 처리하면 결국 우리 교회는 문을 닫아야 합니다. 문을 닫겠다면 그렇게 해도 되지만,"

　"그래도 그냥 넘어가서는 안 됩니다."

"김 목사님은 이번 사건으로 큰 실수를 했지만 아주 훌륭하게 성직자의 생활을 했습니다. 그것을 인정해야 합니다. 무슨 사연이 있을 것입니다."

장로들의 토론은 양분되었다. 부정적인 시각으로 보는 쪽과 그 반대로 보는 쪽이 생겼다. 모든 문제에 정답이 없는 세상이기는 하다. 그게 오늘의 세태다. 무엇이 옳은 것인지 해답을 낼 수가 없는 격론이 벌어졌다.

"입으로 말하기 싫은 문제지만 이제 결론을 내지요, 저는 박 장로님 의견을 따르겠습니다. 이제 결론을 내세요."

"그럼 제가 우선 김 목사님을 만나보고 그 내용을 정확히 판단한 다음에 결정하지요."

"그럼 지금 남의 말만 듣고 이런 상의를 하고 있는 것인가요?"

"함부로 이야기를 꺼내면 문제가 되어서 미리 상의를 하는 것이지요, 시기를 잃는 것도 우려가 되기도 하고,"

박 장로는 그들의 말을 막으며 자기가 책임지고 문제 해결을 하겠다는 말을 했다. 그때서야 반대의 입장에 섰던 장로들이 수긍을 하고 회의를 마쳤다.

4.

미자의 어머니는 집으로 돌아와서야 집에 도둑이 들었다는 것을 알았다. 마당에 어질러진 흔적이나 금고를 부수려다가 실패한 흔적들을 보았다.

"세상에 누가 대낮에 도적질을 하러 왔지?"

"글쎄요, 참 이상하네요,"

가정부와 미자 어머니는 서로 이상한 점을 말한다.

"어머 그러고 보니까, 아가씨의 행동이 이상했었어요,"

"뭐가?"

"사장님 출장 가는 것을 꼬치꼬치 묻고, 사모님이 어디 가셨는지를 머칠 동안이나 물어 오기도 했어요."

"그 애가 그럼 도적질을 했다고, 설마? 돈이 없으면 달라고 하면 되는데, 굳이 그런 짓을 했겠어, 하지만 모르겠다."

"아 참, 시시 텔레비전을 확인해 보면 알겠네요."

가정부가 재빠르게 시시 텔레비전을 확인했다. 영철의 얼굴이 그대로 노출된 채, 여러 가지 증거 자료들이 나왔다.

"저거 봐요. 도적놈이 얼굴도 가리지 않았어요,"

미자 어머니는 그 장면을 보다가 기가 차서 경찰서에 전화를 건다.

"도적이 대낮에 들었어요."

"그래요. 거기가 어디인가요?"

"빨리 범인을 잡아 주세요. 증거가 있습니다."

"잃어버린 것이 많은가요?"

"모르겠어요, 하지만 범인의 얼굴이 시시 텔레비전에 나와 있어요,"

"알겠습니다. 곧 가겠습니다."

얼마 후에 경찰들이 미자의 집에 들이닥쳤다. 이 형사는 여러 가지 범행 사실과 관련한 정황을 수거하고 이내 범인을 잡겠다는 말을 하고 돌아갔다.

"미자니? 엄마다. 너는 왜 집에 안 들어오니, 이제 완전히 네 멋대로 사는구나,"

"왜 또 그래, 무슨 일이 있어?"

"집에 도적이 들었어."

미자 어머니는 자기 딸의 반응을 보려고 어렵게 전화를 연결하여 통화를 했다. 하지만 미자는 천연덕스럽게 되물었다.

"뭐 잃어버린 것이 많아?"

"모르겠어,"

"금고를 털어 갔나 보지?"

미자의 어머니는 이상하다는 생각을 하면서도 대답을 하지 않자, 저 혼자 주절댄다. 하지만 미자 어머니는 자기 딸이 저지른 범행으로 생각한다. 딸의 말들 속에서 그러한 징후들이 보이기도 하고, 가정부로부터 들은 말들도 그런 생각이 들게 하였다. 그래서 범인을 반드시 잡고 딸의 행실을 바르게 고치려고 벼른다.

5.
영철은 별 소득 없이 일이 끝나자 몹시 후회를 했다. 심경의 변화가 생겨서 미자와 헤어져 임 선생님을 찾아갔다. 그는 예전처럼 아주 편하게 그를 대했다.

"그래 어떻게 지냈니? 네가 보고 싶어서 혼났다."

영철은 그 말을 듣고 너무 감격해서 말을 하지 못한다. 자기를 어려운 처지에서 옹호해 준 것도 고마웠는데, 자기를 지켜보았다는 말에 눈물을 흘린다. 자기가 그 은혜에 보답하지 못한다는 생각 때문에 몹시 괴로워한다.

"자네, 무슨 일이 있지?"

"학업을 중단했어요, 선생님."

"왜! 어려워도 공부는 해야 해, 봄에 씨앗을 뿌려야 가을에 거둔다는 성경 말씀을 잊으면 안 되네, 지금도 늦지 않았어, 다시 시작해,"

"네, 하지만…"

"무슨 일이야? 나는 너를 잘 아는 사람이야, 네가 종교의 자유를 외치던 모습이 지금도 생생해, 정의로운 일에 나설 수 있는 용기는 아무에게나 있는 것이 아니지, 그런데 너는 그런 용기를 나에게 보여 주었어, 나는 용기가 없었지만, 너무 부끄러워서 선생직을 내던졌지, 하지만 너는 나와 다르게 행동했어, 그런 용기가 있으면 너는 무엇이든지 잘 할 수가 있어, 다시 시작해, 알았지?"

영철은 선생님의 말이 너무 고마워서 더 큰 소리로 울다가, 자리에서 벌떡 일어나더니 다시 큰절을 했다. 그리고 무릎을 꿇었다. 선생님을 바라보다가 입을 연다.

"지금 제 상황이 너무 혼란스럽습니다. 제가 감당하기도 어렵고,"

임 선생은 무슨 일이 있는지를 어서 말하라는 눈빛을 보이며 그냥 침묵하고 있다.

"아버지는 감옥에 있습니다. 어머니는 외간 남자와 불륜 관계를 맺고 있습니다. 마약까지 복용하면서,"

"그래! 너무 놀랍구나, 그렇게까지 가정이 파괴되다니,"

임 선생은 무릎을 꿇고 있는 영철을 자기 앞으로 끌어당기더니 안는다.

"걱정하지 말아, 그보다 더한 상황에서도 정신을 차리면 살아, 옛말에도, 호랑이에게 잡혀가도, 정신을 차리면 산다는 말이 있잖니, 정신을 차리고 그럴수록 공부에 열중해,"

영철은 흐느끼며 울다가 주머니 속에서 신문지를 꺼내서 선생님에게 준다.

"이게 뭐냐! 네 사진 아니냐?"

"예, 돈이 없어서 강도짓을 했어요."

"뭐! 그럼 이 사진이 그 장면이냐?"

"네, 경찰들이 저를 찾고 있어요."

임 선생은 믿었던 제자가 강도짓을 하고 찾아온 것을 개탄하며, 어떻게든지 도와줘야겠다고 생각한다.

"내가 도와줄게, 우선 자수를 해, 그래야 해결이 되어,"

"네, 하지만 시간이 좀 필요합니다."

"그건 왜?"

"저와 부모님 간에 해결할 문제가 있습니다."

"하지만 빠를수록 좋다."

영철은 더 이상 할 말이 없어서 죄송하다는 말을 수도 없이 했다. 그러자 임 선생은 자리에서 일어나며 잠시 기다리라고 했다. 그리고는 자기의 서재로 들어갔다가 다시 나왔다.

"자 이거 받아라, 얼마 되지 않는다. 네 일에 도움이 되었으면 한다."

영철은 몇 번을 사양했지만 선생님의 뜻을 거역할 수가 없어서 돈봉투를 받았다. 그리고 눈물을 흘렸다. 이 세상이 그렇게 악으로만 차 있지 않다. 자기가 못된 짓을 한 것을 알면서도 선생님은 위로하며 도움을 주시는 것에 대해 깊은 감명을 받았다.

"너는 내가 가장 아끼는 제자다. 설령 지금 방황하고 있어도, 그것을 잊지 말아라,"

영철은 고개를 끄덕였다. 다시 선생님의 품에 안겼다. 그리고 다시 예를 올리고 도망치듯이 집을 나왔다. 선생님은 그의 등 뒤에다 대고 두 손을 흔들었다.

6.

김 목사의 연구실로 박 장로가 찾아왔다. 김 목사는 그가 찾아온 이유를 알고 있어서, 매우 당혹해 하고 있다. 인숙과의 관계를 무슨 말로 어떻게 변명할지를 생각하면서 난감해 한다.

"목사님은 이제 아주 타락의 길을 가고 있습니다."

"무슨 말씀입니까, 타락이라니요?"

"어떻게 자기 교회의 신자와 불륜 관계를 맺습니까?"

"불륜 관계라니요. 잘 알지도 못하면서,"

"지금 저를 데리고 장난을 치려고 하십니까? 목사님이 하신 일을 이집사가 직접 보았습니다."

김 목사는 그런 말까지 나오는 마당에 더 할 말이 없었다. 하지만 그냥 침묵할 수가 없어서 자기변명을 한다.

"마약에 취해서 한 행동입니다."

"그럼 목사님이 마약을 했다는 것입니까?"

"제가 아니고,"

"그렇게 얌전한 분이 무슨 마약을?"

"잘 알지 못하면서 함부로 말하지 마세요. 저도 피해잡니다."

"왜 옷을 벗고 있었습니까? 그것도 서로 부둥켜안고 있었고,"

"인격적인 모욕은 하지 마십시오."

"그것을 설명해야 합니다. 남녀가 옷을 벗고 서로 할 수 있는 일이 무엇입니까, 그것도 관내의 자기 교회 신도와, 이 집사는 너무 흥분해서 난리를 칩니다. 고발을 하자는 것을 제가 말리고 있습니다."

"무슨 증거를 가지고 있습니까?"

"목사님도 거짓말을 하시려고 합니까. 사실을 목격한 것을 부인하려고 하시니, 어디 그래 가지고 성직자라고 할 수가 있겠습니까?"

김 목사는 이제 갈 데까지 갔다는 생각이 들었다. 실수이든 고의든 간에 변명의 여지가 없다. 더 말을 해봤자 사람만 우습게 된다는 것을 느낀다.

"그럼 제 실수라고 하겠습니다."

"무슨 말씀이 그렇습니까? 제가 무슨 허물을 뒤집어씌우고 있나요. 그게 아닙니다. 깨끗이 인정하고 교인들에게 납득할 만한 해명을 하지 않으면 큰 문제가 생깁니다."

"그럼 어떻게 해야 합니까?"

"자술서가 필요하고, 당사자의 확인서가 필요합니다."

"꼭 그렇게 해야 합니까?"

"신자들의 동요를 막으려면 그 방법 밖에는 없습니다."

김 목사는 시간을 달라고 박 장로에게 말했다. 자기가 지금까지 살아오는 동안 제일 큰 실수를 저질렀다. 성직자로서의 모든 것이 한 번의 실수로 물거품이 된 것이 너무 안타까웠다. 자기도 어떻게 그런 일이 일어났는지 이해가 되지 않았다. 인숙이 환각상태에 있었다고 해도 이성적으로 대처하지 못했다는 생각이 들었다.

"확인서가 꼭 필요합니다. 그래야 제가 발 벗고 신자들을 설득할 수가 있습니다. 이제 알 사람들은 전부 알고 있습니다."

김 목사는 침묵하다가 오랫동안 기도했다. 그리고 박 장로에게 당부를 했다. 교회를 위해서 더 이상 그 문제를 말하지 말라고 말했다.

"저 혼자만 이 문제를 이야기하는 것이 아닙니다. 장로 회의에서 문제 제기가 되었고, 이집사가 그 사실을 규명하지 않으면 가만히 있지 않겠다는 것이 문제입니다."

김 목사는 자기 과실을 인정하지 않으면 안 되는 단계까지 갔다. 사람은 누구든지 실수를 하고 산다. 신이 아니기 때문이다. 누구든지 실수를 하고 살지만, 성직자에게는 작은 실수도 통하지 않는다. 그래서 성직자에게는 언제나 모범을 보이는 생활이 필요하다. 하지만 성직자도 인간이기 때문에 실수를 할 수밖에 없다. 그것을 인정해야 하지만 세상 사람들은 성직자가 모든 것에서 완벽하기를 바란다. 그래서 성직자는 사명감이 있는 사람만이 할 수가 있고, 아무나 할 수가 있는 것이 아니다.

7.

이 형사는 경찰서 사무실에서 분주하게 일을 하다가 미자 아버지로부터 전화를 받았다.

"단순한 사건이 아닙니다. 대낮에 도적이 든다는 것은 이해가 안 되는 사건이고, 아주 계획적이라는 생각이 듭니다. 증거가 있으니 빨리 범인을 잡아 주셔야 합니다."

"물론입니다. 하지만 계획적이라는 말에는 다소 수긍이 가지 않습니다."

"왜 수긍이 가지 않습니까?"

“전문가라면 금고를 털러 들어와서 실패하고 나가지는 않습니다.”

“물론 그런 점은 있지만 시시 텔레비전에 비친 얼굴은 전문가의 얼굴입니다.

“아닙니다. 전문가가 얼굴을 노출합니까? 아무튼 저희들은 면식범으로 봅니다. 그리고 따님이 집을 나가서 맘대로 생활하고 있는 것을 알고 있습니다.”

“그것을 어떻게…”

“범행을 저지른 자와 같이 있다는 것도 압니다.”

미자의 아버지는 범인을 잡으려다가 자기 딸의 추한 모습이 드러나자, 다소 당황한다. 하지만 말을 계속한다.

“시시 텔레비전에 나온 인물이 누구라는 것을 알았습니까?”

“아직 이름은 밝혀내지 못했지만 곧 알 수가 있습니다. 저희들이 따님의 행적을 쫓고 있습니다.”

미자의 아버지는 딸 이야기로 대화가 좁혀지자, 더 이상 할 이야기가 없어서 전화를 끊었다. 그리고 옆에 서 있는 자기 아내에게 화를 냈다.

“여자 애가 집을 비우고 밖으로 나다니면 문제가 없도록 해야 하는데, 도대체 당신은 무엇 하는 사람이냐?”

“딸년도 그렇지만 내가 무슨 짐승도 아니고 어떻게 집에만 있어요?”

“왜 집에 아무도 없었어, 가정부는 어디 갔었어?”

“미자가 만나자고 해서 둘이 함께 나갔다가 왔어요.”

“그럼 미자가 계획적으로 한 짓 같아 보이는구먼,”

“그런 것 같아요. 의도적으로 집을 비우게 하고, 그 사이에 일을 벌인 것 같아요.”

미자의 아버지는 상황판단을 하기 시작했다. 고의적으로 딸이 일을 벌인 것이라고 짐작한다.

“그 년은 이제 아주 막다른 길로 가는 것 같군,”

"딸애한테 그런 막말이 무어에요. 그 애는 심성이 착해요."

"착한 애가 그런 일을 해? 아무튼 빨리 애를 찾아봐, 그리고 애 단속을 좀 해, 지금 세상이 혼란한데 다 큰애를 그렇게 나가서 놀도록 놔두면 어떻게 해,"

미자의 아버지는 자기 아내를 닦달하는 것으로 화풀이를 한다. 다행히 큰 손실이 없었다는 것에 위안을 하면서도 모든 책임을 아내에게로 돌리고 화를 낸다.

8.

김 목사는 인숙의 집으로 갔다. 일부러 혼자 갔다. 더 이상 문제를 일으키지 않으려고 그렇게 했지만, 그것이 또다시 화근이 되었다.

"아니, 아직까지 자고 있나요?"

김 목사는 현관에서 벨을 눌렀지만 아무 대답이 없다. 하지만 그냥 서 있을 수가 없었다. 다시 벨을 여러 번 눌렀다. 그 소리를 먼저 들은 것은 옆집 이 집사다. 그는 작은 구멍으로 김 목사를 지켜보고 있다. 김 목사는 할 수없이 그냥 돌아가려고 하다가 이상한 생각이 들었다. 나쁜 예감 때문에 다시 문짝을 세차게 손으로 쳤다. 그때서야 문이 열리며, 부스스한 그녀의 얼굴이 나타났다.

"어디 아프십니까?"

그녀는 김 목사를 보고도 사람을 제대로 알아보지 못한다. 김 목사는 같은 실수를 반복하지 않으려고, 그녀를 조심스럽게 탐색했다. 하지만 크게 걱정할 것이 없어 보여서 안으로 들어갔다. 하지만 그녀가 거실에 누워 있었던 자리에서 마약을 한 흔적들이 보였다.

"정신을 차려야 합니다. 또 무슨 일을 했습니까?"

인숙은 대답이 없다. 김 목사는 답답해하면서도 경계를 하고 있다. 또다시 먼젓번과 같은 일이 일어날지 모른다는 생각에 자기 방어적 태도를 취한다. 하지만 그녀는 자세가 엉클어져 있는데다가 정신을 차리지 못하고 있다. 다시 무슨 문제가 일어날 것 같아서 그는 자리에서 서둘러서 일어났다.

김 목사는 그녀에게서 자술서를 받을 목적으로 갔었지만, 또 다른 문제가 될 것 같아서 그냥 돌아가려고 했다. 그 사이에 누가 현관문의 벨을 눌렀다. 당황한 그는 그냥 서 있었다. 하지만 이내 현관문을 따는 소리가 났다.

"무슨 일입니까?"

영철은 현관으로 들어서다가 기겁을 한다. 김 목사를 표독스러운 눈으로 응시한다. 거실에 널부러져 있는 어머니의 행각과 여러 가지 상황을 살펴본다. 그는 나쁜 쪽으로 생각한다. 이제 자기 어머니가 관내 목사까지도 탐하여 불륜 관계까지 맺고 있다고 보았다. 자기 어머니의 허벅지가 그대로 노출되고 있다. 침구들이 널려 있는 상태들도 의심을 하기에 충분했다. 더욱이 마약을 한 흔적들을 보고서 더욱 나쁜 쪽으로 생각한다.

"오해하지 말아요!"

"무엇을 오해합니까, 더러운 자식,"

영철은 그대로 서 있을 수가 없었다. 그에게 심한 욕을 퍼붓고서 집을 그대로 나온다. 하지만 멍하게 앉아 있던, 인숙이 갑자기 아들을 살려 달라고 김 목사의 발목을 잡아 당겼다. 그리고 큰 소리로 울기 시작했다.

"제 아들을 살려 주세요,"

김 목사는 그 상황에서 어쩔 수가 없어서 밖으로 나왔다. 이집사가 집밖에 서 있었다. 이 집사는 또다시 오해를 한다. 인숙이 울부짖는 소리를 통해서 그러한 오해를 더욱 믿게 한다. 하지만 김 목사가 당황하며 인사를 한다. 이 집사는 아무 말을 하지 않고 김 목사를 쳐다본다. 벌레 씹은 얼굴을 하다가 인사도 없이 자기 집으로 들어갔다. 사람들은 한번 실수를 하면 대개 두 번 실수를 하지 않는다. 하지만 김 목사는 성직자로서 두 번째 실수를 한다. 이제 그의 실수는 자기의 의지와는 다르게 엎질러진 물처럼 변해간다.

9.

이형사가 경찰서에서 동료 직원들과 회의를 하고 있다.

"사건이 많아서 신경을 쓰지 못하는 것은 이해가 갑니다. 하지만 유명인사인데다 범인을 잡지 않으면, 또 다른 문제가 야기되기 때문에 꼭 잡아 달라는 부탁을 하고 있습니다."

"부탁한다고 잡아지는 것이 아닙니다. 다른 사건들도 많은데,"

"그것을 모르는 사람이 어디 있어요?"

이 형사는 동료 직원에게 신경질적인 반응을 보인다.

"이게 범인의 인적 사항입니다. 상부로부터 확인된 내용들입니다."

이 형사는 동료 직원들에게 자료를 넘겨주면서 또다시 채근을 한다. 하지만 직원들은 바쁘다는 핑계로 시큰둥한 반응을 보인다.

"그 자의 집을 지켜보면 잡을 수 있을 것 같아요. 학교를 퇴학하고 공부를 포기한 문제아입니다. 집에서 그 자를 가만히 방치하고 있지 않을 것이기 때문에, 그자의 어머니와 서로가 연락이 될 것입니다."

"알겠습니다. 문제아라는 것은 알고 있습니다. 하지만 유흥가로 돌아다니고 있어서 잡기가 쉽지 않습니다."

"더 이상 문제가 일어나지 않게 하기 위해서도 그자를 잡아야 합니다. 아직 사회가 무엇인지도 모르는 아이가 범죄를 더 크게 일으키면 안 됩니다. 빨리 잡아서 선도해야 합니다."

"우리가 하는 일은 범인을 잡는 일이지 선도가 목적이 아닙니다."

"그걸 누가 모릅니까, 하지만 나쁜 길로 더 나가기 전에 잡자는 것이지요."

이 형사는 어깃장을 놓는 동료 직원에게 화를 내면서 많은 말을 했다.

하지만 격무에 시달리는 직원들의 생각은 아주 미온적이다. 관내 다른 강력 사건도 많은데 그 사건에 신경을 쓸 시간이 없어서 그냥 침묵하고 있다.

10.

김 목사는 자기 연구실에 칩거했다. 다시 실수를 했다. 처음 사건은 그렇다 치더라도 이번에 일어난 사건은 너무 억울하다. 그의 행동에는 아무 죄가 없었지만 이집사가 다시 오해를 하게 만들었다. 인숙의 아들까지 오해를 하고 있다. 기가 막혔다.

"내가 실수를 했어요."

"저도 들었어요. 정말 아무 일도 없는 것이지요?"

"당신도 날 못 믿어? 아무 일도 없었어요,"

"그런데 왜 신자들이 전부 당신을 지탄하고 나오지요?"

"오해 때문입니다."

"그럼 문제를 풀어야지요."

"그게 쉽지 않아요."

김 목사는 음료수를 들고 자기 방에 들어온 아내에게 자기 진심을 알아달라는 말을 했다. 하지만 아내 역시 김 목사를 믿지 못하고 있다.

"확인서를 요구한다고 하는데, 그건 무슨 소리예요?"

"어디서 들었어요?"

"참 당신 두, 신자들이 이제 모르는 사람들이 없어요."

김 목사는 몹시 당황한다. 박 장로가 퍼트린 말들이 이제 전 교인에게 퍼졌다.

"당신이 해결할 수가 있는 한계를 벗어난 것 같아요, 사탄이 우리를 괴롭히는 것 같습니다."

그녀는 남편의 일이 걱정이 되었다. 남편의 얼굴에 퍼져있는 잔주름을 보면서 한숨을 쉰다. 김 목사는 침묵하다가 눈을 감고 깊은 기도를 한다. 그의 아내는 어쩔 수 없이 찻잔을 들고 밖으로 나온다.

11.

영철은 더욱 심하게 방황하다가 교회로 갔다. 예배가 없는 날이어서 교회는 매우 한적했다.

"전화를 했던 사람입니다."

"예. 알고 있어요."

"우리 어머니와 목사님이 불륜 관계에 있습니다."

"오해입니다."

"오해라고요. 제가 그 광경을 목격했습니다."

"목격했다고요?"

"이처럼 황당할 수가 없습니다. 제 생각으로는 감당이 되지 않습니다. 너무 큰일이어서, 어떻게 목사가 그런 일을 할 수가 있습니까?"

그녀는 자기 남편을 믿고 있었다. 하지만 현장을 목격했다는 말에 난감해 한다. 더 이상 말을 하지 못하다가 정신을 차리고 입을 열었다.

"그게 사실이라면 어떻게 하면 됩니까?"

"저는 지금 돈이 필요합니다."

"돈을 요구하는 것인가요? 성직자에게 무슨 돈이 있겠어요. 도와 드리고 싶어도 저희에게는 돈이 없습니다."

"그렇다면 할 수가 없군요. 간통죄로 고소를 하겠습니다. 신문사에 알려서 사회적인 문제로 만들겠습니다. 어느 쪽이 이기나 한번 해봅시다."

그녀는 기가 막혔다. 그의 말대로 한다면 남편이 한 일이 사실여부와 관계없이 성직자가 불리하다는 것을 알고 있다. 사회문제가 되면 교회 내의 문제뿐만이 아니라, 교단 전체에 문제가 된다. 많은 사람들이 알게 되어서 큰 문제가 된다. 김 목사의 부인은 더 이상 방치할 수가 없다는 생각을 한다.

"얼마를 요구하십니까?"

"일억입니다."

"네! 저희에게는 그런 돈이 없습니다."

영철은 말로는 더 이상 기대할 것이 없다고 생각해서 그 자리에서 일어났다.

"잠시만 기다리세요. 목사님을 만나고 가십시오."

"싫습니다. 그 사람은 얼굴도 보기가 싫습니다. 그래서 당신을 만나고 있는 것입니다."

"알겠습니다. 하지만 시간을 조금 주십시오."

영철은 더 있어야 할 말이 없어서 밖으로 나오려고 한다. 그녀는 할 수 없이 그의 발아래 무릎을 꿇었다. 그리고 애원을 하며 며칠만 여유를 달라고 했다. 그러나 영철은 아무 말이 없이 밖으로 나왔다. 교회를 천천히 빠져 나오면서 이를 악문다.

12.

영호는 감옥에서 텔레비전을 시청하다가 자기 아내의 불륜 관계를 알게 되었다.

"세상에 남편이 이 고생을 하고 있는데, 자기는 외간 남자하고 놀아나, 더구나 목사하고, 세상에 믿을 것이 없어."

영호는 이성을 잃는다. 자기에 충실하면서 감옥에서 나날을 보냈었다. 성경을 읽으면서 많은 것을 얻고 감화되었다. 하지만 자기 아내와 관련된 뉴스를 듣고 나서부터는 아주 다른 사람으로 변했다. 감옥을 나가기만 하면 아주 다른 삶을 살겠다는 생각을 하면서 그날을 기다리고 있었다. 믿었던 아내와 아들에게서 삶의 의미를 잃고 배신감을 느꼈다. 더욱이 김 목사와 아내가 저지른 불륜 관계는 도저히 용서할 수가 없다는 생각에 이를 간다.

그는 감형이 되어서 이제 형기를 마칠 날이 멀지 않았지만 그것이 오히려 문제를 가져오게 된다. 차라리 감옥에서 더 있으면 많은 자기 교화가 이루어지겠지만 현재 상태로 출옥하면 또 다른 범죄를 일으킬 우려가 높다. 그래서 많은 사람들이 감옥에 갔다가 온 후에도 사회에 적응하지 못하고 또 다른 범죄를 저지르게 된다.

그는 며칠을 기다리는 것조차 지루해서 탈옥을 하고 싶은 심정이다. 밖에 나가면 우선 김 목사에게 복수를 하겠다는 생각뿐이다. 오해는 다시 새로운 오해를 낳고 새로운 사건을 만든다. 김 목사는 자기의 실수를 통해서 영호와 그 아들에게도 아주 나쁜 성직자로 각인된다.

13.

영철은 강남의 한 번화가에서 '바다이야기' 게임에 빠져 있다. 젊은 나이에 일하지 않고, 짧은 시간에 큰돈을 벌려고 한다. 하지만 쉽게 되는 일은 세상에 없다. 사람이 확률 게임에서 기계를 이기지 못한다. 하지만 영철은 바보처럼 도박에 매달려 있다.

누구든지 사행심을 억제하지 못하면 재물을 잃게 되어 파멸의 길을 가게 된다. 바다이야기 도박게임에 빠지는 것도 그렇다. 그것을 아는 데는 많은 시간이 걸리지 않지만, 도박 중독에 빠지면서 헤어나지 못한다.

영철은 훔친 돈으로 도박에 승부수를 걸었지만 가진 돈을 다 잃었다. 이제 그는 가진 것이 별로 없다. 무엇인지 또 다른 나쁜 짓을 하지 않으면 당장 먹고 잠잘 곳이 없다. 어떻게 할지를 생각했지만 묘안이 없다. 그는 할수없이 도박장에서 밖으로 나왔다.

번화가의 네온등이 휘황찬란하게 비추고 있다. 하지만 그는 마땅히 갈 곳이 없다. 멍한 눈으로 사방을 두리번거리다가, 작은 구멍가게 안으로 들어갔다. 그리고 소주 한 병을 샀다. 병마개를 입으로 따고 그 자리에서 단숨에 병나발을 불었다. 주인여자가 그 광경을 보고 눈이 휘둥그레졌다.

그는 모르는 척하고 그냥 밖으로 천천히 나왔다. 빈속에 먹은 탓인지 바로 효과가 나타났다. 가슴이 아리고 다리가 후들 거렸다. 긴장이 풀리며 모든 것이 귀찮아졌다. 하지만 어디로인지 가야한다. 갈 곳이 없는 자의 설움이다. 자신도 모르게 눈물이 났다. 자기 자신이 원망스러웠지만 어떻게든지 돈을 만들어서, 또다시 도박을 하고 싶은 생각뿐이다. 하지만 미친 생각이다.

제로섬 게임은 승자와 패자가 없어야 한다. 손익이 없는 게임이지만 물질이 개입되면 문제가 된다. 승자와 패자가 반드시 생기기 때문이다. 누구든지 돈을 걸고 도박게임을 하면 결국은 재물을 잃게 되어서 파멸하게 된다. 돈을 따도 유쾌하지 않다. 돈을 잃으면 더욱 기분이 나쁘다. 영철은 그것을 몰라서 우매한 자가 되었다. 하지만 그의 머릿속에는 온통 도박을 다시 하고 싶은 생각뿐이다. 바다이야기 도박게임기에서 대박 터지는 소리가 귀청을 때린다. 미칠 것 같은 생각들이 자꾸 그를 괴롭힌다. 그는 마신 술 때문에 어지러워서 기우뚱거렸다. 병들은 불나비가 되어서 천천히 앞으로 날았다.

14.

이 형사는 경찰서의 사체실에서 김 목사의 사체를 검안하고 있다. 그가 무슨 약을 먹었는지를 조사했다. 왜 팬티를 입고 죽음을 자초하는 행동으로 베란다에 매달렸는지도 의문이다. 늙은 성직자가 그렇게 매달려 있다는 것은 이유 여하를 막론하고 이해가 되지 않았다. 그렇다면 분명히 무슨 사연이 있을 것이라는 것에 비중을 두었다. 그가 술을 먹었거나 마약을 복용하지 않았다면 그런 행동을 하지 못한다는 생각이다.

마약을 복용하지 않은 정상적인 사람들은 아무리 극한 상황에 몰려도 죽음을 스스로 자초하는 행동을 하기가 어렵다. 그렇게 매달려 있는 것에 한계가 있다는 것을 알기 때문이다. 이 형사는 그 점을 깊이 생각하고 있다. 성직자이기 때문에 명예가 목숨보다 중요하다는 것은 알고 있다. 하지만 그는 타락한 목사로서 명예 때문에 목숨을 버리지는 않는다. 생각의 차이와 명예라는 것이 무엇인지에 따라 다르기는 하지만, 이번 사건은 그런 것과는 무관하고 반드시 마약과 관련이 있다는 생각을 한다.

김 목사는 인숙과의 사건 이후에 또 다른 성의 세계에 대해서 알았다. 사람이란 그래서 미약한 것이다. 다른 차원의 성관계를 맛본 그는 그것을 잊지 못해서 당황한다. 그런 시기에 공교롭게도 니제르에 있는 친구가 성 발기부전 치료제를 한 병 보내 왔다. 매스컴에서 그것에 대한 효능을 떠들어대도 성직자로서 별 관심이 없었지만 약을 받고 나서 호기심이 생겼다. 그래서 한번 시험 삼아 먹어 보았다. 그게 사람의 사악한 마음이다. 하지만 그 일이 일파만파를 만들었다. 그래서 성직자는 늘 긴장하고 살지 않으면 안 된다.

그는 성직자로서 충실한 삶을 살았다. 하지만 그는 시험 복용을 통해서 사람들이 왜 성 발기부전 치료제를 찾는지에 대해서 알았다. 그 효능이 대단했다. 자기 같이 늙은 사람에게도 젊은 사람처럼 왕성한 성욕이 생겼다. 정말로 기이한 약이다. 과학의 발달이 어디까지 갈지 모르는 놀라운 발명이지만 인간을 더욱 타락하게 만드는 약이다.

성직자인 자기에게도 그런 욕망이 생기는 것을 체험하고, 일반인들이 얼마나 욕심을 내는 약인지를 실제로 알게 되었다. 그 역시 그 약으로 인해서 큰 실수를 했다. 길이 아니면 처음부터 가지 말라는 말을 실천하지 못했다. 김 목사는 약을 먹은 후에 주체할 수 없는 성욕 때문에 인숙을 찾아갔었다. 하지만 그들의 애정행각은 율법을 파괴하는 일로써 하나님의 금지 사항이다. 충실한 목자였지만 몇 번의 실수로 아주 나쁜 성직자가 되었다. 그는 그 일로 아파트에서 떨어져 죽었다. 이 형사는 그의 죽음에 대해서 안타까워하며 그의 시체를 검안하면서 그 동안 있었던 일들을 회상한다.

15.

영철은 추위에 떨면서 공원벤치에서 하루 밤을 잤다. 뜨거운 햇살 때문에 잠이 깼다. 아직 이른 아침이다. 어디든지 가야 한다. 바다이야기 도박장을 찾았다. 그 곳에서 몇 장의 상품권을 돈으로 바꿨다. 갈 곳이 없는 사람들이 시간을 보내는 데는 피시방이 제일이다.

그는 강남의 한 번화가에 있는 피시방으로 들어갔다. 그리고 온라인 롤플레잉 게임인 마비노기에 접속했다. 가상의 공간에서 미지의 여자를 만나 결혼을 하기로 한다. 청첩장을 보내고 주례도 결정했다. 이제 결혼식만 올리면 된다. 현실에서 하지 못하는 것을 체험하면서 상상의 세계로 빠져든다. 결혼식은 성대했다. 죽는 날까지 사랑하라는 주례사도 가슴에 새겼다. 결혼식 장면을 따서 친구들의 길드 게시판에 올리고 축하도 받았다.

"너무 심심해요,"

"그럴 필요 없어요. 자주 만나요, 그리고 섹스도 하고,"

인터넷에서 결혼한 여자는 아주 노골적으로 영철을 유혹한다. 나이가 몇 살인지 모른다. 젊은 여자일 수도 있고 아줌마일수도 있다. 하지만 상관없다. 그냥 인터넷에서 상상으로 즐기면 된다. 어떤 여자인지 모르지만 젊은 여자일 것이라고 생각하고 채팅을 하면 된다.

"어디서 만나요?"

"강남이 좋아요. 나는 주로 강남에서 놀아요."

"돈이 많은가요?"

"물론이지요, 가상 세계에서 무엇 때문에 가난하게 살아요. 그냥 부자로 살래요."

"저도 부자입니다."

영철은 꿀릴 것이 없다고 생각해서 자기도 부자라고 대답했다. 상대방과 직접 만나는 것도 아니고, 전화 연락을 주고받는 것도 아니면서 별 이야기를 다한다. 어차피 온라인 결혼이다. 게임을 하면서 서로 기분 상하고 싶지 않다. 마음 내키는 대로 대화를 한다. 하지만 끔직한 이야기들이 오고간다.

"어디서 교미하는 것이 좋아요?"

"아하, 동물적 본능이 풍부하군, 난 푹신한 침대보다는 화장실 벽이 더 좋아,"

"정말 못된 여자이군,"

"그걸 가지고 무어 그래, 난 사마귀야,"

"그건 무슨 소리냐?"

"사마귀는 섹스를 한 다음에 암놈이 수놈을 잡아먹지, 그리고 종족을 번식시키지, 내가 사마귀가 되어, 너를 잡아먹고 귀여운 내 아이를 만드는 거지, 호호호…"

인터넷에서 채팅을 하다가 이런 말이 오고 가도 싸울 일이 없다. 그래서 말의 횡포가 난무한다. 하지만 죄의식이 없다. 가상에서 일어나는 현상이기 때문이다. 하지만 원색적인 말들로 문자화한다. 상대방에게 보내면 상처를 받을 수도 있다. 반대쪽의 표정이 어떻게 나타나는지도 모른다. 그것을 알 필요도 없어서 무지막지한 말들이 오고 간다.

"다른 여자는 만나지 마,"

"이제 싫증이 나, 당신하고 헤어지고 싶어,"

"너 정말 그렇게 할래, 죽여 버릴 거냐?"

영철은 웃음이 나왔지만 다른 말로 응수한다.

"어떻게 죽일 건데?"

"똥물에 튀겨서,"

서로 막말이 오고간다. 끝이 없이 상대를 공격한다. 서로가 이성을 잃고 채팅을 하지만 나중에 남는 것은 불만스러운 잔재들이다. 게임 중독자들은 인터넷에서 수도 없이 결혼을 한다. 축하도 받지만 결과는 아무 것도 없다. 하지만 스트레스를 풀기 위해서 그런 일을 한다. 게임의 특성 때문에 사람들이 결혼을 쉽게 생각하는 경향이 있다. 일인당 가질 수 있는 캐릭터가 마비노기는 최대 20개다. 각각의 캐릭터가 다른 상대와 결혼할 수 있다. 외국의 경우 온라인 게임에서는 15세 이상의 사람들만 결혼과 육아를 할 수 있다. 입맞춤과 성관계 장면도 살 수 있지만 우리는 그런 규제가 없다.

영철이가 하는 일은 돈을 만드는 일이지만 게임에 중독되었다. 미자와 현실의 섹스를 하고, 피시방에서 게임으로 여러 여자를 만난다. 여러 여자와 결혼을 하고 말장난을 하는 일에 빠져 있다. 게임에서의 결혼은 일부다처, 일처다부, 중혼, 동성결혼이 횡행한다.

영철이 뿐만이 아니라 게임중독자들 중에는 미성년자들이 많다. 마비노기의 부부는 일만 쌍을 넘는다. 영철도 그 중에 하나다. 컴퓨터를 이해 못하는 기성세대들은 도저히 이해가 가지 않는다. 온라인 결혼을 고전적 개념의 결혼으로 판단하면 안 된다. 게임상의 색다른 재미 장치일 뿐이지만 너무 하는 측면이 많다. 그렇지만 그런 가상들이 실제로 나타나는데 문제가 있다.

인터넷 채팅을 통해서 여자들이 상습적으로 남자를 유혹하고 모텔로 유인한다. 남자가 샤워를 하거나 빈틈을 보이는 시간에 금품을 훔쳐서 도망가는 일이 비일비재하다. 하지만 인터넷 채팅으로 만난 사람들은 일정한 직업과 주거지가 없다. 그들은 대개 생활비 마련을 위해 범행을 저지르기도 하지만 또 다른 도박을 위해서다. '바다이야기'에서 돈을 따려고 게임에 열중하지만 가진 돈을 다 잃는다. 다시 범행을 위해서 피시방을 전전한다. 영철이 지금 그런 일에 빠져 있다.

"한번 만나요?"

"돈이 없어요."

"그럼 거짓말만 했어요? 부자라면서…"

"전 아니에요, 강남 부자인 여왕께서 돈을 내시면 내가 응할 수도 있어요.”

“좋아요. 그럼 만나서 실컷 즐겨 봅시다. 호호호…”

그들은 안면이 없었지만 파라다이스에서 만나기로 했다. 하지만 영철은 미자 때문에 그 약속을 지키기가 어렵다. 늘 저녁만 되면 귀신같이 영철에게 달라붙는다. 미자는 자기 집을 터는 일에 실패하고 나서 돈줄이 막혔다. 더욱 영철에게 의존하고 있다.

영철은 돈을 마련할 길이 없다. 그래서 게임 중독자가 되어가고 있다. 가상의 세계에서 비정상적인 방법으로 순간의 쾌락만을 쫓고 있다. 더욱이 사고를 친 후에 늘 조심하고 있다. 시시 텔레비전에 자기 얼굴이 노출되었다. 은닉장소로 최고인 피시방을 전전하며, 칩거하다가 밤에만 유흥가를 돌아다녔다.

“오늘 약속이 있어,”

“무슨 약속?”

“돈을 좀 만들어야 하지 않겠어? 여기서 기다리든지 여관을 정하고 들어가 있어, 연락을 하면 내가 거기로 갈게,”

그는 미자에게 적당한 거짓말을 하고 채팅을 한 여자를 만나러 갔다.

“너무 옷차림이 섹시하네요?”

“아주 젊은 남자네, 학생 같아, 난 늙었는데,”

비대한 몸집을 한 여자는 영철이보다 나이가 많은 아줌마였다. 섹시한 옷차림으로 눈가림을 했다. 하지만 늙은 여자들만이 가지는 잔상들이 여러 곳에서 보였다.

“돈 좀 꾸어 주세요?”

영철이가 내뱉은 첫말이다. 당황한 여자는 미소를 보인다. 다짜고짜 무슨 돈 이야기냐는 투로 아무 말 없이 쳐다본다. 하지만 그녀는 돈을 주고 영철의 젊음을 살 수가 있다는 생각을 한다.

“제비족이냐?”

“무슨 그런 말씀을, 전 건장한 대한민국의 청년입니다.”

“그런데 보자마자, 돈을 달라고 해?”

“강남 부자가, 없는 사람에게 구제 사업을 한다고 하면 못 줄 것도 없잖아요.”

그들은 크게 웃었다. 그 이유는 인터넷에서 오랜 동안 서로 주고 받은 말들이 그 이상의 말들을 했다. 처음이라고 하지만 하나도 이상할 게 없다. 인터넷으로 결혼을 한 사이다. 섹스도 한 사이다 그런데 돈을 꾸어 달라고 해서 문제가 될 것이 없다. 영철이 뿐만이 아니라 여자 역시 아무 문제없이 그 말을 액면 그대로 받아들인다. 가상과 현실의 차이를 제대로 분간하지 못하고 있다.

미자는 영철을 기다리다가 그가 약속한 시간에 오지 않자, 그들이 만나고 있는 약속 장소로 은밀히 찾아갔다. 그리고 그들의 동태를 살피고 있었다. 얼마 후에 그들이 일어나서 호텔로 들어가는 것을 본 그녀는 화가 치밀었다.

“이 형사님이시죠?”

미자는 같은 처지이면서 늙은 여자를 만나고 있는 영철을 용서하지 못한다. 배신감을 느낀 다. 그들이 만나고 있는 호텔을 알려 주었다. 이 형사는 의외의 전화를 받고서 의아해 한다. 전화번호를 알고 있는 것도 궁금했다. 영철이가 자주 다니던 술집을 지키고 있었던 그는 갑작스러운 그녀의 제보에 재빠르게 행동했다. 그는 그들이 있는 호텔로 갔다. 세상의 모든 것은 변한다. 하지만 자기의 이해관계에 따라서 해악을 만들어 낸다. 미자의 제보로 영철은 체포되었다.

16.

교회 안은 찬송가 소리로 열기를 더해 갔다. 김 목사의 죽음을 애도하기 위해서 많은 신도들이 모여들었다. 교인들의 비탄에 찬 찬송가 소리와 기도소리가 교회 안을 열기로 가득 차게 했다. 신도들의 찬송가 소리는 그의 죽음에 대한 애도로 슬픔에 차 있어서, 더욱 구성지게 들렸다. 그는 죽음을 통해서 진정한 하나님의 사역자로서 최선을 다한 종으로 비쳐졌다. 많은 신도들이 그의 죽음에 대하여 애도하며 기도에 열중했다.

하지만 장로들은 교회의 다른 공간에 모여서 장례 대책을 논의하고 있다. 그의 죽음에 대해서 사실대로 발표해야 한다는 쪽과 그렇게 하면 안 된다는 패로 갈라졌다. 모든 것을 사실대로 밝히면 문제가 커진다. 자기 교회는 물론이고 교단 전체에 먹칠을 하게 된다. 장로들의 여론은 양분되었다. 하지만 박 장로는 우선 장례를 치르는 것이 중요하다고 말했다. 과로로 순직했다는 것을 광고하고, 장례를 치르자는 쪽으로 의견이 모아졌다. 그것이 전체를 위해서 옳은 일이라고 생각한다.

인숙은 마지막으로 올리는 추모 예배에 갈 수가 없었다. 많은 교인들이 그의 애도를 위해서 슬픔에 잠겨 있었지만 그녀는 참석조차 하지 못한다. 몸까지 이곳저곳이 아프고 어지럽다. 이제 마약을 하지 않으면 정상적인 생활을 하기가 어려워졌다. 하지만 더 참지 못하게 하는 것은 목사와 정사를 나누었다는 사실이 온 교회에 알려진 일이다.

그녀는 이제 어떻게 하는 것이 좋은지를 모르고 있다. 자살을 하려고까지 했었지만 그것을 실천하지 못했다. 더욱 난처한 것은 자기 집에 있는 시체를 어떻게 처리할지가 걱정이다. 변 박사와 같이 저지른 일이지만 그것이 이제는 자기의 책임이 되었다. 그녀가 깊은 생각에 빠져 있는데 이형사가 다시 찾아왔다.

"신고 받은 대로, 역시 집에서 무슨 냄새가 지독하게 나는군요. 무슨 이유인가요?"

인숙은 그 말에 대답하지 못하고 고개를 들지 못하고 있다. 하지만 이형사는 그녀의 표정을 살피다가 방안 이곳저곳을 살피기 시작했다. 한쪽 방문 입구를 막고 쌓여있는 상자를 이상하게 보았다. 그는 손으로 가리키며 그것이 무엇인지를 물었다.

인숙은 당황하는 얼굴로 팔 물건들이라고 말했다. 하지만 그는 믿지 않고 미심쩍은 눈빛으로 그녀를 쳐다보았다. 그녀의 표정이 몹시 불안했다. 그는 직감적으로 무엇이 있다는 생각을 한다. 그래서 그는 상자들을 치우기 시작했다. 몇 개의 상자를 치운 다음에 방문을 열었다. 그는 순간적으로 자기의 손으로 입을 막았다. 다 썩어가는 남자의 시체가 방안에 그냥 방치되어 있었다. 악취를 막기 위해서 향불을 피워놓고 있었다. 현장을 들킨 인숙은 그 자리에 주저앉으며 울부짖었다.

이 형사는 그 처참함에 기가 막혔다. 사람의 탈을 쓰고서는 그렇게 할 수가 없다. 어떻게 시신을 집에 방치하고 살았는지 끔찍해서 더 이상 말을 하지 않는다. 그녀에게 수갑을 채우고 경찰서로 압송했다.

"죽은 자가 이명달이야, 그가 왜 그랬는지를 밝혀내, 이번 사건은 보통 일이 아니야, 틀림없이 마약과 관련이 있을 거야,"

이 형사는 직원들과 함께 사건 해결에 대한 실마리를 풀기 위해서 대책을 논의한다. 그는 동료직원들에게 정황을 설명하고, 인숙을 취조하기 위해서 유치장으로 갔다. 이 명달을 왜 죽음 직전에 자기 집으로 데리고 왔는지에 대해서 알아보려고 한다. 분명히 공범이 있을 것이라고 생각한다.

"천당이 있다는 것을 확인하려고 했습니다."

"그걸 어떻게 확인해요? 정신병자들이지, 누가 주도했습니까?"

"제가 혼자 했습니다."

"거짓말하지 말아요. 변 박사, 그가 누구입니까?"

인숙은 자기의 죄라고 스스로 말했지만 이 형사는 상황을 파악했다. 우선 변 박사를 잡는 일이 우선이라는 생각을 한다. 이 형사는 허황된 일들이 많이 일어나는 세상이라고 하지만, 사람을 죽이면서까지 천당이 있다는 것을 확인하려고 한 것에 대해서 분노를 느낀다.

17.

김 목사가 죽었다는 것을 변 박사는 자기 연구실에서 신문보도 내용을 보고 알았다.

"그 친구는 여자 때문에 문제가 되더니, 결국은 일을 저질렀구먼,"

변 박사는 이제 자기에게도 화가 미칠 것이라는 생각 때문에 착잡한 심정이 되었다. 하지만 모든 것을 김 목사에게 떠넘기면 그만이라는 생각을 한다. 죽은 자는 말할 수가 없다. 그 점을 변 박사는 활용하려고 한다. 한때 같은 연구를 했지만 이제 자기는 발뺌할 생각만 한다.

"증거가 없으니까, 오리발을 내밀면 되어, 난 그의 지시에 따른 것뿐이니까,"

그는 김 목사의 일을 돕겠다고 자청해서 일을 저질러 놓고, 그 결과가 나쁘게 나타나자, 그에게 모든 것을 뒤집어씌우려고 한다. 그래서 어떻게 처신하는 것이 자기에게 유리한지를 생각한다. 사무실에 증거가 될 만한 것을 치운다. 바쁘게 움직이고 있는데 전화벨이 요란하게 울렸다.

"박사님, 이제 어떻게 해야 합니까?"

"무얼 말입니까?"

"모두 알고 계시잖아요. 그 못된 여자 집에서 시체가 나왔는데, 그것이 우리 남편 짓이라고 합니다. 어떻게 되는 것입니까?"

"저는 모르는 일입니다."

"모른다니요! 박사님의 인터넷 카페에 흔적들이 남아 있는데 그것을 부정해요, 우리 남편이 근사체험자를 알선했다면 그것을 실천한 것은 박사님이 아닙니까, 그런데 지금 와서 그것을 회피하면 어떻게 됩니까?"

"글쎄, 저는 전혀 모르는 일입니다."

"그렇다면 저도 생각이 있어요. 우리 남편이 죽었다고 모두 뒤집어 쓸 수는 없잖아요."

김 목사의 부인은 갑자기 일방적으로 전화를 끊었다. 변 박사는 전화가 끊어지자 후회를 했다. 그는 서류 치우는 일을 중단하고 컴퓨터를 작동시켰다. 자기 카페에 올려 있는 글들을 점검하기 시작했다. 지울 수 없는 사실들이 너무 많다. 무조건 회피해서는 문제가 풀리지 않는다는 것을 자각한다.

18.

김 목사의 부인은 그의 남편이 쓴 유서 한 통을 그의 연구실에서 발견했다. 그의 유서는 참회록이었다. 하나님과 아내에게, 그리고 아들에게 그의 죄업에 대해서 참회하면서 썼다. 김 목사는 이미 그런 일이 일어날 것이라는 것을 예견하고 참회록을 쓴 것 같았다.

그의 참회록은 '이제 나에게 남은 시간은 별로 없다.'는 말로 시작을 했다. 믿어지지 않지만 믿어야 한다는 생각에 내 가슴이 더 뛴다. 심장이 터져 나갈 것 같다. 지금부터 내가 할 일은 이승을 떠나가면서 내 생애에 있었던 일에 관한 판결문을 쓰는 일이다.

나 자신에게 고백한다. 다시 태어나면 두 팔을 벌려서 하늘에 계신 하나님을 안고 싶다. 그리고 난후에 나의 사랑하는 사람도 아주 오랜 동안 꼭 안아 보고 싶다. 나는 진실한 사랑이 찾아 왔을 때 그것을 애써 외면했다. 그래서 도도한 척했지만 지독히 고독했다. 그것이 나의 가장 후회스러운 일이다. 그녀를 진정으로 사랑하면서도 이율배반적인 행동을 하며 사랑병을 앓았다. 내 인생에서 몇 차례의 사랑을 미완성으로 끝나게 만든 것은 전적으로 용기가 없어서다.

나는 이제서야 고백한다. 나도 그녀를 사랑했었다고, 그리고 무척 행복했었다고, 나는 죽음으로 가는 길목에서 그녀와의 사랑을 영원히 잊지 못할 것이다. 똑똑한 사람이 되려고 노력했지만 지금 생각해 보면 진실한 사람이 되는 것이 더 좋다는 것을 알았다.

나는 그것을 실천하지 못한 못난 인간이다. 많이 갖는 것보다는 양심에

거리낌이 없는 생활이 더 필요하다는 원칙을 지키려고 했지만 그것을 지키지 못했다. 다른 사람들에게 피해를 주지 않고 손가락질을 받지 않으며 열심히 살다가 생을 마감하는 것이 내 인생의 목표였다면, 나는 마지막 결론 부분에서 아주 잘못된 삶을 산 것이 된다.

하지만 나는 아가페의 사랑과 에로스의 사랑 간에서 진정한 사랑이 무엇인지를 모르는 삶을 살다가 가는 실패자다. 그렇지만 나는 이 순간에도 아무런 후회가 없음에 행복해 한다. 나는 때가 되면 죽는다는 것을 알았지만 죽음에 대비하지 못했다. 자신을 너무 과대평가하였기 때문이다. 하지만 누구든지 자신의 종말이 온다. 내가 이승에서 추구한 모든 것이 허구이지만 하나님을 경외하고 산 것은 그나마 다행한 일이다.

이제서야 무거운 짐을 내려놓고 그의 품에 안긴다. 이승을 떠나는 순간부터 나는 행복할 것이다. 인생사의 아귀다툼이 끝나기 때문이다. 흙으로 빚어졌기 때문에 무소유인 채로 흙으로 돌아간다. 자연에서 태어나 자연으로 돌아간다.

나는 아귀다툼을 하고 산 것이 내 삶의 전부다. 그렇다고 하면 내가 내 마음대로 죽는다고 해서 이상할 것이 없다. 다만 어떻게 죽어야 할 것인지 그 순간을 기다리고 있다. 언제인가 그 기회가 오면 나는 아무 거리낌 없이 죽을 것이다. 가장 비참하게 생을 마감하더라도 그 결과는 마찬가지다. 행복의 잣대 역시 우리가 세운 기준이다. 나는 언제 어떻게 죽을지 모른다. 유서가 발견되고 나면 내 마음을 이해할 것이다.

나는 그 순간을 기다리고 있다. 죽는 방법 역시 내 생각대로 하고 죽으면 된다. 내가 죽은 후에 저승에 가면 만나보고 싶은 사람들이 많다. 예수를 만나고 싶다. 석가모니, 괴테, 칸트, 도스토예프스키, 토마스 아퀴나스, 마더 테레사도 만나보고 싶다. 그 반대편에 있을 시저나 히틀러, 그리고 양귀비, 연산군도 만나고 싶다. 하지만 나는 지옥으로 갈 것이기 때문에 그들을 만나지는 못할 것이다.

내가 죽게 되면 내 시체를 처음 발견한 사람에게 부탁한다. 다 떨어져서 버리려고 하는 담요나 홑이불 같은 것이 있다면, 그것에 내 시신을 둘둘 말아 주기를 바란다. 짐차에 싣고 곧장 화장터로 달려가서 태워 주었으면 한다. 그게 나를 처음 발견한 사람에게 부탁하고 싶은 유언이다.

나를 태운 한줌의 재를 아내가, 십자가가 서 있는 어느 곳에 뿌려준다면, 나는 그 이상 더 행복할 것이 없다. 한술 더 떠서 만약에 내 아내가 나를 기념하기 위해서 내 묘비를 세워 준다면 '이단자가 잠든 곳'이라고 아주 짧은 묘비명을 써주기 바란다.

하나님에게도 엎드려 속죄한다. 저에게 가장 큰 은총은 성모를 알게 해 주신 것이고, 그 다음은 저의 현명한 아내를 만나게 해 주신 것이다. 제가 지은 죄를 용서해 주시고, 저로 인해서 알게 모르게 상처를 받은 모든 사람들에게 용서를 구한다. 그들에게 주님의 은총과 평화를 내려 주시기를 간절히 기도한다.

삶과 죽음은 종이 한 장의 차이가 아니다. 나는 그 이치를 깨닫지 못하고 간다. 나는 다음 세상에서 소나무 가지 끝에 매달리는 한 방울의 이슬이 되고 싶다. 그래서 목말라 하는 나뭇잎을 적셔 주고 싶다. 아니면 한 마리의 물고기로 태어나, 저 넓은 바다 속을 유영하며, 아주 미약한 것을 보살펴 주는 일을 하고 싶다.

혹시 내가 다시 살 수 있다면, 죽는 다는 것을 미리 알고, 불투명하며 부질없는 일에 매달리지 않을 것이다. 죽음 직전에서 바보처럼 내가 잘못 살아온 것을 알게 되었다. 내세가 있다는 것과 그것을 가지려고 꿈꾸는 자가 가장 행복한 사람이라는 것을, 하지만 나는 불행하게도 그것을 일찍 알지 못했다.

그래서 나는 바보다. 말만 앞세우고 실천하지 못한 추종자였다. 인간의 영혼은 영원 불멸성을 지니고 있기 때문에 몸은 사라져도 영의 세계에서 다시 환생한다. 나는 그것을 알고 내 자신을 그 믿음대로 하나님에게 내맡

간다. 모두가 이승을 하직하기 싫어하지만 나는 그래서 웃으며 저승으로 간다.

나를 위해서 사는 나보다 타인과 함께 사는 내가 더 훨씬 의미 있음을 미리 알지 못했다. 나는 죽지만 타인과의 관계 속에서 형성된 나의 존재는 결코 죽지 않는다는 것도, 그 삶의 무게만큼 깊게 기억되고, 그 삶의 너비만큼 넓게 세상 속의 빛으로 여전히 존재한다는 것을 알지 못했다.

누구에게나 죽음은 태어나면서부터 예고된 일이다. 나는 그 죽음을 하나님 앞에서 결정하는 일만이 남았을 뿐이다. 그 죽음의 마지막 순간을 알 수가 없지만 망각의 어둠 속으로 사라질 것이 분명하기 때문에 고백한다. 이승 너머에는 저승이 있고 천당이 있다는 것을, 그래서 나는 웃으며 행복한 마음으로 이승을 떠난다. 최고의 기쁨을 만끽하며 망아황홀의 그곳으로 간다.

사랑하는 아내에게 고백한다. 당신을 사랑했었다고, 하지만 저승으로 먼저 가면서 상처를 주고 간다. 용서하여 주시기를, 내가 부덕한 인간이라는 것에 대해서…"

겨우 두 몸을 눕힐 수 있는 문간방에서 사과 궤짝을 엎어놓고 공부하던 시절에도, 당신은 나를 불평하지 않고 기다려 주었다. 무일푼으로 허상을 쫓아다니는 나를, 당신은 진정으로 사랑했었다. 항상 모자라는 나를 격려하였다. 힘과 용기를 갖고 살아가게 해준 당신의 사랑에 깊이 감사한다. 사는 동안 섭섭하게 했거나, 가슴 아프게 했던 나의 모든 잘못을 용서해 주기 바란다.

저승에 천당이 있다는 것을 믿는다. 이승 역시 힘들더라도 살 만한 가치가 있는 곳이다. 내가 먼저 저승으로 간다. 나를 사랑했던 시절처럼 열심히 살고, 가능한 한 내 흔적을 빨리 없애도록 노력해 주기 바란다. 이승에 있는 동안 나에 대한 상념을 버리고, 저승에서 다시 만날 것을 기약해주면, 더 이상 고마울 것이 없다.

참회록 369

당신이 이승에서 어려운 처지가 되면 저승에 있는 나를 불러 주기 바란다. 그렇게 해준다면 나는 한 점의 바람이 되어, 당신의 사랑스러운 얼굴을 어루만져 줄 것이다. 내가 살아왔던 삶의 진실이 그래도 있었다면, 당신에게 그 무게만큼의 용기와 힘이 되어 주도록 저승에서 노력하겠다.

아들에게도 당부한다. 나는 이루지 못했지만 정직과 성실과 근면을 자산으로 삼아서, 험난한 세파를 이겨내기 바란다. 무엇이 되고자 하는 것보다 어떻게 사느냐가 더 중요하다. 정직하고, 성실하고, 겸손하게 남과 더불어서 살아가야 한다. 내가 어떤 일을 해야겠다고 마음먹고 하는 일은, 어느 것도 쉬운 일이 없다. 사명감은 지각이 아닌 선각을 가질 수가 있어야 한다. 남보다 먼저 보는 선견자, 남보다 먼저 아는 선지자, 남보다 먼저 달려가는 선구자, 이 모두 사명감이 있는 자만이 남보다 먼저 알고, 깨닫고, 달려갈 수가 있다.

반대로 남보다 먼저 알았지만 느끼지 못하고, 그것을 행동으로 옮기지 못하면 아무 소용이 없다. 자각하고 선각했다 할지라도 사명감이 없으면 무슨 일이든지 실천하는 것이 쉽지 않다. 깨달음이 사명감과 만날 때 욕망과 충동과 환희가 샘솟는다. 충동과 환희가 몰려오면 모든 일에 정진하게 된다.

남을 미워하기보다는 사랑하는 마음을 갖기 바란다. 대충 사는 것이 아니라 죽기 살기로 살아야 하고, 죄가 되지 않으면 더 많은 것을 경험하며, 인생을 다채롭게 살기를 바란다. 세상에서 쌓아 올린 것은 언제인가 무너진다. 많이 쌓아 올리려고만 하지 말고, 항상 시작과 끝을 함께 생각해야 한다. 돈 주고 살 수가 없는 것이 더 값지고 소중하다. 화를 참으면 기쁨이 온다는 것을 잊어서는 안 된다.

사람들의 기쁨은 잠시이다. 노년이 되면 그것을 알게 되지만 이미 시간을 잃은 후가 된다. 어떠한 처지에서도 하나님에게 감사하고 최선을 다해서 살아야 한다. 늘 일할 수 있음에 대하여 감사하고 최선을 다해야 한다.

남을 배려하는 마음이 곧 나를 배려하는 마음이다. 이웃과 함께 더불어 행복하게 살기를 원한다.

19.

이 형사는 직원들이 조사한 이명달의 자료들을 책상에서 들여다보고 있다.

"죽은 사람이 그 교회의 신자란 말이지?"

"그래요, 돈이 필요해서 근사체험을 자원하고, 그 대가를 받기 전에 굶어서 죽은 것은 것 같아요. 인적 사항은 적힌 대로입니다."

이 형사는 혀를 찼다. 신자에게 돈 몇 푼을 주는 조건으로 죽을지도 모르는 일을 하도록 유도했다. 그래서 그는 변 박사를 더 나쁜 인간으로 본다.

"갑시다. 그 자를 체포해야 하겠어,"

"확실한 단서를 더 찾은 후에 체포하는 것이 어떻겠습니까?"

"아니야, 이것으로도 충분해, 그 자를 우선 체포해, 박인숙에게 떠넘기려고 했어, 그래서 그를 죽음 직전에 그녀의 집으로 옮겼고,"

"하지만, 오리발을 내밀고 김 목사에게 모든 것을 덮어씌우면 어떻게 하지요? 지금도 그런 상황인데, 증거가 더 필요해 보입니다."

이 형사는 그 말에 대답하지 않는다. 묵묵히 앞장서서 사무실을 나선다. 동료직원들은 할 수없이 그의 뒤를 따른다. 형사들이 변 박사의 연구실에 도착했을 때는 아무도 없었다. 그는 우선 위급한 상황을 벗어나려고 했다. 외국으로 도피하기 위해서 공항으로 갔다.

한발 늦은 이 형사는 공항출입국관리 사무소에 전화를 걸었다. 그의 출국 시간이 다행히 확인되었다. 재빠르게 출국 금지 조치를 취하고 서둘러서 공항으로 갔다. 하지만 변 박사는 공항에서 출국이 금지되었다는 것을 알고 재빨리 공항을 빠져 나왔다.

이 형사는 허탕을 쳤다. 하지만 그를 계속 추적하다가, 그가 그의 별장에 있다는 것을 알았다. 이 형사는 서둘러서 그의 별장을 급습했다. 변 박사는 모든 것을 체념한 듯이 형사들이 올 것을 기다리고 있었다. 도망을 쳐보아야 갈 곳이 없다고 판단해서다.

이 형사는 별장 정문에서 그의 차를 발견했다. 이제 그자는 도망갈 곳이 없다고 판단해서 서서히 간격을 좁혀 나갔다. 현관문 앞에서 권총으로 사격자세를 취하고 문을 열었다. 의외로 그는 거실에 편한 자세로 앉아 있었다. 그를 쉽게 체포했다.

"근사체험이라는 것이 무엇입니까?"

"죽음직전에 저승을 체험해 보는 일이지요."

"그럼 죽음 직전까지 이명달을 몰고 갔다는 것인가요, 그건 살인이 아닙니까?"

"아닙니다. 누가 죽으라고 한다고 죽습니까?"

"죽게 만들지 않았습니까?"

"죽지 않으려고 하면 얼마든지 자기가 그것을 거부할 수 있습니다."

"얼마나 돈을 주었습니까?"

"그것에 대해서 저는 모릅니다. 비밀로 이루어져서,"

"비밀, 사람을 죽이고, 무슨 연구를 한다는 것이 말이 됩니까?"

"저는 그런 일을 하지 않았습니다."

"말해 봐요. 아는 대로,"

"돈은 그가 한 결과에 따라 달라집니다."

"무슨 결과?"

"아무 체험이 없이 끝나면 돈을 주지 않기로 했습니다."

"목숨을 잃고도 돈을 받지 못한단 말이지!"

"그럴 수도 있었습니다."

"이런! 사기꾼, 그래서 김 목사가 신자들 중에서 가난한 자들을 골라서

알선했고, 당신은 저승을 확인하는 일이라고 설득해서, 그것을 행동으로
옮기게 하고, 그리고 결과 운운하면서 약속한 돈도 안주고, 나쁜 사람들,"

　이형사의 말에 그는 변명을 하려고 애를 썼다. 하지만 그는 기가 막혀서
혀를 찼다.

　"인간은 아주 어리석습니다. 모든 것이 하나님으로부터 나온다는 것을
모릅니다. 물욕과 성욕에 빠지면 무엇이 보통 사람들과 다릅니까, 김 목사
는 제 친구지만 이단자입니다."

　"당신은 그런 말 할 자격이 없어, 사람을 죽이고서, 무슨 이단자 운운하
고…"

　"그는 하나님의 처벌을 받았습니다. 육체적인 처벌을 받았습니다. 하지
만 그는 영혼의 세계로 갔습니다. 그곳에서는 그의 행적과 치적에 따라서
영원히 살게 될 것입니다."

　"그것을 당신이 어떻게 알아요? 미쳤군,"

　"그는 분명히 그 곳으로 갔습니다. 인간이기 때문에 실수를 했지만."

　"난 이해가 안 됩니다. 당신들이 한 짓이, 천당이 있다는 것에 대해서
도,"

　"하나님을 거역하고는 아무 것도 이루지 못합니다. 김 목사는 그것을
위반했지만 많은 업적을 남겼습니다."

　"사람을 죽이는 일이 업적입니까? 당신은 그런 말할 자격이 없어요. 사
람을 죽여 놓고서는,"

　"저는 아닙니다. 어떻게 사람을 죽입니까, 모두 그가 한 짓입니다. 영의
세계를 증명하려고,"

　"당신이 지금까지 그 일을 주도했어, 사실대로 말해요. 당신의 친구가
아닙니까, 모든 것을 그에게 덮어씌우려고 하면 할수록 죄가 커집니다. 책
임져야 합니다. 사람을 죽였는데 책임질 사람이 없다는 것이 말이 됩니
까?"

이 형사는 다시 그의 죄에 대해서 강조했다. 변 박사는 그의 말을 듣고 상황 파악을 했다. 다소 편안한 얼굴로 다시 말한다. 영의 세계는 분명히 있지만 그것을 규명하는 일은 절대로 불가능하다. 많은 성직자들이 믿음의 문제 때문에 규명하려고 하지만, 누구든지 죽어 보지 않고는 그것을 증명할 수 없다. 김 목사가 얻은 결론 역시 매우 간단한 일반론적인 것을 얻는데 불과했었다는 점을 남의 일처럼 말한다.

20.

이 형사는 여러 정황을 변 박사로부터 파악했다. 하지만 증거를 더 찾기 위해서 다시 박인숙을 취조했다.

"변 박사가 가담한 일이라는 것을 압니다. 김 목사를 도우려고 해서,"

"아닙니다. 모든 것을 제가 한 일입니다."

인숙은 자기 때문에 김 목사가 죽었다고 생각하고 있다. 그래서 그들을 두둔하기 위한 말을 한다. 이 형사는 누가 주범인지 상황 판단이 되지 않았다. 더욱이 사람을 죽이면서까지 천당이 있다는 것을 규명하려고 했었다는 것이 이해가 되지 않았다.

"제가 더 많은 잘못을 저질렀습니다."

이 형사는 그녀의 말을 듣고 비웃었다. 악한 인간은 없다는 말을 하나님처럼 실천하려고 해서다. 늘 사건을 다루다보면 많은 죄들이 환경의 지배를 받고 일어난다.

"저는 간음을 한 여인입니다. 그것도 성직자와…"

이 형사는 할 말이 없다. 이미 많은 사람들이 다 알고 있는 말을 하기 때문에 그녀를 그냥 응시하고 있다. 하지만 인숙은 참았던 울음을 다시 쏟아내며 말을 계속한다.

"목사님은 아무 죄가 없습니다. 모든 것은 저의 잘못으로 일어났습니다."

"변 박사가 죽음 직전에 이명달을 당신 집으로 옮긴 것을 알아요."

"저는 사악한 여자입니다."

"죄에 대한 양심을 말하는군요. 이번 사건에서 양심을 운운하는 것은 어불성설입니다."

"목사님은 저의 피해자입니다. 저의 죄업을 대신했습니다. 그는 훌륭한 성직자였습니다. 그를 누구도 욕하지 못합니다."

"이해가 가지 않습니다. 사람은 죄를 짓고 산다고 하지만 성직자는 우리와 다르지 않습니까? 우리와 같은 죄를 지었다면 그는 이미 성직자가 아닙니다."

"사람들은 모두가 죄를 짓고 삽니다. 다만 경중의 차이가 있을 뿐이지요. 그래서 죄가 없는 자가 먼저 돌로 치라는 말이 있고…"

"저도 죄가 있습니까? 그것을 인정하라는 말인가요."

이 형사는 그녀의 말이 가소롭다고 생각한다. 하지만 그녀는 김 목사의 결백을 주지시키려는 의지를 보인다. 자기가 모든 죄의 인자이고, 자기 잘못이라는 것을 다시 강조한다. 아담과 하와가 선악과를 따먹은 후에 인간의 원죄 문제는 시작되었다. 인간의 죄는 우연성과 필연성이 있다. 그녀는 성경의 말씀을 실천하려는 듯이, 모든 죄가 자기에게 있음을 고백한다.

유치장 밖에서는 소낙비가 세차게 내린다. 그녀는 하던 말을 멈춘다. 이 형사의 시선을 의식적으로 피한다. 무엇인지 갈망하는 눈빛으로 창밖을 묵묵히 바라다본다. 조용히 빗소리를 들으며 깊은 상념에 빠진다. 잠시 후에 양손을 모으고 눈을 감았다. 그에게 기도한다. 사람이 산다는 것 자체가 죄악이라는 생각을 하면서…

이단자 異端者 Heretic

지은이 조성연

인쇄일 초판1쇄 2009년 6월 5일
발행일 초판1쇄 2009년 6월 10일
펴낸이 정구형
총괄 박지연
편집 강정수 이원석
디자인 김숙희 선승희
마케팅 정찬용
관리 한미애 손지애
펴낸곳 새미

등록일 2005 03 15 제17-423호
서울시 강동구 성내동 447-11 현영빌딩 2층
Tel 442-4623 Fax 442-4625
www.kookhak.co.kr
kookhak2001@hanmail.net

ISBN 978-89-5628-311-1 *03800
가격 22,000원

* 저자와의 협의하에 인지는 생략합니다.
새미는 국학자료원의 자회사입니다.
잘못된 책은 구입하신 곳에서 교환하여 드립니다.